Que nul n'entre ici

DÉJÀ PARUS DU MÊME AUTEUR

Une femme en cavale
Face au danger
Les disparues du bayou
Mémoire à vif
Kidnappée
Tu seras à moi
Noir secret
Noirs soupçons
Noire révélation
Le danger invisible

BRENDA NOVAK

Que nul n'entre ici

BestSellers

Collection : BEST-SELLERS

Titre original : BODY HEAT

Publié par MIRA®

Traduction française de CAROLE PAUWELS

HARLEQUIN
83-85, boulevard Vincent-Auriol, 75646 PARIS CEDEX 13.

Service Lectrices — Tél. : 01 45 82 47 47

www.harlequin.fr

ISBN 978-2-2803-4602-3 — ISSN 1248-511X

A Bradley et Audrey Simkins,
chez Booklovers Books…

J'adore entrer dans la librairie et voir au mur de gigantesques affiches de mes romans. Merci d'avoir assuré la distribution de tant de mes livres, et merci de participer à tous les événements pour lesquels j'ai besoin d'un libraire. Merci également de vous charger du barbecue lors de mes fêtes de lancement estivales (personne ne fait les barbecues comme vous). Merci enfin de me rappeler constamment — parce que vous êtes vous-mêmes des passionnés — combien j'aime tout ce qui a trait aux livres.

1

Le racisme est la pire attitude de l'homme envers l'homme : le maximum de haine pour un minimum de raisons.

ABRAHAM J. HESCHEL,
rabbin et philosophe (1907-1972)

Benita Sanchez redoutait presque autant de tomber sur un serpent à sonnette que sur le CBP, le service des douanes et de la protection des frontières.

Le CBP les renverrait au Mexique, elle et son mari José. Mais un serpent…

Contrainte de ramper au sol, elle se sentait d'autant plus vulnérable qu'elle n'y voyait presque rien. Les serpents sortaient la nuit, quand la température baissait, et elle pouvait facilement faire une rencontre fatale. Peut-être percevrait-elle un faible son, mais elle savait qu'elle n'avait aucune chance d'entrevoir les petits yeux luisants du reptile ou ses redoutables crochets, avant qu'il ne frappe.

Depuis qu'ils avaient perdu leur passeur, ils n'avaient plus que la lune pour les aider. Et celle-ci se réduisait à un mince croissant argenté niché dans un gigantesque dôme de velours noir, que les premières lueurs de l'aube saupoudraient de pourpre.

Même s'ils avaient franchi la frontière avec trente et un de leurs compatriotes mexicains, ils étaient seuls, à présent. Tout le monde s'était dispersé quand la patrouille des services d'immigration les avait repérés, vingt-quatre heures plus tôt.

Leurs compagnons d'infortune avaient-ils regagné le Mexique sains et saufs ? Ou étaient-ils en détention quelque part ?

José et elle avaient échappé à *la Migra*, mais elle n'était plus aussi certaine d'avoir eu de la chance.

José savait-il vraiment où il la conduisait ? Il disait que oui. Il était déjà venu une fois aux Etats-Unis, mais cela remontait à cinq ans. Leur passeur avait promis qu'il ne leur restait plus que six heures de marche. Même si elle déduisait le court laps de temps durant lequel ils avaient dormi, ils étaient debout depuis dix-huit heures.

Comme ils approchaient d'un groupe de mobile homes, José lui murmura d'avancer le plus courbée possible.

Il avait prétendu que c'était facile de se glisser en douce de l'autre côté de *la frontera*. Mais ça n'avait pas été facile du tout. Même s'il lui avait recommandé de revêtir plusieurs couches de vêtements, les plantes épineuses qui pullulaient sur le sol aride parvenaient à pénétrer le tissu de leurs aiguillons acérés, ou à l'égratigner aux endroits où sa peau était à découvert. Si on ajoutait à cela la faim, la soif, le mal du pays et la peur — peur des serpents, des chiens, des trafiquants de drogue, des voleurs, des Américains inamicaux et de *la Migra* —, c'était presque insupportable. Le monde entier lui semblait hostile.

Benita sentit ses yeux se remplir de larmes. Elle n'était pas certaine de pouvoir continuer. La présence des mobile homes indiquait peut-être qu'ils se trouvaient aux abords d'une ville où elle pourrait au moins trouver de l'eau. Mais, même s'ils n'étaient plus très loin, deux kilomètres en paraissaient cinquante, quand on traversait le désert à pied.

— José ?

Elle percevait le craquement de ses pas devant elle. En entendant sa voix, il s'arrêta.

— Ne fais pas de bruit, murmura-t-il en espagnol. Tu veux que les gens là-bas t'entendent et qu'ils appellent la patrouille ?

Le mobile home doté d'une terrasse et d'un jardinet, vers lequel ils se dirigeaient, lui semblait immense et magnifique. Mais sa peinture blanche paraissait scintiller dans la nuit, le faisant ressembler à un fantôme géant aux yeux mornes. C'était un territoire perdu et désolé, bien éloigné du paradis que José lui avait promis.

— On pourrait peut-être boire au tuyau d'arrosage, suggéra-t-elle.

Il hésita et finit par accepter. Lui aussi devait avoir soif. Mais, tandis qu'ils approchaient, un chien commença à aboyer, et José lui prit la main pour la tirer en arrière.

— *Agua*, dit-elle d'un ton suppliant.

— C'est trop risqué.

— Essayons ailleurs.

— On est presque arrivés à destination.

Cela faisait des kilomètres qu'il répétait ces mots. N'ayant plus confiance en lui, cette fois, elle s'arrêta.

— J'ai peur. Je veux rentrer.

— *¿Estás loca ?* répliqua-t-il, d'un ton furieux. Nous sommes déjà allés trop loin. Nous ne pouvons plus faire demi-tour.

Non, elle n'était pas folle. Elle avait peur, c'est tout.

— Mais…

Elle déglutit avec peine.

— Combien de temps encore ?

— On y sera bientôt, promit-il.

Serait-elle plus heureuse, une fois qu'ils seraient arrivés ? Après un court séjour dans un endroit sûr, ils devaient rejoindre le cousin de José, Carlos Garcia. Elle avait rencontré Carlos à deux reprises et ne l'avait guère apprécié.

Arrogant et vantard, il jouait les importants et se faisait passer pour quelqu'un qu'il n'était pas. Elle n'avait pas envie que José devienne comme lui.

— Dépêche-toi !

Son mari s'impatientait. Benita savait à quel point ce voyage était important pour lui. Il en parlait déjà quand ils avaient commencé à sortir ensemble, peignant un tableau idyllique de l'Amérique et des opportunités qu'offrait ce pays. Mais…

Rassemblant son courage, elle se remit à le suivre.

Elle ne voulait pas le décevoir, ou lui faire regretter de l'avoir épousée. Et puis, comme il l'avait dit, ils avaient trop progressé pour rebrousser chemin. De toute façon, ils n'étaient sûrement plus très loin de Bordertown, leur point de chute. Tout était prévu. Ils se reposeraient, puis ils appelleraient Carlos pour que celui-ci vienne les chercher et les emmène à Phoenix. Là, ils vivraient avec lui et deux autres colocataires et, avec un peu de chance, trouveraient du travail pour payer le loyer, avant d'avoir assez d'argent pour disposer d'un endroit à eux.

— Tu n'as pas peur des serpents ? marmonna-t-elle.

— Les serpents deviendront le cadet de tes soucis, si tu ne continues pas à avancer.

Laissant échapper un soupir, elle essaya d'aller plus vite, mais elle aurait voulu pouvoir convaincre José de renoncer. Ils étaient jeunes et amoureux. Ils pouvaient réussir à s'en sortir au Mexique. Elle n'avait pas envie de vivre en Amérique.

Bien sûr, il gagnerait peut-être plus d'argent ici — le « pactole », comme il disait —, mais seraient-ils vraiment heureux en vivant dans un pays étranger ? Un pays qui ne voulait pas d'eux…

Et que se passerait-il s'ils étaient pris et expulsés après avoir commencé à bâtir une vie ici ? C'était un risque que Benita ne voulait pas prendre.

— José, j'ai vraiment envie de retourner à la maison…

Les larmes qu'elle retenait à grand-peine commencèrent à rouler sur ses joues.

Il ne prit même pas la peine de se retourner.

— Tu te réjouiras plus tard de notre décision. Fais-moi simplement confiance.

Elle songea à la bouteille d'eau qu'ils avaient terminée plusieurs heures auparavant. D'ici le lever du soleil, dans moins d'une heure, auraient-ils fini par se perdre dans le désert ? Continueraient-ils à avancer en titubant, par une température de quarante-cinq degrés, jusqu'à ce qu'ils meurent dans d'atroces souffrances ?

Le simple fait d'y penser lui arracha un frisson de terreur. Il ne lui restait plus qu'une poignée de cacahuètes, et elles étaient enrobées de sel.

— On n'aurait jamais dû traverser, dit-elle.

Un ricanement les avertit de la présence d'une troisième personne.

— Eh bien, eh bien… qui l'aurait cru ? On dirait que quelqu'un a fini par faire preuve d'un peu de bon sens.

Benita poussa un cri, avant de plaquer la main sur sa bouche.

Une masse sombre et informe se tenait devant eux, masquant le faible halo de la lune.

Elle ne pouvait pas distinguer ses traits, mais elle savait qu'il s'agissait d'un étranger. Et elle était presque sûre qu'il portait un chapeau de cow-boy et tenait un revolver. En tout cas, il avait quelque chose à la main…

Etait-ce un blanc ? Elle était tentée de le croire, si ce n'est qu'il parlait parfaitement espagnol.

Son mari se plaça devant elle, et elle le laissa faire. Elle ne l'avait pas encore dit à José, ne voulant pas l'inquiéter avant le voyage vers *el norte*, mais elle avait découvert depuis peu qu'elle était enceinte.

— Excusez-nous, monsieur, dit-il. Nous n'avons pas de mauvaises intentions. Nous ne faisons que passer, c'est tout.

L'inconnu passa à l'anglais, qui semblait lui venir aussi naturellement que l'espagnol.

— Ce que vous faites est illégal, mon ami.

Même s'il se débrouillait en anglais, José était loin de le parler couramment, et il préféra s'en tenir à sa langue natale.

— Mais nous allons seulement rendre visite à de la famille. C'est temporaire. Nous avons prévu de rentrer au Mexique dans deux semaines.

Le mensonge était trop gros, et l'homme n'en fut pas dupe.

— Silence !

— Je vous en prie, *señor*, insista José. Il n'y a que moi et… mon petit frère.

La réponse, cette fois, fusa en espagnol.

— Ton frère ?

Benita savait qu'il l'avait entendue parler et, cette fois encore, le mensonge aurait du mal à passer. Mais elle ne dit rien, pour le cas où leur interlocuteur croirait José. Après tout, certains garçons avaient un timbre de voix aigu. Et puis, José avait mis toutes les chances de leur côté en exigeant avant le départ qu'elle se coupe les cheveux très court, et qu'elle porte une casquette de base-ball et des vêtements d'homme.

— *Sí, mi hermano.* Il a peur. *Por favor*, ne lui faites pas de mal.

Benita pouvait à peine respirer. Des histoires de viols, agressions, larcins et autres mauvais traitements étaient parvenues jusqu'au Mexique. Les parents s'en servaient pour dissuader leurs enfants d'entreprendre le voyage, ainsi que son père l'avait fait. Mais José avait balayé d'un revers de main les inquiétudes de sa famille, en lui promettant que tout se passerait bien.

— Arrête avec ton obséquiosité, ou je vous descends tous les deux.

Ces mots, et le dégoût dans la voix de l'inconnu, firent trembler Benita.

Qui était cet homme ? Que faisait-il là ? S'il était un agent de la patrouille des frontières, il se serait déjà présenté. Avaient-ils perturbé une livraison de drogue ? Ou s'agissait-il d'un fermier qui ne voulait pas d'eux sur ses terres ?

— J'ai de l'argent, proposa José.

Ils n'en avaient pas beaucoup, en réalité. C'était Carlos qui devait se charger de payer leur *coyote*, une fois qu'ils seraient arrivés à destination. Mais, à ce stade, Benita était prête à se rendre aux autorités.

Alors, peu lui importait que José sacrifie leurs derniers pesos.

L'homme ricana méchamment.

— Tu me prends pour un flic corrompu, comme il y en a chez toi, au Mexique ?

— Excusez-moi. Je ne voulais pas vous offenser, *señor*..

— Ce qui m'offense, *amigo*, c'est ton odeur. Et le fait que tu te trouves là où tu ne devrais pas être. Sans parler de tes mensonges.

Il y eut un cliquetis, et un bref éclair de lumière.

Benita se couvrit le visage, s'attendant au pire, mais il n'avait fait qu'allumer une cigarette. Elle eut le temps d'apercevoir son menton couvert d'une fine barbe noire, avant qu'il n'abaisse le rabat de son briquet.

— Je vais te proposer un marché, dit-il, en leur soufflant la fumée au visage.

— *Sí*, *dinero*. Vous voulez de l'argent ?

José se pencha pour prendre les espèces dissimulées dans sa chaussette.

— Je ne veux pas de ton sale *dinero* ! Je suis sûr que tu n'as même pas assez de pesos pour m'acheter une nouvelle paire de bottes. Ce que je veux, c'est que tu déshabilles ton petit frère. Je vais utiliser mes jumelles à vision nocturne pour jeter un coup d'œil à son torse.

Si c'est bien un garçon, comme tu le prétends, je vous laisserai passer. Vous pourrez aller à Tucson ou Los Angeles, ou n'importe où ailleurs, et saigner à blanc ce pays, comme tous les *wetbacks*[1] de votre espèce. Mais…

Il tira sur sa cigarette, avant de poursuivre :

— Si c'est une fille…

Une nouvelle bouffée de fumée heurta Benita en plein visage, la faisant tousser.

— Je vais te punir pour tes mensonges, misérable ordure, dit-il, en anglais cette fois.

José ne bougea pas. Percevant sa tension, Benita devinait qu'il pesait le pour et le contre.

Qu'avait dit l'homme ? Elle n'avait rien compris du tout. José déciderait-il de se mettre à courir ? Ce serait une erreur. Ils se feraient tirer dessus.

— D'accord, je l'admets. C'est ma femme, pas mon frère, finit-il par dire, d'une voix rauque de désespoir. Mais elle n'a que vingt ans, *señor*, et elle est effrayée. Je vous en supplie, laissez-nous partir. Nous allons retourner au Mexique. Tout de suite.

L'homme tira une nouvelle bouffée sur sa cigarette.

— Jusqu'à la semaine prochaine, ou celle d'après.

Il repassa à l'espagnol, probablement pour s'assurer qu'elle comprenne.

— J'ai lu un article disant que vous, les *wetbacks*, faisiez six tentatives avant de renoncer. Je suppose qu'il faut un certain cran pour faire ça. Enfin, il faut bien mourir un jour, non ?

Mourir ? Benita tomba à genoux.

— *No, por favor.* Je ne voulais même pas venir ici… Ne nous faites pas de mal, s'il vous plaît. Je veux retourner chez moi. Je vous jure que je n'en bougerai plus jamais.

L'homme eut un claquement de langue réprobateur.

1. « Dos mouillés » : désigne péjorativement les Mexicains entrés illégalement aux Etats-Unis, en référence à la traversée du Rio Grande.

— Comment as-tu pu faire courir un tel danger à ta femme, Pedro ?

Il n'avait jamais demandé à José comment il s'appelait. L'emploi du prénom « Pedro » sonnait comme une insulte raciale. Elle pouvait ressentir la haine de cet homme comme elle aurait perçu la chaleur du soleil en plein midi. Mais elle fut reconnaissante à José de ne pas réagir. Et quand il lui pressa l'épaule, elle comprit qu'il voulait la réconforter, et peut-être lui faire passer un message d'excuse : « Tu avais raison, nous aurions dû rester chez nous. »

— J'essayais seulement de lui offrir une meilleure vie, expliqua-t-il.

Une lampe s'alluma dans le plus proche des mobile homes.

Lorsque l'homme se tourna pour regarder de ce côté, José saisit la veste de Benita et essaya de la faire se relever. Il voulait qu'elle se mette à courir, mais elle ne fut pas assez rapide, et ils perdirent les précieuses secondes qui auraient pu leur permettre de s'enfuir.

Le cow-boy se retourna, et ils s'immobilisèrent de terreur.

La lumière qui filtrait par la fenêtre du mobile home dessinait les contours d'un pistolet, dont le canon était équipé d'un silencieux. Benita savait de quoi il s'agissait, car ce n'était pas la première fois qu'elle en voyait un. Son frère n'avait pas toujours mené la vie rangée qu'il avait aujourd'hui.

— Quelqu'un est réveillé, dit José. On va vous voir. Vous vous ferez prendre, si vous nous tuez. Laissez-nous partir.

L'inconnu ne parut pas le moins du monde inquiet.

Avec un ricanement sourd, il jeta son mégot de cigarette au sol et pressa si vite la détente que Benita ne comprit pas tout de suite qu'il avait tiré… jusqu'à ce qu'elle voie José s'effondrer.

La main de son mari se crispa sur sa manche, l'attirant à terre avec lui, de sorte que le coup qui lui était destiné lui passa au-dessus de la tête. Mais ce fut tout ce qu'il put faire pour l'aider. La seconde d'après, il émit un drôle de petit bruit et s'immobilisa.

Elle sut alors que l'homme qu'elle aimait, le père de son futur enfant, était mort.

— Vous l'avez tué ! hurla-t-elle, en se jetant sur le corps de José. Vous l'avez tué !

— Hé, qu'est-ce qui se passe là-bas ?

Une femme avait ouvert la porte du mobile home, et avait parlé en anglais. Benita n'avait pas compris ce qu'elle avait dit, et s'imagina que l'homme allait s'enfuir.

Mais il n'en fit rien.

Tout en jurant, l'homme dirigea son arme vers elle.

— Voilà qui devrait vous apprendre à rester chez vous, espèce de cancrelats ! s'exclama-t-il, avant de presser la détente une seconde fois.

Benita ressentit une douleur fulgurante entre les yeux.

Puis elle ne sentit plus rien du tout.

2

Le soleil commençait à s'élever au-dessus de l'horizon quand Sophia St. Claire, provoquant une envolée de poussière, arrêta sa voiture de patrouille devant le groupe de mobile homes installés à moins d'un kilomètre de la ville.

Elle avait enfilé à la hâte son uniforme et s'était précipitée hors de chez elle dès réception de l'appel. Mais il était déjà trop tard. Cédant au voyeurisme, les gens qui vivaient là avaient abandonné le confort très relatif de leur habitation pour s'agglutiner sur la scène de crime.

Inutile d'espérer trouver le moindre indice exploitable, se dit-elle, exaspérée, avant de se demander, l'instant d'après, pourquoi elle se mettait dans un état pareil.

Si c'était l'œuvre du meurtrier qu'elle traquait depuis un moment, il fallait s'attendre à ce qu'il n'ait laissé aucune preuve derrière lui. Au cours des six dernières semaines, quelqu'un avait tué dix personnes — douze, en comptant les nouvelles victimes —, au cours de trois événements différents. Tous étaient des étrangers sans papiers, et les faits s'étaient produits en pleine nuit. Le coupable, quel qu'il soit, ne se donnait pas la peine d'enterrer ou de dissimuler les cadavres. Ses dernières cibles avaient été découvertes plus d'une semaine après leur mort.

Tandis qu'elle coupait le moteur, les regards qui s'étaient tournés vers elle à son arrivée la scrutaient avec inquiétude. Les badauds étaient visiblement conscients de la gravité de la situation, mais ils n'avaient pas l'air de comprendre qu'ils n'auraient pas dû se tenir si près des corps. La série *Les Experts* n'était peut-être pas toujours conforme à la réalité, mais ces gens-là devaient quand même savoir qu'il ne fallait pas contaminer une scène de crime, non ? Ils ne vivaient pas dans un monde enchanté de fées et de lutins.

Les gens d'ici, pour la plupart des Américains d'origine mexicaine, quelques Blancs et une poignée d'Amérindiens, étaient aussi rudes que la terre qui les hébergeait. Il faut dire qu'avec les trafics de drogue, les gangs liés à la mafia mexicaine, les affrontements raciaux, et une bande de Hells Angels qui roulaient à tombeau ouvert en faisant pétarader leurs motos, bafouaient les feux rouges et cherchaient la bagarre, c'était presque une zone de guerre.

Apercevant partiellement les cadavres, elle grimaça et ouvrit sa portière.

Debbie Berke, la femme qui avait appelé pour signaler les coups de feu, se précipita vers elle.

— Sophia, ils sont morts. Ils ont été tués sur le coup. Ce n'était pas la peine d'appeler une ambulance.

Sophia ne fut pas surprise d'être appelée par son prénom. A trente ans seulement, elle ne dirigeait la police locale que depuis peu de temps, mais la plupart des gens la connaissaient depuis l'enfance. Elle avait quinze ans quand le mari de Debbie, un vétérinaire aujourd'hui décédé, avait opéré Toby, le chien de sa famille, avant de devoir finalement l'euthanasier.

— Je comprends, répondit-elle. J'ai prévenu le légiste.

— Il est en route ?

— C'est ce qu'il a dit.

Mais Sophia doutait que le Dr Sandy Vonnegut se précipite sur les lieux. Sur la dernière scène de crime, celui-ci ne s'était en effet pas privé de lui faire comprendre que la mort de sans-papiers n'avait guère plus d'importance, à ses yeux, que celle d'un animal écrasé sur la route.

Elle ordonna aux curieux de s'éloigner d'au moins vingt pas.

Avec leur peau mate et leurs cheveux d'un noir d'encre, les victimes étaient, comme elle s'y attendait, des Mexicains. Un homme et une femme. L'homme gisait le visage dans la poussière. Ils portaient tous deux des baskets et plusieurs épaisseurs de vêtements — chemises à manches longues et pantalons de travail —, le tout d'occasion.

Sophia ne pouvait pas voir où l'homme avait été touché, toute trace de sang étant cachée par son corps. Mais la façon dont la femme était morte ne faisait aucun doute. Elle était couchée sur le dos, fixant le ciel de son regard vide, un trou parfaitement rond en plein milieu du front. De sa blessure ne s'échappait qu'un mince filet de sang. Le cœur de l'inconnue avait cessé de battre immédiatement.

Ils étaient jeunes. Beaucoup trop jeunes pour mourir. Surtout de cette façon.

Sophia s'accroupit à côté d'eux, cherchant un pouls. C'était un geste inutile. Il était évident qu'ils étaient morts, tous les deux. Mais elle suivit cependant la procédure.

Ayant constaté que Debbie avait vu juste, elle se releva et étudia l'environnement, cherchant un détail insolite, quelque chose qui aurait été déplacé, un objet abandonné, ou encore des traces de pneus.

Hormis le fait que l'homicide avait eu lieu, cette fois, beaucoup plus près de la ville, la scène ressemblait exactement aux deux autres, un mois et demi plus tôt. Les meurtres avaient été perpétrés dans une zone désertique, beaucoup trop caillouteuse pour révéler des traces de pneus ou des empreintes. Et, d'après ses premières constatations, le tueur n'avait rien laissé derrière lui hormis des cadavres.

— Qu'en pensez-vous ? murmura Debbie par-dessus l'épaule de Sophia.

L'attente, dans sa voix, montrait qu'elle s'attendait à ce

que Sophia sorte le nom du tueur d'un chapeau comme un magicien l'aurait fait d'un lapin.

Avec un soupir, Sophia prit un calepin et un crayon dans la poche de poitrine de sa chemise, et entraîna Debbie à l'écart.

Elle voulait lui parler, ainsi qu'à toute personne qui aurait pu voir ou entendre quelque chose. Mais elle devait aussi renforcer le périmètre qu'elle avait créé et, tant qu'elle se tiendrait près des victimes, les autres se rapprocheraient aussi.

— Pouvez-vous me dire ce qui s'est passé ? demanda-t-elle.

— J'ai entendu un bruit.

Une sirène hurlait au loin. Un de ses deux adjoints, Grant, de garde la nuit précédente, était en route pour lui apporter le ruban jaune servant à délimiter la zone interdite au public, qu'il avait accidentellement emporté avec lui.

— Quel genre de bruit ?

— Au début, j'ai cru que c'était un animal blessé.

Debbie marqua une pause.

— Je sais qu'il y a eu d'autres meurtres comme celui-là. Tout le monde en parle. Mais on ne s'imagine jamais…

Elle haussa les épaules en signe d'impuissance, et des larmes apparurent dans ses yeux tandis qu'elle fixait les cadavres.

— On n'imagine pas que ça puisse se produire juste devant votre porte.

Sophia posa la main sur son bras en un geste de réconfort.

— Ce serait plus facile si vous ne regardiez pas.

Elle changea de position pour lui masquer la vue.

— Prenez une minute si vous en avez besoin. Nous continuerons quand vous serez prête.

Debbie se passa la main sur les joues, et fit un effort pour se ressaisir.

— J'ai entendu un cri. Ça m'a effrayée, et je me suis

levée pour faire le tour de la maison. Tout avait l'air normal. J'ai regardé par la fenêtre, mais il faisait trop sombre pour voir quoi que ce soit, et je ne voulais pas sortir. Je me suis dit que j'avais dû rêver, et je m'apprêtais à retourner au lit quand j'ai entendu des voix. On aurait dit une dispute.

Baissant la voix, elle ajouta :

— J'ai pensé que c'était Earl et Marlene qui remettaient ça.

D'un discret signe de tête, elle indiqua un couple en peignoir et pantoufles qui observait les cadavres avec une fascination morbide. Mais Sophia n'avait pas besoin qu'on lui précise qui étaient les Nelson. Elle connaissait presque tous ceux qui vivaient sur le campement. Même si la situation financière de sa famille était un peu meilleure, elle avait grandi à moins d'un kilomètre de là.

— Ils ne s'entendent plus très bien depuis qu'il a perdu son travail, expliqua Debbie.

Après quoi, elle s'exprima de nouveau sur un ton de conversation normal.

— Après m'être dit que c'étaient eux, j'ai cessé d'avoir peur et j'ai passé la tête dehors. C'est à ce moment-là que j'ai entendu deux bruits sourds à la suite. Une femme a crié quelque chose en espagnol, et j'ai su alors que ce n'était pas Marlene.

— Vous n'avez rien vu du tout ?

— Non. Il faisait un noir d'encre, dehors. Et j'avais allumé toutes les lumières chez moi, ce qui n'aidait pas.

Sophia eut du mal à contenir sa frustration. Comment se faisait-il qu'ils ne parviennent jamais à récolter le moindre indice ?

— Vous rappelez-vous ce qu'a dit la femme ?

— Je ne parle pas espagnol, vous le savez bien.

— Ça ressemblait à quoi ?

— Pour moi, à du charabia.

Depuis le temps qu'elle vivait à Bordertown, Debbie

aurait dû au moins saisir quelques bribes d'espagnol, mais Sophia n'était pas vraiment surprise que ce ne soit pas le cas. Même si les deux nationalités étaient constamment en contact, il y avait entre elles une ligne de démarcation bien tranchée.

— Et ensuite ?

— Je me suis réfugiée à l'intérieur, j'ai appelé Earl, et j'ai attrapé mon fusil. Je le garde dans le placard au cas où j'aurais besoin d'effrayer un puma, ou je ne sais quelle bestiole. Mais le temps qu'Earl s'extirpe du lit, et que je trouve les munitions, l'assassin de ces deux pauvres gens était déjà parti.

— Vous n'avez vu absolument personne dans les parages ?

— Non.

— Il y avait bien un véhicule ?

— Rien du tout.

— Vous n'avez pas entendu un bruit de moteur ?

Debbie secoua vigoureusement la tête.

— Mais je ne faisais pas très attention car j'étais occupée à chercher les munitions.

— Vous pensez que le tueur aurait pu partir à pied ?

— C'est ce que je me suis dit. Du coup, j'ai sauté dans mon vieux pick-up, et j'ai sillonné les alentours pendant un moment, mais je n'ai pas vu âme qui vive.

Les larmes aux yeux, de nouveau, elle ajouta :

— Et c'est mieux comme ça. Je ne voudrais pas me trouver en face du monstre qui a été capable de faire ça.

Sophia songea qu'ils l'avaient sûrement croisé à plusieurs occasions. Bordertown s'était considérablement réduite depuis la grande époque des mines d'argent. Aujourd'hui, sa population ne dépassait pas trois mille habitants. Et, à en juger par la localisation des autres meurtres, aux abords du désert, il y avait fort à parier que le tueur vivait tout près.

— Qu'est-ce qui peut bien motiver ça ? demanda Debbie.

C'était l'unique question à laquelle Sophia pouvait répondre aisément.

— La haine.

— Mais qui peut avoir une telle haine pour tuer de parfaits inconnus ? Bien sûr, ces gens étaient des hors-la-loi. Et moi-même, je commence à en avoir assez des problèmes avec les clandestins. Nous sommes tous excédés. Mais certains d'entre eux sont vraiment désespérés. On ne peut quand même pas leur en vouloir d'essayer de trouver une solution pour manger à leur faim !

— Le meurtrier se sent dans son bon droit.

Sophia le ressentait à la façon dont il avait abandonné les cadavres. Il ne les avait pas dépouillés, battus ou violés. Il ne touchait pas du tout ses victimes. Il les exterminait comme de la vermine. Et le fait qu'il n'essayait même pas de recouvrir leurs corps indiquait qu'il était fier de ce qu'il avait fait.

— C'est sûrement un nouveau venu, suggéra Debbie.

Elle ne pouvait imaginer qu'un ami ou une connaissance commette de tels actes, mais Sophia n'en était pas aussi certaine. Après avoir été témoin de nombreuses manifestations de violence, elle savait qu'il pouvait s'agir de n'importe qui.

Ou alors, ce n'était pas ce que ça semblait être…

Sophia avait quantité d'ennemis politiques qui voulaient la discréditer — un homme en particulier. Créer de toutes pièces un cas aussi complexe que celui-ci, une affaire qu'elle ne pourrait pas résoudre assez vite pour désamorcer la paranoïa collective, c'était peut-être un moyen d'y parvenir.

Il y avait aussi d'autres scénarios. Considérant au début que la protection de la frontière était du ressort fédéral, elle ne s'y était pas trop impliquée, mais elle savait que les fermiers du coin étaient furieux des dégâts causés par les clandestins qui traversaient leurs terres.

— Je ne pense pas que ce soit un nouveau venu, répondit-elle à la remarque de Debbie.

L'assurance dont témoignait la façon d'agir du tueur l'incitait à croire qu'il était dans le coin depuis longtemps, qu'il connaissait la région comme sa poche, et que sa haine des clandestins s'était récemment amplifiée.

Pour cette raison, ses pensées se tournèrent de nouveau vers l'homme qui désirait plus que tout la voir échouer : Leonard Taylor. A cause d'un problème avec une Mexicaine entrée illégalement sur le territoire, le poste qu'il convoitait de longue date lui avait échappé, revenant à Sophia.

— Vous dites que ce serait quelqu'un d'ici ? demanda Debbie d'une voix étranglée.

— Je dis que ça pourrait être le cas. Le tueur a peut-être vécu une mauvaise expérience avec un clandestin. Il a pu être été cambriolé par l'un d'eux, ou sa femme l'a trompé avec un Mexicain... Il peut aussi avoir perdu son travail au profit de quelqu'un qui n'aurait pas dû se trouver sur le territoire.

Ou il n'était pas devenu chef de la police comme il en avait toujours rêvé, à cause d'une immigrée clandestine qui l'avait accusé de l'avoir violée.

— Ça peut être absolument n'importe qui, ajouta-t-elle.

En raison de leur nature aléatoire, les crimes de haine étaient parmi les plus difficiles à résoudre. Ce qui signifiait qu'elle devait faire quasiment l'impossible avant que le tueur ne frappe de nouveau. Des vies en dépendaient. Son travail pouvait aussi en dépendre. Douglas était une plus grande ville. Pourquoi tout ceci ne s'était-il pas produit quinze kilomètres plus à l'est ?

— J'espère que vous vous trompez, murmura Debbie.

— Merci pour votre aide. Si quelque chose vous revient, appelez-moi.

Sophia retourna vers les cadavres afin d'examiner de plus près le sol sur lequel ils étaient étendus. Lors de ses précédentes attaques, le tueur avait récupéré ses douilles, mais il n'en avait probablement pas eu le temps, cette fois, du fait de l'intervention de Debbie. En tout cas, la proximité des habitations ne l'avait absolument pas empêché d'agir.

Comme s'il savait qu'il n'avait rien à craindre de la police.

Raison de plus pour penser que Leonard, ou l'un de ses acolytes, se trouvait impliqué. Le tueur n'avait pas l'air de la considérer comme une quelconque menace. Il avait un aplomb incroyable.

Soudain, elle vit quelque chose qui brillait dans la poussière.

Ordonnant à tout le monde de ne pas bouger, elle retourna en courant à sa voiture de patrouille et en sortit le kit d'expertise qu'elle conservait dans son coffre. Puis elle se servit d'une paire de pinces métalliques pour extirper délicatement une douille fichée dans des gravillons. La taille correspondait à un semi-automatique, et on distinguait un renflement en avant de la rainure d'extraction. Même si elle n'était pas une experte en balistique, elle savait que toute déformation permettait d'établir un lien avec une arme spécifique.

Après l'avoir déposée dans un sachet en plastique, elle réussit à trouver deux autres douilles tombées dans un buisson d'épineux. Il y avait donc eu trois coups de feu. Toutes les douilles présentaient le même défaut, ce qui prouvait qu'elles avaient été tirées par la même arme.

Elle étiquetait le sachet quand l'agent Grant Noyes, un jeune diplômé de l'Académie de Phoenix de vingt-trois ans, se présenta avec le ruban de scène de crime. Son visage se crispa quand il vit les cadavres, et commença à verdir. Il avait l'estomac fragile, mais il allait falloir qu'il s'endurcisse s'il voulait supporter la pression de ce métier. Et puis, elle avait besoin de lui.

— Installe un périmètre, dit-elle.

Une berline noire, qu'elle reconnut comme appartenant au légiste de Cochise County, s'approcha de sa voiture. Apparemment, le Dr Vonnegut avait décidé de ne pas la faire attendre trop longtemps.

Tandis que le légiste se garait et sortait de sa voiture, Sophia s'équipa de son mètre ruban, de sa caméra vidéo, et de son appareil photo. Elle allait devoir prendre des clichés des cadavres avant que quiconque les touche, et filmer les parages. Il lui faudrait aussi établir une échelle de grandeur pour que la scène puisse être recréée si nécessaire.

Elle ne disposait pas d'une d'équipe d'experts scientifiques, comme c'était le cas pour les villes plus grandes, mais seulement de deux agents, et elle faisait de son mieux avec les moyens du bord.

Et, tant que le FBI n'aurait pas officiellement répondu à sa demande d'aide, elle pouvait s'appuyer uniquement sur une inspectrice du bureau du shérif de Douglas. Dinah Lindstrom vivait à Sierra Vista, à cinq kilomètres de là, mais elle avait grandi à Bordertown. Sophia ne l'avait pas encore prévenue, et cet « oubli » parfaitement délibéré n'arrangerait pas leurs relations, qu'on pouvait qualifier au mieux de tendues. Mais Sophia travaillait pour le conseil municipal, pas pour le shérif. Et, dans la mesure où Dinah Lindstrom avait soutenu avec ferveur la candidature de Leonard Taylor, elle n'était pas certaine que l'inspectrice soit vraiment de son côté, aujourd'hui.

— Qu'est-ce que nous avons ?

Vonnegut, visiblement mécontent, se traîna jusqu'à elle en faisant la tête. Heureusement, il ne semblait pas porter Leonard dans son cœur et, contrairement à Lindstrom, il n'avait contre elle aucun grief personnel. Toutefois, ils n'étaient jamais devenus amis malgré de fréquents contacts. Terriblement froid et imbu de lui-même, le légiste était tout simplement inaccessible.

— Deux victimes. Mortes toutes les deux, répondit-elle.

— Même tueur que la dernière fois ?

— Même mode opératoire, en tout cas. Des clandestins tués dans le désert et abandonnés sur place.

— Mais qu'est-ce que ce type a en tête ? grommela Vonnegut.

— Je suppose que l'immigration clandestine lui pose problème.

— Mais quel intérêt ? Pour chaque personne qu'il élimine, il y en a des milliers qui franchissent la frontière. Les patrouilles en arrêtent six cents par jour, et on estime qu'il en passe deux fois plus.

— D'où sa frustration.

Une frustration qui pouvait alimenter la colère de Leonard Taylor, songea Sophia. D'ailleurs, il lui arrivait souvent de craindre que cette colère ne se retourne contre elle. Mais, si quelqu'un d'autre s'était posé des questions sur la culpabilité de Leonard, elle n'en avait jamais entendu parler. Elle-même ne l'avait jamais mentionnée. Il lui fallait d'abord des preuves. Sinon, on lui reprocherait une sorte de vendetta contre lui. Les amis de Leonard l'avaient déjà accusée d'avoir inventé le viol de cette pauvre femme uniquement pour lui « voler son job ».

Après avoir demandé à Grant de tenir les curieux à l'écart, elle conduisit Vonnegut près des cadavres.

— Ce n'est peut-être pas un Américain qui a fait ça, dit-il, en s'agenouillant près de l'homme. Il s'agit peut-être d'un règlement de comptes entre un trafiquant de drogues mexicain et un de ses rivaux.

— Ça me paraît peu probable.

— Mais nous ne pouvons pas écarter cette hypothèse.

— Aucun indice ne la confirme. Les victimes ont toutes traversé la frontière en provenance du Mexique, mais c'est à peu près la seule chose qu'elles ont en commun. Les personnes que nous avons identifiées venaient de régions différentes et n'avaient pas de contact avec le crime organisé. Et, a priori, elles ne se connaissaient pas entre elles non plus.

— Je continue à espérer qu'il s'agit d'un baron de la drogue, marmonna le légiste. Si nous avons affaire à un *vigilante*[1], ça va devenir moche, par ici.

Sophia grimaça.

— Regardez autour de vous. C'est déjà moche.

— Oui, eh bien, tant que vous n'aurez pas arrêté ce type, ça va empirer.

— Merci de souligner l'évidence.

Vonnegut fit rouler l'homme sur le dos. La victime portait un bouc et un tatouage en forme de croix sur le cou. Une tache de sang indiquait qu'il avait été touché au torse, mais il n'avait pas beaucoup plus saigné que la femme.

— Ce salopard sait comment en finir rapidement.

Le légiste parlait évidemment du tueur. Sophia l'avait noté aussi, mais elle n'était pas impressionnée.

— Une balle à bout portant est généralement efficace.

Elle s'accroupit près de lui et commença à fouiller les poches de la victime.

Certains clandestins conservaient parfois sur eux une carte électorale, qui semblait avoir plus d'importance à leurs yeux qu'à ceux des Américains. Malheureusement, ce type n'avait aucun document qui aurait permis de l'identifier. Sophia trouva cinq cents pesos — à peu près l'équivalent de cinquante dollars — dans sa chaussette droite, ainsi qu'un morceau de papier avec un numéro de téléphone dont l'indicatif correspondait à la zone de Tucson.

Tournant la tête, elle chassa d'un revers de main les mouches qui bourdonnaient autour des corps, et recula pour s'emplir les poumons d'un air qui n'empestait pas la sueur et les vêtements sales. Elle n'avait pas encore

1. Membre d'un groupe d'autodéfense.

fouillé la femme, mais elle avait besoin d'un moment pour se ressaisir, sans quoi elle risquait de vomir.

— Pourquoi vivez-vous ici ? demanda-t-elle au légiste, tout en observant Grant qui achevait de dérouler le ruban jaune autour de la zone interdite au public.

Occupé à recueillir une température corporelle, le légiste ne releva pas la tête.

— Pardon ?

— Pourquoi vivez-vous près de la frontière, si vous détestez les Mexicains ?

— Je ne les déteste pas. Je préfère qu'ils restent dans leur pays, c'est tout. Et puis, ma femme est originaire de la région.

— C'est compréhensible.

— Et vous ?

Respire, s'encouragea-t-elle. *Ne pense pas à eux comme à des êtres humains. Imagine que ce sont des… objets.*

Les yeux fermés, elle leva son visage vers le soleil.

— Moi aussi, j'ai de la famille ici.

Mais elle ne pensait pas à sa mère et à son beau-père, ni même à son frère aîné. Ce dernier ne vivait plus par ici, de toute façon.

Non, elle pensait à Starkey. Aujourd'hui, elle haïssait les Hells Angels et tout ce qu'ils représentaient, tout comme elle haïssait le fait d'avoir un jour appartenu à leur bande. Elle avait seize ans quand elle avait commencé à sortir avec Starkey. C'était l'année où son beau-père avait emménagé chez sa mère. Comme sa mère ne voulait pas la croire quand elle se plaignait, et que son frère était au loin, à l'université, Starkey avait servi d'arme de dissuasion contre les avances de son beau-père.

Plus personne n'avait osé lui chercher des noises quand Starkey était entré dans sa vie.

Elle avait adoré être protégée par lui, rouler sur sa Harley, et porter du cuir. Mais elle n'avait pas tardé à comprendre que ce mode de vie n'était pas pour elle, d'autant que Starkey s'était laissé entraîner dans toutes sortes de trafics. Alors, elle avait repris sa liberté et elle était passée dans le camp adverse, celui de la loi.

Après s'être longtemps sentie vulnérable, il était devenu vital pour elle d'être capable d'assurer sa propre protection.

Mais si elle adorait son métier de policier, il y avait une personne de cette période-là qu'elle ne pouvait pas renier. Il s'agissait de Rafe, le fils de Starkey. Sa vraie mère était une droguée qui aurait vendu son âme pour une dose et, à bien des égards, Sophia était la seule personne sur qui Rafe pouvait compter. Elle s'était beaucoup occupée de lui durant les trois années qu'elle avait passées avec son père, et elle l'aimait comme si c'était son propre enfant.

— Un jour, je m'en irai, dit-elle, en commençant à fouiller la femme.

Il n'y avait rien dans ses poches, à l'exception de quelques cacahuètes et d'un morceau de papier plié en quatre avec une dizaine de mots en espagnol. Sophia s'attendait à ce qu'il s'agisse d'une prière écrite — beaucoup de clandestins en portaient sur eux —, mais ce n'était pas ça.

C'était un mot d'amour.

Même si elle n'était pas parfaitement bilingue, Sophia avait étudié l'espagnol au lycée, et avait eu l'occasion de le pratiquer avec les ouvriers qui venaient au magasin de matériel agricole que tenait son beau-père. Et, bien sûr, elle le parlait aussi avec les clandestins qu'elle appréhendait. Heureusement, c'était suffisant pour déchiffrer les quelques mots inscrits sur le papier.

« Tu es belle. Veux-tu m'épouser ? Je t'aime.
José. »

Cette femme avait laissé derrière elle tout ce qu'elle possédait, sauf ce mot. Il avait donc de l'importance pour elle. Elle portait un mince anneau doré au doigt. C'était un bijou bon marché, mais il s'agissait bel et bien d'une alliance. A l'évidence, elle avait accepté la demande.

Les larmes aux yeux, Sophia baissa précipitamment la tête pour dissimuler sa réaction, mais le légiste se rendit compte de quelque chose.

— Hé, ça va ?

— Très bien. Pourquoi ?

— Je vous trouve bizarre.

Etait-ce vraiment bizarre d'éprouver de la peine pour ces gens ?

— Je crois que l'homme s'appelait José, dit-elle après avoir repris son souffle.

— José comment ?

— C'est ce que je vais devoir découvrir. Et cette jeune femme...

Elle observa un instant le visage qui, vivant, avait dû être ravissant, comme le mot le disait.

— C'était son épouse.

— Fichus *wetbacks*, marmonna le légiste.

Sophia se tourna vers lui avec fureur.

— Mais taisez-vous ! hurla-t-elle. Taisez-vous, bon sang !

Vonnegut la toisa avec mépris.

— Vous n'êtes pas faite pour ce job. Je le savais quand ils vous ont recrutée.

Il se leva, ôta ses gants en latex, et s'en alla à grandes enjambées, abandonnant les cadavres aux employés de la morgue.

Ignorant les regards des personnes qui avaient assisté à la scène, Sophia se pinça l'arête du nez et essaya de se ressaisir. Il fallait qu'elle fasse attention. Il ne manquait pas de crétins sexistes à Bordertown pour penser que le poste aurait dû revenir à un homme — même si le seul candidat envisageable était lui-même un criminel.

Son téléphone sonna à ce moment. Elle le sortit de sa poche en espérant qu'il s'agissait de Rafe. Elle avait tellement besoin d'une bonne nouvelle. Mais il était un peu tôt pour qu'il soit déjà levé.

Et dès qu'elle vit le numéro, elle sut que la matinée qui avait si mal commencé n'allait pas s'arranger.

L'appel provenait de Wayne Schilling, le maire.

3

La voix au téléphone fit s'arrêter net Roderick Guerrero.

N'ayant pas reconnu le numéro, il avait eu la curiosité de répondre et, dès qu'il avait entendu le mot « allô », il avait su que c'était son père, même s'ils ne s'étaient pas parlé depuis des années. Cela remontait à l'époque où il avait intégré l'unité SEAL[1], à l'issue d'un long et difficile entraînement au centre de formation BUD/S.

Aujourd'hui encore, il ignorait comment Bruce Dunlap avait découvert la date et l'heure de la cérémonie de remise des diplômes.

Quoi qu'il en soit, après toutes ces années passées à l'ignorer, et même à mentir sur leur relation, son père avait pris un avion pour la Californie et avait débarqué sur la base de Coronado, se montrant aussi fier que les autres parents. La seule différence avec les autres couples, c'était que sa femme affichait une moue désapprobatrice, lèvres pincées et regard méprisant. Edna était le genre de femme à traverser la ville en prenant de haut tous les gens qu'elle croisait. Roderick la détestait encore plus qu'il ne détestait son père.

Il ne savait pas quoi dire, et n'avait pas envie de faire d'efforts. Il ne se sentait aucune obligation envers Bruce.

1. *Sea, Air, Land* ou Mer, Air, Terre : force spéciale de la marine de guerre américaine.

Et cela n'aurait rien changé si ce dernier l'avait appelé pour lui offrir un héritage d'un million de dollars.

Roderick ne voulait d'ailleurs pas de l'argent de son père. Ni de ses conseils, ni de son amour. Surtout pas de son amour. Il n'utilisait même pas son nom.

De toute façon, il n'était pas légalement un Dunlap. Il était un bâtard et, en tant que tel, il n'avait été qu'une source d'embarras pour son riche père blanc. Dès qu'il avait été assez grand pour contester les souhaits de sa mère, il avait pris son nom à elle. Elle n'en avait pas été ravie. Il était apparenté à l'homme le plus riche de la ville, et elle aurait voulu que tout le monde le sache. Elle en retirait une indéniable fierté, et l'impression de s'élever socialement à travers lui.

Ou peut-être s'en réjouissait-elle pour d'autres raisons...

Peut-être s'amusait-elle du fait que l'existence de son fils exaspère à ce point Edna. Mais Roderick voulait prendre ses distances avec les Dunlap et tout ce qu'ils représentaient, et le nom de sa mère lui convenait très bien. « Guerrero » signifiait « guerrier », ce qui correspondait parfaitement à sa situation. Depuis le jour de sa naissance, il n'avait cessé de se battre.

Milton Berger passa la tête hors de la salle de conférences, à quelques pas de là.

— Qu'est-ce que vous fichez ?

Roderick avait presque oublié que son chef l'attendait pour un débriefing de sa dernière mission.

— Rien.

Il s'apprêtait à glisser son téléphone dans la poche de son bermuda kaki, lorsque l'appareil sonna de nouveau.

— Vous pouvez éteindre ce truc et ramener vos fesses ? Je n'ai pas toute la journée, lança Milt.

Unique propriétaire de Department 6, une agence de mercenaires privés ayant tous appartenu à la police ou à l'armée, Milt ne pouvait pas se concentrer plus de cinq minutes sur une même personne. Il était trop occupé à jongler entre ses différentes activités. Toujours en réunion ou pendu au téléphone, il n'était pas un bourreau de travail ordinaire. Il était perpétuellement survolté. C'était à se demander si le quadragénaire rentrait parfois chez lui, le soir.

Mais Roderick se fichait bien de savoir ce que Milt faisait de son temps libre. Ce n'était pas le genre de type avec qui il aurait voulu passer du temps. Milt employait six agents, et chacun d'entre eux le considérait comme un imbécile fini.

Tandis que son téléphone continuait à sonner, le pouce de Roderick se suspendit au-dessus du symbole en forme de téléphone rouge qui enverrait l'appel sur la messagerie.

C'était de nouveau son père. Pourquoi le vieux faisait-il un effort maintenant ?

A trente ans, Roderick n'était plus le gamin pauvre, sans perspective d'avenir et sans famille, dont la mère, entrée illégalement dans le pays quand elle avait vingt ans, avait été engrossée par le salaud qui l'employait pour récolter les laitues qu'il produisait. Quoi que puisse vouloir Bruce, il était trop tard.

Mais l'impatience de Milt avait déteint sur lui, et l'insistance de son père ne fit que l'agacer un peu plus.

— Comment avez-vous eu mon numéro ? demanda-t-il sèchement.

— Non, mais je rêve ! se plaignit Milt.

Roderick ne tint pas compte de son intervention.

— Je garde un œil sur toi, répondit Bruce.

La question qui vint immédiatement à l'esprit de Roderick fut « Pourquoi ? », mais il savait que la réponse de son père n'aurait aucun sens pour lui, et il n'était pas certain de vouloir l'entendre, de toute façon. Il s'en tint donc à « Comment ? »

— Jorge me parle de toi de temps en temps.

Jorge était le contremaître de Bruce. Il était aussi un grand-père de substitution pour Rod, et la seule personne de Bordertown avec laquelle il fût resté en contact. Jorge aimait entendre le récit de ses exploits, aussi Rod l'appelait-il régulièrement pour lui donner des nouvelles et lui livrer quelques anecdotes sur ses dernières missions. Le vieil homme ne lui avait jamais dit que Bruce s'était inquiété de ce qu'il devenait.

Ce n'était peut-être pas le cas, d'ailleurs. Peut-être Jorge essayait-il d'organiser des retrouvailles. Ça lui ressemblerait bien. Jorge avait toujours eu bon cœur.

— Depuis quand êtes-vous devenus amis ?

— Le temps a le don de changer les choses, Rod.

— Mais certaines choses ne changeront jamais. Qu'est-ce que vous voulez, monsieur Dunlap ?

— Que tu m'écoutes. C'est tout.

Espérant que son père était sur le point de perdre son ranch et qu'il avait besoin d'un prêt, Roderick décida de lui accorder ce qu'il demandait.

— Vous avez trois minutes. Faites vite.

— Je voudrais que tu viennes à Bordertown.

Roderick éclata de rire.

— C'est une plaisanterie, n'est-ce pas ? Je préférerais aller en enfer.

— Rod, je crois que tu pourrais nous aider à résoudre un gros problème.

L'évocation d'un problème aurait dû piquer son intérêt. Ce ne fut pas le cas.

— Je n'ai aucune intention de vous aider. Demandez à vos feignasses de fils blancs.

Jurant comme un charretier, Milt jaillit de la salle de conférences, se rua vers son bureau et claqua la porte. Mais Rod ne s'inquiéta pas de la réaction de son chef. Il n'y avait aucun risque qu'il se fasse virer. Après le dernier coup de maître qu'il venait d'accomplir — le démantèlement d'un réseau pédophile à Los Angeles —, sa cote au Department 6 était au plus haut.

— Ce n'est pas pour moi, protesta Bruce. C'est pour elle.

— Qui ça « elle » ?

— Ta mère.

Cette fois, Bruce avait réussi à capter son attention.

— Ma mère est morte. En partie parce qu'elle s'est usée à la tâche avant d'avoir quarante ans, et en partie parce que vous lui avez brisé le cœur. C'est à cause de vous, si elle morte. De vous et d'Edna.

Il avait prononcé le nom de la femme de Bruce avec tout le mépris que celle-ci méritait à ses yeux.

— Ce n'est pas moi qui ai demandé à ta mère de venir aux Etats-Unis. C'était sa décision. Et je ne lui ai jamais rien promis de plus que ce que je lui ai donné. Je lui ai fourni un travail, c'est tout. Et il n'était pas pire qu'un autre.

— Vous lui avez aussi fait un enfant, grommela Roderick. Un enfant dont elle a essayé de prendre soin, ainsi que de son petit frère.

Le frère en question était retourné au Mexique peu après la mort de Carolina. Roderick avait perdu le contact, mais il pensait souvent à Arturo. De temps en temps, il envisageait de le rechercher, mais il craignait d'apprendre qu'Arturo avait trouvé la mort dans un trafic de drogue qui aurait mal tourné. Il avait causé beaucoup de problèmes avant de retourner au pays et, s'il était toujours en vie, il y avait fort à parier qu'il n'avait pas choisi le bon côté de la loi. C'était un écorché vif, incapable de trouver la paix. En tout cas, c'était ce que Carolina disait de lui.

— Je l'aidais financièrement, argua Bruce.

Il oubliait de dire qu'il avait essayé de la convaincre d'avorter, et qu'il lui avait proposé plusieurs fois de l'argent pour qu'elle quitte le ranch et Bordertown.

— Et alors ? Vous avez payé ses frais médicaux et vous lui avez donné quelques billets pour qu'elle puisse nourrir le fils que vous aviez engendré. Vous croyez que ça mérite une médaille ?

— Non, non, tu as raison. Je… Je n'en ai pas fait assez. J'en suis désolé.

— Malheureusement, les enfants ne disparaissent pas parce qu'on regrette de les avoir faits, monsieur Dunlap.

— Je ne regrette pas que tu sois né. Je regrette mon égoïsme. J'avais peur. Je ne voulais pas que ça détruise mon mariage.

— Dites plutôt que vous craigniez pour votre héritage.

— Mon père n'aurait pas compris. C'était une autre époque. Je sais que tu as du mal à comprendre, mais c'est vrai.

Bruce Senior n'avait jamais accordé la moindre attention à Rod, même quand sa mère faisait en sorte de croiser son chemin et clamait : « C'est ton grand-père. » Elle était si fière de son fils qu'elle ne comprenait pas pourquoi les hommes de la famille Dunlap ne voyaient pas les choses de la même façon qu'elle.

— J'aimerais pouvoir revenir en arrière et faire les choses différemment, dit son père. Mais c'est trop tard. Je ne m'attends pas à ce que tu me pardonnes.

Roderick jeta un coup d'œil à sa montre.

— Alors, pourquoi appelez-vous ?

Bruce soupira.

— Un salopard de raciste s'amuse à tuer des clandestins au moment où ils franchissent la frontière. Il les abat à bout portant et abandonne leurs cadavres en plein air.

— Le seul salopard de raciste que je connaisse, c'est vous. Et votre père aussi, bien sûr, mais il n'est plus là.

Il y eut un long silence, et Roderick comprit que le coup avait porté.

— Je le mérite, reprit son père. Et lui aussi le mériterait, s'il était encore en vie. Mais il ne s'agit pas de moi. Ou de lui. Je crois que cette affaire est trop compliquée pour la police locale. Ils n'ont ni les moyens, ni les équipes, ni l'expérience. Je crains qu'il y ait encore beaucoup d'autres morts si personne ne nous aide.

Averti que les autres agents étaient revenus de leur déjeuner grâce au brouhaha qui s'élevait de la zone d'accueil, Roderick entra dans la salle de conférences que Milt venait de déserter et ferma la porte.

Il jouait les durs, mais cette conversation avec son père le déstabilisait. Il se sentait redevenir petit garçon. Un petit garçon blessé. Et cette douleur faisait resurgir la colère qu'il avait profondément enfouie.

Quant à ces meurtres odieux, sans doute perpétrés par un *vigilante*, ils ne lui inspiraient que rage et dégoût. C'était si facile, de se sentir supérieur et légitime quand on avait une maison confortable et l'estomac plein !

— Qu'attendez-vous exactement de moi ?

— D'après Jorge, tu as les capacités pour nous aider.

— Il faudra que je le remercie, la prochaine fois que je lui parlerai.

Son père ignora le sarcasme.

— Tu ne le croiras peut-être pas, mais je suis fier de toi.

— Comme vous étiez fier quand je coupais des laitues dans vos champs, et que vous passiez à côté de moi en m'ignorant complètement ?

Bruce ne répondit pas à l'attaque, mais le timbre de sa voix changea, et s'adoucit.

— Tu pourrais mettre un terme à ce qui se passe ici, j'en suis sûr.

— Depuis quand vous souciez-vous des Mexicains ?

— J'appartiens à cette communauté depuis toujours. Tu crois que j'ai envie de la voir voler en éclats à cause de crimes raciaux sans aucun sens ? Je ne suis pas un monstre, Rod. Il est vrai que je ne suis pas ravi de voir ces milliers de clandestins déferler sur le pays, mais je ne souhaite pas pour autant leur mort.

— Ah oui ? Et comment feriez-vous si vous deviez payer de la main-d'œuvre blanche ?

— Je suis équitable avec mes employés.

Il est vrai que Bruce s'était toujours montré plus généreux que les autres fermiers du coin. Cela faisait aussi partie des raisons pour lesquelles Carolina était restée.

Mais Rod ne voulait même pas lui accorder ça. De toute façon, ce qui se passait à Bordertown ne le concernait plus. Il avait fini par s'en échapper, et il n'était pas question qu'il y retourne.

— Je vis en Californie, à présent, monsieur Dunlap. Depuis la mort de ma mère, je n'ai plus rien à faire en Arizona.

— Je te paierai.

— Certainement pas.

Il se massa la tempe pour contrer un début de mal de tête.

— Je ne veux pas de votre argent.

— Tu t'es pourtant jeté dessus à la mort de ta mère.

— Vous rigolez ? J'avais seize ans, et je venais de perdre la seule famille que j'avais au monde. Je n'aurais pas pu payer des obsèques décentes sans cet argent, et vous le savez.

C'était l'unique raison pour laquelle il avait accepté. Il ne l'aurait pas fait si ce n'avait pas été pour elle.

— Et vous oubliez que je vous ai remboursé. Je vous ai envoyé un mandat postal tous les mois, même si je devais me priver de manger pour ça.

Il avait eu du mal à survivre les deux années suivantes, acceptant tous les petits boulots qui se présentaient : plongeur dans un restaurant, employé agricole, peintre en bâtiment…

Il serait probablement toujours en train de galérer s'il n'avait pas rencontré un recruteur de l'US Navy. Après avoir fait le forcing pendant des semaines, Linus Coleman l'avait convaincu de s'engager dans la marine. Là, il avait trouvé un foyer, des amis qui étaient presque comme des frères, un but dans la vie, et l'estime de soi.

— Je ne les ai jamais encaissés. J'espérais toujours trouver sur l'enveloppe une adresse d'expéditeur pour que je puisse te les renvoyer. Je les ai emportés à ta remise de diplôme, mais tu ne m'as pas laissé la chance de te parler en privé. Je n'ai jamais utilisé un centime de cet argent.

— C'est votre problème. Et je vous signale que c'est vous qui avez amené le sujet.

— Je suppose que j'essayais de souligner que j'avais malgré tout essayé de… de t'aider.

— Si c'est ça que vous appelez « aider », vous êtes encore plus pitoyable que je ne le pensais.

Sur ces mots, il raccrocha, tandis que Rachel Ferrentino, une collègue et excellente amie, entrait dans la pièce.

— Salut, dit-elle. Que se passe-t-il ?

La voyant inquiète, il s'empressa de plaquer sur son visage son habituel sourire plein d'entrain.

— Rien. Pourquoi ?

— Milt est fou de rage. Il se plaint que tu ne respectes pas son emploi du temps.

— Il n'y a pas que son emploi du temps. Je n'ai aucun respect pour lui non plus.

Il s'attendait à ce qu'elle rie, mais Rachel était assez fine mouche pour deviner qu'il lui cachait quelque chose.

— C'était important, hein ? dit-elle, en désignant son téléphone d'un coup d'œil.

Essayant une fois encore d'enfouir les souvenirs réveillés par l'appel de son père, et la douleur qui s'y associait, il prit une profonde inspiration.

— Pas vraiment.

— Si tu le dis, répliqua Rachel, sans paraître convaincue.

La climatisation du bureau de police tournait à plein régime pour tenter de lutter contre les effets d'une nouvelle journée de canicule mais, sachant que l'inspecteur Lindstrom n'allait pas tarder à débarquer, Sophia était loin de se sentir à l'aise.

Lindstrom l'avait appelée alors qu'elle se trouvait encore

sur la scène de crime, juste après qu'elle eut raccroché avec le maire. Elle avait donc eu la « chance » d'enchaîner deux conversations des plus déplaisantes.

L'inspecteur avait appris la fusillade via la fréquence radio de la police, et elle était furieuse que Sophia ne l'ait pas prévenue. Sophia avait prétexté qu'elle voulait attendre d'avoir établi un lien avec les autres meurtres, mais ça n'avait pas vraiment calmé Lindstrom.

Sophia s'apprêtait à appeler le numéro figurant sur le morceau de papier trouvé dans les poches de « José », quand elle entendit la voix criarde de l'inspecteur demander à Grant qu'il aille immédiatement chercher sa supérieure. Reposant le combiné téléphonique, elle se leva et ouvrit sa porte

— Inspecteur Lindstrom ? Vous voulez venir dans mon bureau ?

L'évident soulagement de Grant faillit lui arracher un sourire, mais cette envie disparut quand elle vit Lindstrom avancer au pas de charge dans sa direction, ses yeux bruns lançant des éclairs.

— Ce qui s'est passé ce matin est totalement inacceptable, scanda-t-elle. *Totalement inacceptable.*

L'ignorant, Sophia dit à Grant qu'il pouvait rentrer chez lui, fit signe à Lindstrom de la suivre, et lui indiqua un siège.

— Voulez-vous vous asseoir ?

— Non. Je n'en reviens toujours pas que vous soyez allée là-bas sans m'avertir. Nous sommes supposées travailler ensemble sur cette enquête. Or, vous passez votre temps à me mettre des bâtons dans les roues.

Sophia aurait peut-être agi différemment si elle avait pu avoir confiance en elle. Mais Lindstrom était amie depuis l'enfance avec la sœur de Leonard Taylor, et elle ne s'était pas privée d'affirmer haut et fort qu'elle ne croyait pas à sa culpabilité.

Pour couronner le tout, cette femme était une emmerdeuse de premier ordre.

Mais il en fallait plus pour impressionner Sophia.

— Comme vous l'avez dit, nous avons un travail qui nous attend, dit-elle. Si nous nous y mettions ?

— Vous voudriez que j'oublie ce qui s'est passé ce matin ?

— Pourquoi pas ? Ce n'est quand même pas la fin du monde.

— Ne croyez pas que vous allez pouvoir continuer à n'en faire qu'à votre tête. Bientôt, vous ne serez plus décisionnaire.

Sophia se raidit.

— Que voulez-vous dire ?

— Le FBI est en train de réunir une équipe. Ils ne toléreront aucune tête brûlée.

Contrairement à ce que Lindstrom semblait croire, Sophia était ravie à l'idée d'avoir de l'aide. Elle l'avait même sollicitée.

— Vous croyez que j'ignore qu'ils ont prévu d'intervenir ? Tout ce que je souhaite, c'est qu'ils se dépêchent.

— Vous voulez bien de leur aide, mais pas de la mienne ?

— Ils ne pactisent pas avec mes ennemis.

— Vous êtes la seule à ne pas être capable de tourner la page. Et j'en ai assez que vous fassiez de l'obstruction. Le shérif Cooper va en entendre parler.

— Très bien. Vous pouvez l'appelez tout de suite, si vous voulez.

Sophia n'était pas inquiète. Elle savait que Cooper l'appréciait, et elle lui avait déjà fait part de ses difficultés avec Lindstrom. Il lui avait expliqué qu'il n'avait personne d'autre à lui assigner pour le moment, et lui avait demandé d'être patiente et de faire de son mieux. Il avait aussi appuyé sa demande auprès du FBI.

L'inspecteur et elle se défièrent du regard pendant

quelques secondes, puis Lindstrom haussa les épaules, posa son sac par terre, et se laissa tomber sur le siège usé qui faisait face au bureau de Sophia.

— Qu'avez-vous trouvé ce matin ?

Sophia ouvrit un tiroir de son bureau, y prit le sachet contenant les douilles et le lui tendit.

— C'est quoi, ce renflement ? demanda-t-elle après les avoir observées.

— Je ne sais pas. Mais un défaut de ce genre pourrait nous aider à trouver l'arme du crime.

— Je pencherais pour un calibre .45

— J'espère qu'un expert en balistique pourra nous donner la marque.

— Vous avez vérifié s'il y avait des empreintes ?

— Je laisse ça au labo de la criminelle.

Lindstrom lui rendit le sachet et se cala contre le dossier de son siège.

— Autre chose ?

— Cinq cents pesos. Un mot d'amour. Et un numéro de téléphone.

— Ça ne fait pas grand-chose pour passer la frontière.

— Ils ont rarement beaucoup d'objets personnels.

— Ils auraient quand même dû avoir plus d'argent que ça. Dans les mille six cents dollars, environ. Les clandestins ne paient leur passeur qu'une fois qu'ils sont de l'autre côté. Et ce n'est pas donné.

— Ils avaient peut-être des amis ou de la famille qui les attendaient, quelqu'un qui a payé pour eux.

— Vous ne pensez pas qu'on leur a dérobé l'argent ?

— En laissant cinq cents pesos ? Non.

— Bien. Vous avez appelé le numéro ?

— Pas encore.

— Une idée de l'endroit d'où venaient ces gens ?

— Non, mais je pense qu'ils sont passés à Naco. C'est le point d'accès le plus proche.

Lindstrom eut une moue dubitative.

— Pas forcément. Avec le renforcement des mesures de sécurité, la plupart des *coyotes* emmènent leurs clients plus à l'ouest, près de Sasabe.

Sophia secoua la tête.

— Ça représente quarante-cinq kilomètres à pied, ce qui peut prendre plusieurs jours. Ces gens ne marchaient pas depuis aussi longtemps.

— Comment le savez-vous ?

— Ils n'étaient pas totalement déshydratés.

— Vous avez déjà reçu le rapport d'autopsie ? demanda Lindstrom d'un ton faussement étonné.

Sophia fit un effort pour ne pas perdre patience.

— La déshydratation fait... comment dire... « bouillir » le sang. Quand des personnes déshydratées meurent, même d'une autre cause, le sang s'écoule de tous les orifices du visage. Ce n'était pas le cas avec ce couple. Ils n'avaient pas d'eau avec eux, donc ils avaient marché assez longtemps pour épuiser leurs réserves. Car ils en avaient forcément. Sinon, ç'aurait été de la folie d'entreprendre ce trajet. J'en déduis qu'ils sont passés par Naco, et qu'ils espéraient rejoindre l'autoroute 90 où quelqu'un devait les attendre.

Lindstrom fit la moue.

— Ce ne sont que des hypothèses.

— Bien sûr.

— Vous voulez contacter le consulat mexicain, ou je le fais ?

— Allez-y.

Ça ne dérangeait pas Sophia de laisser Lindstrom s'en occuper. La tâche réclamait des talents de diplomate que Lindstrom ne possédait pas vraiment, mais au moins s'épargnait-elle le rôle délicat du porteur de mauvaises nouvelles.

— Dites-leur que le prénom de l'homme doit être José, et qu'il était accompagné de sa femme.

Elle leva la main et s'expliqua avant que l'inspecteur ne fasse un nouveau commentaire.

— Le mot d'amour est signé « José », et la femme porte une alliance.

Sophia lui tendit le message, qu'elle étudia en faisant la moue, avant de lui signifier d'un signe de tête qu'elle avait terminé.

— Qu'est-ce que vous allez faire pendant ce temps-là ? demanda-t-elle, tandis que Sophia replaçait le message dans le tiroir de son bureau, avec les douilles.

— Je vais utiliser l'annuaire inversé pour voir si je peux trouver à qui appartient ce numéro de téléphone. Je vais envoyer les douilles au labo, comme je vous l'ai dit, et ensuite, je pars pour Naco.

— Pas du côté mexicain, quand même ?

— Evidemment, du côté mexicain. Où croyez-vous que se trouvent les *coyotes* ? Je ne connais pas beaucoup de personnes qui font appel à eux pour entrer illégalement au Mexique.

Lindstrom bondit de son siège.

— Mais, vous n'êtes pas supposée quitter le pays.

— Il faut bien que nous prenions quelques risques, si nous voulons retrouver l'assassin de ces pauvres gens.

— Vous pensez qu'il s'agit d'un *coyote* ?

— Pas forcément.

Sophia était de plus en plus persuadée que Leonard avait complètement perdu les pédales, et que c'était lui qui tuait les clandestins. Si l'on tenait compte du timing, et du fait que tous les événements s'étaient produits dans sa juridiction, elle ne voyait pas qui d'autre aurait pu être à l'origine de ces crimes. Il était son seul ennemi, et il avait une très bonne raison de détester les sans-papiers.

Mais la logique suggérait aussi que les meurtres avaient pu être perpétrés par un agent de la patrouille des services d'immigration que son travail aurait fini par écœurer. Si c'était le cas, d'anciens sans-papiers reconduits à la frontière, ainsi que des passeurs prêts à jouer les indics pourraient lui en dire plus que quiconque du côté américain. Peut-être avaient-ils rencontré un agent au comportement bizarre ou agressif…

C'était probablement un coup d'épée dans l'eau, mais elle n'avait rien d'autre à se mettre sous la dent pour le moment.

— Quoi qu'il en soit, reprit-elle, un regard neuf peut tout changer.

— A votre place, je ne me risquerais pas à aller au Mexique. Comme vous le savez peut-être, mon mari travaille pour l'agence de lutte contre la drogue, et ne cesse de me répéter combien c'est dangereux, là-bas.

Lindstrom était-elle vraiment inquiète pour sa sécurité, ou craignait-elle qu'elle ne résolve l'affaire et sauve son poste ?

— J'ai besoin de savoir exactement d'où venaient les victimes et comment elles ont traversé, et aussi de rencontrer, pendant qu'ils s'en souviennent encore, des gens qui ont été en contact avec eux.

— Vous pourriez obtenir une partie des informations, si ce n'est toutes, par la personne à qui appartient ce numéro.

— Peut-être. Je ne sais même pas si je vais réussir à la joindre.

Elle souleva son téléphone.

— On va bien voir.

Elle composa le numéro. Après six sonneries, un répondeur se déclencha. La voix était celle d'un homme s'exprimant en anglais, avec un fort accent espagnol. Elle laissa un message et accéda à l'annuaire inversé via son ordinateur.

— C'est un portable prépayé, annonça-t-elle. Impossible de le tracer.

— Il rappellera peut-être.

— Espérons-le, mais je ne vais pas rester assise à mon bureau en attendant.

— Vous ne pouvez pas aller au Mexique, insista Lindstrom. Et les autres victimes ? Il y a sûrement des recherches à poursuivre de ce côté-là.

Les autres victimes n'offraient pas la même opportunité. Lorsque leurs cadavres avaient été découverts, ils étaient pour la plupart dans un état de décomposition très avancée. Certains avaient été identifiés grâce aux documents retrouvés sur eux. Des parents qui avaient contacté le ministère des Affaires étrangères au Mexique avaient permis d'en identifier d'autres. Mais trois d'entre eux demeuraient inconnus.

Et le temps filait.

Le maire l'avait encore fait remarquer ce matin. Il disait subir une forte pression de la part du conseil municipal et de ses administrés les plus puissants, et ne savait pas combien de temps encore il pourrait la soutenir. Il se demandait même s'il n'allait pas devoir la remplacer par quelqu'un qui avait fait ses preuves.

Il n'avait pas précisé combien de temps il lui restait, mais elle savait que ses jours à ce poste étaient comptés. De toute façon, Schilling n'avait jamais approuvé sa nomination, la trouvant trop jeune, et considérant surtout que ce n'était pas un poste pour une femme.

— Le consulat mexicain a déjà entré dans la base de données SIRLI les éléments que nous lui avons fournis, dit-elle, notamment des descriptions physiques quand c'était possible, et ça n'a rien donné. A moins que quelqu'un ne signale la disparition d'un parent ou d'un ami, nous avons peu de chances de découvrir l'identité des dernières victimes.

— Mais cette fois, nous avons des douilles. Ça devrait nous apporter des réponses.

— Nous avons aussi un meurtre tout frais, si je peux m'exprimer ainsi. En retraçant les faits et gestes de ce jeune couple, l'enquête pourrait enfin se débloquer.

— Vous avez peut-être raison, admit finalement

Lindstrom d'un ton morose. Mais mon mari ne me laissera jamais vous accompagner.

Comme par hasard ! Justement la seule fois où Sophia n'aurait pas trouvé à redire à la présence de Lindstrom.

— Eh bien, tant pis. J'irai toute seule.

4

— Tu me laisses entrer ? Ou tu restes planté là à me fixer ?

Roderick s'écarta de mauvaise grâce, n'étant pas sûr de vouloir parler maintenant à Rachel. C'était facile d'être son ami quand c'était elle qui avait besoin de vider son sac, mais il avait horreur de confier ses états d'âme.

A quoi bon remuer le couteau dans la plaie ?

— Tu veux une bière ? proposa-t-il.

— Non, merci.

Elle jeta un coup d'œil aux canettes vides qu'il avait mises dans le bac de recyclage.

— Je te fais un café ? suggéra-t-elle.

— Inutile.

— Cet appel que tu as reçu au bureau…

Il plissa le front d'irritation.

— Eh bien, quoi ?

Plongeant la main dans le bol de chips posé sur le comptoir de séparation entre la cuisine et le salon, Rachel prit son temps pour répondre.

— Tu ne veux pas me dire pourquoi ça t'a perturbé à ce point ?

— Ton mari ne t'attend pas à la maison ?

— Il sait que je suis ici.

— Pourquoi n'est-il pas venu avec toi ?

— Parce qu'il avait de la paperasse à terminer. Et puis, je lui ai dit que je voulais être seule avec toi.

— Nous n'avons aucun besoin d'être seuls, grommela-t-il.

Si Rachel et lui avaient été très proches, ils se voyaient beaucoup moins depuis qu'elle était mariée. Son mari, Nate, qui faisait aussi partie de Department 6, ne voyait aucun mal à cette amitié, d'autant que Roderick n'avait jamais éprouvé de sentiments amoureux pour elle. Mais leur relation n'était plus tout à fait la même, et leur ancienne camaraderie lui manquait parfois.

— Dis-moi ce qui se passe, insista-t-elle, tout en commençant à laver la vaisselle qui s'était accumulée dans l'évier.

— Rien du tout.

— Ça ne te ressemble pas de bouder comme ça.

— Arrête de faire ma vaisselle. Et, qui te dit que je boude ?

Elle regarda ostensiblement autour d'elle.

— La télé est éteinte. La stéréo est éteinte. Les stores sont baissés.

Il ne voulait tout simplement pas que son emmerdeuse de voisine sache qu'il était rentré. Sinon, elle serait venue le relancer pour qu'il répare la fuite dans sa salle de bains. Il avait besoin de se détendre, et Rachel lui compliquait la tâche.

— Et alors ?

— Milt a dit que tu avais fait l'impasse sur votre réunion, et que tu avais quitté le bureau sans dire quand tu reviendrais.

— Pauvre Milt…

— Je te signale que c'est ton patron.

— Je ferai le point avec lui plus tard.

— Il s'inquiète pour toi.

— Foutaises ! Milt ne s'inquiète que pour lui-même.

Rod finit la bière posée sur le comptoir, écrasa la canette entre ses doigts, et la lança dans le bac de recyclage.

— D'accord, je vais le formuler autrement. Il veut juste

protéger son investissement. C'est moi qui m'inquiète pour toi.

— J'envisage de prendre quelques jours de repos, c'est tout, dit-il en haussant les épaules d'un air nonchalant.

— Quelques jours de repos ? répéta Rachel d'un ton incrédule.

— Oui.

— Pour faire quoi ? Rester enfermé ici à te soûler ?

— Non, grosse maligne. Pour visiter l'Arizona.

Elle hésita.

— Tu as l'intention de rendre visite à quelqu'un en particulier ?

Pas à son père, en tout cas. Et encore moins à Edna. Mais pourquoi pas à Jorge ?

— Pas vraiment.

— Tu dois bien avoir une raison pour vouloir y aller.

Il ne lui avait jamais donné de détails sur son enfance, se bornant à dire qu'il venait d'un trou perdu situé au sud de l'Arizona, et qu'il n'avait aucune envie d'y retourner. Mais Rachel était loin d'être sotte.

Laissant ses mains s'égoutter au-dessus de l'évier, elle l'enveloppa d'un regard interrogateur.

— Ça a quelque chose à voir avec ton passé ?

— Peut-être.

— Tu as l'intention de me faire lanterner encore longtemps ? lui demanda-t-elle d'un ton de reproche, tandis qu'elle attrapait une serviette pour s'essuyer les mains.

Il se dirigea vers le réfrigérateur pour y prendre une nouvelle bière, mais elle l'intercepta.

— Assieds-toi. Je vais te préparer quelque chose à manger.

— Non, merci.

— De toute façon, je ne bougerai pas d'ici tant que tu ne m'auras pas parlé.

— Tu m'emmerdes.

— Charmant. Ça m'apprendra à vouloir t'aider.

Il se passa la main dans les cheveux en soupirant.

— Ce n'est pas que ça m'ennuie que tu sois là…

En fait, si, mais il ne savait pas comment le lui dire.

— Simplement, je ne sais pas quoi faire, reprit-il.

— A propos de ?

— De l'Arizona.

— Il s'est passé quelque chose là-bas ?

— Une ordure s'amuse à descendre des clandestins au moment où ils passent la frontière, et j'envisage d'y mettre un terme.

— La police locale ne peut rien faire ?

— Bordertown est loin d'être prospère. Il reste quelques fermiers aisés, mais presque tout le monde vit en dessous du seuil de pauvreté, et les finances publiques ne sont pas au beau fixe.

— Les fédéraux ne peuvent pas intervenir ?

— Si, probablement. Mais je connais bien la région, je parle couramment espagnol… Je pourrais leur apporter mon aide.

Il avait l'impression de le devoir à sa mère et à ses ancêtres Mexicains.

— Si c'est important pour toi, Milt ne pourra pas te refuser quelques jours de congé. De toute façon, tu as plusieurs semaines de vacances à prendre.

— Je sais.

— Dans ce cas, qu'est-ce qui te retient ?

— Tu crois que je devrais y aller ?

Elle eut un petit rire.

— Non, c'est *toi* qui crois que tu devrais y aller. Mais, visiblement, ça te pose un problème. Moi, j'essaie seulement de te faire comprendre que ce n'est pas en buvant que tu y verras plus clair.

— Mon père vit là-bas, finit-il par admettre.

Elle le dévisagea avec surprise.

— Tu m'as dit que tu n'avais pas de père.

— J'ai dit ça ?

Il ne s'en souvenait pas.

— Oui, mon cher.

— Bah, ce n'est pas tout à fait faux… Il ne m'a jamais reconnu. Il donnait de temps en temps de l'argent à ma mère, autant qu'il pouvait en détourner sans attirer l'attention de sa femme, mais ce n'était pas régulier. Il avait une autre famille à nourrir, tu comprends.

Rachel faisait comme s'il s'agissait d'une conversation anodine, mais il vit bien qu'elle était sidérée.

— Tu as des frères et sœurs ?

— Deux demi-frères. De vraies ordures.

— Plus jeunes ou plus vieux ?

— Plus vieux. Et plus forts aussi, à l'époque. Ils en profitaient pour me martyriser.

Il ne savait pas à quoi ils ressemblaient maintenant. Il se souvenait seulement qu'ils unissaient leurs forces pour le battre comme plâtre, généralement parce qu'il avait l'audace d'être sur leur propriété et qu'il refusait de leur céder le passage. Il trouvait tellement injuste que Bruce les traite comme des petits princes, alors qu'il ne pouvait pas cueillir une orange sans être accusé de vol.

— Ton père ne leur disait rien ?

— Il fermait les yeux. Il savait qu'ils le répéteraient à leur mère, s'il leur faisait une remontrance, et que ça aggraverait encore les choses.

— Tes frères vivent toujours là-bas ?

— Je ne sais pas. Je ne me suis jamais renseigné sur eux. Même auprès de Jorge.

— Mais je ne pense pas qu'ils soient partis. Ils doivent attendre d'hériter du domaine.

— Et ta mère ? Où est-elle ?

— Au cimetière.

— Que lui est-il arrivé ?

— Cancer des poumons. Elle n'avait pourtant jamais fumé de sa vie.

Il eut un rire amer.

— Belle injustice, non ?

— Rien de tout ce que tu as vécu ne semble juste. Mais tu n'es plus la même personne. Si tu y retournes, on ne te considérera plus de la même façon.

— C'est-à-dire ?

— C'est-à-dire que tu sauras gérer tout ce qui t'attend là-bas : un tueur raciste, deux petits crétins à qui tu pourrais encore mettre une raclée, un père qui doit être un imbécile pour ne pas t'avoir aimé… et la vue d'une tombe qui te déchirera probablement le cœur.

— Tu vois ? C'est pour ça que je n'aime pas te parler, dit-il.

— Pourquoi ?

— Parce que tu ne comprends jamais rien.

Devinant qu'il pensait le contraire, elle lui sourit gentiment.

— Quand pars-tu ?

— Peut-être ce soir, si tu acceptes de me conduire à l'aéroport.

— Tu crois que tu trouveras un vol ?

— Probablement pas jusqu'à Tucson, mais il devrait y en avoir un pour Phoenix. Il ne me restera plus qu'à y louer une voiture.

Les longs cheveux de Sophia étaient suffisamment sombres pour se mêler à ceux des Mexicains qu'elle croiserait, mais la couleur de ses yeux et le ton de sa peau la trahiraient. Ses iris vert pâle attiraient l'attention où qu'elle aille. Les gens s'extasiaient toujours sur leur originalité. Et même si elle arborait un joli bronzage, sa carnation était incontestablement celle d'une femme blanche.

Mais au moins, elle n'aurait pas l'air d'un flic, grâce aux tatouages qui lui couvraient le haut d'un bras, de l'épaule jusqu'au coude. Même s'ils lui rappelaient son adolescence rebelle, elle aimait toujours les symboles du bien et du mal qui y figuraient. Ainsi était l'humanité : ni totalement honorable, ni complètement mauvaise. Et puis, ces tatouages lui donnaient le côté dure-à-cuire dont elle avait parfois besoin, compensant sa petite taille d'un mètre soixante-cinq et ses quarante-cinq kilos.

Vêtue d'un débardeur, d'un jean et de bottes de moto, les cheveux noués en queue de cheval sous son casque, son revolver fixé à son mollet droit sous la jambe de son pantalon, elle enfourcha la Harley qu'elle avait achetée l'été dernier.

En dehors de Rafe et de son frère, cette moto était le grand amour de sa vie. Elle se l'était offerte après une rupture particulièrement douloureuse, ayant alors décidé de tirer un trait sur les hommes. Après plusieurs mois sans faire l'amour, elle commençait à envisager de revenir sur sa décision. Mais, pour le moment, sa Harley était d'une compagnie plus agréable que son précédent petit ami. De temps en temps, il lui arrivait de tomber sur Dick Callahan et la gamine à peine sortie de l'adolescence qu'il avait engrossée pendant qu'il était en couple avec elle.

« Salaud », murmura-t-elle, en bifurquant au bout de son allée pour rejoindre la route.

C'était à peu près la réaction qu'elle avait chaque fois qu'elle pensait à Dick. Et dire qu'elle lui avait davantage fait confiance qu'aux autres parce qu'il était le pasteur de l'Eglise du Premier Calvaire ! Au lieu de lui dire la vérité, il l'avait endormie avec des « Je t'aime », jusqu'à ce que la fille de dix-sept ans et ses parents sonnent à sa porte et lui parlent du bébé. Ils avaient aussi exigé qu'elle cède la place, afin que Dick puisse « réparer sa faute ». Par crainte du scandale, Dick avait accepté d'épouser Zeba, et Sophia avait plié bagages, même si elle était persuadée que le mariage ne durerait pas.

Depuis, cinq mois s'étaient écoulés, et Sophia n'avait pas vraiment fait de rencontres. Outre qu'il n'y avait guère d'opportunités dans les petites villes, le fait qu'elle soit flic limitait encore le choix, dans la mesure où elle en savait trop sur tout le monde.

Harvey Hartfield, par exemple, lui avait fait quelques avances. Mais, à l'époque où il était marié, et où elle était encore un simple agent en uniforme, elle avait dû se rendre chez lui pour régler un différend domestique. Sa femme — son ex-femme aujourd'hui — n'avait pas voulu porter plainte, mais Sophia avait vu les marques sur son visage, et l'avait crue quand elle avait dit que Harvey la battait. Elle n'était donc pas très emballée à l'idée d'aller boire un verre avec lui, sachant qu'il pouvait se montrer violent.

Il y avait aussi Craig Tenney, un dentiste du coin. Il lui semblait sympa, jusqu'à ce qu'Alice Greville vienne au poste de police pour déclarer qu'il lui avait touché les seins pendant qu'elle était sous anesthésie. Tous ses autres patients avaient pris fait et cause pour lui, et la plainte d'Alice avait été classée sans suite.

Stuart Dunlap s'était aussi montré intéressé. A première vue, il semblait être le candidat idéal. A part une bagarre dans un bar six ans plus tôt, il n'avait pas eu d'ennuis avec la justice. Il hériterait avec son frère du ranch Dunlap, ce que la mère de Sophia ne cessait de mettre en avant. Anne n'avait aucune opposition aux mariages d'argent. Lorsque son premier mari avait fait faillite, elle avait fait le nécessaire pour conserver son train de vie. Mais Stuart se comportait comme si la ville lui appartenait, et Sophia ne supportait pas son arrogance. A tout prendre, elle aurait préféré son frère, mais Patrick était déjà marié.

L'autoroute se brouilla devant sa roue avant tandis qu'elle mettait les gaz. Elle songea à Dinah Lindstrom qui regagnait ses pénates pour partager le dîner avec son mari, et se demanda si cette dernière s'était plainte auprès du shérif d'avoir été laissée sur le carreau.

Sophia savait qu'elle aurait dû la prévenir dès qu'elle

avait reçu l'appel signalant les deux nouveaux meurtres, mais son instinct l'en avait dissuadée. De même, elle n'avait pas envoyé les douilles au labo de la crim comme elle l'avait prétendu, mais à un expert privé. Elle avait également conservé la troisième douille, au cas où son envoi se perdrait.

On n'était jamais trop prudent !

La nuit commençait à tomber, et comme on était en semaine, il n'y avait pas beaucoup de véhicules au poste frontière. Dans le sens des entrées, s'entend. Car de l'autre côté, une longue file de voitures attendait de pouvoir quitter le Mexique. Des colporteurs zigzaguaient entre les véhicules, proposant différents objets d'artisanat.

Sophia regarda quelques conducteurs et passagers baisser leur vitre et inspecter la marchandise proposée. Puis ce fut à son tour de s'arrêter sous le panneau suspendu qui annonçait : *Bienvenidos a Naco, Sonora, México.* Elle tendit son passeport au douanier, ce qui était maintenant obligatoire pour passer la frontière, alors qu'autrefois un simple permis de conduire suffisait. Elle ne montra pas son insigne. Officiellement, elle ne se rendait pas au Mexique pour raisons professionnelles, et elle n'était pas armée.

Après avoir jeté un bref coup d'œil à son passeport, l'homme lui fit signe de passer, et le moteur vrombit entre ses jambes tandis qu'elle guidait sa moto à travers Naco. Peuplée de huit mille habitants, la ville regorgeait d'habitations, de motels et de boutiques… et aussi d'indigents qui faisaient la manche à tous les coins de rue.

Il ne manquait pas non plus de *coyotes*.

Sophia pouvait les voir appuyés contre des façades d'immeuble, ou faisant le pied de grue aux carrefours. Certains se contentaient d'observer les environs en fumant, cherchant à repérer de futurs clients. D'autres abordaient directement les passants pour proposer leurs services.

Un court instant, les sonorités étrangères des conversations l'effrayèrent. Elle était déjà venue à Naco, et elle connaissait assez bien la ville pour ne pas s'y sentir perdue. Mais elle ne parlait pas couramment espagnol, et elle tablait sur le fait que beaucoup de gens ici parlaient anglais.

Un groupe d'hommes massés à l'entrée du motel Su Casa, à l'apparence des plus miteuses, regardèrent ses fesses — ou ses « non-fesses », comme avait l'habitude de dire Starkey. Elle n'aurait su dire pourquoi elle pensait tout à coup à lui. Peut-être parce qu'elle aurait aimé qu'il l'accompagne. Même s'il était loin d'être devenu un citoyen modèle, leurs rapports étaient aujourd'hui cordiaux, en grande partie parce qu'il lui était reconnaissant de ce qu'elle faisait pour Rafe. En tout cas, Starkey savait toujours se sortir des pires situations.

Souriant et sifflant entre leurs dents tandis qu'elle retirait son casque, les hommes ne cachèrent pas leur admiration. Ils échangèrent aussi quelques commentaires en espagnol, d'où ressortaient des mots comme *espléndido* et *atractiva*.

Malgré de nombreuses tentatives, Sophia n'avait pas réussi à entrer en contact avec la personne à qui appartenait le numéro de téléphone trouvé sur José. Mais, contrairement à ce qui s'était passé avec les autres victimes, elle avait des photos, cette fois.

Approchant les hommes, dont la plupart avaient moins de vingt-cinq ans, elle sortit les deux clichés de la poche arrière de son jean.

— Vous allez peut-être pouvoir m'aider ?

Certains portaient des maillots de corps blancs, des pantalons de toile grise, et des espadrilles noires. D'autres avaient des jeans et des T-shirts de différents styles. Ils étaient tous appuyés contre quelque chose : la façade de l'immeuble, un pilier, une poubelle… Mais dès qu'elle s'adressa à eux, ils se redressèrent et commencèrent à venir dans sa direction.

— Connaissez-vous ces personnes ?

Celui qui était le plus près d'elle prit les photos, les regarda d'un œil morne et les lui rendit.

— *No hablo inglés.*

Peut-être ne parlait-il vraiment pas anglais, mais Sophia en doutait. C'était, après tout, une ruse assez commune pour garder le silence.

— Leurs noms, insista-t-elle. *Nombres.*

Elle désigna de nouveau les photos et les tendit à quelqu'un d'autre.

— Ces gens sont morts.

Le deuxième homme parlait anglais avec un fort accent, mais il restait compréhensible.

— C'est exact. Et j'essaie de comprendre comment ils ont été tués.

— Alors, vous êtes un flic ?

Il rit, ne cachant pas son scepticisme.

— Vous n'avez pas l'air d'un flic.

Elle haussa les épaules.

— Je suis juste une citoyenne inquiète.

— Une citoyenne inquiète, hein ? répéta-t-il, en observant les photos de plus près. Ils ont été tués en traversant la frontière, comme les autres ?

Sophia ne fut pas étonnée qu'il soit au courant. Les journaux avaient parlé des meurtres précédents, et Naco était situé juste de l'autre côté de la frontière, à peine à dix kilomètres de l'endroit où certains des meurtres avaient eu lieu.

— Oui.

— Qui êtes-vous ?

L'insolence de son regard la mit mal à l'aise, mais elle fit un effort pour ne pas flancher. La fréquentation des Hells Angels lui avait appris à ne jamais montrer sa vulnérabilité.

— Une amie.

Il frotta son pouce contre son index, en un geste classique pour indiquer qu'il faudrait lui graisser la patte.

— Combien vous payez ?

Dans une ville où les hommes se ruaient pour vous garder une place de parking ou laver votre pare-brise, en espérant quelques pièces, elle avait prévu cette demande.

— Cinquante dollars.

— Pour ?

— *Información.* Sur l'un et l'autre. Ou sur toute personne qui pourrait avoir un lien avec leur mort.

— Vous payez d'abord ?

Elle rit, tout en secouant la tête.

— Désolée, je ne suis pas *estúpida*. J'attendrais dans la *cantina* de l'autre côté de la rue.

— Que voulez-vous savoir ?

— D'où ils venaient, comment et quand ils ont franchi la frontière, avec qui ils étaient avant de mourir…

— Ça fait beaucoup de questions, non ?

— Il faut bien commencer par quelque chose.

Il réfléchit.

— Un travail comme ça pourrait prendre toute la nuit. Au bout du compte, je n'aurai peut-être rien à montrer. Et qu'est-ce qui vous fait dire qu'ils sont passés par ici ?

— Une intuition. Trouvez-moi leur *coyote*, quelqu'un qui les a vus ou qui les connaît. Plus vous m'en direz, plus je vous paierai.

— *¿Cuánto más ?* demanda quelqu'un.

Il voulait savoir combien elle pouvait mettre de plus. Cinquante dollars, c'était une broutille, comparé à ce qu'ils touchaient pour un passage réussi. Mais tous les passages n'étaient pas couronnés de succès.

— Jusqu'à deux cents dollars, dit-elle.

L'homme qui venait de l'interpeller essuya la sueur sur son front d'un revers de main.

— Et si on ne trouve rien ?

— Alors, vous n'aurez rien.

Secouant la tête d'un air dégoûté, quelques hommes se

détournèrent. L'un s'adressa à deux femmes arrêtées devant le chariot d'un vieil homme qui vendait des boissons.

— Hé, vous voulez une nouvelle vie ? Vous voulez aller en Amérique ? Je peux vous y emmener.

Il parlait en espagnol, mais Sophia n'avait pas trop de mal à comprendre.

La plus âgées des deux ricana.

— Tu penses que je suis stupide ? C'est trop dangereux.

— C'est sans risque. Et très facile. Je t'y emmène sans problème. J'ai un détecteur de métaux pour repérer les capteurs.

— Et ça ? demanda-t-elle en désignant la haute clôture métallique séparant les deux pays.

Mais tout le monde savait que cet obstacle était quasiment inexistant à certains endroits.

— Tu t'inquiètes pour quelques rangées de fils barbelés ?

— Je m'inquiète à l'idée de me perdre dans le désert. Tu veux notre mort ?

Il leva les yeux au ciel.

— Il ne vous arrivera rien. Je connais un raccourci. Il y en a à peine pour une heure de marche.

— Ne l'écoutez pas, intervint Sophia. Ça prend beaucoup plus qu'une heure. Il peut y en avoir pour plusieurs jours. Et il n'y a pas que la patrouille que vous devez craindre. Quelqu'un assassine les clandestins.

La femme ne semblait pas comprendre l'anglais, mais elle reconnut le pistolet que Sophia mima avec ses doigts. Marmonnant quelque chose d'inintelligible, elle prit son amie par le bras et l'entraîna précipitamment.

Le *coyote* pivota vers Sophia, furieux.

— Hé, vous venez de me faire perdre de l'argent.

— Douze de vos compatriotes sont morts, dit-elle. Ça ne vous fait rien ?

— Pourquoi ça devrait me faire quelque chose ? Ce n'est pas mon problème.

— Mais si le tueur continue comme ça, les gens vont avoir peur de traverser.

Il haussa les épaules.

— Je peux faire passer n'importe qui. Il suffit d'y mettre le prix.

En réalité, depuis que le gouvernement américain avait renforcé la sécurité autour de Naco, le travail des *coyotes* était devenu beaucoup plus difficile. Ils devaient éviter les énormes projecteurs de stade installés tous les cinq kilomètres, et équipés de capteurs à infrarouge et de caméras. Ces dernières étaient surveillées par des agents basés au poste central de commandement. A quoi s'ajoutaient des capteurs au sol, très redoutés car indécelables, et une unité de deux cents agents postés à des endroits stratégiques.

Compte tenu des risques, les services d'un guide compétent étaient passés de trois cents à huit cents dollars. Organiser le passage de clandestins était devenu tellement lucratif que la mafia mexicaine s'était mise de la partie.

— L'argent, c'est tout ce qui compte pour vous ? demanda-t-elle, d'un ton de reproche.

— Ça, et m'envoyer en l'air, répondit-il, provoquant un éclat de rire général.

Sophia resta impassible face à sa vulgarité. Elle n'était pas vraiment impressionnée par sa volonté de la choquer. Les amis de Starkey et son propre travail l'avaient habituée à pire.

— Bonne chance pour trouver une femme qui soit d'accord ! rétorqua-t-elle.

— Oooh..., firent ses amis, en se moquant de lui.

Une lueur dangereuse dans le regard, il la détailla de la tête aux pieds.

— Je ne prendrai peut-être pas la peine de demander la permission.

— Bon, je vois que vous avez décidé de me faire

perdre mon temps, dit-elle, en lui arrachant les photos des mains. Tant pis pour vous.

Sur ces mots, elle lui tourna le dos comme si elle n'avait absolument pas peur de lui.

Elle n'avait pas fait deux pas qu'un autre homme du groupe la héla.

— Je vais voir ce que je peux trouver, *señorita,* lui dit-il, la remerciant d'un signe de tête respectueux quand elle lui tendit les photos.

— *Puta*, grinça entre ses dents celui qu'elle avait rembarré juste avant.

Malgré son envie de sortir son arme et de la lui coller sous le nez, elle s'obligea à ignorer l'insulte. Elle n'était pas venue au Mexique pour s'attirer des ennuis, mais pour obtenir des réponses.

— Deux cents dollars ? demanda l'homme qui s'était proposé de l'aider.

Petit et massif, avec une cicatrice en travers de la joue, et un tatouage de serpent qui s'enroulait autour de son bras, il était beaucoup plus âgé que les autres, paraissant quarante-cinq à cinquante ans.

— Si les informations sont fiables, précisa-t-elle.

5

Ce n'était vraiment pas donné.

Avec tout l'argent qui partait en pension alimentaire pour sa femme et ses enfants, Leonard Taylor avait dû vendre sa tondeuse électro-portée et l'ensemble de son outillage électrique. C'était le seul moyen d'acheter le système d'écoute ultra-perfectionné qu'il avait trouvé sur Internet.

Il en avait eu pour deux mille dollars, mais il était extrêmement satisfait de la qualité du matériel qu'il avait reçu. Le transmetteur UHF déguisé en bloc multiprises ressemblait au vrai matériel. Ni Sophia ni personne ne verrait la différence. Et les deux stylos étaient tout aussi réalistes. Quant au récepteur, il était suffisamment miniaturisé pour qu'il puisse le transporter dans sa poche.

Une fois le matériel d'espionnage en place, il pourrait entendre tout ce que disait Sophia, sans qu'elle se doute de rien.

Jamais il ne se serait imaginé avoir cette opportunité en or pour les installer. L'inspecteur Lindstrom l'avait appelé alors qu'elle rentrait chez elle, pour se plaindre du comportement de Sophia, et pour lui dire qu'elle regrettait de ne pas pouvoir travailler avec lui. Elle avait aussi mentionné le fait que Sophia était partie au Mexique.

A la seconde où elle en avait parlé, il avait su que c'était le bon moment.

Sous prétexte de passer dire bonjour à l'agent Lawrence,

qui sortait avec une de ses cousines, il s'était arrêté au poste de police.

Il avait dû parler de la pluie et du beau temps avec Grant pendant près d'une heure, avant que celui-ci ne s'éclipse aux toilettes. Il s'était alors faufilé dans le bureau de Sophia et avait déposé le stylo sur une saillie de l'encadrement, en dessous du plateau de sa table de travail. Même si elle le découvrait, elle penserait que le stylo avait glissé hors d'un tiroir.

L'opération n'avait pris que quelques secondes. Il avait réintégré sa place avant que Grant ait eu le temps de tirer la chasse d'eau. Lorsque celui-ci était revenu, il lui avait dit qu'il devait travailler tôt, le lendemain, et qu'il allait rentrer chez lui.

De là, il s'était rendu chez Sophia. Il avait fait le tour de la rue pour s'assurer que tous les voisins étaient couchés, s'était garé à bonne distance, et avait marché jusqu'à sa maison.

Prévoyant de forcer sa serrure, il avait emporté des outils, mais n'en avait pas eu besoin. Il avait trouvé sa clé de secours sous une poterie décorative en forme de tortue.

Peut-être ne s'inquiétait-elle pas autant de sa sécurité que les autres femmes parce qu'elle avait une arme, une matraque et un Taser. Ou, plus vraisemblablement, elle laissait cette clé pour Rafe. Elle adorait le gamin de Starkey. Elle lui en avait assez rebattu les oreilles, quand ils travaillaient ensemble.

A présent, il ne lui restait plus qu'à trouver où placer le faux bloc multiprises. Il fallait que ce soit dans un endroit central pour augmenter ses chances d'entendre l'essentiel des conversations de Sophia. C'est pourquoi, même s'il était très tenté par sa chambre — simplement parce que ça renforçait le sentiment d'intrusion de son espace privé, ce qu'elle méritait —, il préféra l'éviter.

Le salon donnait sur la cuisine, la chambre, et la

véranda à l'arrière de la maison. Là, il serait au cœur de ses échanges.

Pivotant sur le tapis, il chercha une prise libre, et en trouva une derrière une console qui n'accueillait rien d'autre que des photos encadrées. Apparemment, cette prise ne servait jamais. Sophia avait peut-être même oublié qu'elle se trouvait là.

Il s'attaqua ensuite à la voiture garée le long de la maison. C'était la partie la plus risquée, car il pouvait toujours se faire surprendre par un voisin qui se serait relevé pour boire un verre d'eau. Les clés se trouvaient dans la cuisine, suspendues à un clou près de la porte. Il fit très vite pour placer le stylo entre la console du levier de vitesse et le siège conducteur. Là encore, si elle le trouvait, Sophia penserait qu'il était tombé de sa poche.

Il sifflotait en regagnant sa voiture. Il lui avait peut-être fallu un peu de temps pour rassembler l'argent, et un peu plus encore pour avoir l'opportunité d'agir…

Mais sa patience avait été bien récompensée.

Il était plus de minuit, et l'homme qui était parti avec les photos de José et de sa femme n'était pas revenu.

Sophia ne savait pas si elle devait continuer à attendre. Avait-il renoncé ? S'était-il tout simplement moqué d'elle depuis le début ?

La *cantina* commençait à se vider, mais une des tables en vitrine était toujours occupée. L'homme qui l'avait traitée de *puta* et un de ses amis l'avaient suivie dans le bar, et s'étaient assis près de la porte. Depuis, ils restaient là à boire et à la regarder, avec une lueur meurtrière dans le regard. Sophia savait qu'ils cherchaient à l'intimider, mais elle ignorait jusqu'où ils étaient capables d'aller.

Rassurée par la pression du Glock contre son mollet, elle regarda sa montre et décida d'attendre encore un quart d'heure. Plus longtemps serait dangereux. Elle ne voulait pas être la dernière à quitter le bar. Cela laisserait aux deux types l'occasion de lui tendre une embuscade. Sans doute pourrait-elle se défendre grâce à son arme, mais elle ne voulait tuer personne. Surtout pas au Mexique. Personne ne savait comment les choses se passeraient, avec la police locale ou le gouvernement mexicain. Ils pourraient ne pas croire qu'elle avait agi en état de légitime défense. Et le fait qu'elle ait emporté une arme sans la déclarer ne jouerait pas en sa faveur.

Renvoyant la serveuse qui venait lui demander si elle voulait une autre eau pétillante, Sophia se mit à jouer machinalement avec la monnaie, se demandant pourquoi elle n'avait pas demandé à Starkey de l'accompagner. Il aurait adoré l'idée de lui tenir lieu de garde du corps. Rien ne lui faisait plus plaisir que de jouer les durs. Mais elle ne tenait pas à lui être redevable. Et, surtout, elle ne voulait pas qu'il s'imagine qu'ils allaient reprendre la vie commune. D'autant qu'il avait fallu des années à Sophia pour le convaincre que c'était vraiment fini.

Mais elle pouvait quand même lui passer un coup de fil, histoire de tuer le temps.

Elle vérifia de nouveau sa montre. Il était presque minuit et demie, mais elle savait qu'elle ne risquait pas de réveiller Starkey. Elle ne l'avait jamais vu se coucher avant 2 ou 3 heures du matin. Il faisait la fête avec les autres *Angels* presque toutes les nuits.

Elle sortit son portable de sa poche, pressa la touche de numérotation abrégée correspondant à Starkey, mais eut un message d'erreur lui signalant qu'elle était hors zone.

Comme elle ne se trouvait qu'à une cinquantaine de kilomètres de la ville où elle habitait, elle n'avait pas réalisé que son téléphone ne fonctionnerait pas. Mais c'était logique. Elle n'était plus aux Etats-Unis.

Dix minutes passèrent avant qu'elle ne se lève. Elle s'était promis de rester quinze minutes, mais un groupe de quatre personnes venait de partir, et elle commençait à se demander si elle n'avait pas trop tardé.

S'armant de courage face à ce qui pourrait se passer quand elle longerait la table en façade, elle commença à s'avancer vers la porte. Au même moment, l'homme qu'elle attendait entra en trombe dans le bar, accompagné de deux jeunes hommes d'une vingtaine d'années.

— *Señorita*, j'ai ce que vous voulez, annonça-t-il fièrement.

C'était prometteur. A condition que ce soit vrai, et qu'il n'ait pas inventé un bobard pour lui soutirer de l'argent.

Elle retourna à la table qu'elle venait de quitter, et fit signe aux arrivants de s'asseoir.

— Juan peut vous aider, dit l'homme. Son frère et lui sont des guides. Ils emmènent les gens de l'autre côté de la frontière.

— Ce sont des *coyotes* ?

— Non. Ils travaillent pour un *coyote* qui ne peut plus traverser.

— Pourquoi ça ?

— Il est fiché par *la Migra*, le CBP. S'ils le prennent de nouveau, il va en prison. Eux, ce sont des coursiers.

— Et votre nom, c'est… ?

— Enrique.

— Enrique, comment ?

— Castillo.

— Et vos amis ?

— Juan et Miguel Martinez.

Sophia s'adressa alors aux deux frères.

— Pouvez-vous me dire qui sont ces deux personnes sur la photo ?

Ils parurent déboussolés jusqu'à ce qu'Enrique intervienne.

— *Juan y Miguel no hablan inglés, señorita*. Ils ne parlent pas anglais. Je vais traduire. Mais d'abord, nous devons parler argent. Cent dollars américains.

Il tapa l'épaule de Juan, puis celle de Miguel, et enfin son propre torse, pour qu'elle comprenne bien qu'ils voulaient cent dollars *chacun*.

Se calant contre le dossier de sa chaise, elle croisa les bras.

— C'est plus que ce que j'ai offert.

— Nous devons vivre, manger… Et il faut aussi que nous payions la police.

Elle leva les sourcils.

— Vous voulez que je finance vos pots-de-vin ?

— Si on ne les paie pas, on ne peut pas travailler.

Certains *coyotes* gagnaient plusieurs milliers de dollars par semaine, déduction faite des habituels dix pour cent versés à la police mexicaine.

Lasse d'argumenter, Sophia calcula rapidement ce qu'elle avait en poche.

— Je n'ai que deux cent cinquante-trois dollars. C'est à prendre ou à laisser.

Ils en discutèrent entre eux, et acceptèrent rapidement, comme elle s'y attendait. Tout était négociable, au Mexique.

— *Gracias, señorita*.

— Que pouvez-vous me dire ?

— Leur nom. José et Benita.

Le pouls de Sophia s'accéléra. Elle n'avait pas dit qu'elle connaissait le prénom de l'homme. Enrique n'essayait pas de l'entourlouper.

— Pouvez-vous me donner leur nom de famille ?

— Sanchez.

— José et Benita Sanchez. Vous êtes sûr ?

Enrique interrogea ses amis, avant de répondre.

— *Sí*.

Les trois hommes hochèrent la tête de concert.

— D'où viennent-ils ?

De nouveau, Enrique consulta les deux frères.

— Nayarit.

Ce nom ne disait rien à Sophia.

— C'est une ville ?

— Un Etat.

— Où ? C'est loin d'ici ?

— Oui, assez loin. Ça se trouve au sud. Près de l'océan.

Les deux hommes à la table en façade s'étaient penchés l'un vers l'autre, tout en discutant de façon animée. De temps en temps, ils lui jetaient des regards mauvais. Visiblement, ils n'étaient pas très contents qu'elle ait obtenu de l'aide. Elle les ignora, se disant qu'elle aurait le temps, plus tard, de réfléchir à ce qu'elle allait faire d'eux.

— Comment sont-ils venus de si loin jusqu'ici ?

— Probablement en bus.

Enrique vérifia avec Juan, qui approuva. Puis Miguel expliqua qu'il était allé les accueillir à leur arrivée.

— C'était quand ? demanda Sophia.

Ils discutèrent entre eux, et Enrique traduisit.

— Il y a quatre jours. Ils se sont reposés dans un hôtel en attendant la nuit.

— Quel hôtel ? demanda Sophia, qui commençait à s'impatienter.

— Hotel California. Par là.

Il agita la main en direction du sud de la ville.

— Et ensuite ?

— Et alors, Juan et Miguel sont allés les chercher à…

Il y eut un nouvel échange en espagnol avant qu'il ne termine sa phrase.

— 7 h 30.

— Eux uniquement, ou il y avait d'autres personnes ?

Cette question fut transmise comme il se doit, et la réponse lui fut traduite.

— Beaucoup d'autres. Une trentaine de personnes.

— Tant que ça ?

— *Sí*. C'est mieux quand il y a beaucoup de gens.

— Qui d'autre y avait-il dans ce groupe ? Je peux avoir une liste de noms ?

Les hommes en discutèrent, mais Enrique finit par secouer la tête.

— Non, *señorita*. Ils emmènent des groupes deux à trois fois par semaine, vous comprenez. Ils ne se souviennent pas de tout le monde.

— Mais ils se sont souvenus de Benita et José.

— Parce qu'elle était *muy bonita* — très jolie. Et elle avait peur aussi. Ils ont discuté avec elle, essayé de la calmer. Et *su esposo* — son mari, n'a pas apprécié. Il était jaloux.

— Où Juan et Miguel ont-ils emmené ce groupe. Où ont-ils traversé ?

— Il y a un vieux ranch abandonné, à environ cinq kilomètres d'ici, avec une brèche dans la clôture.

— Si José et Benita sont partis avec trente personnes, comment se sont-ils retrouvés seuls ? Et comment se fait-il qu'ils soient morts, alors que Juan et Miguel sont ici, bien vivants, avec nous ?

— *La Migra*, dit simplement Enrique.

— Vous insinuez que le CBP les a tués ?

— Non. Ils ont été repérés par les capteurs. Ils se déclenchent sans que personne s'en rende compte en dehors des agents au poste de surveillance. Ils envoient alors une patrouille. Les immigrants s'enfuient en courant. Certains se font prendre, d'autres ont plus de chance.

— A part ce couple, que sont devenus les autres ?

— Ceux qui ont été réexpédiés au Mexique ont retraversé la nuit suivante. On ne sait pas ce que sont devenus ceux qui ont réussi à échapper au CBP.

— Est-ce qu'il y a des rumeurs à propos du comportement d'un agent du CBP ?

— Pas un agent en particulier. Ce sont tous des ordures qui rêvent de nous abattre.

— Ce n'est pas vrai.

— Vous ne savez pas ce qui se passe vraiment.

Sophia se sentait prise entre deux feux. Comment

résoudre ce problème sensible en tenant compte à la fois des besoins des Américains et de ceux des Mexicains ?

— Donc, personne n'a d'idée sur celui qui a pu faire ça ?

— Non. Mais on dirait que vous en savez plus que vous ne le dites. J'ai l'impression que vous soupçonnez quelqu'un du CBP.

— Pas du tout. Je tiens simplement à ne négliger aucune possibilité. Si c'est un agent fédéral, ça ne veut pas dire qu'ils sont tous mauvais. Il y a des brebis galeuses partout.

— Vous voulez mon avis ? Ils sont tous pourris. Au moins la moitié d'entre eux sont les descendants de Mexicains entrés illégalement une génération plus tôt. Comment osent-ils s'en prendre à leurs frères ?

— Vous considérez qu'ils sont déloyaux ?

— Evidemment.

— Et votre rôle à vous, dans tout ça ?

Des rides d'incompréhension creusèrent le front d'Enrique.

— Pardon ?

— Vous ne vous sentez pas coupable de ce qui arrive aux gens à cause de ce que vous faites ?

— Ce n'est pas moi qui tire sur eux, répondit-il en portant la main à son cœur d'un air offusqué.

— Vous les encouragez à bafouer la loi. Vous leur faites courir toutes sortes de dangers. Si Juan et Miguel ne leur avaient pas fait franchir la frontière, José et Benita seraient toujours en vie.

— Peut-être. Ou alors, quelqu'un d'autre les aurait fait passer.

Haussant les épaules, il ajouta d'un ton indifférent :

— *Sólo es un trabajo.*

Si elle avait bien compris, il avait dit que ce n'était qu'un travail comme un autre.

— C'est peut-être aussi ce que pensent les agents américano-mexicains du CBP.

Peu convaincu, il tapa du plat de la main sur la table.

— Ils ne peuvent pas nous reprocher de faire ce que leurs parents ont fait il y a trente ans.

Comprenant qu'ils ne tomberaient jamais d'accord et qu'il ne servait à rien d'argumenter davantage, Sophia sortit l'argent de sa poche et le tendit à Enrique.

— Je vous laisse faire le partage.

— *Gracias.*

Enrique accepta avidement les billets usagés, et les trois hommes s'esquivèrent à toute allure.

Sophia cherchait la clé de sa Harley quand elle s'aperçut que le propriétaire de la *cantina* cherchait à attirer son attention.

Parlant en espagnol, il fit des signes pour la chasser vers les portes battantes de style saloon, et elle comprit qu'il voulait fermer.

Ses yeux se tournèrent vers la table en vitrine. Elle était vide.

L'homme qui l'avait traitée de *puta* et son comparse avaient déjà levé le camp. Mais ils n'étaient pas partis très loin.

Elle pouvait les voir qui l'attendaient à l'extérieur.

6

Sophia envisagea de demander au propriétaire de la *cantina* de l'accompagner à sa moto, mais elle doutait de pouvoir formuler correctement sa demande en espagnol. Et puis, elle ne voyait pas pourquoi il accepterait de se mettre en danger pour une *gringa* qu'il ne connaissait pas.

Vu qu'elle ne pouvait pas se servir de son téléphone pour appeler à l'aide, il lui restait la solution d'emprunter le couloir faiblement éclairé, où une pancarte indiquait les toilettes.

Mais, à supposer qu'il y ait une fenêtre par laquelle elle pourrait rejoindre une arrière-cour ou une ruelle, qu'est-ce que cela changerait ?

Dès que l'homme qui l'avait insultée se rendrait compte qu'elle lui avait faussé compagnie, il irait l'attendre à côté de sa moto. Il l'avait vue arriver et savait où elle était garée. Ce n'était qu'à un jet de pierre de l'endroit où il se trouvait avec son ami.

Saisissant son arme sous la jambe de son pantalon, elle la tint le long de son corps, le bras légèrement en arrière, et se dirigea vers la porte. Elle ne savait pas si ces hommes étaient armés, mais elle devait se préparer au pire. Ce serait trop risqué de ne pas le faire. Leur comportement était suffisamment agressif pour la pousser à prendre toutes ses précautions.

L'homme qui, depuis le début, faisait tout pour l'intimider, s'était posté en travers du passage et elle n'avait pas d'autre choix que de le frôler pour le contourner.

Retenant son souffle, elle le laissa lui saisir le bras gauche, comme elle s'y était préparée. Tandis qu'il la faisait pivoter vers lui, elle leva son arme, utilisant la force du déplacement pour lui enfoncer le canon de son arme dans les côtes.

— Lâchez-moi ou je vous tue, grinça-t-elle entre ses dents.

La peur remplaça la menace dans ses yeux. Elle avait pris le dessus sur lui. Il ne s'attendait pas à ce qu'elle soit armée.

Pour autant, il ne la libéra pas. Une brusque poussée d'adrénaline se déversa dans tout son corps, la faisant un peu trembler, mais elle devait aller jusqu'au bout de cette performance de « dure-à-cuire. » Sa vie en dépendait.

— Vous avez trois secondes.

Au début, il sembla hésiter, mais son ami détala si vite qu'il trébucha, dans sa hâte à prendre ses distances avec eux.

— Un… deux…

Elle savait qu'elle ne pouvait pas appuyer sur la détente. Pas à bout touchant. Elle avait dû faire feu deux fois dans le cadre de son travail, mais elle n'avait jamais tué personne.

Pour le convaincre qu'elle ne bluffait pas, il ne lui restait plus qu'à compter sur l'image qu'elle avait voulu donner avec sa moto, ses tatouages, et cette attitude insolente et frimeuse qu'elle avait apprise chez les Hells Angels.

Avant qu'elle ait eu le temps d'aller jusqu'à trois, il marmonna entre ses lèvres quelque chose dont elle ne comprit que le mot *loca*, c'est-à-dire folle, et recula en levant les mains.

— C'est bien, dit-elle. Tout doux. Inutile de m'énerver.

Une lueur de haine passa dans les yeux de l'homme.

— Tu as intérêt à ne jamais revenir par ici.

Elle lui opposa un sourire narquois.

— C'est pourtant un endroit tellement agréable à visiter...

Gardant son arme pointée sur lui, elle recula jusqu'à la rue, puis elle glissa le Glock dans sa ceinture, où elle pourrait le saisir rapidement en cas de besoin, enfourcha sa moto et démarra.

Elle ne rabaissa son T-shirt sur l'arme qu'aux abords de la file d'attente pour quitter le pays, et attendit d'avoir passé la frontière saine et sauve pour s'arrêter et remettre le Glock dans son holster fixé au mollet.

Roderick se sentait complètement lessivé.

Dans l'incapacité de trouver un vol pour Tucson, il s'était rabattu sur Phoenix et n'avait atterri qu'à 23 h 30. Il avait dû ensuite attendre ses bagages, et perdre sont temps à remplir de la paperasse pour louer une voiture, avant de passer quatre heures au volant, direction le sud-est et Bordertown.

A part une sieste d'une vingtaine de minutes dans l'avion, il était éveillé depuis près de vingt-quatre heures.

Malgré sa fatigue, il n'avait pu se résoudre à prendre une chambre dans un motel. Le soleil n'était pas encore levé et, en arrivant aussi tôt, il s'accordait une courte marge de manœuvre, durant laquelle il pourrait faire le tour du patelin pour se familiariser avec ce qui avait changé, et retrouver ce qui était resté identique. Cela lui laisserait aussi le temps de se préparer à affronter son père.

« Bienvenue à la maison », marmonna-t-il tandis qu'il passait devant le drugstore, l'épicerie, la boutique de vêtements Serrano's Western Wear, et l'église catholique où sa mère le traînait de force tous les dimanches. Elle insistait pour que son jeune frère les accompagne, mais la religion n'avait pas réussi à maintenir Arturo dans le droit chemin. Etait-il seulement encore en vie ?

Aux abords du lycée, il ralentit. Les bâtiments avaient été récemment repeints, et une aile avait été ajoutée. Elmer avait toujours son stand de sandwichs au coin de la rue, peint du même horrible bleu criard qu'il gardait à la mémoire.

Au cœur de la vieille ville, les immeubles arboraient des promenades de bois et des enseignes typiques du Far West d'autrefois. S'efforçant de survivre à la fermeture de la mine, Bordertown avait suivi l'exemple de Tombstone en recréant un folklore propre à attirer les touristes. Mais Bordertown ne possédait pas l'équivalent d'OK Corral, ni aucune attraction susceptible d'asseoir sa notoriété. Tout ce que la ville pouvait proposer, c'était une visite de l'ancienne mine, une poignée de boutiques de souvenirs, et quelques ranchs transformés en gîtes qui promettaient aux touristes de « vivre une authentique expérience de cow-boy ».

La ville aurait périclité à petit feu si quelques artisans n'étaient venus s'y installer, se faisant un nom dans les bijoux en turquoise et l'art western.

Quelques-uns des immeubles vétustes avaient été rénovés. Le cabinet du chiropracteur et la clinique vétérinaire affichaient une façade pimpante et une nouvelle enseigne. Mais la supérette qui s'était construite l'année où Roderick était parti présentait maintenant un aspect fatigué et abritait une laverie automatique, un discounter de produits électroniques, et une boutique de vins et spiritueux. Ce qui était autrefois une brocante accueillait un salon de coiffure et un institut de beauté. Le Circle K, où la moitié du lycée se retrouvait le samedi soir pour boire un verre et danser, était fermé. Des graffitis défiguraient son mur de briques, et des ordures jonchaient le parking envahi de mauvaises herbes. Dans Center Street, la plupart des maisons étaient à l'abandon, portes et fenêtres condamnées par des planches ou des barres de fer en travers des volets.

Bordertown n'avait rien de particulièrement attractif, mais Roderick fut soudain envahi par une sorte de tendre nostalgie, où se mêlaient le mal du pays et les regrets.

Il envisagea un instant de se rendre au cimetière, le moment lui semblant idéal pour honorer la mémoire de sa mère. Mais l'idée de rester debout devant sa tombe, comme il l'avait fait quand il n'avait que seize ans, risquait de réveiller trop de souvenirs douloureux.

Il n'irait pas. *Pas encore.*

A la sortie de la ville, il prit la direction du ranch, sans vraiment comprendre ce qui l'y poussait. Il se moquait de savoir ce que l'exploitation agricole était devenue. Il n'avait pas envie de voir son père, et encore moins ses demi-frères. Mais c'était plus fort que lui.

L'arche encadrant l'entrée apparut bien plus vite qu'il ne l'aurait cru. Le ranch lui semblait beaucoup plus éloigné de la ville quand il était jeune, sans doute parce qu'il devait marcher s'il voulait aller quelque part.

Des arbres *paloverde*, typiques de la région, bordaient l'allée jusqu'à là maison où ses demi-frères avaient vécu avec Edna, la femme de Bruce, laquelle s'enorgueillissait de son bon goût et de son sens de la propreté.

Sa mère aurait pu avoir une existence plus agréable si on l'avait autorisée à devenir employée de maison. Edna en avait plusieurs, à l'époque. Bruce avait promis à Carolina qu'elle pourrait travailler à l'intérieur, et échapper ainsi à l'épouvantable chaleur qui régnait dans les champs.

Mais Edna avait refusé. Elle ne pouvait pas supporter une telle proximité de Carolina avec sa famille. D'ailleurs, elle avait tout fait pour que Carolina soit totalement évincée du ranch, mais son père n'avait pas osé la renvoyer.

A plusieurs reprises, il lui avait offert de l'argent pour qu'elle s'en aille, mais elle avait toujours refusé. Finalement, Bruce l'avait laissée rester. Elle avait continué à travailler dans les champs, avec la même vaillance qu'un homme, et à vivre dans les baraquements réservés à la main-d'œuvre, à la périphérie de South Forty.

Roderick l'avait toujours secondée, essayant d'en faire le plus possible pour la soulager. Jusqu'à cette ultime raclée infligée par ses demi-frères. Bruce avait alors exigé qu'il cherche du travail ailleurs pour éviter les conflits permanents.

C'était pour cette raison qu'il se sentait tellement obligé de revenir. Même s'il détestait son père, c'était le seul foyer qu'il ait jamais connu jusqu'à la mort de sa mère.

Les pneus du Hummer qu'il avait loué crissaient sur les gravillons tandis qu'il avançait lentement dans l'allée et bifurquait vers les dépendances. Il ne lui restait plus beaucoup de temps. Une claire lumière matinale éclairait déjà la grande maison, et son père avait toujours été un lève-tôt.

Dépassant le matériel agricole stocké près d'une immense citerne à eau, ainsi qu'un silo à grain, il emprunta le chemin de terre battue encadré par les clôtures blanches qui délimitaient les champs, et se dirigea vers les quartiers du personnel.

Les bungalows composés uniquement de deux pièces avaient été repeints. Une parabole satellite surmontait le toit du premier, et des câbles en partaient pour alimenter les autres. Des blocs de climatisation étaient fixés sur le côté de chaque bâtiment en préfabriqué.

Les conditions de vie s'étaient améliorées. Quand Roderick était enfant, il n'y avait ni électricité ni plomberie. Quand il disait à des Américains qu'il avait grandi dans la misère, ceux-ci n'avaient pas la moindre idée de ce dont il parlait.

Tandis qu'il était plongé dans ses pensées, la porte d'un bungalow s'ouvrit et un homme voûté et décharné en sortit.

Roderick eut un choc quand il constata qu'il s'agissait de Jorge. Il avait tellement vieilli, en quatorze ans…

Leurs yeux se croisèrent, et le vieil homme grimaça un sourire, révélant une bouche édentée.

Roderick eut soudain envie de faire demi-tour. Même s'il avait honte de sa réaction, il voulait oublier ses racines, oublier qu'il avait vécu là.

Mais il ne bougea pas. Jorge était déjà en train de se diriger vers la voiture en essayant de presser le pas.

Se composant un visage aimable, Roderick abaissa sa vitre.

— *Hola, mi amigo.*

— *Hola, hijo.*

La main noueuse de Jorge se referma avec affection sur l'avant-bras de Roderick.

— *¿Cómo estás ?*

— *Muy bien. Muy bien.*

Après ces salutations d'usage, Roderick revint à l'anglais. Il le parlait sans le moindre accent, ce qui lui rappela qu'il avait échappé à son passé. Il avait de l'argent, quantité d'opportunités, et des gens qui se souciaient de lui, bref, une vie totalement différente, en Californie.

— Tu es toujours là, vieil homme ?

— Où veux-tu que j'aille ? Je suis trop vieux et cabossé. Personne d'autre ne voudrait de moi.

En mesurant ce que des années de dur labeur avaient fait de Jorge, Rod fut surpris que Bruce lui ait permis de rester. Le pauvre homme ne pouvait certainement plus abattre la besogne comme avant. Peut-être étaient-ils parvenus à un arrangement ?

— Qu'est-ce que tu deviens, fiston ? Toujours à attraper les méchants pour le compte de Department 6 ?

— Pour le moment.

— Ton père est tellement fier...

Le sourire de Rod s'évanouit.

— Qu'est-ce qui lui prend ? Pourquoi a-t-il pris contact avec moi, tout à coup ?

— La sagesse vient avec l'âge, non ?

— Désolé, mais je n'y crois pas. Quelque chose a dû provoquer ce brusque revirement.

— Non. Ça fait des années qu'il m'interroge sur toi. Il sait que tu es un garçon bien, qui mérite l'admiration.

— Jorge, arrête tes bêtises.

— Ecoute, *hijo*, il a eu un gros problème de santé, il y a huit ans. Une crise cardiaque. Depuis, il n'est plus le même. Je pense qu'il a compris ce qu'il a perdu, et qu'il veut essayer de réparer.

— Et me faire venir ici pour résoudre une série de meurtres, c'était une excuse, alors ?

— Pas seulement. Il pense vraiment que tu peux aider. Si quelqu'un peut tuer comme ça, quand il en a envie, et ne jamais se faire prendre, ça fait peur à tout le monde, tu comprends ? Les gens risquent de commencer à s'armer, à tirer sur tout ce qui bouge…

— Je comprends. Il faut éviter l'escalade.

Jorge hocha la tête avec satisfaction.

— Exactement.

Roderick jeta un coup d'œil vers la maison. Même s'il était prêt à tout mettre en œuvre pour retrouver le coupable, cela ne changeait rien à sa situation personnelle.

— Ecoute, il faut que j'y aille, dit-il. Prends bien soin de toi.

— Quoi ? Non ! Reste. Ton père serait tellement heureux de te voir…

— Inutile de perturber Edna et les garçons.

— Bah ! Qui se soucie d'Edna ? Et les garçons ne risquent plus de s'en prendre à toi, aujourd'hui. Il suffirait qu'ils te regardent pour comprendre que ce ne serait pas une bonne idée.

— Il ne s'agit pas seulement d'eux. Peu importent les épreuves que Bruce à traversées, ou ce qu'il ressent. Je n'ai pas envie de le voir.

Rod essaya d'être le plus clair possible.

— Je ne le considère pas comme ma famille.

L'expression du vieil homme fit comprendre à Rod qu'il était déçu et attristé.

— Accorde-lui ton pardon, mon garçon, dit-il en lui saisissant de nouveau l'avant-bras. Oublie le passé.

— C'est ce que j'essaie de faire. Et je veux l'oublier, lui aussi.

— Ce n'est pas ce qu'elle aurait voulu.

Un pick-up se dirigeait vers la clairière. Quelqu'un allait travailler. Roderick ne pouvait plus remettre son départ sans risquer une rencontre indésirable.

Il n'avait pas envie d'entendre ce que Jorge essayait de lui dire, de toute façon. Ce n'était pas parce que sa mère n'avait jamais voulu renoncer à Bruce qu'il devait, lui aussi, continuer à s'accrocher en buvant le calice jusqu'à la lie.

— Ça m'a fait plaisir de te voir, dit-il, posant la main sur celle de Jorge.

Lorsque le téléphone tira Sophia d'un sommeil profond, son cœur fit un bond dans sa poitrine. Elle était certaine qu'il s'agissait d'un de ses agents, ou bien du régulateur du comté, qui l'appelait pour signaler un nouveau meurtre de clandestins.

Mais le son se répéta, et elle poussa un soupir de soulagement.

Elle avait rêvé. Ce n'était pas le téléphone. Quelqu'un était à sa porte.

Elle roula en grommelant hors du lit, se dirigea vers le salon de sa petite maison de style hacienda, et colla son œil au judas de la porte d'entrée.

C'était Starkey. Comme d'habitude, il portait son blouson de cuir, orné d'écussons, qui avait pour lui tant de signification, un jean et des bottes de motard. Ses cheveux blonds et sa moustache, d'un ton plus foncé que sa chevelure, avaient poussé depuis la dernière fois qu'elle l'avait vu. Il avait aussi pris un peu de poids, mais ça ne l'empêchait pas de rester séduisant.

— Donne-moi une minute.

Elle claqua la porte et se précipita dans sa chambre pour enfiler un peignoir sur le T-shirt et le caleçon d'homme qu'elle avait l'habitude de porter pour dormir. Puis elle revint lui ouvrir, tenant la porte et bloquant l'embrasure pour le dissuader d'entrer.

Il observa sa chevelure en désordre, son peignoir qu'elle avait déjà neuf ans plus tôt quand ils sortaient ensemble, ses pieds nus…

— Tu vas bien ? demanda-t-il.

— Mouais. Pourquoi ?

— J'ai reçu un appel de toi, la nuit dernière. En fait, j'en ai eu trois. Mais sans message.

Trois appels ? C'était bizarre. Elle avait bien essayé de le joindre depuis le Mexique, mais elle était hors zone. Elle avait dû malencontreusement appuyer sur la touche de rappel.

— Je voulais parler à Rafe, improvisa-t-elle.

— A 1 heure du matin ?

— Non, plus tôt. Ton numéro était dans mon historique récent, il a dû se recomposer dans ma poche.

— Heureusement que je ne l'ai pas entendu sonner, sinon je me serais demandé pourquoi tu appelais sans jamais rien dire. J'étais à une soirée, et la musique était sacrément forte.

Tant mieux. S'il avait pris connaissance plus tôt des appels, il serait venu l'attendre chez elle, et elle aurait été obligée de l'arrêter pour conduite en état d'ivresse. Elle le connaissait trop bien pour savoir qu'il ne se contentait pas de boire du soda, quand il sortait avec sa bande de motards.

— Qu'est-ce que tu voulais à Rafe ?

— Juste prendre de ses nouvelles, savoir comment s'est passée sa semaine…

— Il va bien. Il est parti camper quelque part avec un copain. Il ne rentre pas avant quatre jours.

Quelque part ? Il ne savait pas où était son fils ? Cela faisait partie des choses qui l'horripilaient chez Starkey. C'était un père aimant, mais il ne faisait pas attention aux détails que les autres parents considéraient comme importants.

— Quel ami ?

Elle espérait qu'il savait au moins cela.

— Chase LaBreque.

Sophia avait entendu Rafe parler de Chase, et elle n'était pas certaine qu'il ait la meilleure des influences sur lui. Mais Rafe était élevé par un Hells Angel et, s'il y avait un exemple dont elle devait s'inquiéter, c'était bien de celui-là.

Quoi qu'il en soit, elle avait de la chance que Starkey lui permette de continuer à voir Rafe. Il n'avait pas apprécié qu'elle devienne flic, et considérait qu'il courait un risque rien qu'en étant associé à elle. Les autres membres du club n'étaient pas très heureux qu'elle fasse encore partie de sa vie. Et eux aussi auraient préféré Leonard Taylor comme chef de la police. Ce bon vieux Leo avait l'art de fermer les yeux sur certaines activités, ce qui n'était pas le cas de Sophia.

— Dis-lui de m'appeler quand il rentrera, lui demanda-t-elle.

— Ouais. Bien sûr.

Elle commençait à refermer la porte quand il la retint de sa main large et puissante.

— Attends ! Devine qui j'ai vu.

Pas vraiment intéressée, elle ne se gêna pas pour bâiller.

— Qui ?

— Roderick Guerrero. Tu te souviens de lui, non ?

Evidemment. Elle revit immédiatement la peau café au lait et les yeux sombres du garçon qu'elle avait connu au lycée. Ils s'étaient retrouvés dans la même classe de seconde. S'il passait beaucoup de temps à la regarder pendant les cours, il ne s'était jamais montré entreprenant, ni avec elle ni avec aucune fille.

Et ça lui convenait bien ainsi, car il y avait chez lui une agressivité qui l'effrayait. Il passait d'ailleurs le plus clair de son temps à se battre. Mais il l'avait surprise en lui demandant si elle voulait bien être sa cavalière, au bal de fin d'année scolaire. Elle avait d'abord accepté, puis l'avait abandonné comme une vieille chaussette parce qu'un autre garçon qui lui plaisait davantage l'avait invitée à la dernière minute.

Naturellement, tout le lycée s'était moqué de Roderick, et elle n'avait jamais eu l'occasion de s'excuser, car il n'était pas revenu au lycée à la rentrée suivante.

Ce n'était pas un souvenir très glorieux. Les adolescents étaient souvent cruels, et elle n'avait pas fait exception à la règle. Mais elle était trop curieuse de savoir ce que Roderick était devenu pour abandonner le sujet.

— C'était vraiment Roderick ? Tu es sûr ?

— Certain. Je l'ai vu qui sortait de Bailey's Breakfast, et je me suis arrêté pour le saluer.

— Je ne savais pas que tu le connaissais. Il a mon âge.

— J'étais copain avec son oncle, Arturo. On a pas mal traîné ensemble pendant deux ans, avant qu'il ne quitte la ville du jour au lendemain.

— J'ignorais qu'il avait un oncle.

— C'était un sacré dur.

Un peu dans le genre de Roderick, alors. A cette époque, son père n'avait pas encore perdu son entreprise, son mariage et tout ce qui faisait sa vie, et Sophia ne s'intéressait pas beaucoup aux problèmes des autres. Elle vivait dans une bulle idyllique qui n'allait pas tarder à exploser, la jetant dans les bras de Starkey.

— Que fait-il en ville ?

Starkey eut un sourire satisfait.

— J'attendais que tu me poses la question. Tu es prête ?

Elle resserra la ceinture de son peignoir.
— Prête pour quoi ?
— Il vient enquêter sur les meurtres de sans-papiers.
— Quoi ?
Starkey était hilare.
— Je savais que ça te plairait. Il travaille pour une société de sécurité privée en Californie. Ces types sont des mercenaires hyper entraînés, et ils se font un maximum de pognon.
Elle ne put ignorer la petite lueur dans ses yeux, indiquant qu'il n'en avait pas encore terminé.
— Quand je lui ai dit que tu dirigeais la police locale, il a eu le même air ahuri que toi en ce moment.
— Donc, il va rester quelques jours ?
— Quelques semaines, tu veux dire. Tu n'as pas écouté ? Il essaie de te voler ton enquête.
Elle secoua la tête.
— Oh non, alors ! Il n'en est pas question.
— Je peux espérer des remerciements pour l'info ?
Elle ignora la remarque.
— Où loge-t-il ?
— Je ne sais pas. Mais ça ne doit pas être loin.
Il tapa dans ses mains.
— Bon, je dois y aller. Quelqu'un m'attend.
Elle ne demanda pas qui. Elle préférait ne rien savoir des petits trafics de Starkey. De toute façon, elle avait d'autres préoccupations.
— D'accord.
Elle agita mollement la main pour lui dire au revoir, mais ne fit aucun geste pour rentrer dans la maison.
Quelques secondes passèrent avant qu'un voisin ne la salue. Elle s'aperçut alors qu'elle se tenait toujours sur le seuil, à regarder Starkey s'éloigner à moto.
Après avoir adressé un signe de tête poli au vieux Phil, elle referma sa porte, en essayant de se persuader que Roderick avait oublié l'incident du bal.

Mais le souvenir de son retour à la maison, et de sa mère qui l'attendait pour lui dire d'un ton désapprobateur que Roderick s'était présenté en costume et avec des fleurs, lui fit grincer des dents.

Inutile d'espérer un miracle. Bien sûr qu'il se rappellerait…

7

— Rod ? Tu es là ?

C'était son père. *Déjà !*

Jorge avait dû le prévenir. Ou Starkey. Ou quiconque l'avait vu prendre son petit déjeuner chez Bailey. Il pouvait aussi s'être fait repérer quand il était allé au ranch…

Mais c'était sans importance. Son père aurait appris sa présence tôt ou tard. Il était impossible de rester anonyme longtemps, à Bordertown.

Agacé d'être dérangé, il leva la tête de l'oreiller.

— Je dors !

— Je t'ai apporté quelque chose.

— Je n'en veux pas.

— Je pense que si. Ouvre la porte.

Rod jura entre ses dents.

— Vous vous en irez si je le fais ?

Il y eut une légère pause.

— Si c'est ce que tu veux.

Rob repoussa le drap d'un coup de pied, roula hors du lit et enfila un short.

— Quoi ? lança-t-il, en ouvrant brutalement la porte.

Bruce lui tendit une pile de journaux.

— Ce sont des articles sur les meurtres. Je me suis dit que tu aurais envie de les lire. Ça te donnera une idée de ce qui s'est passé.

— Très bien. Merci.

— Et je voulais te dire que c'était inutile de payer une chambre de motel. Tu peux venir au ranch.

— Pardon ? Qu'avez-vous dit ?

— Que tu es le bienvenu au ranch.

— Un des bungalows est libre ?

Le visage de Bruce s'empourpra légèrement.

— Non, il y a toutes les chambres qu'il faut dans la maison.

Sa maison ? La grande bâtisse de deux étages, avec ses murs blanchis à la chaux, son toit de tuiles rouges, et la fontaine dans le patio ? Rod aurait donné n'importe quoi, quand il était enfant, pour voir comment c'était, à l'intérieur.

— C'est une plaisanterie ?

— Pas du tout. La maison est grande, et elle est presque vide, maintenant que les garçons sont partis.

Pourtant, Jorge avait laissé entendre que Patrick et Stuart étaient toujours au ranch.

— Où sont-ils ?

— Patrick est marié et a fait construire sa propre maison à l'autre bout de la propriété. Stuart en a profité pour s'en faire bâtir une, pas très loin de celle de son frère.

— Stuart n'est pas marié ?

— Non. J'espère qu'il ne va pas tarder. Je voudrais des petits-enfants, et la femme de Patrick n'est pas pressée. Elle possède l'institut de beauté, en ville, et prétend qu'elle est trop occupée.

Rod se souvint qu'il avait vu la boutique en passant.

— Alors, il a épousé une femme d'affaires ?

Même si Bruce ne semblait rien trouver à y redire, Rod doutait qu'Edna soit ravie d'avoir une petite esthéticienne pour belle-fille, même si celle-ci semblait travailler dur.

— On peut dire ça, j'imagine. Bref, comme je l'ai dit, la maison est disponible, et qui plus est, très confortable et spacieuse.

Bruce déployait trop d'efforts, ce qui rendait la situation encore plus étrange.

Déterminé à ne pas succomber à son amertume, Rod ravala la repartie acerbe qui lui venait à l'esprit.

— Non, merci. Je suis très bien ici.

Loin de s'offusquer, Bruce conserva son expression avenante.

— Eh bien, penses-y quand même. Si cette histoire s'éternise, tu pourrais finir par te lasser de vivre dans un motel. Et nous serions heureux de t'avoir avec nous.

De nouveau, Rod fut tenté de lui demander s'il avait oublié le passé, quand Bruce les tenait à distance, sa mère et lui. Mais en montrant sa colère, il aurait l'air d'y accorder de l'importance. Inutile de donner à Bruce, Edna et leurs fils la satisfaction de savoir qu'ils avaient réussi à le faire se sentir inférieur et indésirable.

Pour la seconde fois, il parvint à garder son calme.

— Merci pour les journaux.

Se félicitant pour son vernis de courtoisie, il commença à repousser la porte… avant de la rouvrir.

— Au fait…

Visiblement désireux de poursuivre la conversation, Bruce lui adressa un sourire engageant.

— Oui ?

— C'est vrai que Sophia St. Claire dirige la police ?

— Oui, pourquoi ? Tu la connais ?

Oh! oui, il la connaissait!

Il avait eu un gros coup de cœur pour elle quand ils étaient en seconde au lycée, et avait trouvé le courage de l'inviter au bal de fin d'année. Fou de joie quand elle avait accepté, il avait pensé qu'il s'était peut-être trompé sur Bordertown, et sur ses chances de réussir dans cette ville.

Jamais il n'avait été aussi enthousiaste et aussi confiant dans ce que l'avenir lui réservait. C'était comme si une nouvelle vie s'offrait à lui. Il avait dépensé tout ce qu'il possédait pour acheter un costume d'occasion et des fleurs, et avait compté les jours avec impatience.

Quand il avait découvert qu'elle lui avait posé un lapin pour accompagner un garçon plus populaire que lui, il avait eu l'impression qu'elle s'était moquée de lui depuis le début, dans le but lui faire comprendre qu'il ne pourrait jamais être rien de plus que ce qu'il était.

Il avait pris cette attitude comme un rejet personnel et en avait été profondément meurtri, sans doute parce qu'il était encore jeune et vulnérable, à l'époque.

Depuis, il s'était considérablement aguerri.

— Nous étions dans la même classe…

Ne résistant pas à l'envie de remuer le couteau dans la plaie, il ajouta :

— Enfin, pour le peu de temps que je suis resté au lycée…

Refusant d'évoquer les aspects négatifs du passé, ou ne voulant pas s'en souvenir, Bruce ne releva pas le reproche.

— C'est une vraie beauté, dit-il. Stuart en parle tout le temps.

— Sa femme n'y voit pas d'inconvénients ?

— C'est Patrick qui est marié, pas Stuart. Sophia est également célibataire. Pour le moment, en tout cas. Il y a bien une demi-douzaine d'hommes qui aimeraient changer ça.

Y compris Stuart, apparemment.

— Elle sort avec quelqu'un, en ce moment ?

— Pas que je sache. Elle voyait Dick Callahan, le pasteur de l'Eglise du Premier Calvaire, mais ça n'a pas abouti.

— Pourquoi ? Il s'est rendu compte que son âme ne valait pas la peine d'être sauvée ?

— Pourquoi dis-tu ça ? Non, c'est lui qui s'est mal comporté. Il a mis une gamine enceinte. Tu te rends compte du scandale ? Un homme d'église qui couche avec une mineure appartenant à sa communauté ? Pour sauver la face, et son emploi, il a affirmé qu'il l'aimait. Et c'est peut-être vrai. Qui sait ? Quoi qu'il en soit, il l'a épousée, et la naissance est imminente.

— Pauvre Sophia, répliqua Rod, sans parvenir à masquer totalement le sarcasme dans sa voix.

Tant mieux si elle avait été humiliée. Au moins, maintenant, elle savait quel effet ça faisait.

— Elle est compétente dans son travail, au moins ?

— Apparemment. Mais elle vient de traverser quelques mois difficiles. D'abord, elle a dû affronter les habitants qui étaient opposés à ce qu'une femme, jeune de surcroît, occupe ce poste. Sans Paul Fedorko et quelques autres du conseil municipal qui étaient fermement opposés à son principal concurrent, elle n'aurait pas été nommée. Par la suite, on ne s'est pas privé de lui mettre des bâtons dans les roues. Puis il y a eu ces meurtres. Si elle ne trouve pas le coupable dans un laps de temps court, ça donnera à ses opposants un prétexte pour demander son licenciement.

En apprenant ces nouvelles, Roderick fut tenté de rester à se tourner les pouces, attendant de voir si elle était capable de se sortir seule de ce mauvais pas.

Il n'avait vraiment aucune envie de lui rendre service. Mais il ne pouvait pas risquer la vie de personnes innocentes pour assouvir un vieux désir de vengeance. Et puis, après tout, ce n'était pas si important... Il avait peut-être eu autrefois des sentiments pour Sophia, mais cela faisait des années qu'il n'avait plus pensé à elle.

— Vous croyez qu'elle acceptera de travailler avec moi ?

— Je ne vois pas pourquoi elle refuserait. Quelqu'un avec ta réputation, tu penses... Je suis sûr qu'elle considérera toute aide comme la bienvenue. Je sais que le shérif lui a assigné une inspectrice, mais ce n'est pas suffisant.

— Elle part avec un lourd handicap.

— Je ne te le fais pas dire.

— Je vais lui rendre visite.

— Le conseil municipal sera soulagé de te savoir impliqué dans l'enquête.

Rod retint un soupir. Il détestait les notables des petites villes. Mais la situation pouvait jouer en sa faveur, et il n'allait pas s'en plaindre. Inquiète à l'idée de perdre son travail, et en grand besoin d'aide, Sophia serait plus encline à coopérer avec lui.

— Ravi de l'apprendre, marmonna-t-il.

Bruce ne parut pas remarquer son manque d'enthousiasme.

— Si tu as besoin que je te présente des gens, ou autre chose, n'hésite pas à me le faire savoir.

— Mouais, bien sûr.

Encore une fois, Bruce ne releva pas la note d'amertume dans la voix de Rod, qui aurait pourtant dû l'avertir qu'il n'avait aucunement l'intention de le solliciter.

— Au fait, je t'ai apporté quelque chose d'autre. Je vais le chercher.

Il se dirigea vers le côté passager de son gigantesque pick-up à double essieu, gris métallisé, et récupéra une enveloppe en papier kraft.

Rod la prit sans faire de commentaire. Soulevant le rabat, qui n'était pas collé, il en retira un paquet de mandats postaux — ceux qu'il avait envoyés pour rembourser les obsèques de sa mère.

— Je n'en veux pas, et vous le savez.

— Ça me ferait plaisir que tu les prennes. Je ne peux pas expliquer pourquoi, mais c'est important pour moi.

— Si vous y tenez…

Rod était sur le point de jeter l'enveloppe sur la console près de la porte, quand il sentit sous ses doigts quelque chose dont la texture était différente.

Lorsqu'il sortit l'objet de l'enveloppe, il vit que c'était un cliché de sa mère et lui devant leur bungalow.

Carolina, jeune, belle et encore en bonne santé, portait un de ses chemisiers sans manches bon marché, un chapeau à large bord pour la protéger du soleil, et un jean coupé aux genoux et roulé sur quelques centimètres. Elle souriait et serrait son fils contre elle.

Rod devait avoir trois ou quatre ans, sur la photo. Il était trop jeune, en tout cas, pour se souvenir qu'elle avait été prise.

— Où avez-vous eu ça ?

Il lui était plus difficile, maintenant, de contenir sa colère.

En découvrant combien Carolina était belle, il pouvait comprendre pourquoi Bruce avait été attiré par elle. Mais ce n'était pas une excuse pour abuser de sa naïveté comme il l'avait fait, alors qu'il possédait déjà tout ce qu'un homme pouvait souhaiter.

— C'est moi qui ai pris la photo.

Comprenant sans doute, à l'expression de Rod, ou à la crispation de ses épaules, qu'il était temps de partir, Bruce marmonna un au revoir et tourna les talons.

Rod ne répondit pas. Il ne pouvait plus ni parler ni bouger.

Submergé par un flot de souvenirs, il ne parvenait plus à détacher les yeux de l'image de sa mère.

La sueur coulait entre les épaules de Sophia, tandis qu'elle allait d'un mobile home à l'autre pour essayer de recueillir des témoignages, et sa chemise d'uniforme collait à sa peau, lui procurant une sensation d'inconfort.

Trois coups avaient été tirés, comme l'indiquaient les douilles qui avaient été retrouvées, mais une seule personne, Debbie Berke, était sortie de son lit pour voir ce qui se passait.

Mac White, qui habitait juste à côté d'Earl et Marlene, reconnut qu'il avait vaguement entendu quelque chose, mais qu'il ne s'en était pas préoccupé. Il était trop habitué aux disputes de ses voisins pour prêter attention à quelques cris.

Randy Pinegar prétendait souffrir de troubles du sommeil, et avait déclaré avoir pris un somnifère. Mais tout le monde savait qu'il était alcoolique et, d'après Sophia, il devait être dans les vapes.

Ralph Newlin, le seul autre voisin proche de la zone, se trouvait à Phoenix, où il était allé chercher sa fille chez son ex-femme, pour l'emmener à Disneyland.

Sophia s'apprêtait à retourner interroger Debbie, quand son portable sonna.

En voyant qu'il s'agissait de l'inspecteur Lindstrom, elle faillit ignorer l'appel, mais le conseiller Paul Fedorko l'avait appelée le matin en accentuant la pression. Il lui avait dit que les autres membres du conseil municipal commençaient à devenir nerveux, et se demandaient si elle avait assez d'expérience pour résoudre cette affaire. Il avait laissé entendre que deux conseillers en particulier avaient demandé qu'elle soit remplacée. Le maire, quant à lui, déplorait que Leonard n'ait pas eu la promotion qu'il méritait. Paul lui-même commençait à penser que, personnalité controversée mise à part, Leonard aurait plus de chances qu'elle d'arrêter le tueur de sans-papiers.

Sophia savait que c'était la peur qui inspirait ce revirement aux conseillers municipaux, mais elle n'appréciait pas leur manque de confiance.

En résumé, elle devait coopérer avec l'inspecteur Lindstrom et lui faire confiance malgré le signal d'alarme qui carillonnait dans sa tête, et la sensation de malaise qui lui nouait l'estomac. Elle ne pouvait pas affronter cette affaire toute seule. Il y avait beaucoup trop de travail.

Elle décrocha.

— Sophia St. Claire.

— Vous avez identifié les victimes ?

Elle avait laissé un message à Lindstrom, après sa conversation avec Fedorko.

— Oui.

— Comment ?

— Ça valait la peine que j'aille à Naco.

— J'ai prévenu le consulat du Mexique à propos des meurtres, vous allez sans doute les informer de ce nouveau développement ?

— C'est fait.

— A qui avez-vous parlé ?

— A la même personne que vous, le consul adjoint Rudy Ruybal.

— Je lui ai demandé d'accélérer les choses pour le test ADN de Philip Moreno. Il vous en a parlé ?

Philip Moreno faisait partie des victimes de la seconde agression. Il avait été identifié via la base de données SIRLI, en postant une photo d'une loupe d'horloger trouvée à côté de lui, et du logo de son T-shirt.

— Il n'a rien dit.

— Je ne comprends pas qu'ils traînent les pieds comme ça.

— Les tests sont chers. Il faut que le cas soit approuvé.

Quand il n'y avait aucun autre moyen de s'assurer de l'identité d'un sans-papiers décédé, le consulat faisait réaliser un test ADN par la faculté de médecine de Baylor, dans l'espoir de relier le corps à un parent au Mexique. Mais c'était une procédure longue et coûteuse, qui devait être approuvée par le ministère des Affaires étrangères à Mexico, et le gouvernement n'était pas très partant pour le faire, sauf s'il était assuré que ce serait un succès.

Le logo sur le T-shirt de Moreno était le seul indice leur permettant de croire qu'il venait de Durango. S'ils pouvaient confirmer son identité, cela pourrait aider à identifier également la jeune fille qui l'accompagnait. D'après Sophia, il s'agissait du frère et de la sœur dont une famille, du nom de Moreno et vivant à Durango, avait signalé la disparition.

— Il a semblé perturbé ? demanda Lindstrom.

— Assurément. Il a convoqué une réunion.

— Vous ne pensez pas qu'il va essayer de nous discréditer en se répandant dans la presse, quand même ?

Fedorko avait les mêmes craintes, et pensait qu'une mauvaise presse serait préjudiciable pour elle, dans la mesure où cela donnerait au maire les arguments nécessaires pour amener le conseil municipal à un consensus sur son licenciement.

— Il le fera s'il pense que c'est dans l'intérêt de son pays. Mais je ne pense pas qu'il souhaite que ça se transforme en conflit.

— Je veux être présente à la réunion.

Lindstrom semblait prête à batailler ferme pour obtenir gain de cause, mais Sophia ne voyait aucun inconvénient à la laisser négocier avec le consul adjoint Ruybal. *Au contraire.*

— Pas de problème. C'est à 14 heures. Ayez la gentillesse de dire à Ruybal que je suis très occupée par l'enquête et que je n'ai pas pu me libérer.

Il y eut une longue pause.

— Vous m'avez piégée, se plaignit Lindstrom.

— Vous vous êtes piégée toute seule. Il n'y a aucune raison pour que nous y allions toutes les deux.

— Très bien. Comme vous voudrez. Dites-moi ce qui s'est passé à Naco. Je veux tous les détails pour lui prouver que nous faisons tout ce que nous pouvons, et que nous allons dans la bonne direction.

— Les Sanchez ont voyagé en bus, depuis Nayarit jusqu'à Naco. C'est là qu'ils ont traversé la frontière, vendredi soir, avec trente autres personnes. Ils ont été guidés par deux coursiers, Miguel et Juan Martinez. Cela faisait à peu près une heure que le groupe marchait, quand ils ont été repérés par la patrouille. Tout le monde s'est éparpillé. José et Benita ont filé de leur côté.

— Donc, nous n'avons aucun moyen de savoir qui les a vus en dernier. Le tueur peut être n'importe qui.

— N'importe qui avec un silencieux, précisa Sophia.

— Vous croyez qu'il avait un silencieux ?

— Je n'y ai pas pensé tout de suite, mais je me suis dit que les coups de feu auraient dû alerter plus de monde, s'ils avaient été tirés avec une arme classique.

— Ce n'est pas facile de se procurer un silencieux.

— Détrompez-vous. Ce n'est pas aussi compliqué ici que dans les autres Etats.

— Je vais voir avec l'ATF[1] si quelqu'un s'en est procuré un légalement, ces dernières années.

Sophia doutait que ce soit aussi simple. L'individu était trop intelligent. Mais ils ne devaient négliger aucune possibilité.

— Je connais quelqu'un qui pourrait m'informer sur le marché noir. Je vais lui demander de fouiner un peu. On verra s'il peut nous apprendre quelque chose.

Elle se garda bien de dire qu'il s'agissait d'un ex qui trafiquait justement dans ce genre de choses.

Elle était toujours au téléphone quand Debbie Berke ouvrit sa porte, sans qu'elle ait préalablement frappé.

— Je pensais bien avoir entendu une voix, dit la vieille dame.

Sophia leva la main pour lui indiquer qu'elle n'en avait pas encore terminé.

— Quand vous interrogerez l'ATF, essayez de savoir s'ils n'auraient pas un agent infiltré, dans le coin, qui pourrait nous renseigner sur l'achat ou l'échange d'un silencieux.

— Bonne idée. Au fait, comment s'est passée l'autopsie ?

— Elle n'a pas encore eu lieu. Je vous préviendrai dès que j'en saurai plus.

— J'y compte bien ! répliqua Lindstrom, avant de raccrocher.

1. *Bureau of Alcohol, Tobacco, Firearms and Explosives* : agence de lutte contre le trafic d'alcool, de tabac, d'armes à feu et d'explosifs.

Sophia était sur le point de se tourner vers Debbie, pour lui demander si le coup de feu qu'elle avait entendu pouvait avoir été tiré par un silencieux, quand un Hummer s'approcha.

Avec le soleil, elle eut du mal à reconnaître l'homme qui en sortit. Mais, dès qu'elle eut mis sa main en visière au-dessus de ses yeux, elle sut qu'il s'agissait de Roderick Guerrero.

Roderick ne s'attendait pas à trouver Sophia à cet endroit. Il était simplement passé jeter un coup d'œil à la scène de crime. Puisque tout le monde en ville ne parlait que de ça, il n'avait pas eu de mal à apprendre où le meurtre avait eu lieu. Mais elle était bien là, en compagnie d'une femme âgée et replète qu'il était certain de n'avoir jamais rencontrée. Ce camp de mobile homes était déjà là quand il vivait à Bordertown, mais il ne connaissait aucun des occupants.

La vieille dame le regardait avec curiosité. Il aurait pu l'ignorer et se consacrer à ce qu'il devait faire, mais maintenant que Sophia l'avait vu, il n'avait pas d'autre choix que de justifier sa présence.

Il vit qu'elle se crispait tandis qu'il approchait. L'avait-elle reconnu ? Il en doutait un peu. Elle n'avait jamais jugé qu'il méritait d'être remarqué. Elle sortait avec de riches fils de fermiers, pas avec un métis, illégitime de surcroît, qui vivait dans une cabane au sol de terre battue.

— Madame St. Claire ? demanda-t-il.

— Oui ?

Il y avait de la suspicion dans les yeux vert pâle encadrés d'épais cils noirs. Il n'avait pas oublié ces yeux qui, lorsqu'il était adolescent, lui paraissaient les plus beaux du monde. Quatorze ans après, il était toujours du même avis.

— Je suis Roderick Guerrero.

Il n'avait pas l'intention de mentionner le fait qu'ils s'étaient connus autrefois. C'était sans intérêt à ses yeux.

— Je travaille pour une société qui s'appelle Department 6.

La vieille dame qui se trouvait avec Sophia intervint :

— Ce ne serait pas l'agence de sécurité qui a envoyé des gens à Paradise, l'été dernier, pour enquêter sur l'Eglise des covenantaires, cette secte qui annonce la fin du monde pour bientôt ?

— C'est bien ça, répondit Rod, en lui adressant un sourire poli. Nous réalisons beaucoup de missions d'infiltration, en particulier pour la DEA, mais j'ai aussi une expérience d'enquêteur.

Sophia sollicita son attention.

— Et vous êtes ici pour… ?

— Bruce Dunlap m'a appelé à propos de la récente série de meurtres, et m'a demandé de venir vous prêter main-forte.

— Il vous paie pour ça ?

— Non. Il se trouve que j'ai des raisons personnelles de souhaiter l'arrestation du tueur.

— Et vous pensez que ça ne pourra pas se faire sans vous ?

Il ne put s'empêcher de réagir à l'intonation trop aiguë de sa voix.

— Vous l'avez dit. C'est ce que je pense.

Elle pressa si fort les lèvres l'une contre l'autre que toute couleur s'en effaça.

— Ainsi, nous allons continuer à prétendre que nous ne nous sommes jamais rencontrés ?

— Ça fait des années. Et nous nous connaissions si peu… J'ai pensé que vous aviez oublié.

— Je vois.

La vieille dame écoutait avec tellement d'avidité qu'elle en était bouche bée, mais il refusa de lui prêter attention.

Remontant ses lunettes de soleil sur son nez, il désigna les cavaliers de marquage répartis sur la scène de crime.

— Qu'avez-vous trouvé, là-bas ?

Sophia croisa les bras, affichant un air revêche.

— Je n'ai pas dit que j'étais d'accord pour collaborer avec vous.

— Je pensais que vous seriez assez intelligente pour comprendre que…

— Que la solution à tous mes problèmes se trouve devant moi ?

Rod sentit un muscle jouer dans sa mâchoire, tandis qu'il faisait un effort pour se contenir.

— Que c'est inespéré de recevoir une aide gratuite, alors que vous êtes en sous-effectif, et que vous ne savez plus où donner de la tête.

— Vous vous moquez de moi ? Vous n'avez aucune légitimité, aucun mandat officiel. C'est comme si un spectateur débarquait en plein match et disait à l'entraîneur : « Maintenant, c'est moi qui prends le relais. »

— Si cet entraîneur est en train de faire perdre l'équipe, ça pourrait lui être utile d'avoir un avis extérieur.

La vieille dame ricana dans son dos, mais Sophia ne lui accorda pas un regard.

— Et si je ne veux pas de votre aide ?

Rod avait peine à croire qu'il s'agissait de la fille qu'il avait autrefois admirée. Jamais il ne se serait attendu à ce qu'elle devienne flic. Il l'imaginait plutôt en mère de famille dévouée, partageant ses journées entre le bridge, le shopping et les événements caritatifs.

— La couleur de ma peau pourrait m'aider à me fondre parmi certaines personnes. Je parle espagnol. Je connais la région comme ma poche. Et je vous offre mon temps et mes compétences. Pourquoi refuseriez-vous ?

— Parce que je n'ai pas besoin de vous. Le FBI va m'envoyer une équipe.

— Toutes les bonnes volontés sont les bienvenues, non ?

— Je n'ai pas envie de vous avoir dans les pattes. Et,

avec votre ego surdimensionné, vous n'allez pas cesser de tirer la couverture à vous.

Il ôta ses lunettes et planta son regard droit dans le sien.

— Je peux demander une assignation officielle, si vous tenez absolument à jouer…

Il avait envie de dire « les garces », mais il se retint.

— … les psychorigides.

Milt était un imbécile fini, mais ses contacts, ses moyens financiers, et la réputation de Department 6 pouvaient ouvrir bien des portes.

— Et à qui allez-vous demander ça ? rétorqua-t-elle d'un ton narquois.

— Au gouverneur, si nécessaire.

— Ah oui ? Dans ce cas, je vais attendre son appel, lança-t-elle avec arrogance.

Puis elle fit signe à la femme qui se trouvait avec elle de la précéder à l'intérieur du mobile home.

8

[illegible]

8

— Vous êtes sûre que vous ne voulez pas de l'aide de M. Guerrero ? demanda Debbie, tandis que la porte se refermait derrière elles avec un claquement sec.

— Certaine, répliqua Sophia. Il ne fera que me gêner, et cette enquête est déjà assez difficile comme ça.

Elle pensait à Lindstrom, et à la possibilité que Leonard Taylor soit impliqué. Ayant grandi dans la région, ce dernier avait des amis et de la famille partout. Même le juge auprès de qui elle devait solliciter différents mandats lui était apparenté. A ce stade, elle était déjà entourée de personnes en qui elle ne pouvait pas avoir confiance. Inutile d'en ajouter une autre.

Debbie fronça les sourcils.

— Je ne sais pas. Il a l'air sûr de lui. Et s'il peut sauver des vies…

— Je n'ai pas besoin de lui.

Il n'était pas question qu'elle coopère avec un homme aussi arrogant. De toute façon, le soutien du FBI était imminent, et il ne pouvait pas faire mieux qu'eux.

— J'ai cru comprendre que vous le connaissiez…

Debbie s'agenouilla sur la banquette fixée sous la fenêtre, et souleva un coin de rideau pour regarder dehors.

— Mais je ne l'ai jamais vu dans le coin, reprit-elle.

— Nous sommes allés à l'école ensemble, jusqu'à la mort de sa mère. Ensuite, il est parti. C'est le fils illégitime de Bruce Dunlap.

— Mais oui, bien sûr ! Edna manque d'avoir une attaque chaque fois qu'on parle de lui.

Continuant à regarder dehors, elle ajouta :

— J'aurais pu m'en souvenir, remarquez. On ne rencontre pas si souvent des hommes qui ont cette allure-là.

— Ce n'était pas un homme, quand il est parti. Il avait seize ans.

Et il était loin d'être aussi séduisant qu'aujourd'hui. Il était maigrichon, au lycée, avec des mains et des pieds qui semblaient trop grands pour son corps, et une expression renfrognée aussi explicite qu'un panneau « Interdiction d'approcher ». Le fait qu'il ait toujours l'air d'avoir besoin d'une coupe de cheveux et de changer de vêtements lui donnait un air sauvage et vaguement effrayant. Tomber sur lui, c'était comme se trouver face à un chacal solitaire dans le désert.

Mais le Roderick adulte n'avait plus rien à voir. Pour commencer, il avait grandi et s'était étoffé. Mesurant au moins un mètre quatre-vingt-dix, il devait peser dans les quatre-vingt-cinq kilos et avait un corps puissant de soldat. Ses cheveux d'un noir bleuté, coupés très court, renforçaient cette impression qu'il avait appartenu à l'armée. Avec sa peau magnifiquement cuivrée, et ses dents blanches parfaitement alignées, il s'était beaucoup amélioré physiquement.

— Il est toujours là, fit remarquer Debbie.

— Je m'en moque, du moment qu'il ne franchit pas le périmètre sécurisé.

— Il ne l'a pas encore fait, mais…

Debbie pivota pour la regarder.

— Que feriez-vous si c'était le cas ?

— Je l'arrêterais pour avoir interféré dans mon enquête.

— Vraiment ?

— Vraiment.

Debbie écarta un peu plus les rideaux.

— Alors, vous devriez peut-être regarder ça.

Sophia la rejoignit sur la banquette, et vit Roderick se courber sous le ruban, traverser la zone interdite, et s'accroupir près de l'endroit où les corps étaient tombés.
— Alors là, il va m'entendre ! s'écria-t-elle, en se ruant vers la porte.

Roderick savait que Sophia se dirigeait vers lui, mais il ne releva pas la tête. Il avait découvert quelque chose qui pouvait avoir son importance. Le glissant discrètement dans l'une des poches latérales de son bermuda, il se tourna alors qu'elle arrivait à portée de voix.
— Qu'est-ce que vous fichez, bon sang ?
— Rien.
Franchissant de nouveau le ruban, il commença à se diriger vers son Hummer.
— Ne bougez plus ! cria-t-elle, en courant derrière lui. Vous êtes en état d'arrestation.
Il décida de l'ignorer.
— Si vous ne vous arrêtez pas, je sors mon arme.
— A votre place, je ne ferais pas ça, répliqua-t-il par-dessus son épaule. Ça risque d'être un peu difficile à expliquer au gouverneur.
— Pas du tout. Je suis dans mon droit. Vous êtes un civil qui interfère dans une enquête de police. Et vous avez pris quelque chose, je l'ai vu. De quoi s'agit-il ?
— D'une preuve que vous auriez dû trouver. Ça aussi, vous pourrez l'expliquer au gouverneur.
Elle haussa le ton.
— Vous feriez mieux de me la donner.
— Je vous dirai ce que j'en ai appris. Ça nous mettra peut-être dans la bonne direction.
— Nous n'irons dans aucune direction, car vous serez en prison.
Pour lui signifier qu'il ne s'en souciait pas le moins du monde, il ne prit même pas la peine de la regarder.

— Et qui va m'y mettre ?

— Moi !

— Bonne chance.

— C'est votre dernier avertissement. Si vous ne me donnez pas ce que vous avez pris, vous aller avoir besoin d'un bon avocat.

Arrivé à sa voiture, il en ouvrit la portière.

— Vous vous rendriez service en me laissant tranquille.

Elle sortit son arme, ainsi qu'elle l'avait annoncé, et la pointa sur lui.

— Ne bougez plus, ou je tire.

Il pivota brusquement et s'empara par surprise de son pistolet. Puis il le glissa dans la ceinture de son bermuda.

— La prochaine fois que vous menacerez un homme, assurez-vous qu'il ne puisse pas vous désarmer, dit-il.

Puis il monta dans sa voiture et démarra.

Sophia ne s'était jamais sentie aussi en colère ni aussi embarrassée de sa vie. Comme elle pensait ne pas courir de danger avec Roderick Guerrero, elle n'avait pas pris les précautions nécessaires. Et il l'avait ridiculisée.

Elle retourna en courant vers sa voiture de patrouille, se glissa au volant, et actionna l'alarme et la sirène avant de s'élancer sur le chemin de terre.

Le Hummer était presque à un kilomètre devant elle, et elle accéléra. Elle voulait réduire la distance et l'appréhender avant qu'ils n'arrivent aux abords de la ville.

Mais elle ne le rattrapa qu'au premier des trois feux tricolores de Bordertwon.

Même là, il ne s'arrêta pas. Dès que le feu passa au vert, il redémarra comme si elle n'était pas derrière lui, sirène hurlante. Furieuse, elle mit le haut-parleur et s'écria :

— Arrêtez-vous !

Elle répéta plusieurs fois ces mots, mais ils ne changèrent rien. Il ne voulait pas coopérer.

Il roula jusqu'au Mother Lode Motel, se gara et sortit de sa voiture.

— Vous n'allez pas vous en sortir comme ça ! cria-t-elle, en ouvrant sa portière.

Il se tourna et lui adressa un sourire.

— C'est ce qu'on va voir.

Se servant de sa portière comme d'un bouclier, elle sortit le fusil qu'elle gardait dans sa voiture.

— Rendez-moi mon Glock.

Il ôta ses lunettes de soleil et marcha vers elle.

— N'allez pas plus loin, dit-elle.

Et cette fois, il sembla comprendre qu'elle allait vraiment tirer, car il s'arrêta.

— Ecoutez, je vais poser votre arme sur le capot de la voiture, dit-il. Je vous suggère de la rengainer et de poursuivre les vrais criminels.

— Donnez-moi aussi ce que vous avez pris sur la scène de crime.

— Désolé, ce n'est pas possible. Mais si vous m'appelez quand vous vous serez calmée, nous pourrons en discuter.

— Vous êtes devenu un tel... crétin ! cria-t-elle, alors qu'il s'éloignait.

Leland Jennings, le gérant du motel, sortit pour voir à quoi rimait tout ce vacarme.

— Tout va bien ? demanda-t-il.

— Parfaitement bien, répondit Sophia, en glissant le Glock dans son holster.

— Je peux faire quelque chose pour vous ?

— Non, merci, répondit-elle, avant de remonter en voiture.

Roderick Guerrero n'avait aucune autorité à Bordertown, aucun droit de s'immiscer dans une affaire en cours, et elle n'allait pas le laisser s'en sortir comme ça. Comment ses détracteurs pourraient-ils la respecter, si elle était incapable de garder le contrôle sur sa propre enquête ?

Elle attendrait la nuit tombée et l'approcherait de

nouveau. D'ici là, il aurait peut-être fini par se résoudre à coopérer. Dans le cas contraire, elle savait ce qui lui restait à faire.

Dès que Sophia St. Claire eut levé le camp, Roderick ressortit. Il voulait aller à la poste pour envoyer, au labo avec lequel il travaillait à San Diego, le mégot de cigarette qu'il avait trouvé sur la scène de crime. Rien ne prouvait qu'il appartenait au tueur. Il pouvait avoir été jeté là quelques jours plus tôt par un voisin.

Il venait de se mettre au volant, quand un pick-up semblable à celui de son père, hormis la couleur rouge, s'arrêta derrière lui.

C'était un de ses demi-frères.

Avec le soleil, il ne pouvait distinguer le visage du conducteur. Mais son identité exacte ne faisait pas de différence : il les détestait tous les deux de la même façon.

Refusant d'agir comme s'il en était affecté, malgré l'adrénaline qu'il sentait monter, il tourna la clé dans le contact et surveilla le rétroviseur.

Il n'imaginait pas l'un des frères Dunlap essayant de lui chercher des noises sans le renfort de l'autre, mais il savait que ceux-ci avaient pour habitude de surgir aux moments les plus inattendus.

La portière du pick-up s'ouvrit, et l'aîné des deux frères en sortit.

Rod n'eut aucun mal à reconnaître Patrick, même s'il avait un peu changé en quatorze ans. Ses cheveux blond foncé, qu'il portait longs et bouclés, étaient maintenant coupés court, et son visage impeccablement rasé s'était empâté. Pour la plupart des femmes, il était probablement encore séduisant, mais il avait pris du ventre. Il s'était marié et s'était laissé aller…

Rod laissa son moteur tourner pour montrer qu'il n'avait pas l'intention de perdre du temps, mais il sortit quand même de voiture. Il n'avait pas envie d'être coincé à l'intérieur si une bagarre éclatait.

Encore qu'il ne fût pas très inquiet. Il pouvait régler son compte à Patrick en deux temps trois mouvements, surtout maintenant que ce dernier avait perdu tout avantage physique.

Paraissant peu sûr de lui, Patrick s'arrêta à cinq pas et s'éclaircit la gorge. Il portait des bottes de travail, comme s'il sortait du ranch, mais son jean était propre, et sa chemisette faisait plus employé de bureau que cow-boy.

— Papa nous a dit que tu étais en ville, commença-t-il.

C'était tout ? C'était sa façon de reprendre contact, après tout ce qu'il lui avait dit quand ils étaient enfants ? Ces mots paraissaient si anodins…

— Et alors ? J'ai autant le droit que toi d'être ici.

— Je n'ai jamais dit le contraire.

— Qu'est-ce que tu veux, alors ?

— Te dire que… Je suis content que tu sois venu.

Rod eut un rire bref et sans joie.

— Tu plaisantes, je suppose ?

Patrick glissa les pouces dans sa ceinture en cuir.

— Tu es peut-être le seul à pouvoir arrêter ce qui se passe par ici, avant que ça ne devienne vraiment grave.

— Je dirais que c'est déjà carrément grave pour les Mexicains. Mais ça ne risque pas de t'inquiéter, bien sûr.

Patrick parut blessé par la remarque.

— Les choses changent, Rod. Les gens changent.

— Pas tant que ça. Alors, c'est quoi, la vraie histoire ?

Il observa le parking, contrôlant les autres voitures, s'attendant presque à une embuscade.

— Tu attends ton frère ?

Patrick donna un coup de pied dans un petit fragment de goudron détaché du sol.

— Non.

— C'est bizarre… Autrefois, vous aimiez bien vous mettre à deux contre un.

Patrick soupira, l'air subitement las.
— Je ne suis pas venu me bagarrer.
— Dommage, répondit Rod, qui le pensait presque. Quel meilleur moyen, après tout, d'évacuer cette vieille colère qu'il gardait en lui depuis toutes ces années ?

Son demi-frère glissa les mains dans ses poches, et le large anneau doré qu'il portait à la main gauche disparut.

— J'ai fait des erreurs. Si tu veux me l'entendre dire, je suis prêt à m'excuser.
— Je ne veux rien de toi. Pas même des excuses.
— Bien sûr que non. Tu es trop orgueilleux pour ça. Tu l'étais déjà quand nous étions gamins. Je pense que c'est toi qui n'as pas changé.

Rod retrouvait là un peu de l'ancien Pat et, curieusement, il se sentit soudain plus à l'aise.

— Ça te donne bonne conscience de te dire que je méritais ces raclées ?
— Non. Mais reconnais que tu passais ton temps à nous provoquer.
— Comment ? En étant *vivant* ? Je suis le résultat, mon vieux, pas la cause. Ton père exploitait les migrants qui travaillaient pour lui.
— Je pense qu'il tenait à ta mère.
— Il avait une drôle de façon de le montrer.
— Ce n'était pas facile, pour lui.
— Excuse-moi de ne pas pleurer sur sa douleur. Je ne sais pas combien de fois je vais devoir le répéter, mais je m'en fiche royalement. Je ne suis pas venu voir ton père. Ni toi, ni ton frère.

Le visage de Patrick se crispa, exprimant une certaine émotion, sans que Rod parvienne à déterminer s'il s'agissait de gêne, de regret, ou de frustration.

— Je ne suis pas venu t'offrir une branche d'olivier, dit-il.
— Tant mieux !
— J'avais une autre raison pour te rencontrer.

— J'attends.

— J'ai une information sur les meurtres de ces… ressortissants Mexicains.

Rod prit appui contre l'aile de sa voiture et croisa les jambes.

— Depuis quand es-tu devenu aussi politiquement correct ? Tu ne préfères pas le terme *wetbacks ?* C'est comme ça que vous m'appeliez, autrefois.

Patrick cilla.

— Mouais, bon…, marmonna-t-il en se massant la nuque. Je crois que j'ai un peu évolué, depuis. Ma femme est à moitié mexicaine.

S'il pensait que ça leur ferait un point commun, il se trompait lourdement.

— Et elle vit avec toi ? Je la plains !

— C'est une femme formidable. Je ne la mérite pas.

— Je suis content pour toi.

Il avait prononcé cette phrase d'un ton neutre, en haussant les épaules, pour montrer à quel point il s'en moquait.

— J'en suis sûr, répondit Patrick.

— Ecoute, vous n'avez rien à craindre de moi, ni toi ni ton frère. Je ne recherche pas l'amour de votre père, ni son attention, et encore moins son argent, si c'est ce qui vous inquiète. Dès que j'aurai résolu cette affaire, je ficherai le camp d'ici.

— Bien. Laisse tomber.

Il commença à faire demi-tour, mais Rod le retint.

— Tu as dit que tu avais une information sur les meurtres.

Patrick marqua un temps de silence, délibérément, avant de soupirer.

— J'ai entendu Leonard Taylor parler, chez le coiffeur, l'autre jour.

— Qui est Leonard Taylor ?

— Il est venu de Douglas, il y a une dizaine d'années, quand il a été recruté comme chef de la police.

— Et que racontait-il ?

— Ce n'est pas tant ce qu'il disait que sa manière de le faire qui m'a intrigué. Il semblait se réjouir de tous ces meurtres, et il espérait que Sophia St. Claire se casserait les dents sur cette affaire. Il a même dit clairement qu'elle serait virée si elle n'arrêtait pas le coupable.

— Pourquoi espère-t-il son renvoi ?

— Elle lui a pris son poste. Avant son départ en retraite, le précédent chef avait deux officiers sous ses ordres, elle et Leonard. Ce dernier avait plus d'expérience, et il était supposé prendre la relève. Le conseil était décidé à le promouvoir quand Sophia a présenté une clandestine qui affirmait que Leonard l'avait surprise dans le désert, au sud de la ville, et lui avait proposé un marché.

— Quel genre de marché ?

— Une relation sexuelle contre la liberté.

— Je vois…

— Ça a causé un gros choc, et les gens ont commencé à se diviser en deux camps.

— Comment Sophia avait-elle trouvé cette femme ? Elle était venue au poste de police, où…

— Non, c'est un Mexicain qu'elle avait placé en cellule de dégrisement qui a commencé à raconter qu'un flic avait violé sa sœur. Personne ne faisait attention à ce qu'il racontait, mais Sophia a voulu en savoir plus. Elle a retrouvé la femme, qui a affirmé que c'était la vérité.

— Et donc ce type, Taylor, a perdu son emploi ?

— Non. La femme et son frère ont disparu peu après, et du coup, le procureur n'avait pas de quoi présenter un dossier. Taylor a pu rester, vu qu'il n'y avait aucune preuve, mais comme sa réputation avait souffert, la promotion a été offerte à Sophia.

— Et il a été obligé de travailler sous ses ordres.

— Exactement. Son ego ne l'a pas supporté, et il a

démissionné. Aujourd'hui, il s'occupe d'un élevage de poulets. En fait, c'est ce qu'il faisait à Douglas, avant d'entrer dans la police.

— Où habite-t-il ?

— Pas très loin de l'intersection entre Ray et Saguaro. C'est aussi là qu'il est supposé avoir violé cette Mexicaine, dans son propre jardin.

— Tu n'y crois pas ?

— Je ne sais pas ce que je dois croire. Ça paraît improbable qu'un policier puisse faire ce genre de choses… mais s'il pensait pouvoir s'en sortir sans se faire prendre… Sa femme se trouvait à Albuquerque, à ce moment-là, à un salon de loisirs créatifs. Elle fabrique des poupées. Ses filles faisaient un stage de sport. La plus petite était la seule à être à la maison avec lui. Elle a dit qu'elle avait entendu son papa faire des drôles de bruits derrière les buissons, et qu'il lui avait crié de s'en aller quand elle avait essayé d'aller voir ce qui se passait. Mais on ne peut pas mettre un homme en prison en se fondant sur le témoignage d'une fillette de cinq ans qui entend des grognements, et à qui son père dit de rentrer à la maison.

Rod croisa les bras.

— Donc, ce type aurait dû diriger la police de Bordertown si Sophia n'était pas intervenue.

— C'est exact. Et, en plus, sa femme l'a quitté en emmenant les enfants. Elle vit chez ses parents, à Prescott.

Rod se redressa.

— Je vais aller lui rendre une petite visite, cet après-midi.

— Sois prudent. Je crois qu'il détient un arsenal, là-bas.

Et, sur ces mots, Patrick retourna à sa voiture.

Rod fut tenté d'en rester là, mais quelque chose l'intriguait.

— Pourquoi m'as-tu parlé de ça ?

Son demi-frère tourna la tête.

— C'est évident, non ? Ce type pourrait être lié aux meurtres.

— Mais tout le monde connaît cette histoire. Quelqu'un d'autre aurait pu m'en parler. A commencer par Sophia St. Claire.

Patrick regarda ses pieds, avant de croiser le regard de Roderick.

— C'est ma femme qui m'a envoyé, admit-il. Elle voulait que je t'invite à dîner.

Rod essaya d'imaginer la conversation que Pat avait dû avoir avec sa femme.

— Tu as raison, elle est trop bien pour toi.

— C'est toujours non, n'est-ce pas ?

— Ça m'étonnerait que Stuart approuve.

— Je m'en fiche. Comme dit ma femme, tu es aussi mon frère.

Rod n'aurait jamais imaginé entendre un jour Patrick prononcer ces mots, et il ne savait comment réagir.

— Dis à ta femme qu'elle s'inquiète pour rien. Tout est bien comme ça.

— Elle ne voudra pas le croire. Elle tient absolument à ce que nous fassions la paix.

Avec un soupir, il se passa la main dans les cheveux.

— Je te l'ai dit, j'ai épousé Mère Teresa.

— Je suppose que c'est ta façon de te racheter une conscience, lança Rod, avant de remonter en voiture.

9

Kevin Simpson possédait trente-cinq mille acres le long de la frontière. Soutenus par plusieurs éleveurs de bétail de Douglas, sa femme, son fils et lui s'étaient organisés pour patrouiller sur leur propriété, enfin d'empêcher les immigrants clandestins de la traverser. Son fils tenait même un blog, sur lequel il affirmait qu'ils avaient à eux seuls arrêtés douze mille clandestins, qu'ils avaient ensuite livrés au CBP.

Le nombre était impressionnant, mais Sophia St. Claire savait qu'il ne représentait qu'une goutte d'eau dans l'océan. Le CBP en appréhendait plus de vingt mille par mois, et on considérait que, pour une personne arrêtée, il en passait cinq.

Confiant à son fils James les rênes de son cheval, Kevin montra à Sophia ce pour quoi ils l'avaient appelée.

— Regardez ça, dit-il en pointant du doigt un monceau de détritus — bouteilles en plastique, papier toilette, emballages de nourriture. Ça correspond seulement aux deux derniers mois. J'ai renoncé à essayer de garder l'endroit propre. Vous n'avez pas fini de nettoyer que ça recommence.

— Et les vaches sont assez bêtes pour manger n'importe quoi, expliqua James.

Sophia hocha la tête, l'air compréhensif.

— Donc, c'est dangereux pour le bétail.

Elle le savait, évidemment. Depuis qu'elle avait été

nommée chef de la police, ils essayaient d'obtenir qu'elle vienne constater les dégâts. Mais, comme ils s'étaient montrés de fervents supporters de Leonard Taylor, elle n'était pas pressée d'écouter leurs récriminations. D'autant qu'elle ne pouvait pas faire grand-chose. S'agissant d'un problème fédéral, elle leur avait répondu de s'adresser au CBP.

Depuis les meurtres, toutefois, elle avait changé d'optique et souhaitait entendre ce que les Simpson pensaient des immigrés clandestins.

— Ça nous coûte plusieurs têtes de bétail par an, précisa James.

— Et ce n'est pas tout, ajouta Kevin. Ils percent nos canalisations, et des centaines de litres l'eau peuvent s'écouler pendant un jour ou deux avant que nous nous en apercevions. Ils défoncent les clôtures, et le bétail se sauve. L'année dernière, ils ont tué et dépecé deux vaches pour les manger.

Il sortit une cigarette et, après avoir levé les sourcils pour s'assurer qu'elle ne voyait pas d'inconvénient à ce qu'il fume, il l'alluma.

— Nous avons déjà perdu plusieurs millions de dollars, mais nous avons l'impression de nous battre contre des moulins à vent. Personne ne veut croire que c'est aussi grave que nous le disons.

Avec un soupir, il rejeta un nuage de fumée.

— Si seulement les autorités compétentes se donnaient la peine de venir voir comment ça se passe.

Sophia avait vu des images sur leur blog, mais c'était encore plus impressionnant quand on se trouvait sur place.

Kevin rajusta le chapeau qui ombrait son visage rougeaud.

— Nos politiciens disent qu'ils vont faire quelque chose, mais ils sont trop occupés à lécher les bottes des autorités mexicaines.

Sophia releva l'intonation amère et ombrageuse. La

colère de l'éleveur était-elle assez forte pour aller jusqu'au meurtre ? Il avait en tout cas un mobile. Sa propriété était ravagée, il perdait de l'argent, et les autorités ignoraient ses plaintes.

— Qu'est-ce que c'est ? demanda-t-elle, en désignant un point blanc au loin.

Kevin souleva les jumelles qui pendaient autour de son cou, mais son fils répondit avant qu'il ait ajusté la mise au point.

— Elle parle de la citerne d'eau.

— Ah oui, cette fichue citerne… Un imbécile a installé ça en pensant qu'il allait sauver des vies. Au lieu de quoi, ça incite encore plus de monde à traverser le désert.

Il faisait chaud, plus de quarante degrés, et Sophia ne s'imaginait pas traverser le désert de Sonora avec trois litres d'eau, ce qu'emportaient la plupart des migrants.

— Pourquoi ne la démolissez-vous pas ?

— Elle n'est pas sur notre propriété.

Sophia prit les jumelles que Kevin lui tendait.

— C'est votre voisin qui l'a installée ?

— Il n'aurait jamais fait ça. Non, c'est un terrain fédéral. C'est encore une idée de ces fichues associations humanitaires !

Sophia sortit de sa poche les photos de José et de sa femme. Elle n'avait pas encore parlé d'eux, prétendant s'intéresser aux problèmes frontaliers. Elle avait besoin de savoir jusqu'à quel point Kevin et son fils haïssaient les clandestins, et ceux-ci n'avaient pas hésité à livrer le fond de leur pensée.

— Est-ce que par hasard vous étiez en patrouille, vendredi ou samedi dernier ?

— J'ai fait un tour de surveillance, répondit James. Je n'ai vu personne, mais ça ne veut pas dire qu'il n'y a eu aucun passage. Je fais ce que je peux, mais je ne peux pas rester éveillé toute la nuit. Pourquoi ?

— C'est à ce moment-là que ces personnes ont franchi la frontière.

Elle lui montra les photos.

— J'ai besoin d'un suspect, et je me suis dit que vous pourriez m'aider.

— Je me disais bien que c'était pour ça que vous étiez passée, marmonna Kevin.

— Nous en sommes maintenant à douze victimes, précisa Sophia.

— Pauvres gens…, murmura James, avant de tendre les photos à son père.

Ce dernier n'eut pas la même compassion.

— Tant pis pour eux. Ils n'avaient qu'à pas enfreindre la loi.

— Nous parlons de meurtres, monsieur Simpson. Si préoccupante que soit la question de l'immigration clandestine, devenir un *vigilante* ne résoudra pas le problème.

Le vieil homme se crispa.

— C'est pourquoi je ne suis pas un *vigilante*.

— Certains des patrouilleurs du CBP sont vos amis, n'est-ce pas ?

— La plupart des gens d'ici connaissent au moins un ou deux patrouilleurs.

— Mais puisque vous leur venez en aide pour refouler les clandestins, vous en savez peut-être davantage que la plupart des gens…

— C'est possible.

— Avez-vous entendu des rumeurs ?

Kevin plissa les yeux d'un air suspicieux.

— Quel genre de rumeurs ?

— A propos de quelqu'un qui se serait vanté de tuer des Mexicains. Ou de quelqu'un qui aurait exprimé sa colère ou son amertume, et qui semblerait sur le point de perdre les pédales…

— Non. Pas du tout.

— Vous n'avez rien remarqué de bizarre ou d'inhabituel ?

Les deux hommes répondirent d'une même voix.

— Non.

— Vous me le diriez, si c'était le cas ?

Kevin sortit un bandana de sa poche pour s'essuyer le front.

— Etant donné que le gouvernement n'a jamais rien fait pour moi, je ne vois pas pourquoi je vous aiderais.

— Je ne vous parle pas du gouvernement, répliqua Sophia, mais d'une situation très tendue qui pourrait vous exploser à la figure.

Elle se tourna vers James.

— Et vous ?

— Vous devriez aller voir du côté de Charlie Stumper. Il ne porte pas les migrants dans son cœur, depuis qu'ils ont assassiné son meilleur ami.

— Ça n'a jamais été prouvé.

— Le pauvre type venait de signaler un groupe de clandestins à la patrouille, et on l'a retrouvé mort une heure plus tard. Ça me paraît pourtant assez clair.

Etait-ce de là que tout était parti ? Sophia avait du mal à imaginer Charlie dans la peau d'un meurtrier. Mais elle savait ce qu'il pensait des clandestins, surtout depuis la mort de Byron Gifford, survenue six mois plus tôt.

Le mobile home de Leonard Taylor semblait vide, et il l'était probablement. On était au milieu de l'après-midi, et il devait être au travail.

Roderick monta les quelques marches jusqu'à la petite terrasse surélevée, et regarda par la fenêtre de la cuisine. Un chat sauta sur l'évier, provoquant sa surprise, mais l'animal semblait être le seul occupant des lieux — en dehors du chien, enchaîné sous un arbre dans un enclos, qui n'avait pas cessé d'aboyer depuis son arrivée.

— Monsieur Taylor ? Vous êtes là ?

Il tambourina à la porte, avant d'essayer d'actionner

la poignée. C'était ouvert. IL n'y avait apparemment pas grand-chose à voler chez Taylor et, après avoir perdu sa famille et sa maison, il ne se souciait visiblement pas de protéger ce qui restait.

A en juger par le décor du mobile home, Mme Taylor avait emporté tout ce qui pouvait avoir de la valeur. Leonard avait un vieux poste de télévision et un fauteuil relax qui devaient venir d'un dépôt-vente. Il n'y avait pas d'autres meubles, pas de tapis, aucun tableau ou objet décoratif. Au lieu d'être disposées dans un bol, les croquettes du chat avaient été éparpillées à même le lino du coin cuisine.

— Eh bien, mon pauvre vieux, tu vis à la dure, murmura Rod, en se déplaçant pour aller ouvrir la porte de ce qui devait être une chambre.

Il était curieux de découvrir l'arsenal dont avait parlé Patrick, pariant que Mme Taylor n'avait pas jugé bon d'emporter les armes de son mari.

Dans la pièce, tapissée d'un papier peint vieillot, parsemé de petits bouquets de roses, il découvrit dans un placard un pistolet calibre .32 d'origine tchèque, un F.I.E. modèle A27, de calibre .25, un Rohm calibre .22, et un fusil Ruger, lui aussi de calibre .22.

Si Leonard était en train de devenir aussi dangereux qu'il en avait l'air, sa femme avait bien fait de partir avec leurs trois filles.

Rod prit une photo avec son téléphone portable, et se dirigea vers la deuxième chambre. Autour du matelas posé à même le sol étaient éparpillés des vêtements, et il se dégageait de la pièce une odeur de saleté et de renfermé.

Jetant un coup d'œil à la petite salle d'eau voisine, Rod fut rebuté par la crasse ambiante et se garda d'y entrer.

Il était temps pour lui de partir. Il commençait à être tard, et Leonard pouvait rentrer d'un moment à l'autre.

Alors qu'il refermait la porte entre la salle d'eau et

la chambre, quelque chose de rouge attira son œil dans le miroir.

Quelque chose était maintenu avec de l'adhésif derrière la porte.

Rod entra dans la salle d'eau, referma la porte, et sortit de nouveau son portable. Il fallait qu'il prenne ça en photo.

C'était une coupure de journal annonçant la nomination de Sophia St. Claire au poste de chef de la police. En travers de son visage souriant, Leonard, ou quelqu'un d'autre, avait écrit au marqueur « Crève, salope ! »

Sophia avait envisagé d'appeler un de ses agents en renfort. A vrai dire, elle se serait sentie un peu plus à l'aise avec un peu de soutien, même de la part d'un bleu de vingt-trois ans un peu trop gentil pour être flic, et d'un type de trente-neuf ans en surpoids, reconverti tardivement dans la police et incapable de courir ou de se battre. Mais elle avait besoin de résoudre ce problème toute seule.

Jamais Roderick Guerrero ne la respecterait si elle ne le faisait pas. Il fallait qu'elle règle le problème comme l'aurait fait un homme. Elle n'avait peut-être pas sa force physique, mais elle savait se servir de son cerveau.

Seul obstacle : pendant qu'elle prenait de l'essence, elle était tombée sur Stuart Dunlap, qui était d'une humeur de dogue. Il s'était plaint que son père avait convaincu Rod (« le sale bâtard ») de revenir à Bordertown, pour la simple et ridicule raison qu'il était obsédé par ce minable depuis qu'il avait intégré l'unité Navy SEAL.

Sophia se moquait de la jalousie de Stuart. Elle ne l'appréciait pas beaucoup, et n'éprouvait aucune compassion pour lui. Ce qui l'ennuyait, c'était d'apprendre que Rod était un ancien soldat d'élite.

Etait-ce déraisonnable de s'attaquer à lui ? Peut-être. Mais elle n'avait pas réellement le choix. En tant que chef de la police, elle était en charge d'une enquête importante, et ne pouvait se permettre d'en perdre le contrôle. Rod avait subtilisé un élément sur la scène de crime, ce qui était déjà une infraction, et, en plus, il avait refusé d'obtempérer et l'avait désarmée.

Il était minuit passé quand elle entra dans le parking du Mother Lode Motel et s'arrêta devant le petit bureau de la réception.

Un enseigne « Chambres disponibles » était allumée dans la vitrine, mais il n'y avait personne derrière le comptoir. Il n'y avait pas beaucoup de visiteurs à Bordertown, surtout en ces périodes de canicule, et Leland Jennings devait s'occuper de sa mère, veuve et en mauvaise santé. Ils se couchaient tous les soirs vers 22 heures, et Leland ne sortait de leur petit appartement que si quelqu'un sonnait à l'Interphone.

Rassurée sur le fait qu'il n'y aurait pas de témoins, Sophia alla se garer à quelques emplacements du Hummer de Roderick. Puis elle descendit de voiture, et enfila son harnachement d'intervention : gilet pare-balles, ceinture équipée d'un Taser et d'une matraque.

Il fallait bien qu'elle ait quelques arguments de poids pour appuyer sa demande !

Collant son oreille à la porte, elle n'entendit aucun bruit. Pas même le son étouffé d'une télévision. Il devait dormir.

Elle étudia alors la serrure. Elle devait frapper directement dessus, avec le plus de force possible. Si elle ne se fracturait pas au premier coup…

Elle n'avait pas envie de penser à ce qui pourrait se produire.

Il était temps d'entrer en scène.

Prenant une grande inspiration, elle s'encouragea à rester calme et concentrée, et commença à compter dans sa tête.

Un… deux… trois.

Levant sa matraque, elle cria : « Police, ouvrez ! », mais

les mots furent étouffés par le choc du bois qui se cassait, tandis que la porte allait claquer contre le mur intérieur.

Jetant sa matraque, elle attrapa son Taser et le braqua vers le lit, où l'éclairage du parking révélait un Rod surpris et échevelé qui essayait de s'asseoir.

— Ne bougez pas. Je viens récupérer la preuve que vous avez subtilisée sur ma scène de crime. Rendez-la-moi, et j'oublie ce qui s'est passé ce matin. Sinon…

Il ne lui laissa pas le temps de terminer. Plongeant sur elle, il lui saisit la main gauche, tout en essayant d'attraper le Taser dans sa main droite.

Avant qu'il puisse la désarmer, comme il l'avait déjà fait une fois, elle utilisa un mouvement d'esquive qu'elle avait appris en cours d'autodéfense, et réussit à se libérer. Elle y parvint uniquement parce qu'il n'était pas bien réveillé, et qu'il était empêtré dans le drap enroulé autour de ses hanches.

D'un coup de pied, il se libéra du drap, mais ce bref retard permit à Sophia d'agir.

Puisqu'il ne voulait pas coopérer, elle n'avait pas le choix.

Elle pressa le déclencheur du Taser. Les deux sondes jaillirent. Elles n'avaient pas besoin d'entrer en contact direct avec sa peau. Il suffisait qu'elles s'en approchent de quelques centimètres pour que l'arc électrique se forme, le Taser n'affectant que les muscles entre les deux sondes.

Rod eut un mouvement de recul, mais essaya de résister au choc électrique.

Il allait falloir qu'elle recommence, mais quelques secondes étaient nécessaires pour recharger, et le laps de temps pouvait suffire à Rod pour tenter une nouvelle attaque. Se servant de la crosse de l'arme comme d'une matraque de poing, elle lui assena un coup violent dans l'estomac.

Il chancela en arrière, essaya de s'asseoir sur le lit, et glissa à terre.

— Ne bougez plus ! cria-t-elle.

Déposant le Taser sur la commode, elle le fit rouler sur le ventre, et lui passa les menottes dans le dos.

Il ne lui restait plus, maintenant, qu'à le charger dans la voiture.

Quelques heures en cellule le convaincraient de lui restituer la pièce à conviction. Mais elle ne savait pas comment faire pour l'emmener. Il était affalé par terre et, vu son poids, elle ne parviendrait jamais à le remettre sur ses pieds.

— Ça va aller ? demanda-t-elle.

Elle essayait de paraître forte, mais elle n'était pas très à l'aise. Le Taser était une arme utile, dans la mesure où il évitait les blessures graves lors d'interpellations. L'ayant elle-même expérimenté lors de son entraînement, elle savait que c'était douloureux, mais sans danger majeur. Néanmoins, il y avait eu quelques cas dramatiques, et elle avait encore en tête les polémiques que cela avait engendré.

Comme il ne répondait pas, elle se pencha pour vérifier, et croisa un regard furieux. Il allait bien.

Sous la menace du Taser, elle lui fit signe de se relever.

Elle comprit alors qu'elle avait un autre problème, si apparent qu'elle ne comprenait pas comment elle ne l'avait pas remarqué plus tôt, malgré l'obscurité et la poussée d'adrénaline.

Elle s'attendait à voir un peu de peau nue. Après tout, peu de gens avaient l'habitude de garder leurs vêtements pour dormir.

Mais Roderick ne portait même pas un caleçon.

10

Sophia devait le faire s'habiller, en commençant par les sous-vêtements. Mais, pour en trouver, il fallait qu'elle allume le plafonnier de la chambre, et qu'elle fouille dans ses bagages.

Les jeans, shorts et T-shirts de Roderick étaient soigneusement pliés dans le sac de voyage posé sur le porte-bagages au pied du lit. En dessous étaient glissées des chaussures de tennis et des claquettes en cuir. Un ordinateur portable se trouvait sur la table de chevet, comme s'il l'avait déposé là juste avant de s'endormir.

En fouillant dans ses vêtements, elle sentit une odeur d'assouplissant pour textiles. S'il lavait lui-même ses affaires, il se débrouillait très bien. Un reste de discipline militaire, sans doute.

— Vous avez une préférence pour la tenue que vous voulez porter en prison ? demanda-t-elle, non sans une pointe d'ironie dans la voix.

Il ne répondit pas, mais le muscle qui jouait dans sa mâchoire indiquait à quel point il était furieux.

Il n'essayait pas non plus de masquer sa nudité — il n'aurait pas pu faire grand-chose, avec les mains entravées dans le dos —, comme s'il s'en moquait. A moins qu'il ne prenne un malin plaisir à voir qu'elle était très gênée.

Cela faisait longtemps qu'elle n'avait pas vu un corps comme le sien. En fait, elle n'avait jamais vu une telle musculature. Starkey n'était pas flasque, mais il était loin d'avoir cette tonicité. Et il n'avait pas non plus cette peau d'une chaude couleur de pain d'épices, à l'aspect incroyablement velouté.

Pour éviter de regarder ailleurs, elle garda les yeux fixés sur le tatouage en forme de rose qu'il avait sur le cœur, souligné d'un ruban où était inscrit « En souvenir éternel. »

— Très bien, dit-elle. Si vous n'avez pas de préférence, je vais choisir.

Elle prit un T-shirt rouge, un bermuda beige, et plongea la main tout au fond du sac pour ramener à la surface un boxer en maille noire.

— Vous allez coopérer pendant que je vous aide à vous habiller, n'est-ce pas ?

Il ne répondit toujours pas, mais son expression n'avait rien de docile.

— Vous ne pouvez plus parler ?

Il rompit enfin le silence.

— J'ai peur de ce qui pourrait sortir de ma bouche.

— Je ne vois pas pourquoi vous m'en voulez. Je vous ai laissé le choix. Et je ne fais que mon travail.

— Pardon ? Trouver le tueur du désert, ça serait ça, votre travail. Ce que vous faites là, c'est uniquement par vengeance, parce que votre amour-propre a été blessé.

— Vous avez pris quelque chose sur ma scène de crime.

— Que je voulais faire analyser avec l'espoir de dégager un profil ADN. Et, ajouta-t-il, j'allais partager les résultats avec vous.

— Et je dois vous croire sur parole ?

— Maintenant que vous m'avez tiré dessus avec ce fichu truc, continua-t-il, comme si elle n'avait rien dit, vous pouvez toujours vous brosser.

— Je vous conseille de changer de ton.

— Ou quoi ? Vous utilisez votre Glock, la prochaine fois ?

— Pourquoi pas ?

Il secoua la tête.

— Vous êtes folle.

— Quel est cet indice que vous avez pris ?

— Un mégot de cigarette, d'accord ? Avec un peu de chance, on y trouvera de l'ADN.

Elle était donc passée à côté ?

Comment était-ce possible ?

Elle était pourtant persuadée d'avoir mené une fouille minutieuse. Mais elle était perturbée par l'appel du maire. Elle avait aussi essayé de faire vite afin d'avoir terminé avant l'arrivée de Lindstrom. Et puis, elle était déjà très satisfaite d'avoir les douilles et ne s'attendait pas à autre chose. Dans le passé, le tueur n'avait jamais laissé ce genre de pièces à conviction.

— Vous n'auriez pas dû interférer, insista-t-elle.

— Je vous ai dit que j'étais venu vous aider.

— Et moi, je vous ai dit que je ne voulais pas de votre aide. La décision m'appartient. Un civil ne peut pas intervenir dans une enquête de police. J'étais dans mon droit.

— C'est ce que nous verrons.

— C'est tout vu.

Elle prit le Taser et fit un pas vers lui, tenant ses vêtements.

Il ne bougea pas tandis qu'elle approchait, ne cilla pas, mais quand il parla, elle comprit qu'il serrait les dents.

— Si vous tirez encore une fois, je vous jure…

— Si vous faites quoi que ce soit pour me mettre en danger, je n'hésiterai pas à tirer. C'est compris ?

— Oh ! je ne vais pas vous toucher. Je vais laisser votre hiérarchie s'occuper de vous.

— Vous pensez que vous pouvez me faire renvoyer ?

— J'ai l'intention de tout mettre en œuvre pour ça.

— Alors, il faudra attendre votre tour dans la file d'attente, parce que vous n'êtes pas le premier.

Elle se pencha et lui tint le boxer pour qu'il puisse y glisser les jambes, mais la situation avait quelque chose de terriblement gênant, et il lui fut difficile de garder son sang-froid quand elle dut étirer la taille élastique au-dessus d'une certaine partie de son anatomie.

— Pour votre information, je ne m'attendais pas à ce que vous soyez nu, marmonna-t-elle.

— Pour votre information, je considère ça comme une agression sexuelle !

— Vous avez enfreint la loi. Mon travail est de vous arrêter.

— Je me fiche de votre travail.

— Si vous jouez le jeu, ça va très bien se passer.

Sophia l'aida à enfiler son bermuda et déposa ses claquettes devant ses pieds. Ne voulant pas prendre le risque de lui enlever ses menottes pour le laisser enfiler son T-shirt, elle décida de l'emporter et de le lui donner quand il serait derrière les barreaux.

— Après vous, dit-elle avec une politesse exagérée, tout en lui désignant la porte.

Il y avait deux cellules au fond des locaux. Sophia s'en servait généralement pour les ivrognes, et pour les cas de trouble à l'ordre public. Il était rare qu'elle ait à incarcérer des criminels dangereux. La patrouille de la frontière s'occupait des clandestins causant problème. L'ATF et la DEA prenaient en charge une grande partie des infractions concernant la drogue et les armes, et la police du comté se chargeait du reste.

— Vous avez droit à un appel, dit-elle à Roderick. Vous voulez vous en servir ?

Il lui lança un regard noir, avant d'enfiler le T-shirt qu'elle venait de lui passer à travers les barreaux.

— A votre avis, qui est-ce que je vais pouvoir joindre, à cette heure-ci ?

— Dans ce cas, ça attendra demain matin.

Ayant prévu de travailler une heure dans son bureau,

avant de partir en patrouille, elle se dirigeait vers la porte, quand Roderick la héla.

— Hé, au cas où ça vous intéresserait, Leonard Taylor a une photo de vous dans sa salle de bains, avec les mots « Crève, salope » écrits en travers de votre visage.

Elle l'ignorait, à vrai dire. Elle était allée chez Leonard pour essayer de lui parler des meurtres, mais il lui avait ordonné de quitter sa propriété. Et comme elle n'avait pas de mandat de perquisition — et qu'elle n'en obtiendrait pas sans avoir une preuve qu'il était lié à cette affaire —, elle n'avait eu d'autre choix que d'obtempérer.

— Ça ne me surprend pas, dit-elle en passant une main lasse sur son visage.

Ce qui la surprenait, c'était que Roderick le sache. Il n'était en ville que depuis une journée, et il avait déjà fouillé la maison de Leonard ? Il ne perdait pas de temps, elle pouvait au moins lui reconnaître cette qualité.

— On dirait que vous n'êtes plus aussi populaire qu'au lycée, dit-il, en se laissant tomber sur le banc.

— Je n'envisage pas de me présenter comme déléguée de classe, répondit-elle, pince-sans-rire.

— Dommage que l'argent de papa ne puisse pas arranger ça.

Il pensait la connaître, ainsi que sa situation. Mais il n'en avait pas la moindre idée. Il la jugeait sur des faits et des impressions qui remontaient à quatorze ans.

— Votre opinion de moi fait un peu cliché, objecta-t-elle.

— Je me trompe ?

— Si vous croyez être le seul à avoir souffert, vous devriez mieux regarder autour de vous.

— C'est-à-dire que je devrais *vous* regarder ? La jolie petite fille riche qui a toujours eu tout ce qu'elle voulait ?

— *Une fille riche* ? Apparemment, vous ne vous êtes pas tenu au courant. Mon père est mort, Rod. Il a fait faillite l'année où vous êtes parti. Il s'est mis à boire, et il est parti à Phoenix. Il était quasiment SDF. Il a été renversé par une voiture, alors qu'il traversait l'autoroute. Ma mère n'avait pas supporté la perte de statut entraînée par la faillite et elle avait divorcé presque toute de suite, ce qui, je crois, a précipité la déchéance de mon père. Elle s'est empressée d'épouser un type qu'elle avait rencontré par petites annonces. Gary O'Connor avait de l'argent, il s'est installé en ville et a acheté le magasin de matériel agricole. Il a mis un toit sur ma tête et de la nourriture sur la table, mais…

Elle s'interrompit. Elle n'avait jamais parlé de ce qui s'était passé à personne. A l'exception de sa mère. Et de Starkey.

— Mais ? insista-t-il.

Elle éprouvait le besoin de rabattre son caquet à Rod, et cela lui semblait plus important que de garder son secret.

— Il pensait que je lui devais certaines choses en échange de sa générosité.

— Comment ça ?

Roderick semblait à présent moins sûr de lui. Elle avait réussi à le surprendre.

— Disons que je devais m'assurer de ne jamais être seule avec lui. J'avais tellement peur qu'il rentre dans ma chambre, la nuit, que je ne pouvais pas dormir. Quand j'ai commencé à perdre du poids, d'abord cinq, puis dix kilos, ma mère a dit que je devenais anorexique pour concurrencer les autres filles du lycée.

Elle eut un petit rire amer, ne comprenant toujours pas, aujourd'hui, comment sa mère avait pu vivre dans un tel déni.

— J'ai essayé de lui expliquer ce qui se passait, mais elle ne voulait pas me croire. Elle s'était donné du mal pour trouver un homme acceptant de l'entretenir. Elle n'allait pas tuer la poule aux œufs d'or.

L'expression de Roderick était indéchiffrable.

— Qu'avez-vous fait ?

— Comme vous. Je suis partie.

— C'est à ce moment-là que vous avez emménagé avec Starkey ?

— Oui. Mais chez lui, ce n'était pas non plus un havre de paix.

— Il faisait déjà partie des Hells Angels. Vous ne le saviez pas ?

— Si. Mais sa réputation et ses contacts m'ont protégée de Gary.

— Et quand vous n'avez plus eu besoin de sa protection ?

— Je ne me suis pas servie de lui, si c'est ce que vous sous-entendez. A l'époque, je croyais être amoureuse de lui, assez pour renoncer à une vie rangée. Mais quand j'ai compris les sacrifices que ça supposait, j'ai senti que je devais me débrouiller toute seule. Alors, excusez-moi si je n'ai pas envie de vous offrir la pitié que vous croyez mériter.

Sur ces mots, elle disparut de l'autre côté de la porte.

De la pitié ? Surtout pas. Mais Rod comprenait mieux, maintenant, pourquoi Sophia avait mal interprété ses actes et ses paroles. Il avait été dur avec elle, depuis son retour. Peut-être trop.

Marmonnant un juron, il se redressa sur le banc. D'habitude, il savait rester objectif, et faire fi des idées toutes faites pour évaluer une situation. Mais il fallait croire qu'il avait trop de rancœur envers Sophia pour y arriver.

Ils étaient ridicules de s'affronter ainsi, décida-t-il après une courte réflexion. Cela faisait le jeu du meurtrier, et des ennemis politiques de Sophia.

Il se leva.

— Hé, Sophia !

Etait-elle partie ? Comme il n'avait pas vu d'agent, il supposait qu'elle allait travailler toute la nuit.

Elle apparut quelques secondes après, portant un gobelet de café.

— Qu'est-ce que vous voulez ?

Appuyant une épaule contre les barreaux, il essaya de paraître aussi innocent que possible.

— Vous voulez vraiment continuer à gaspiller votre énergie à me combattre, au lieu de lutter contre vos ennemis ?

— Je pensais que vous faisiez partie de mes ennemis.

Elle but une gorgée de café, avant de reprendre :

— Je n'ai pas beaucoup d'amis dont le seul but est de me faire virer.

— J'étais sous le choc quand j'ai dit ça.

— Vous voulez dire que vous ne le pensiez pas ?

— Pas complètement.

— Qu'est-ce que ça change à notre situation ?

— Je me demande ce qui nous empêche de nous allier professionnellement. Vous avez besoin d'aide, et je peux vous en apporter.

— Sauf que ça ne m'intéresse pas.

— Donnez-moi une bonne raison.

— Rien qu'une ?

— C'est tout ce que je demande.

Un petit sourire apparut au coin des lèvres de Sophia.

— Eh bien… ça pourrait devenir gênant.

— Pourquoi ?

— Rappelez-vous que je vous ai vu tout nu.

Etait-elle en train de flirter avec lui ? S'il s'était agi d'une autre femme, Rod n'aurait pas hésité à répondre que oui. Mais pas Sophia. Qu'était-elle en train de mijoter ? Il n'en avait pas la moindre idée, mais il était assez intrigué pour le découvrir.

— Nous pourrions égaliser le score, suggéra-t-il.

— C'est-à-dire ?

— Vous pourriez retirer vos vêtements… me donner la même opportunité.

— Et en quoi est-ce que ça me serait profitable ?

— Vous ne seriez plus la seule à être embarrassée quand nous nous croiserions.

— Donc, vous me rendez service ?

Il fit mine d'y réfléchir, et hocha la tête.

— En gros.

— Comme c'est aimable à vous !

— Contrairement à ce que vous semblez penser, je suis un type bien.

— Permettez-moi d'en douter.

— Vous semblez persuadée que j'essaierai de vous nuire si vous me donnez une chance.

— Vous en êtes capable !

— Vous êtes tentée par ma proposition, avouez-le.

— Non.

— Il n'y a aucune raison pour que nous nous sautions à la gorge. Nous avons des combats plus importants à mener.

— C'est vrai, admit-elle.

— Donc…

Sophia posa son gobelet sur une petite table à proximité.

— Je vous propose un marché, dit-elle.

— J'écoute.

— Je vous laisse partir, si…

— Si ?

— Si vous quittez la ville demain. Pour de bon.

Levant les bras pour saisir les barreaux au-dessus de sa tête, il se pencha contre la grille.

— Ce n'est pas le genre de marché que j'espérais.

Son intonation était délibérément basse, intime, et il perçut un changement dans l'attitude de Sophia, tandis qu'il la fixait intensément.

— Je m'en doute, dit-elle, d'un ton beaucoup moins assuré qu'auparavant.

Quelque chose dans la qualité de l'atmosphère avait

changé. Au-delà de l'animosité, le courant passait, entre eux. Indéniablement, l'attirance était là…

Au même moment, une voix retentit depuis l'accueil.

— Sophia ? Ohé ? Vous êtes là ?

La porte séparant la partie accessible au public de la partie prison s'ouvrit, et Stuart Dunlap passa la tête dans l'entrebâillement.

11

Sophia sentit son visage s'empourprer violemment. Elle n'avait rien fait de mal — du moins pas encore —, mais elle en avait terriblement envie.

Le regard de Stuart fit l'aller-retour entre elle et Roderick.

— Que se passe-t-il ?

— Rien. J'échangeais quelques mots avec mon détenu. Récupérant son gobelet de café sur la table, elle s'avança vers la porte.

— Que faites-vous ici ? demanda-t-elle.

Stuart ne répondit pas. Il ne bougea pas non plus. Il était trop occupé à dévisager Rod.

— Stuart ? insista-t-elle.

Il se décida enfin à détourner le regard.

— Je suis tombé sur Harris au billard. Il m'a dit qu'il était passé devant le motel, et qu'il vous avait vu embarquer un type sur la banquette arrière. Je suis passé voir si tout allait bien.

Sophia n'éprouva pas le besoin de le remercier, sachant que Stuart n'était pas vraiment inquiet pour sa sécurité. En réalité, il était passé voir si l'homme en question était bien son demi-frère honni. Mais il ne pouvait se féliciter de l'arrestation de Rod comme il l'aurait voulu, car il avait perçu qu'il se passait quelque chose entre eux.

Et Stuart était terriblement possessif, même s'il n'avait aucun droit sur elle.

— Ne vous inquiétez pas pour moi, dit-elle. Je suis une grande fille. Je sais me défendre.

Il eut un signe de tête méprisant dans la direction de Rod, qui s'était reculé au fond de la cellule et s'asseyait sur le banc.

— Qu'est-ce qu'il a fait pour se retrouver en cage ?

— Ça ne vous regarde pas.

Sophia commençait à regretter d'avoir arrêté Rod. Certes, elle était dans son droit, mais cet épisode l'avait vidée de toute son énergie. Ils s'étaient tous deux laissé submerger par le passé, créant un problème là où il n'y aurait pas dû y en avoir.

— Je l'ai arrêté parce qu'il traversait la rue en dehors du passage pour piétons, dit-elle.

— Harris m'a dit qu'il ne portait pas de chemise.

— Et alors ? C'est un crime, par ici ? demanda Rod.

— Si tu causes des problèmes à ma nana, alors oui.

Rod se leva d'un bond.

— Ta nana ?

— Je ne suis la nana de personne, protesta Sophia. Et je refuse d'avoir cette conversation. Venez, Stuart, sortons d'ici.

Elle essaya de lui prendre le bras, mais il se libéra et s'approcha de la grille.

— Qu'est-ce que tu fais en ville, Rod ? Personne n'a envie de te voir par ici. Tu es aussi indésirable que le jour de ta naissance.

Rod répondit d'un ton las, mais Sophia devina qu'il prenait sur lui, et que cette remarque odieuse réveillait de vieilles blessures.

— Tu n'auras qu'à voir ça avec ton père. C'est lui qui m'a demandé de venir.

— Et tu t'es rué ici, en espérant qu'il finirait par t'accepter.

— Stuart, ça suffit ! intervint Sophia.

— Il m'a invité à m'installer au ranch, figure-toi.

Rod bâilla, comme si cette conversation était loin de le passionner.

— Je me demande si je ne vais pas accepter, finalement.

— Il faudra enjamber mon cadavre !

— Rien ne me ferait plus plaisir !

— Tu me menaces de mort ? Vous avez entendu ça, Sophia ?

Avec un soupir d'agacement, Sophia le poussa vers la porte.

— Il est temps pour vous de partir.

Il la repoussa néanmoins et s'adressa de nouveau à son demi-frère.

— Le vieux à l'air de croire que tu es devenu quelqu'un.

Rod haussa les épaules.

— Vu à quel point tu l'as déçu, on peut comprendre qu'il reporte ses espoirs ailleurs.

— Espèce de pouilleux !

— Ça suffit ! cria Sophia.

Elle essaya de lui barrer le passage, mais Stuart la bouscula, faisant tomber à terre son gobelet de café.

Rod s'était de nouveau levé et avait empoigné les barreaux.

— Je te conseille de sortir d'ici, avant que je m'énerve vraiment.

— Et qu'est-ce que tu vas faire, depuis ta cage ?

Sophia sortit de sa poche son trousseau de clés, et l'agita sous le nez de Stuart.

— Si vous ne partez pas, je le libère, et nous verrons ce qui se passera.

La surprise, sur le visage de Stuart, apprit à Sophia qu'il ne s'attendait à cette réaction.

Mais, c'était *sa* prison, et elle ne le laisserait pas maltraiter un prisonnier qui se trouvait placé sous sa responsabilité. D'autant que Rod avait suffisamment connu ce genre de mauvais traitement dans son enfance.

— Qu'est-ce qui vous arrive, bon sang ? Vous prenez son parti ?

— Il n'y est pour rien. C'est vous qui avez commencé.

— C'est du grand n'importe quoi ! s'exclama Stuart, avant de s'en aller d'une démarche furieuse.

Dans le silence qui suivit, Rod retourna s'asseoir et la regarda comme s'il lui en voulait.

— Je n'ai pas besoin que vous preniez ma défense.

— Oh ! ça, je sais, vous n'avez besoin de personne. Mais puisque vous avez envoyé ma pièce à conviction à un labo, je n'ai plus de raison de vous garder ici.

Déverrouillant la grille, elle ajouta :

— J'espère que ça vous aura servi de leçon. Allons-y.

— Où ?

— Je vous reconduis à votre motel.

Il n'y eut pas de réponse.

— Vous venez, ou pas ?

— Vous resterez avec moi ? demanda-t-il, avec une lueur enflammée dans le regard.

Sa capacité de passer de la colère au désir faillit déstabiliser Sophia.

— Certainement pas !

Il s'avança vers elle, avec l'économie de gestes d'une personne qui n'utilisait qu'une fraction de sa force.

— Vous avez déjà couché avec mon demi-frère ?

Sophia grommela intérieurement. Elle n'en avait jamais eu la tentation, mais elle ne put résister à l'envie de le provoquer.

— Tous les week-ends.

— Vous mentez !

— De toute façon, ça ne vous regarde pas. Je ne veux pas que vous me mêliez à vos querelles familiales.

— Nous avons tous les deux envie de vous. Ça veut dire que vous êtes déjà impliquée.

« Nous avons tous les deux envie de vous… »

Ces mots provoquèrent une brutale accélération de

son pouls. Elle aussi le désirait, sur un plan purement instinctif. C'était comme si le sentiment inconfortable qu'il avait fait naître en elle, quatorze ans plus tôt — entre curiosité, crainte et rejet — s'était transformé en une attirance incroyablement puissante.

— Vous n'avez pas envie de moi, corrigea-t-elle. Vous voulez punir Stuart, et tous ceux que vous considérez comme responsables de la vie misérable que vous aviez ici.

— Et vous êtes l'arme de ma vengeance, c'est ça ?

— C'est ce que je pense.

Tandis qu'il baissait les yeux vers elle, Sophia fut obligée d'admettre qu'il était encore plus attirant de près.

— Pauvre petite Sophia, murmura-t-il.

Et, comme elle ne bougeait pas, il approcha ses lèvres des siennes.

Sophia savait qu'elle devait l'arrêter.

Ce baiser n'était manifestement, aux yeux de Rod, qu'une façon d'évaluer son avantage sur Stuart. Une fois qu'il aurait eu sa réponse, elle ne l'intéresserait plus. Il serait même capable de se vanter de sa conquête dès le lendemain.

Elle n'avait pas envie qu'il la fasse passer pour une idiote désespérée. D'autant qu'elle avait assez de détracteurs comme ça…

Mais l'occasion ne lui était pas donnée si souvent d'embrasser un bel homme à l'allure sauvage et mystérieuse, et qui, finalement, était presque un inconnu.

— Qu'est-ce que vous croyez ? Que Stuart va revenir et nous surprendre ? murmura-t-elle contre ses lèvres.

— Sûrement pas ! Ça ruinerait toutes mes chances de passer à l'étape suivante.

Elle voyait bien qu'il plaisantait, mais la tension sensuelle entre eux était suffisante pour lui faire comprendre qu'il y pensait néanmoins.

— Vous n'avez d'ores et déjà aucune chance ! répliqua-t-elle.

Mais elle ne protesta pas quand il l'attira contre lui.

Glissant dans ses épais cheveux noirs la main qui ne tenait pas les clés, elle ferma les yeux tandis qu'il écartait ses lèvres. Quand la langue de Rod toucha la sienne, elle sentit ses genoux flancher.

Elle savait bien qu'elle jouait avec le feu. Mais comment lutter contre l'émotion qui la submergeait, alors qu'il y avait si longtemps qu'un homme ne l'avait pas embrassée ?

La dernière fois, c'était un an plus tôt, avec Dick. Et encore, ça lui semblait plus vieux encore, parce que Dick était loin d'embrasser aussi bien. La force de Rod, les contours de son corps ferme, sa façon incroyablement sensuelle de remuer les lèvres et la langue… C'était tout simplement renversant, et elle commençait à se liquéfier de désir.

Seul le vacarme provoqué par la chute accidentelle des clés lui fit comprendre qu'elle se laissait emporter trop loin.

Dans un sursaut de volonté, elle s'écarta et ramassa le trousseau.

— Je vous reconduis à votre motel.

— Du moment que vous prenez vos menottes, répliqua-t-il, une intonation séductrice dans la voix et une lueur brûlante dans le regard.

Il n'aurait pas dû la toucher.

Rod pensait qu'il lui suffirait de l'embrasser pour calmer cette faim qui le torturait depuis ses quinze ans. Mais c'était l'inverse qui s'était produit. Le contact de ses lèvres, de son corps plaqué contre le sien, n'avait fait que l'inciter à une plus grande intimité.

Il savait maintenant qu'il ne serait pleinement satisfait qu'après lui avoir fait l'amour.

Peut-être était-ce pour narguer ses demi-frères blancs, comme elle l'avait dit. Mais c'était surtout parce qu'elle représentait le point culminant de ses fantasmes d'adolescent, le trophée qui lui avait été refusé.

Et, s'il pouvait la posséder ne serait-ce qu'une fois, il était presque certain de pouvoir refermer définitivement ce terrible chapitre de sa vie.

Pour cette seule raison, ce voyage à Bordertown valait la peine. Ça valait la peine d'affronter Bruce, Patrick, et même Stuart. *Surtout* Stuart. Il était quasiment certain que ce dernier n'était pas parvenu à ses fins avec Sophia. S'il y avait eu quelque chose entre eux, elle ne se serait pas laissé embrasser.

— Alors, tu vas me laisser t'aider, pour l'enquête ? demanda-t-il, revenant au tutoiement de l'adolescence, tandis qu'ils roulaient vers le motel.

— Je vais vraiment me faire remonter les bretelles par le gouverneur, si je ne le fais pas ?

— C'est possible.

La radio de bord grésillait, et elle baissa le volume.

— Donc, même si je refuse, tu ne partiras pas ?

— Non.

— Ça te surprend que je n'en sois pas ravie ?

— Maintenant que nous avons *sympathisé*, je ne vois pas pourquoi tu voudrais te débarrasser de moi. Tu avais l'air de bien m'apprécier, il y a quelques minutes.

— J'apprécie ton corps, reconnut-elle avec franchise. Pour le reste, je ne te connais pas assez.

— Ça me va.

— Tu plaisantes ?

— Pas du tout. Je ne te demande pas de t'engager avec moi pour la vie.

Elle s'arrêta à un feu.

— Même une seule nuit serait une erreur. Et j'en ai déjà assez fait dans ma vie, pour ne pas t'ajouter à la liste.

— Tu envisages ça trop sérieusement. Je serais… ton coup d'un soir. Tu ne serais même pas obligée de me présenter à tes amis.

— Merci pour la proposition, mais… je ne coucherai pas avec toi.

— C'est ce qu'on verra !

— C'est ça, ta réponse ?

Il prit un air innocent.

— Quoi ? Elle ne te plaît pas ?

— Tu ne la trouves pas un peu arrogante ?

— Nous n'avions pas décidé d'être honnêtes l'un envers l'autre ?

Il désigna le feu.

— C'est vert.

— C'est bon, j'ai vu, grommela-t-elle, en accélérant.

— Quand on vit dans une petite ville, on est souvent en manque de sexe, remarqua-t-il.

— Qu'est-ce que tu en sais, si je suis ou non en manque de sexe ?

— Il suffit de procéder par élimination. Tu n'es pas mariée, et tu n'as pas de petit ami.

— Et alors ? Ça ne veut rien dire.

— Tu ne peux pas remédier à ce besoin en multipliant les rencontres. Le chef de la police doit protéger sa réputation.

Elle esquissa un sourire.

— Là, tu commences à comprendre.

— Personne n'est obligé de savoir, pour moi. A condition que nous puissions faire réparer la porte que tu as cassée.

— Le problème est réglé. J'ai appelé Leland après t'avoir bouclé. Je ne voulais pas être responsable, en cas de vol de tes affaires. Il a fait l'échange avec la serrure de la porte de la laverie, en attendant que je prenne en charge les réparations.

— Leland est le responsable du motel ?

— On ne dirait pas, hein ?

— Non, mais c'est sympa de nous rendre ce service. Ça veut dire que nous aurons toute l'intimité nécessaire.

— Jusqu'à demain, quand tu en auras parlé à tout le monde.

Il voulut l'interrompre, mais elle ne le laissa pas faire.

— Je ne vois pas pourquoi tu garderais le secret, alors que tu as tellement de bonnes raisons de vouloir que les autres soient au courant, et en particulier Stuart.

Pour rien au monde il ne ferait une chose pareille, mais elle ne pouvait pas le savoir.

— Tu me prêtes des intentions horribles.

— Bon, admettons que tu ne dises rien. L'intimité est une notion inconnue, à Bordertown. Tu devrais, plus que quiconque, le savoir.

Elle s'engagea dans le parking du Mother Lode, et se gara devant l'accès à sa chambre.

— De plus, nous avons un tueur à traquer, ce qui veut dire que nous n'avons pas de temps à perdre avec autre chose. Le travail d'abord.

— Ça ne peut pas attendre demain ?

— Non. Et je te rappelle que c'est toi qui as insisté pour travailler avec moi.

— Et maintenant, tu vas me sortir le couplet sur l'éthique professionnelle ?

— Exactement.

— Dommage. Moi qui envisageais de tourner une *sex tape* !

Elle leva les yeux au ciel.

— Tu sais comment parler aux filles.

— Je fais de mon mieux.

— Revenons aux choses sérieuses. A quel labo as-tu envoyé le mégot ?

— Ils se trouvent à San Diego, et leur réputation est excellente. S'il y a un ADN, ils le trouveront.

— Et tu me feras connaître le résultat ?

— Bien sûr. Je te l'ai déjà dit.

— Très bien. Bonne nuit.

Rod ne descendit pas de voiture. Il avait abandonné

l'idée de la convaincre de l'accompagner dans sa chambre, mais il avait encore des questions à poser.

— Quelle est ton intuition, à propos de Leonard Taylor ? C'est lui qui tuerait ces gens pour se venger de la femme qui l'a dénoncé ?

— Cette idée m'a traversé l'esprit. Il peut aussi s'agir d'un agent du CBP, ou d'un éleveur. Mais Taylor reste mon suspect numéro un. Il ne faut pas oublier qu'il a tout perdu dans cette histoire.

— Comment s'appelait sa victime ?

— Rosita Flores.

— Et quel âge avait-elle ?

— A peine dix-huit ans.

Il se souvint de ce que son père lui avait dit à propos du dernier petit ami de Sophia.

— Ça a dû vous rappeler quelque chose.

— De quoi parles-tu ?

— Je dis qu'il était en position d'autorité, et qu'il a profité d'une adolescente sans défense, comme le pasteur avec qui tu sortais.

— Qui t'a parlé de Dick ?

— Bruce Dunlap.

— Tu veux dire ton père.

— *Bruce.*

— Oui, eh bien, il aurait pu s'abstenir de colporter des ragots…

— Il t'aime bien. Il voudrait que tu épouses Stuart, apparemment.

Elle eut un rire incrédule.

— Ça ne risque pas d'arriver !

— Tu es sûre ? Il sera très riche, un jour.

Elle le dévisagea, visiblement choquée qu'il puisse la croire vénale.

— Sors de ma voiture !

— Encore une question. Qu'est-ce que le pasteur avait pour te plaire que Stuart n'a pas ?

— Pour commencer, je pensais qu'il avait une conscience. Il était pieux. Il dégageait une sorte de sagesse et de sérénité… J'ai dû penser que l'herbe serait plus verte de l'autre côté, comme on dit.

— Mais il t'a trompée et t'a brisé le cœur.

— C'est à peu près ça. Merci de me le rappeler.

— En fait, ce que j'ai envie de savoir, c'est si tu as tourné la page…

Elle ne regrettait pas Dick, n'avait pas la moindre envie qu'il revienne, mais cette expérience avait certainement laissé des traces.

— J'y arrive, petit à petit.

— Tu recommences à rencontrer des hommes ?

— Ça s'est produit une ou deux fois. Pourquoi ?

— Je suis curieux, c'est tout.

— A propos de ma vie amoureuse ?

— Je me demandais si ce baiser dans la cellule était ton premier depuis le pasteur.

— C'est important ?

— Si la réponse est oui, tu dois être en manque.

Elle leva les yeux au ciel.

— On en revient toujours à la même chose. Tu ne peux pas changer de disque ?

— Et alors ? insista Rod.

— Alors, quoi ?

— C'est oui ?

Elle soupira.

— C'est une petite ville. Il n'y a pas beaucoup d'opportunités.

— D'opportunités *discrètes*. Et, justement, je t'en propose une.

— J'essaierai de m'en souvenir, dit-elle en riant.

Il ouvrit la portière.

— Encore une chose…

Elle repoussa une mèche de cheveux derrière son oreille.

— Quoi ?

— Est-ce que ton beau-père a réussi à… tu sais bien… Parce que, si c'est le cas, je vais lui démolir la mâchoire.

— Ne te donne pas cette peine. Il ne s'est rien passé.

— Je peux quand même lui démolir la mâchoire pour avoir essayé ?

Il s'attendait à ce qu'elle proteste, par égard pour sa mère, à défaut d'une autre raison. Mais, quand il vit des larmes briller dans ses yeux, il mesura à quel point elle avait dû se sentir seule, à l'époque.

Elle s'éclaircit la gorge et regarda ailleurs.

— Assez parlé du passé pour ce soir. Je dois y aller.

Il faillit lui presser l'épaule pour la réconforter, mais il ne voulait pas qu'elle pense qu'il avait pitié d'elle.

Il savait d'expérience que la pitié était pire que tout. Alors, il se contenta de descendre de voiture et de la laisser partir.

12

Sophia ignorait ce qui l'avait poussée à parler à Rod de son beau-père.

En dehors de Starkey et de sa mère, personne n'était au courant. Elle n'avait pas voulu se confier à son frère Tyler, qui se serait senti trop coupable de ne pas avoir été là pour la protéger. A l'époque, elle ne pouvait pas non plus chercher refuge auprès de son père. Après le divorce, il avait sombré dans la dépression, et elle n'avait pas voulu lui briser un peu plus le cœur.

Alors, pourquoi livrer ce secret à Roderick Guerrero ?

Et pourquoi le passé semblait-il aussi présent, ce soir ?

Elle avait presque oublié ces terribles dix-huit mois. Son beau-père et elle entretenaient aujourd'hui des relations polies. Lorsqu'elle se rendait chez sa mère pour les fêtes de fin d'année, elle discutait avec lui comme si de rien n'était.

Qu'elle ait éprouvé ce soir le besoin de déterrer le passé n'avait aucun sens.

Mais l'attirance qu'elle éprouvait pour Rod n'avait pas davantage de sens. Certes, il était beau. Et alors ? Elle avait déjà croisé des hommes aussi beaux qui ne lui avaient fait aucun effet.

Etait-elle attirée par lui parce qu'il pouvait comprendre cette douleur qu'elle devait taire ? Parce qu'ils avaient tous les deux un compte à régler avec cette ville et ses habitants ? Ou parce qu'elle voulait réparer le tort qu'elle lui avait causé involontairement ?

C'était peut-être un mélange de toutes ces raisons.

Perdue dans ses pensées, et dans le souvenir encore brûlant du baiser de Rod, elle faillit ne pas remarquer le pick-up garé devant le restaurant mexicain, de l'autre côté de la rue. Même après l'avoir vu, elle n'y pensa plus jusqu'à ce que les phares s'allument. Elle s'aperçut alors qu'il y avait quelqu'un à l'intérieur, et eut l'étrange impression que ce quelqu'un la guettait.

Bien qu'elle n'eût pas reconnu le véhicule que Stuart conduisait ordinairement, elle fit demi-tour pour vérifier s'il s'agissait de lui. A plusieurs reprises, alors qu'elle sortait d'un endroit ou d'un autre, elle l'avait repéré, assis dans sa voiture, semblant attendre quelque chose ou quelqu'un, et elle avait eu la nette impression qu'il la suivait.

Les feux arrière de la voiture étaient à présent dans son champ de vision. Si le conducteur avait compris qu'elle était derrière lui, il n'en tenait aucun compte, roulant trop vite, et franchissant allègrement un feu au rouge.

Espérant qu'il ne s'agissait que d'un chauffard ordinaire, elle actionna le gyrophare et vérifia la circulation avant de franchir le carrefour.

Le pick-up était trop vieux et en trop mauvais état pour appartenir aux Dunlape. Ces derniers avaient de l'argent, et ils tenaient à l'afficher.

Lorsqu'elle fut suffisamment près pour relever le numéro d'immatriculation, elle l'entra dans son ordinateur afin d'accéder au fichier des cartes grises, et découvrit que le véhicule était enregistré au nom de Dwight Smith.

Ce nom ne lui disait rien.

Au cas où Dwight Smith aurait été trop ivre pour remarquer les lampes rouges et bleues derrière lui, elle actionna la sirène, et colla à son pare-chocs.

La voiture ralentit, et finit par se ranger sur le bas-côté.

Les lumières de la ville étaient loin derrière eux, et Sophia ne pouvait rien distinguer au-delà du halo des phares. Ce n'était pas pour la rassurer, mais son travail l'exigeait.

Saisissant sa torche de la main gauche, elle laissa la droite sur la crosse de son arme, et s'approcha prudemment du pick-up.

— Sortez lentement de la voiture, en levant les mains, ordonna-t-elle.

— Un problème, *chef* ?

Sophia ne distinguait pas encore le visage du conducteur, mais elle reconnut la voix. Il ne s'agissait pas du dénommé Dwight Smith, mais de Leonard Taylor.

Il avait baissé sa vitre, mais il restait dans la voiture.

— Je vous ai demandé de sortir.

La portière ne s'ouvrit toujours pas.

— J'ai fait quelque chose de mal ?

— Sortez !

— Est-ce vraiment nécessaire ? demanda-t-il, en soupirant.

Puis la portière rouillée grinça sur ses gonds.

Sophia ignora son agacement — et sa question.

— Où avez-vous eu ce véhicule ?

Le bouc poivre et sel qu'il avait laissé pousser depuis qu'il avait quitté la police renforçait sa ressemblance avec Kenny Rogers — le chanteur de musique country. Ils avaient la même corpulence, les mêmes yeux très bleus contrastant avec un visage tanné. Leonard ne manquait pas de charme ; c'était sa personnalité que Sophia ne supportait pas.

— C'est une voiture d'entreprise fournie par mon employeur, Dwight Smith. Mais vous le savez déjà, n'est-ce pas ? Vous avez eu le temps de vérifier. Procédure standard et tout le tintouin.

— Ça ne le dérange pas que vous l'utilisiez pour un usage personnel ?

— Il sait que je n'ai pas le choix. Lorna a pris la voiture quand elle est partie.

Son ton accusateur suggérait qu'il lui reprochait le comportement de sa femme. Mais ce n'était pas une surprise. Sophia savait déjà qu'il la tenait pour responsable de tout.

— Vous avez abusé de votre pouvoir, et vous avez trompé votre femme, Leonard.

D'après la rumeur, ce n'était pas la première fois qu'il lui était infidèle. Il aimait jouer du prestige de l'uniforme. Il lui avait même fait des avances quand ils avaient commencé à travailler ensemble.

— Pourquoi n'assumez-vous pas vos responsabilités ? demanda-t-elle.

— C'est facile à dire, pour vous. Ce n'est pas comme si vous aviez déjà été tentée de vous envoyer en l'air avec qui que ce soit. Vous êtes la Reine des glaces.

Il baissa la voix.

— Tu es probablement tellement frigide que tu ne saurais pas quoi faire avec une queue…

— Ça suffit !

Au lieu de reculer, il fit un pas en avant.

— Non, ça ne suffit pas. Tu te prends pour une championne. Tu crois que tes propres petits secrets ne sortiront jamais. Mais laisse-moi te dire qu'aucun secret n'est en sécurité à Bordertown.

— De quoi parlez-vous ?

— Je parle de la raison qui te fait détester les hommes.

— Vous ne savez rien de moi !

— Je sais que ton beau-papa aimait bien te cajoler. Ce n'est pas rien, ça, hein ?

Sophia ouvrit la bouche pour nier, mais aucun son ne sortit.

— Ta mère est venue me voir, un jour, poursuivit-il avec un sourire triomphal. Elle pleurait.

Sa mère avait donc entendu ce qu'elle essayait de

lui dire. Et, apparemment, elle l'avait crue. Mais alors, pourquoi n'avait-elle rien fait ?

— Vous voulez me faire croire que ma mère s'est confiée à vous ?

— C'est la vérité.

Mais si Leonard en était aussi sûr qu'il le prétendait, il ne le lui dirait pas. Il aurait déjà répandu la nouvelle dans toute la ville, en laissant entendre que c'était elle qui avait séduit Gary. S'il la suivait partout, s'il l'espionnait, c'est qu'il soupçonnait quelque chose, mais qu'il n'avait aucune certitude.

Ce qui signifiait que ce que sa mère lui avait confié laissait une place au doute.

— C'est ridicule, dit-elle, en affectant l'indifférence. Si ma mère s'était imaginé, pour je ne sais quelle raison, que j'avais une relation inappropriée avec son mari, elle ne serait pas venue vous en parler.

— En fait, elle était venue voir le Bernstein. Mais j'étais le seul au poste, ce jour-là, et elle avait désespérément besoin d'un conseil. Elle voulait que je lui dise, *vu ma grande expérience du métier de policier*, si j'avais déjà rencontré une situation où une adolescente aurait faussement accusé son beau-père d'agression sexuelle. Elle pensait que tu mentais pour attirer l'attention, ou pour te débarrasser de Gary.

Il baissa encore la voix, jusqu'à ce qu'elle ne soit plus qu'un murmure.

— Mais tu ne mentais pas, n'est-ce pas ?

Comment sa mère avait-elle pu la trahir de cette façon ? Comment avait-elle pu être à ce point égoïste ?

Ne laissant rien paraître, Sophia se redressa de toute sa taille et toisa froidement son ancien collègue.

— Si elle vous a vraiment dit ça, c'était de la paranoïa. A une époque, elle pensait que Gary ne lui accordait pas assez d'attention. Mais il n'y avait rien entre nous.

Leonard afficha un petit sourire rusé.

— Je pourrais peut-être te croire, s'il n'y avait pas ce truc que ton beau-père trimballe dans son portefeuille.

Sophia sentit son sang se glacer mais, une fois encore, elle essaya de donner le change.

— Comment savez-vous ce qu'il y a dans le portefeuille de mon beau-père ?

— Il se trouve que Gus était au Firelight, ce soir.

Gus était un des employés de son père. Il était en charge des locations de matériel agricole.

— Et qu'est-ce que Gus en sait ?

— Juste ce qu'il a vu de ses propres yeux.

— C'est-à-dire ?

— Que Gary a une photo de toi.

Elle avait de plus en plus de mal à respirer.

— Beaucoup de gens ont des photos de leurs enfants dans leur portefeuille.

— Sur celle-ci…

Il eut un sourire ravi, se repaissant par avance de ce qu'il allait dire.

— Tu es *nue*.

Sophia réfléchit à toute allure. Quand Gary aurait-il pu prendre cette photo ? Elle ne s'était jamais déshabillée devant lui, ne s'était jamais montrée en maillot de bain. Elle faisait très attention à se dévoiler le moins possible, portant des manches longues, des pantalons, et des chemisiers boutonnés jusqu'au cou. Elle se refusait même à prendre une douche quand il se trouvait dans la maison.

— C'est impossible ! répondit-elle d'un ton assuré.

— Gus a juré sur la Bible.

— Je crois que je vais devoir vous soumettre à un alcootest.

— Quoi ?

Il paraissait médusé de ne pas l'avoir déstabilisée comme il l'espérait.

— Vous divaguez. Mon beau-père ne peut pas posséder

une telle photo, car je n'ai jamais été nue devant lui. J'en déduis donc que vous êtes ivre.

— Pas du tout !

— Dans ce cas, vous ne verrez pas d'inconvénient à me le prouver.

Une lueur de haine passa dans le regard de Leonard.

— T'es vraiment une salope !

Il se tourna pour monter en voiture, mais elle retint sa portière pour l'empêcher de la refermer, et sortit son arme.

— Si vous refusez de vous soumettre à un alcootest, je vais être obligée de vous arrêter. Je ne peux pas vous laisser reprendre la route en état d'ivresse, au risque de mettre les autres usagers en danger.

Il ricana.

— Très bien. Je vais le faire, ton fichu test. Mais ne crois pas que tu vas t'en tirer comme ça.

— Vous me menacez ?

— Je m'assure simplement que tu ne me confondes pas avec un de tes amis.

— Ça ne risque pas.

Bon sang, il n'en revenait pas ! Elle avait failli lui coûter aussi ce travail-là. Pendant quelques minutes, la nuit dernière, il avait eu la main. Il avait pris plaisir à exercer son pouvoir. Et puis cette garce avait failli le foutre en taule. S'il n'avait pas soufflé dans le ballon, elle l'aurait bouclé et aurait saisi sa voiture. Elle ne s'était quand même pas privée de lui coller deux amendes, une pour franchissement d'un feu au rouge, l'autre pour excès de vitesse.

Enfin, ça aurait pu être encore pire, si elle avait saisi le pick-up et découvert le récepteur qui lui permettait de l'espionner.

En rentrant chez lui, il était tellement énervé qu'il n'avait pas pu dormir. Il avait fini par sombrer à l'aube, et n'avait pas entendu le réveil. Il avait prévenu Dwight qu'il serait un peu en retard, prétendant ne pas se sentir très en forme ce matin.

— *¿Qué quiere que hagamos ?*

Leonard sursauta. Saul, un des immigrés qui travaillaient au ranch, venait de s'approcher, lui demandant ce que les employés devaient faire.

Abaissant le rebord de son chapeau pour protéger son visage d'un soleil brûlant, il répondit en espagnol car aucun des hommes qui travaillaient avec lui ne comprenait l'anglais.

— Déplacez les poulets du hangar numéro 1 au hangar numéro 2. Il est temps de nettoyer les fientes.

Celles-ci étaient ensuite revendues à une société de fertilisants, mais les employés n'avaient pas besoin de le savoir. Ils avaient juste besoin de faire le sale boulot et de le laisser se charger de ce qui nécessitait un cerveau.

Saul passa le mot aux autres, et ils s'en allèrent vers le hangar numéro 1, vêtus de leurs casquettes de base-ball tachées de sueur et de leurs vêtements raides de crasse.

Au moins, ils étaient obéissants, songea Leonard. Et ils travaillaient dur. Leurs femmes étaient méritantes, aussi. Celles qu'il avait rencontrées savaient cuisiner et faire le ménage. Elles savaient comment s'occuper d'un homme…

Dwight n'allait pas tarder à arriver pour voir comment se passait le transfert, et il allait devoir se joindre à l'équipe. Mais aujourd'hui, il n'avait pas l'énergie de surmonter le dégoût que lui inspiraient de si basses besognes.

Dire qu'en ce moment il aurait pu se balader dans Bordertown, à bord d'une voiture climatisée, provoquant l'envie des hommes et l'admiration des femmes…

Ses pensées s'envolèrent vers les armes qu'il avait stockées dans son mobile home. Il y pensait beaucoup, ces temps-ci. De temps en temps, il songeait à faire un carnage dans Bordertown, tuant Sophia, les membres du conseil municipal qui la soutenaient, et Bruce Dunlap, ce gros hypocrite. Bruce lui avait retiré son soutien dès qu'il avait appris cette histoire avec la Mexicaine, puis il avait appelé son bâtard pour résoudre un crime que Sophia était incapable d'élucider toute seule.

Ils avaient même un mégot de cigarette dont ils espéraient tirer un profil ADN. Et ça, ce n'était pas une bonne nouvelle. Ça pourrait même contrarier ses plans…

Mais, même s'il rêvait de liquider tout le monde, il ne passerait pas à l'acte. Ce n'était pas comme ça qu'on gagnait. S'il tuait ses ennemis, il irait en prison jusqu'à la fin de ses jours, et ça ne réglerait rien.

Non, il voulait la détruire petit à petit, en commençant par récupérer son job. Et il le ferait sans que personne puisse prouver que ça venait de lui.

Il avait enfin les outils nécessaires pour assurer son succès. Au cours des dernières semaines, il avait réussi à poser des micros chez elle, dans sa voiture, et même au poste de police.

Elle ne progresserait pas dans son enquête parce qu'il serait au courant de tout ce qu'elle ferait, et qu'il aurait toujours une longueur d'avance.

Ce qu'il avait appris de sa relation avec son beau-père, tandis qu'il écoutait sa conversation avec Roderick, n'était qu'un simple bonus…

13

L'après-midi était bien avancé quand Sophia se réveilla. Du fait de la pression qu'elle subissait, elle n'avait que très peu dormi ces derniers jours, et elle avait fini par prendre un somnifère.

Elle avait été inconsciente pendant huit bonnes heures. Mais la première chose à laquelle elle avait pensé en ouvrant les yeux, c'était la même que celle qui l'avait obsédée avant de s'endormir : sa conversation avec Leonard Taylor.

Et s'il disait vrai ? Si son beau-père avait réellement une photo d'elle nue, dans son portefeuille ?

Elle ne voyait pas, cela dit, comment la chose pouvait être possible. Et, de toute façon, Gary n'aurait jamais pris le risque que sa mère puisse tomber dessus. Anne avait beau se voiler la face, ce genre de preuves ne pouvait pas être ignoré. Même par elle.

Et ce n'était pas la seule partie de l'histoire de Leonard qui lui paraissait suspecte. Il avait prétendu qu'Anne s'était rendue au poste de police pour lui demander conseil. Mais sa mère n'avait jamais apprécié Leonard. Il avait essayé de sortir avec elle quand ils étaient jeunes et célibataires, et Anne avait été choquée qu'il puisse se croire assez bien pour elle. Certains de ses cousins avaient de l'argent, mais pas lui. De plus, Anne avait sa fierté. Jamais elle n'aurait pu garder la tête haute dans

Bordertown si les gens avaient su que son mari avait agressé sexuellement sa fille.

Alors, où Leonard avait-il appris cela ?

Et n'était-il pas curieux qu'il en parle juste après sa révélation à Rod ?

Un coup frappé à la porte la tira soudain de ses réflexions.

— Tu es là ?

C'était Rod, qui l'appelait depuis le perron. Elle avait reconnu sa voix, mais elle n'était pas certaine d'avoir envie de le voir.

Elle l'avait embrassé la nuit dernière, et elle avait même envisagé de faire bien plus. Ce qui, à la lumière du jour, semblait complètement fou. Ils se connaissaient à peine.

D'un autre côté, cela ne servait à rien de le laisser tambouriner à sa porte. Il faudrait bien qu'elle l'affronte à un moment ou à un autre.

S'extirpant du lit, elle enfila un short coupé dans un vieux jean, un des débardeurs qu'elle portait généralement à la maison, et alla ouvrir.

Le tatouage de Sophia causa un choc à Roderick. Il l'avait connue *cheerleader* et bonne élève. Un symbole aussi évident de rébellion semblait incongru sur elle. Mais, comme il avait pu le découvrir, elle avait quelque peu changé, depuis qu'il avait quitté Bordertown.

— Ça fait beaucoup d'encre, remarqua-t-il, pince-sans-rire.

Elle baissa les yeux vers son bras.

— Un souvenir de mes années Starkey.

— Tu n'as jamais envisagé de le faire effacer ?

— Tu n'aimes pas ?

— Je n'en suis pas encore sûr.

Cela dit, il aimait tout le reste : l'absence de soutien-gorge, les jambes galbées… Elle était beaucoup plus séduisante sans son uniforme. Ce qui ne changeait rien à la décision qu'il avait prise la nuit dernière, après son départ : même s'il en avait très envie, il ne se passerait rien entre eux. Ils avaient tous deux besoin d'un maximum de concentration pour mener à bien leur enquête.

— De toute façon, je m'en fiche, que tu aimes ou pas, répliqua-t-elle. Quoi de neuf ?

— Je viens de parler à Milt.

— Qui est Milt ?

— Mon patron.

Elle repoussa les cheveux qui lui tombaient dans les yeux.

— Il va demander au gouverneur de m'appeler ?

— Je lui ai dit que ça ne serait pas nécessaire. Il a été ravi d'apprendre que tu m'apprécies, maintenant.

Elle croisa son regard.

— Qui a dit que je t'appréciais ?

Il sourit.

— Je le vois bien.

— Comment ça ?

— Tu n'as pas ton Taser.

— A quoi bon ? Rien ne réussira à me débarrasser de vous.

— Et puis, il y a eu ce baiser.

— Un bisou de rien du tout.

— Tu as fondu comme neige au soleil.

— Ça doit vouloir dire que j'étais en manque. C'est toi qui l'as souligné, tu t'en souviens ? Et toi qui m'as aussi proposé un coup d'un soir.

— A ce propos, l'offre ne tient plus. Tu as laissé passer ta chance.

Elle croisa les bras sous sa poitrine et, même si ce n'était pas intentionnel, le geste attira l'attention de Rod sur son décolleté, largement mis en valeur par le débardeur.

— Tu veux dire que tu ne veux plus de moi ? demanda-t-elle.

Ce qu'il voulait ou pas n'avait rien à voir là-dedans.

— Non. Plus depuis que je t'ai vue sans maquillage.

Elle fit mine de se vexer.

— Merci pour le coup porté à mon ego.

— Il était temps que je te renvoie l'ascenseur, répondit-il en riant. Après tout, tu as sacrément blessé mon ego, il y a quinze ans.

Il voulait plaisanter, mais elle redevint aussitôt sérieuse.

— Je suis désolée, Rod. A l'époque, je n'étais qu'une gamine trop gâtée, mais je me suis sentie vraiment mal après cette histoire, et j'aurais voulu m'excuser. Quand Starkey m'a dit qu'il t'avait vu en ville, j'espérais ne pas avoir à te croiser, tellement j'avais honte.

Il ne s'attendait pas à un aveu aussi honnête. Du coup, il se sentait un peu puéril de lui en avoir voulu pendant si longtemps. Pour autant, il n'avait pas assez de noblesse d'âme pour s'abstenir de jouer sur sa culpabilité.

— Et alors ? Qu'est-ce que tu vas faire pour te faire pardonner ?

— Que veux-tu que je fasse ?

Le ton était suspicieux, mais elle souriait.

Il entra, envahissant tout l'espace, et elle recula pour lui faire place.

— Je voudrais voir si tu as d'autres tatouages.

— Je n'en ai pas.

La porte se referma dans un discret cliquètement.

— Prouve-le.

Il vit l'effort qu'elle faisait pour déglutir.

— Comment ?

— En enlevant ton débardeur.

— Ici ? Maintenant ?

— Arrête de tergiverser. Tu m'as déjà vu entièrement nu. Tu as une dette envers moi.

— Je croyais que nous étions quittes.

— Loin s'en faut.

Elle recula de nouveau d'un pas.

— Je t'ai laissé sortir de prison.

— Tu n'aurais pas dû m'arrêter, au départ.

— Ce n'est pas tout à fait vrai.

— Tu te cherches des excuses. Tu as peur ?

Sa poitrine se souleva tandis qu'elle prenait une profonde inspiration.

— Je rassemble mon courage.

Rob n'en revint pas. *Elle allait vraiment le faire ?*

— Tu as besoin d'aide ?

— Absolument pas.

Il leva les sourcils.

— Alors, qu'est-ce que tu attends ?

Lentement, elle commença à soulever son débardeur, dénudant sa taille.

— Très bien, murmura-t-il.

Il repéra un ravissant petit grain de beauté sur sa cage thoracique, et remarqua à quel point sa peau semblait douce et soyeuse. Mais, lorsqu'elle exposa ses seins magnifiquement ronds et pleins, il sentit tout son sang affluer vers son sexe, et il se figea, le souffle coupé, les pensées embrumées.

Comme il ne réagissait pas, la confusion et l'incertitude assombrirent le regard de Sophia.

Elle devait croire qu'il n'aimait pas ce qu'il voyait. Et il comprit, à la façon dont elle rabattait brusquement son débardeur, qu'elle était vexée.

Il fallait qu'il dise quelque chose, mais il était trop occupé à lutter contre lui-même.

D'un côté, il avait envie de la séduire, de glisser les mains sous ce débardeur et de les arrondir en coupe sur ses seins. Il était presque sûr qu'elle le laisserait faire. Elle était seule, avide d'être comblée physiquement, et aussi vulnérable qu'elle l'était quatorze ans plus tôt.

La roue avait tourné exactement comme il en avait rêvé.

Mais l'homme d'honneur qu'il était envers et contre tout ne pouvait s'autoriser à profiter d'elle. Il se refusait à un tel égoïsme, à un tel manque de cœur.

Cherchant son souffle, il haussa les épaules d'un air indifférent.

— Pas mal.

Cette réponse était comme une gifle au visage, et telle était son exacte intention. Son manque d'enthousiasme avait suffisamment piqué Sophia pour qu'elle soit de nouveau sur la défensive, se refusant à lui faire confiance. Il préférait décidément la voir en colère contre lui. Ainsi, il serait plus facile pour lui de garder ses distances.

Elle croisa les bras sur sa poitrine, même si le débardeur avait retrouvé sa place.

— Que le spectacle t'ait plu ou non, j'ai fait ce que tu m'avais demandé. Alors… tu me pardonnes ?

— Evidemment. Tu as pris la bonne décision, à l'époque. Celui que tu as choisi à ma place pour aller danser t'a sûrement invitée, ensuite, à aller déguster du homard. Moi, j'avais à peine de quoi payer une pizza.

Sophia parut vexée qu'il ramène le malheureux épisode à une question d'argent.

— Ce n'est pas pour ça que je l'ai fait, protesta-t-elle.

Se reprochant soudain d'abuser du pouvoir que lui donnait la contrition de Sophia, il grommela.

— Oui, bon, laisse tomber. Je m'en suis remis, tu sais. Tu n'étais quand même pas si importante que ça, à mes yeux.

Elle cilla.

— Par moments, tu es vraiment un sale type. Tu le sais, ça ?

— Il vaut mieux que tu le découvres maintenant.

— C'est-à-dire ?

— La leçon pourrait être plus rude.

Elle ricana.

— Ne te vante pas autant.

— Milt m'a appelé pour me dire que le FBI avait enfin formé l'équipe que vous réclamiez à cor et à cri, dit-il en donnant à la conversation le tour professionnel qu'elle aurait dû avoir depuis le départ.

— Ils auront mis le temps.

— Ils devaient remplacer deux agents seniors. Ils n'ont pas dit pourquoi, mais ils ont fait quelques transferts, et ils sont maintenant prêts à intervenir. Le coordinateur veut nous rencontrer dans une heure.

— « Nous » ?

Il savait qu'elle avait plus que jamais envie de se débarrasser de lui. Il l'avait convaincue de se laisser aller, de faire preuve d'audace, puis il le lui avait fait regretter.

— Nous répéta-t-il.

— Et c'est toi qu'on appelle, alors que je suis le chef de la police locale ?

— Je t'ai dit que j'avais des amis haut placés.

— Où a lieu le rendez-vous ?

— A l'antenne locale de Sierra Vista. Mais c'est ridicule de prendre deux voitures. Nous pouvons y aller ensemble.

— Sauf que j'ai des courses à faire.

— Comme tu voudras. On se retrouve dans une heure.

Elle attendit poliment qu'il sorte. Elle lui fit même un petit signe de la main, comme s'il ne l'avait pas embarrassée.

Quand il entendit tourner le verrou, il comprit qu'elle ne le lui fermait pas seulement la porte de sa maison.

Non mais, quelle idiote ! Qu'est-ce qui lui avait pris ?

Elle avait montré ses seins à Roderick Guerrero, et il n'avait eu l'air ni impressionné, ni même intéressé. Impossible d'imaginer situation plus humiliante.

Elle évitait généralement tout ce qui pouvait la rendre vulnérable. Pourquoi avait-elle pris un tel risque ? Qu'espérait-elle obtenir ?

Le pardon.

Sur ce point, elle s'était montrée sincère. Et, en dépit du fait qu'elle avait la loi de son côté, elle regrettait d'avoir fait irruption dans sa chambre, et de ne pas lui avoir laissé le temps de s'habiller.

Mais quand même, il fallait être stupide pour lui offrir délibérément le moyen d'assouvir sa vengeance !

Et il ne lui avait fallu, pour cela, qu'un regard. *Ou, plutôt, une absence de regard.* Son visage était totalement impassible.

A l'évidence, elle n'était plus elle-même.

Roderick était beau, excitant, et il lui avait offert une diversion à ses inquiétudes et à ses doutes. Sans doute avait-elle voulu se prouver qu'elle était encore désirable, après le coup que le comportement de Dick avait porté à son estime de soi.

Elle tâcha néanmoins de se raisonner. Certes, elle avait commis une erreur... Mais ce n'était pas catastrophique.

Roderick avait voulu qu'ils soient à égalité, et elle s'était pliée à son caprice. C'était terminé. Elle avait autre chose à faire que de passer son temps à se lamenter sur un épisode anodin. Après tout, Roderick vivait en Californie, le paradis de la chirurgie esthétique. Et, à force de voir des seins refaits sur les plages, il ne devait plus être à même d'apprécier la beauté naturelle.

Décidée à se remuer, elle appela Lindstrom pour lui parler de la réunion. Puis elle se dirigea vers la salle de bains.

Mais le téléphone sonna avant qu'elle ait eu le temps d'ouvrir l'eau de la douche.

Sur l'écran s'affichait un numéro qu'elle ne pouvait pas ignorer.

Un numéro qu'elle n'avait cessé d'appeler.

Celui qu'elle avait trouvé dans la chaussette de José.

14

— Allô ?

Son interlocuteur avait le même accent très prononcé que Sophia avait entendu sur l'annonce d'accueil du répondeur.

— Vous m'avez laissé un message ?

— Oui. Je suis Sophia St. Claire. Je dirige la police de Bordertown, dans l'Arizona. Qui êtes-vous ?

— Je préfère ne pas le dire.

Elle devina qu'il n'avait pas de papiers et redoutait d'être expulsé. Dans ces conditions, c'était un miracle qu'il ait appelé.

— Vous vouliez me parler de José Sanchez, dit-il.

— Oui.

— Que se passe-t-il ? Il a fait quelque chose de mal ?

L'homme n'avait manifestement pas entendu parler des meurtres. Ce qui voulait dire qu'il n'avait pas été récemment en contact avec les familles de José et Benita, car le consulat mexicain devait maintenant les avoir prévenus.

— J'ai peur d'avoir de très mauvaises nouvelles.

— Ils sont morts ?

— Oui.

— C'est pour ça qu'ils ne m'ont pas appelé.

La note de fatalité, dans sa voix, révélait qu'il était préparé à un événement de ce genre.

— Comment c'est arrivé ? Ils se sont perdus ? Ils ont manqué d'eau ?

— On leur a tiré dessus.

— La patrouille ?

— Non, c'était un acte de violence aveugle. Nous recherchons toujours le coupable.

— Je lui avais promis que tout irait bien..., murmura-t-il, presque pour lui-même.

— Vous l'avez encouragé à traverser ?

— Il était déjà décidé. Il voulait amener sa femme ici. Je lui ai dit que je l'aiderais à démarrer.

— Donc, ils devaient vous retrouver quelque part ?

— Ils devaient vivre avec moi jusqu'à ce qu'ils trouvent un travail et puissent se loger.

Elle regarda l'heure. Les minutes filaient, mais elle n'osait pas demander à cet homme si elle pouvait le rappeler plus tard, de crainte qu'il ne change d'avis.

— Pouvez-vous me dire quelque chose qui m'aiderait à retrouver les gens qu'ils ont pu croiser ?

— Je leur avais parlé d'un bon coyote, et d'une planque pour les sans-papiers à Bordertown.

Ayant découvert leur coyote, elle devait se concentrer sur la seconde partie.

— Je voudrais parler aux personnes qui tiennent cet endroit. Pouvez-vous me dire comment les trouver ?

— Je ne peux pas.

— Je ne vais pas essayer de le faire fermer. Ce n'est pas mon travail, de toute façon. Moi, ce que je veux, c'est retrouver l'assassin de José et Benita. J'ai l'impression que vous êtes un ami, ou un parent. Vous souhaitez certainement que justice leur soit rendue. La personne qui les a tués a déjà tué dix autres personnes. Il faut que nous l'arrêtions avant qu'il recommence.

— Mais, je pourrais avoir des ennuis, si je parle trop.

— Vous craignez les gens qui tiennent la planque ?

— Oui. Je pense que la mafia mexicaine pourrait être derrière.

Elle eut l'impression qu'il avait travaillé pour la mafia, peut-être pour le transport de drogue.

— Je dirai que j'ai trouvé l'adresse sur le cadavre de José. Ils ne pourront plus rien lui faire.

Il soupira.

— Vous me demandez d'être déloyal, d'aider la *policia*.

— Je ne suis pas votre ennemie. J'essaie de résoudre cette histoire de meurtres.

Pas de réponse.

— Faites-le pour José, insista-t-elle.

— C'est au 2944, Dugan Drive.

— Merci.

— J'espère que vous trouverez le coupable, et qu'il ira en prison pour le reste de sa vie.

Un clic résonna dans l'oreille de Sophia, et il ne fut plus là.

— Madame St. Claire ?

Sophia sourit poliment à l'agent spécial Charles Van Dormer.

Elle était entourée de Roderick, Lindstrom, Sean Carver et Glen Billerbeck, les deux autres agents du FBI assignés à la nouvelle unité de travail. Elle leur avait déjà appris tout ce qu'elle savait sur les meurtres. A part l'information qu'elle venait d'obtenir sur la planque. Elle n'était pas certaine de vouloir partager ce « détail » avec tant de monde. Son envie de faire confiance au FBI le disputait à sa méfiance envers Lindstrom.

— Oui ?

— Le laboratoire de la police criminelle vous a-t-il dit quand vous auriez les résultats ?

Sophia lança un regard à Rod. Quand il était entré dans la pièce, elle avait choisi un siège le plus loin possible de lui. Toutefois, il avait eu la bonté de ne pas révéler qu'il avait découvert le mégot *après* qu'elle eut fouillé la scène de crime. Elle n'avait pas menti. Elle avait simplement présenté les faits de façon générale, parlant de ce qui avait été découvert, mais sans préciser comment ni quand.

— Ce n'est pas le labo de la crim, dit-elle.

— Ah bon ? Et pourquoi ?

— J'ai recommandé un labo avec lequel j'ai l'habitude de travailler à San Diego, expliqua Rod.

Van Dormer tiqua.

— Qui a autorisé ça ?

— Personne, répondit Rod. Mais ils sont fiables et beaucoup plus rapides que les labos de la police.

— Si vous n'avez pas obtenu d'autorisation, l'Etat pourrait rechigner à payer.

— Je le prendrai en charge, déclara Rod.

— Si ça vous amuse, dit Van Dormer, avec un haussement d'épaules.

Puis il commença à évoquer les différentes façons possibles de contribuer à l'enquête en cours. Il parla de quadriller les armureries et les boutiques de prêteurs sur gages, et d'interroger tous les éleveurs de la zone…

Tout au long de la réunion, Sophia fit mine de ne pas remarquer l'hostilité de Lindstrom. Mais, tandis que les autres se rassemblaient pour étudier une carte topographique, Lindstrom vint se placer à côté d'elle.

— Un mégot ? chuchota-t-elle. Vous m'avez parlé de douilles, pas d'un mégot.

— Un simple oubli, prétendit Sophia, qui ne se voyait pas lui avouer la vérité.

— Vous êtes ahurissante ! Je commence à en avoir plus qu'assez de vos méthodes.

Elle n'eut pas le temps de répondre. Van Dormer s'était penché sur la carte, et désignait une parcelle.

— A qui appartient celle-ci ?

Sophia reconnut immédiatement la propriété. Elle possédait une carte similaire, et l'avait si souvent étudiée qu'elle en connaissait les détails par cœur.

— A Kevin et Alma Simpson, répondit-elle. Ce sont des éleveurs de bétail. Ils ont un fils, James, qui vit avec eux. J'y suis allée, il y a quelques jours.

— Et ? Que vous ont-ils dit ? demanda Van Dormer.

Malgré son air un peu guindé, l'agent coordinateur paraissait assez sympathique à Sophia. Dix ans de plus qu'elle, les cheveux grisonnants aux tempes, de beaux yeux noisette et une mâchoire carrée. Non seulement il était séduisant, mais il avait l'air professionnel, et d'une aimable compagnie.

Les deux autres agents n'étaient pas aussi agréables à regarder. Sean commençait à devenir chauve, il avait de la bedaine, et des jambes courtaudes. Glen était grand et maigre, avec une cravate ringarde, une mauvaise coupe de cheveux et des cicatrices d'acné. Ils portaient tous des alliances.

— Les Simpson haïssent les clandestins, dit-elle. Et ils ne s'en cachent pas.

— Au point de les tuer ?

— C'est possible. Ou alors, un seul membre de la famille a craqué, et a décidé de faire quelque chose pour protéger les autres de ce qu'il considère comme une menace.

— Si vous deviez en choisir un, ce serait lequel ?

— Le père. Il n'en peut plus de la situation, et il n'a aucune espèce de pitié pour les migrants. On dirait qu'il ne les considère même pas comme des êtres humains.

— C'est bon à savoir. L'instinct joue un grand rôle dans nos métiers.

Il désigna un autre endroit sur la carte.

— Et cette parcelle ?

— Elle appartient à Charlie Stumper. J'essaie de le joindre, mais je n'ai aucun retour.

— Je connais Charlie, dit Roderick. C'était un ami de mon père, et il venait souvent au ranch.

Sophia devinait que le mot « père » lui laissait un goût

amer dans la bouche, mais qu'il l'avait employé pour faciliter l'explication.

— Il est probablement dans le Wyoming, continua Rod. Je crois savoir qu'il y passe une partie de l'été à travailler.

— Plus maintenant, dit Sophia. Il est trop âgé pour ça. Je crois plutôt qu'il est chez sa fille, à Yuna. Je suis tombée sur lui au café, il y a quelque temps, et il m'a dit qu'il envisageait de lui rendre une petite visite. Il ne devrait pas être absent trop longtemps.

— Vous savez ce qu'il pense des clandestins ?

— Depuis qu'un éleveur de ses amis a été tué près de Portal, apparemment par un clandestin, il ne cache pas sa haine.

— C'est une piste à creuser, dit Van Dormer.

Il désigna d'autres parcelles, et Sophia lui communiqua des informations sur les propriétaires. Elle avait parlé à presque tous les éleveurs de bétail, en l'espace de six mois, y compris Charlie, mais il faudrait de nouveau les interroger, maintenant qu'il y avait de nouvelles victimes.

— Vous pensez faire appel à un profileur ? demanda-t-elle, après qu'il eut réparti le travail par zone géographique et donné à chacun son ordre de mission.

Van Dormer eut une moue dubitative.

— Ça ne fonctionne que si vous en savez beaucoup sur le tueur, ou s'il a une signature unique. A défaut, ça vous entraîne sur trop de mauvaises pistes.

Se massant pensivement le menton, il ajouta :

— Mais pourquoi pas ? Voyons déjà ce que nous pouvons nous mettre sous la dent, et retrouvons-nous après-demain.

Ils convinrent d'une heure, puis tout le monde se leva.

Sophia était sur le point de partir sans parler du refuge pour les sans-papiers. Elle n'avait pas envie que Lindstrom prévienne Leonard avant qu'elle ait eu le temps d'aller y faire un tour. Elle préférait en discuter plus tard avec

Van Dormer. Sauf qu'elle devrait expliquer pourquoi elle n'avait pas partagé l'information avec le groupe. Et lui faire part de ses soupçons à l'égard de Lindstrom risquait de la faire passer pour une paranoïaque.

A la réflexion, elle devait parler devant tout le monde. Il restait à espérer que l'implication du FBI inciterait Lindstrom à un minimum d'honnêteté.

— Une dernière chose, dit-elle.

Tous les yeux se tournèrent vers elle.

— J'ai reçu un appel du numéro que j'ai trouvé sur le corps de José Sanchez.

Van Dormer s'interrompit dans le pliage de la carte qu'il essayait de domestiquer.

— Le correspondant ne veut pas révéler son identité, ajouta-t-elle. Mais il m'a parlé d'un refuge accueillant des sans-papiers, où José et Benita étaient supposés passer la nuit.

— Et c'est maintenant que vous le dites ? protesta Lindstrom. Ça ne va pas marcher, si vous continuez à cacher des choses à tout le monde !

Elle se tourna vers Van Dormer.

— Elle fait ça pour tout. Elle ne m'avait même pas parlé du mégot de cigarette. Et ça fait un mois que nous travaillons ensemble !

Van Dormer regarda sévèrement Lindstrom, n'appréciant visiblement pas la délation, et Sophia estima qu'elle n'avait pas à se justifier.

— D'après mon informateur, la planque pourrait être aux mains de la mafia, précisa-t-elle.

— Vous avez exploité la piste ?

— Oui, la maison appartient à une association, Cochise Partners, mais ça pourrait être un prête-nom pour la mafia.

Il y eut encore quelques crissements de papier, tandis qu'il finissait de replier la carte.

— Vous connaissez la ville mieux que nous, madame St. Claire. Que suggérez-vous ?

— J'aimerais y faire un tour ce soir. Quelqu'un attendait l'arrivée de José et Benita. Je voudrais bien savoir où était cette personne à l'heure des meurtres. Il est également possible que des informations ou des soupçons circulent sous le manteau. Si nous pouvions savoir ce qui se dit du côté mexicain, ça pourrait nous aider.

— Je suis d'accord. Mais vous prévoyez de faire ça toute seule ?

— Il n'en est pas question ! intervint Rod, avant que Sophia ait eu le temps de répondre.

Sophia planta ses mains sur ses hanches et le toisa.

— Pardon ?

— Tu es beaucoup trop blanche et… bien trop femme pour le travail.

— Tu penses que tu devrais t'en charger ?

— En un mot : oui.

Van Dormer ne s'en mêla pas. Son regard se tourna vers Sophia, comme s'il attendait sa réponse.

— Mais c'est moi qui ai trouvé la piste !

— Je m'en fiche ! Tu ne te rends pas compte à quel point c'est dangereux.

— J'ai mon Glock.

— Ce qui pourrait te faire tuer plus vite que prévu. Ils ne te laisseront pas franchir la porte avec.

— Alors, je resterai sur le seuil.

Il désigna le tatouage qui dépassait de quelques centimètres de la manche courte de sa chemisette.

— Tu penses que le fait d'exhiber ton tatouage te donnera l'air d'une dure-à-cuire ?

— Ça n'a rien à voir avec l'origine ethnique ou le fait d'avoir l'air d'une dure-à-cuire.

— Bien sûr que si ! Ils ne te respecteront pas. Ils refuseront de te renseigner parce qu'ils ne te craindront pas. Si tu penses que la culture américaine peut être sexiste, attends de découvrir le machisme mexicain.

— J'en sais déjà quelque chose. Je suis en train de

l'expérimenter en ce moment ! rétorqua-t-elle. Et ce n'est pas parce que tu as la peau mate que ça te donne un avantage.

— Mais je parle couramment espagnol. Et toi ?

— Assez pour me débrouiller.

— Ça veut dire non.

Rod se tourna vers Van Dormer.

— A l'évidence, je suis le seul candidat valable pour cette mission. Non seulement je peux me fondre dans la masse, mais je sais me défendre, avec ou sans arme.

Sophia fit un pas en avant.

— En tant qu'homme, il sera davantage perçu comme une menace, plaida-t-elle.

Van Dormer se mordit la lèvre, comme s'il hésitait entre les deux.

— Laissons faire Guerrero, décida-t-il.

Sophia le dévisagea avec incrédulité. Ces hommes ne comprenaient pas. Elle n'avait pas envie de se cacher derrière eux. Son expérience à Naco lui avait donné confiance en elle, et elle était certaine de pouvoir affronter n'importe quelle situation.

— Et si j'accompagnais *monsieur* Guerrero, suggéra Sophia, en insistant bien sur le « monsieur » pour montrer qu'il n'avait aucune légitimité.

— Inutile que vous soyez deux à prendre des risques, trancha le coordinateur, d'un ton qui ne souffrait pas de contestation.

Rod essaya de rattraper Sophia avant qu'elle ne parte, mais Van Dormer l'intercepta pour lui poser quelques questions sur sa formation et son expérience.

Le temps qu'il se libère et jaillisse de l'immeuble en courant, Sophia était déjà sur sa moto, le moteur en marche.

— Où est ton casque ? cria-t-il.

Jouer les parents inquiets n'était peut-être pas la meilleure façon de lui montrer qu'il n'était pas le trouble-fête qu'elle croyait, mais il avait eu connaissance de trop d'accidents pour se sentir rassuré de la laisser partir ainsi.

— C'est à moi que tu parles ? cria-t-elle.

Puis elle fit rugir le moteur pour noyer sa réponse.

Il n'avait jamais vu une personne de sa taille manipuler une si grosse moto, mais elle avait l'air de savoir ce qu'elle faisait.

— Pourquoi es-tu en colère ? Tu sais que je suis le mieux placé pour visiter la planque, cria-t-il, en essayant de se faire entendre.

Elle secoua la tête, chaussa ses lunettes, et releva la béquille.

— Désolée, je ne t'entends pas, rétorqua-t-elle, avant de démarrer en trombe.

Rod envisagea de sauter dans sa voiture et de la poursuivre.

Elle n'avait aucune raison d'être à ce point furieuse. Peut-être l'avait-il embarrassée, quelques instants plus tôt, en allant trop loin avec l'épisode du débardeur ? Mais elle lui avait fait pire en l'obligeant à se tenir nu devant elle, les mains menottées dans le dos.

Dans ce cas, pourquoi se sentait-il si frustré, si désireux d'améliorer l'opinion qu'elle avait de lui ?

Il sortit sa clé, mais fut interrompu par Lindstrom.

— Quel dommage que ce soit elle qui s'occupe de cette enquête, marmonna l'inspectrice. Elle ne fait qu'attirer les ennuis.

— Vous n'avez pas l'air de l'apprécier.

— Elle prend la mouche si facilement. En plus, elle n'en fait qu'à sa tête, et elle est incapable de déléguer.

— Elle ne vous aime pas beaucoup non plus.

— Je ne comprends pas pourquoi. Je fais tout mon possible pour m'entendre avec elle. Non, elle n'est tout simplement pas faite pour ce métier.

— Qu'est-ce qui vous fait dire ça ?

— Vous avez bien vu, non ? Elle croit pouvoir débarquer comme une fleur au refuge et obtenir des réponses.

— Elle a du cran. Vous pouvez au moins lui accorder ça.

— Non. Elle est folle. Cette affaire serait déjà résolue si elle avait été menée par quelqu'un comme Leonard Taylor.

— Vous êtes amie avec lui ?

— Je le suis avec sa sœur. C'est honteux ce que Sophia a fait à ce pauvre homme.

— De quoi parlez-vous ?

— Vous n'êtes pas au courant ? Elle a bidonné un témoignage pour le discréditer et lui prendre le poste qui aurait dû lui revenir.

— C'est elle qui vous a raconté ça ?

— Tout le monde le sait.

— Tout le monde sauf Rosita Flores.

Elle mit sa main en visière pour se protéger de l'éclat du soleil, et le regarda.

— Qui ?

— La jeune Mexicaine qu'il a menacé d'expulser si elle ne couchait pas avec lui.

Lindstrom se rembrunit.

— Vous avez rencontré cette femme ?

Cette question surprit Rod.

— Non.

— C'est bien ce que je pensais, dit-elle avec un sourire supérieur, tout en actionnant la télécommande de sa voiture.

15

Son beau-père était toujours au magasin, mais il y avait encore un de ses employés avec lui. Il ne s'agissait pas de Gus, mais de Tony, un jeune de dix-neuf ans.

Sophia s'était changée après son rendez-vous avec le FBI, troquant son uniforme contre un jean et un T-shirt blanc. Assise sur la selle de sa moto, à l'arrière du parking, elle avait l'impression de cuire sous les rayons brûlants du soleil.

Elle attendait que Tony s'en aille. Elle savait que son beau-père s'occupait toujours de la fermeture, car il ne faisait confiance à personne pour compter la recette du jour.

Il serait bientôt seul. Mais aurait-elle le courage de l'affronter ?

Elle aurait préféré laisser ces douloureux souvenirs-là où ils étaient enfouis depuis quatorze ans. Mais si Gary possédait une photo d'elle nue, elle devait s'assurer que celle-ci serait détruite.

Wally Deloit, le dernier client à sortir du magasin, la remarqua tandis qu'il se dirigeait vers sa voiture.

— Bonjour, dit-il en lui faisant un signe de main. Quoi de neuf ?

— Pas grand-chose, Wally. Comment allez-vous ?

— Chaudement. Je crois que je vais faire comme les oiseaux migrateurs, et ne venir vivre en Arizona que l'hiver.

L'écran de la moustiquaire protégeant l'entrée de service claqua.

Tony était sorti avec une fourche pour charger une botte de foin sur le plateau du pick-up de Wally. Il fit également un signe à Sophia, mais ne s'arrêta pas pour discuter. Gary n'aimait pas que ses employés bavassent durant leur temps de travail.

— Ça ne vous plairait pas, d'aller vivre ailleurs, dit-elle à Wally. Vous avez cet endroit dans le sang.

— Vous avez probablement raison.

Il sortit un grand mouchoir à carreaux de sa poche et s'essuya le visage.

— Vous avez du nouveau sur les meurtres ?

— Pas encore, mais j'y travaille.

— Vous avez vu tout ce monde en ville ? Leland Jennings et sa mère sont aux anges. Ça faisait des années qu'ils n'avaient pas sorti le panneau « Complet ». Mais moi, ça ne me plaît pas beaucoup d'attendre mon tour au café.

Jusqu'à présent, Sophia avait réussi à éviter les équipes de tournage envoyées par les chaînes de télévision. Joe Fitzer, l'agent de service jusqu'à 8 heures, l'avait appelée pour la prévenir qu'une horde de reporters avait débarqué.

Pour le moment, ils ne l'avaient pas encore localisée.

Et, dans cette tenue, elle ne ressemblait pas vraiment au chef de la police locale. Surtout avec sa Harley.

— J'ai l'intention de boucler l'enquête rapidement pour qu'ils rentrent chez eux, dit-elle.

Wally lui sourit.

— Je vous crois. Oui, vraiment. Vous montrerez à cette ville de quoi vous êtes capable.

Elle lui lança un sourire de gratitude pour son soutien, avant qu'il ne se mette au volant et s'éloigne.

Puis elle se retrouva seule au pied d'une rangée de tracteurs et de moissonneuses que son beau-père louait, en plus de son activité de vente d'aliments pour le bétail.

Cherchant à échapper au soleil, elle descendit de moto et alla se mettre à l'abri de l'auvent qui surplombait l'arrière du bâtiment.

Dix minutes plus tard, Tony sortit, d'une démarche guillerette annonçant qu'il avait fini sa journée. Occupé à passer un appel sur son portable, il ne fit pas attention à elle.

Après son départ, elle hésita encore quelques instants, essayant de rassembler son courage, puis elle entra dans le magasin par la porte de service.

Son beau-père était occupé à compter la recette.

En entendant des pas derrière lui, il se retourna, l'air aimable, mais il se rembrunit quand il la découvrit.

Elle venait rarement hors des heures d'ouverture. Si elle le faisait, c'était à la demande de sa mère — pour prendre une botte de foin pour le cheval d'Anne, ou déposer le repas de Gary —, mais même ces visites étaient rares.

— Bonjour, dit-il, avec un sourire un peu crispé.

Se tenant à bonne distance, elle entra dans le vif du sujet.

— J'ai une question à te poser.

Il regarda la monnaie dans sa main, et la remit dans la caisse enregistreuse.

Le ton de Sophia indiquait qu'il s'agissait d'une question difficile, et elle vit qu'il s'y préparait mentalement.

— Pas de problème. Je peux m'occuper de ça plus tard.

Il ferma le tiroir.

— Que puis-je faire pour toi ?

— Je voudrais voir ton portefeuille.

Il cilla.

— Pardon ?

— Ton portefeuille. Donne-le-moi.

— C'est un hold-up ? essaya-t-il de plaisanter.

Mais Sophia ne fit pas l'effort de sourire.

Elle commençait à avoir l'estomac noué. Elle avait tellement peur de découvrir une photo d'elle nue qu'elle parvenait à peine à maîtriser le tremblement de sa voix.

— Je suis sérieuse.

Gary afficha une mine surprise, qui pouvait passer pour sincère.

Mais il était tellement doué pour le mensonge qu'elle ne pouvait se fier à ses protestations d'innocence. N'avait-il pas dit à Anne, devant elle, qu'il n'était jamais entré dans sa chambre, et qu'il n'avait jamais essayé de la toucher ?

— Quelque chose ne va pas ? demanda-t-il.

— En effet. Et je pense que tu sais de quoi il s'agit.

Il hésita, parut réfléchir, et finit par secouer la tête.

— Non, je suis désolé.

— Gus a dit à Leonard que tu avais une photo de moi dans ton portefeuille.

Il parut tout à coup soulagé.

— C'est vrai. Elle est un peu cornée et fanée par les années, mais nous sommes tous les trois dessus.

Il sortit son portefeuille et lui montra la photo.

— C'est le dernier Noël que tu as passé à la maison, tu te souviens ?

— Ce n'est pas de celle-ci dont je parle.

Gary laissa retomber sa main.

— Je n'en ai pas d'autres, Sophia. Et je ne vois pas comment Gus pourrait savoir ce que j'ai dans mon portefeuille. Je n'ai pas l'habitude de le laisser traîner.

— Tu permets que je vérifie ?

A sa grande surprise, son beau-père lui tendit le portefeuille.

Elle vérifia tous les compartiments, mais ne trouva rien.

Gary avait un peu de monnaie, plusieurs cartes de crédit, quelques reçus — ce que la plupart des hommes transportaient dans leur portefeuille. Mais il n'y avait pas d'autre photo que celle qu'il lui avait montrée.

Sophia n'en éprouva pour autant aucun soulagement. Pourquoi Leonard avait-il prétendu ça ? La photo en question avait-elle été retirée ? Ou bien avait-il inventé de toutes pièces cette histoire pour essayer de la brouiller avec sa famille ?

— Que se passe-t-il ? demanda Gary, en rempochant son portefeuille.

— Comme je te l'ai dit, Gus raconte partout que tu as une photo de moi dans ton portefeuille.

— Oui, et alors ?

Elle ne le regarda pas. Elle ne voulait pas voir son expression quand elle lui dirait ce qui la préoccupait tellement.

— Une photo où je suis nue.

— Quoi ? Mais, c'est ridicule ! Quand Gus t'a-t-il dit ça ?

— Ce n'est pas à moi qu'il l'a dit. Il l'a confié à Leonard, hier soir, au Firelight.

— C'est impossible ! Gus est à Flagstaff pour suivre un stage d'agent immobilier. Il envisage de changer d'orientation. Ça fait trois jours que je suis en sous-effectif à cause de ça.

— Quoi ?

— Gus n'est pas en ville. Il ne pouvait pas être au Firelight hier soir.

— Mais alors, d'où Leonard tient-il cette information ?

— Je n'en sais rien. De toute façon, je n'ai jamais eu ce genre de photo.

Jurant entre ses dents, Sophia faisait demi-tour, quand il la héla.

— Sophia ?

Elle s'arrêta, la main sur la moustiquaire.

— Je regrette que tu aies mal interprété mes intentions, à l'époque.

— Ah oui, vraiment ? dit-elle en pivotant sur ses talons. Et quelles étaient tes intentions, Gary ?

— Je ne te voulais aucun mal. J'essayais juste de t'apporter de l'amour et du réconfort, comme un père l'aurait fait. Tu étais une petite fille malheureuse, qui avait besoin qu'on s'occupe d'elle…

Il soupira.

— Tes accusations m'ont fait beaucoup de mal. Mais je ne t'en veux pas. Tu étais tellement perturbée…

Sophia sentit la rage monter en elle.

S'il avait admis ce qu'il avait fait, s'il avait accepté d'assumer ses responsabilités, même en privé, elle aurait pu lui pardonner.

Mais il essayait de réécrire l'histoire, de se donner le beau rôle…

Et il la traitait de menteuse, niant toute la souffrance, la peur et le sentiment d'insécurité qu'il avait causés.

— Tu n'as rien fait, parce que je ne t'ai pas laissé faire ! répliqua-t-elle. Mais, ne crois pas que j'oublierai un jour que tu as essayé.

Elle claqua l'écran de la moustiquaire en sortant.

— Sophia, attends !

Il rouvrit la porte battante, et se tint sur le seuil.

— Cette rancœur que tu entretiens… ça rend ta mère malade.

Elle lui fit face de nouveau.

— Parce que c'est ma faute, ce qui est arrivé ?

— Je ne dis pas ça…

Il adopta un ton conciliant.

— Tournons la page, d'accord. J'en ai assez que tu me fasses passer pour une ordure. Ce n'était quand même pas bien grave.

Comment osait-il minimiser ce qu'il avait fait, ou se faire passer pour la victime ?

— J'étais prête à croire que tu avais une photo de moi nue. Tu vois à quel point ça m'a semblé grave ?

Aspirant à la solitude pour évacuer les émotions qui la ravageaient, et les souvenirs que cette confrontation avait réveillés, Sophia remonta sur sa moto et sortit du parking.

Il n'y avait rien de tel qu'une bonne pointe de vitesse sur une route déserte pour se vider la tête.

Mais elle venait de bifurquer vers Center Street, avant

de filer vers la campagne, quand un camion de reportage la prit en chasse.

Tandis qu'il roulait vers le centre-ville, Rod essayait de chasser Sophia de son esprit.

Il était officiellement sur l'enquête avec la vague étiquette de « consultant ». Et l'agent spécial Van Dormer avait plus ou moins pris les commandes, ce qui faisait qu'il n'avait plus besoin de l'approbation ou de la coopération de Sophia.

Et pourtant, il continuait de penser à elle.

Lorsqu'il la vit sur le parking de Denny's, encerclée par les reporters, il faillit s'arrêter.

Avec la chaleur et la poussière, ce rassemblement de camionnettes lui faisait penser à une réunion pour le marquage du bétail. Sophia était le veau au milieu de l'arène, pattes liées, attendant de recevoir le fer rouge.

Elle s'attendait évidemment à subir une forte pression, et ils avaient évoqué, lors de la réunion, ce qu'ils devaient dire et ne pas dire si l'un d'entre eux se faisait coincer par un journaliste, mais elle n'avait pas l'air très à l'aise. Elle ne cessait de reculer pour leur échapper, essayant de retourner à sa moto.

Tenté de lui porter secours, Rod resta si longtemps arrêté au feu que le conducteur de la voiture derrière lui le klaxonna.

Il tâcha, avant de redémarrer, de se persuader qu'elle allait très bien s'en sortir.

De toute façon, vu la tournure que prenait leur relation, il avait tout intérêt à ne pas s'en mêler.

Comme Van Dormer leur avait demandé d'enregistrer les interrogatoires, il fit un arrêt au supermarché pour voir s'ils avaient des dictaphones, et faillit heurter Edna qui en sortait.

— Excusez-moi.

Il lui tint la porte, comme il l'aurait fait pour n'importe quelle femme, mais tourna la tête pour ne pas avoir à regarder l'épouse de son père.

A son grand regret, elle ne se contenta pas de son geste de politesse.

— C'est tout ce que tu as à me dire ?

Il serra les dents. Apparemment, les Dunlap n'étaient pas aussi disposés à l'ignorer qu'il l'aurait voulu.

— Que voulez-vous que je dise d'autre ?

— Bruce m'a dit que tu allais séjourner chez nous pendant quelques semaines. Tu pourrais au moins me saluer.

A quoi jouait Bruce ? Il n'avait pas la moindre intention de s'installer au ranch, et s'était montré clair à ce sujet.

— Votre mari se trompe. Je ne viendrai pas chez vous. Jamais.

Curieusement, Edna ne manifesta pas le soulagement auquel il s'attendait de sa part.

— Combien de temps resteras-tu en ville ?

— Qu'est-ce que ça peut vous faire ?

— Pourquoi es-tu aussi dur ? Tu dois bien comprendre que ce n'est pas facile pour mes enfants et pour moi de savoir que le… fils illégitime de mon mari se trouve en ville, et que ça alimente la rumeur et les ragots. Depuis que tu es arrivé, il n'y a pas un jour où on ne me parle pas de toi.

— Pardonnez-moi de ne pas être sensible à votre malaise, mais je ne m'en irai que lorsque je l'aurai décidé.

Et, sur ces mots, il entra dans le magasin, laissant la porte se refermer sur lui.

Mais, au lieu de s'en aller, Edna lui emboîta le pas.

— Il a déjà deux fils ! cria-t-elle. Il n'a pas besoin de toi.

Rod se tourna et la regarda si durement qu'elle recula d'un pas.

— Vous avez raison. Et je n'ai pas besoin de lui. Ni de vous.

Retrouvant très vite son aplomb, elle lui enfonça l'index dans le torse.

— Je voudrais tellement que tu ne sois pas né !

Elle avait baissé la voix, sans doute pour éviter d'être entendue par des oreilles indiscrètes, mais Rod ne pouvait rester insensible à ces mots venimeux.

— Vous l'avez fait savoir dès le début.

— Il était *marié*.

— Et alors ? Je n'y suis pour rien, si vous n'avez pas su le satisfaire !

Elle faillit s'étouffer. Sans doute ne s'attendait-elle pas à ce qu'il ait autant de répondant.

Enfant, il faisait profil bas quand il la croisait. Il ne voulait surtout pas provoquer sa colère et courir le risque qu'elle exige le renvoi de sa mère. Mais il avait cessé d'avoir peur d'Edna. Caroline n'était plus là, et la femme de Bruce ne pouvait plus s'en prendre à elle.

— Tu crois être devenu quelqu'un ? Mais tu resteras toujours pour moi un minable petit Mexicain ! s'exclama-t-elle, comme on crache son venin.

— Ce ne sont pas mes origines mexicaines qui me font honte !

L'abandonnant sur place, il partit à la recherche du dictaphone qu'il était venu acheter.

Il aurait aimé se sentir soulagé, après avoir enfin exprimé ce qui lui pesait sur le cœur, mais ce n'était pas le cas.

Jamais il ne trouverait la paix, avec les Dunlap.

Il pouvait masquer sa blessure à la curiosité d'autrui, mais elle le ferait toujours souffrir comme un vieux rhumatisme par temps de pluie.

Roderick passa le reste de l'après-midi et de la soirée à rendre visite aux éleveurs et aux différents propriétaires occupant la zone qui lui avait été assignée.

Sa dernière audition se termina à 22 heures, mais il

avait bouclé son programme et n'aspirait plus qu'à rentrer au motel pour vérifier ses e-mails et dormir.

Il n'y avait plus un emplacement de libre. Après avoir fait deux fois le tour du parking, il gara finalement le Hummer sur un terre-plein tout au bout du terrain, non loin d'une camionnette de la chaîne ABC News.

Puis il se dirigea vers sa chambre, en longeant une rangée de distributeurs de soda et de machines à glaçons.

Comme il réfléchissait encore à ses auditions, il ne remarqua rien d'anormal avant d'arriver tout près.

Il vit alors que sa porte — celle que le gérant avait réparée après que Sophia eut fracassé la serrure — était ouverte.

Il était absolument certain, pourtant, de l'avoir verrouillée avant de partir.

16

Ce fut Leland Jennings, le gérant du motel, qui appela Sophia, peu après qu'elle eut regagné son bureau.

Lorsqu'elle arriva, Leland se tenait sur le seuil, tandis que Rod, assis sur le lit, observait d'un air renfrogné le chaos qui régnait autour de lui.

Tous ses vêtements avaient été sortis du sac et tailladés. Son ordinateur portable gisait au sol, brisé. Les murs étaient couverts d'inscriptions racistes, et une odeur d'essence flottait dans la pièce. Si le vandale avait prévu d'y mettre le feu, quelque chose l'en avait empêché.

— Rude soirée ? demanda-t-elle, tandis que Leland s'écartait pour la laisser passer.

Rod releva la tête.

— Quelqu'un s'est amusé, mais ce n'est pas moi.

— Il attire les ennuis, se plaignit Leland, en secouant la tête. Je viens de changer la serrure, et elle est de nouveau cassée. Vous savez bien que j'avais fait l'échange avec celle de la porte de la laverie, en attendant que vous en rachetiez une.

— Et j'ai toujours l'intention de payer la réparation de la porte que j'ai fracturée par erreur, répondit Sophia. Pour ce qui est de celle-ci, eh bien, je suppose que vous êtes assuré contre les cambriolages ?

Sortant son carnet de sa poche de poitrine, elle s'adressa à Rod.

— Des témoins ?

— Non. J'ai réveillé l'équipe de tournage d'ABC, qui occupe les deux chambres voisines, mais ils disent n'avoir rien remarqué.

— Ils ont quand même bien dû entendre du bruit ?

— Dans une des chambres, les gars écoutaient la télé si fort qu'ils ne m'ont pas tout de suite entendu frapper. Dans l'autre, j'ai réveillé une femme qui avait pris un somnifère et portait des bouchons d'oreille. Il faudra attendre demain pour aller voir les autres occupants.

— Bon, c'est bien gentil tout ça, dit Leland, mais je n'ai pas d'autre chambre disponible. J'ai bien peur que M. Guerrero ne doive déménager jusqu'à ce que j'aie pu réparer la porte. Et ça risque de prendre un certain temps. Si encore j'avais eu une serrure de rechange… Mais il va falloir que j'aille à la quincaillerie…

Un pli soucieux s'était formé entre les sourcils de Roderick.

— Et où voulez-vous que j'aille ?

Interrompu dans son monologue, Leland fit la grimace, tout en se balançant d'avant en arrière.

— Il y aurait bien le Sundower, de l'autre côté de la ville…

— Et ils ont quoi ? demanda Rod, d'un ton impatient. Huit chambres ?

Leland semblait dans ses petits souliers, et Sophia le comprenait aisément. Rod pouvait être très intimidant quand il était en colère, et elle en savait quelque chose.

— Euh… Oui, c'est ça.

— Et vous ne pensez pas qu'avec l'afflux de journalistes, ils risquent d'être aussi au complet ?

Leland recula prudemment vers la porte.

— Eh bien… vous pourriez essayer à Douglas, ou à Sierra Vista, suggéra-t-il.

— Il n'est pas question que je quitte la ville.

Sophia décida que c'était le bon moment pour intervenir.

— Il manque quelque chose dans tes affaires ? demanda-t-elle à Rod.

— Non.

— Tu as vérifié ?

— Evidemment !

— Donc, c'était uniquement pour te transmettre un message. As-tu une idée de qui il peut s'agir ?

La barbe de Rod crissa tandis qu'il passait la main sur son visage, d'un air las.

— De la personne à qui tu penses.

— Stuart ?

— Qui d'autre ?

Il y avait de fortes chances, en effet, qu'il s'agisse de son demi-frère. De l'un des deux, en tout cas. Sophia ne voyait personne à Bordertown qui puisse en vouloir suffisamment à Rod pour agir ainsi.

— Je vais demander à un de mes agents de venir relever les empreintes.

— Tu ne veux pas t'en occuper toi-même ? demanda Rod, étonné.

— Et te laisser affronter seul Stuart ? Pas question. J'ai déjà assez vu le médecin légiste pour cet été.

Elle ne précisa pas lequel des deux hommes, d'après elle, sortirait vivant de l'altercation.

Mais pour Rod, cela ne faisait aucun doute. Stuart n'était pas de taille face à lui.

— Ça a vraiment été une journée de merde, déclara Rod.

Il avait insisté pour conduire son Hummer, et il avait le pied un peu lourd sur l'accélérateur, mais Sophia ne fit pas de commentaire.

Il était tard, il n'y avait aucune circulation sur la route, et elle comprenait son impatience à mettre la main sur Stuart.

Ils étaient d'abord passés chez lui, mais il n'y avait personne. Ils avaient donc sonné chez son frère, et Patrick leur avait immédiatement ouvert.

Après s'être remis de sa surprise de voir Rod à sa porte, il avait affirmé qu'il n'était pas au courant, pour la chambre d'hôtel, et qu'il n'avait pas vu Stuart depuis qu'ils s'étaient séparés à la fin de leur journée de travail, pour rentrer dîner chacun de son côté.

Sophia l'avait cru, et Rod semblait l'avoir cru aussi, car il était retourné à sa voiture, sans attendre que Patrick fasse venir sa femme, pour qu'elle puisse témoigner qu'il n'avait pas bougé de la soirée.

Ils avaient quitté le ranch sans s'arrêter à la maison principale. Toutes les fenêtres étaient noires, suggérant que les Dunlap senior étaient déjà couchés.

A présent, ils se dirigeaient vers le Firelight, le bar préféré de Stuart.

— Je ne peux pas dire non plus que la journée ait été paradisiaque pour moi, fit remarquer Sophia.

Après avoir quitté le magasin de son beau-père, et affronté une horde de journalistes, qui avaient tout essayé pour lui arracher une information inédite, elle était rentrée chez elle et avait essayé de se reposer.

Au lieu de quoi, elle s'était torturé l'esprit à essayer de savoir si elle devait interroger sa mère, à propos de l'histoire que lui avait racontée Leonard.

Si Anne était vraiment allée voir la police, cela voulait dire que sa mère l'avait crue, mais qu'elle n'avait rien fait pour la protéger. Dans le cas contraire, elle aurait sorti leur plus terrifiant squelette du placard pour rien.

Elles avaient eu tant de mal, toutes les deux, à apaiser leurs relations après ce que Gary avait fait…

Si imparfaite que fût Anne, elle constituait plus ou moins la seule famille qui lui restait — son frère lui rendait visite de temps en temps, mais son travail le retenait sur la côte Est.

En tout cas, Gary ne possédait pas de photo d'elle nue.

Il était donc raisonnable de penser que Leonard avait aussi menti à propos de la visite d'Anne.

Cela n'expliquait toujours pas comment il avait pu deviner que Gary avait eu un comportement harcelant avec elle.

— Sophia ? Tu es toujours avec moi ?

Revenant au présent, elle détacha les yeux du faisceau lumineux qui perçait l'asphalte devant eux.

— Quoi ?

— Je te demandais ce qui s'était si mal passé.

Par quoi pourrait-elle commencer ?

Par l'appel du conseiller Fedorko l'informant que son temps était compté ?

Par la gêne d'avoir montré ses seins à Rod et de l'avoir vu se rétracter ?

Par l'hostilité de l'inspectrice Lindstrom durant la réunion avec le FBI ?

Ou par la confrontation qu'elle avait eue avec son beau-père, durant laquelle il avait nié toute responsabilité ?

Pour finir, elle haussa les épaules et resta dans le vague.

— Plein de trucs.

— Mais encore ?

Apparemment, il n'allait pas la lâcher, et elle décida de lui livrer une fraction de la vérité.

— Après t'avoir déposé à ton motel, hier soir, j'ai surpris Leonard Taylor en excès de vitesse.

— Et tu l'as intercepté ?

— Evidemment.

Rod la surprit en jurant.

— Quoi ?

— Tu n'aurais pas pu fermer les yeux, pour une fois ? Merde, Sophia, tu essaies de te faire tuer, ou quoi ? Il est peut-être l'auteur de douze meurtres !

— Qu'est-ce que tu racontes ? Je suis le chef de la police. En tout cas, pour le moment, ajouta-t-elle un ton plus bas. Ça fait partie de mon travail de faire respecter le Code de la route.

— Ta sécurité passe avant ce fichu Code de la route !

Elle se redressa sur son siège.

— Ralentis !

Il ne changea rien à sa conduite, mais sembla comprendre qu'il allait trop loin en lui reprochant de faire son travail.

— Qu'est-ce que Leonard t'a dit ?

Sophia n'avait pas envie de poursuivre cette conversation. Elle n'avait pas du tout apprécié ce soudain éclat de colère.

— Tu vas me le dire, ou pas ? insista Rod.

— Il n'a pas dit grand-chose.

Quittant un instant la route des yeux, il la dévisagea.

— Si tu en as parlé, c'est que tu avais une raison.

Elle prit une profonde inspiration.

— Je voulais te dire qu'il s'est montré ouvertement agressif, et qu'il m'a menacée. Voilà ! Tu es content ?

— La prochaine fois que tu le croiseras en ville, fiche-lui la paix.

— Même s'il enfreint la loi ?

— Sauf si la vie de quelqu'un est en danger, attends d'avoir des renforts.

Elle croisa les bras.

— Tu es comme les autres, au fond. Tu penses que je suis incapable de faire ce travail.

Il fit une grimace, hésita, et finit par soupirer.

— Je ne le pensais pas comme ça. Simplement… Ce n'est pas la peine de mettre ta vie en danger pour une contravention, c'est tout.

Elle n'eut pas l'occasion de répondre. Ils étaient arrivés devant le Firelight, et Rod était déjà en train de descendre de voiture.

Rod cherchait la bagarre.

Il n'essayait même pas de se convaincre du contraire. Quelque part, il devait espérer, depuis son retour à Bordertown, que Patrick ou Stuart le provoqueraient et lui offriraient l'occasion de réagir agressivement.

Les dégâts causés à ses affaires dans la chambre de motel lui donnaient une bonne excuse, mais Stuart semblait introuvable.

Sophia et lui avaient interrogé les clients du Firelight, et la réponse était restée la même : on ne l'avait pas vu, ce soir.

— Où est-ce que ce petit crétin a pu aller ? marmonna Rod.

Sophia se tenait à côté de lui, près du comptoir, surveillant la salle.

— Je ne sais pas. Il est presque minuit, et il est censé travailler tôt, demain. Tout est fermé, en ville. S'il n'est pas chez lui, il devrait être ici. A moins…

Rod se pencha vers elle à cause de la musique très forte qui provenait d'un vieux juke-box.

— A moins que quoi ?

— A moins qu'il ne soit avec une prostituée. Je soupçonne Trudy Dilspeth, la coiffeuse à domicile, de ne pas uniquement couper les cheveux des hommes qu'elle reçoit chez elle.

— Si c'est le cas, nous perdons notre temps.

— Nous pourrions aller jusque chez Trudy pour vérifier si le pick-up de Stuart se trouve dans les parages.

— Et ensuite ? On attend qu'il sorte ? On le tire hors du lit ?

Rod secoua la tête.

— Plutôt que de perdre mon temps ici, il vaudrait mieux que j'aille faire un tour du côté du refuge pour les sans-papiers. A cette heure-ci, il devrait y avoir un peu d'activité.

— Tu veux faire ça maintenant ?

Il parvint à hausser les épaules, malgré la colère qui lui nouait les muscles.

— Et pourquoi pas ? Un meurtre est quand même plus important que quelques vêtements déchirés.

— Il a aussi détruit ton ordinateur portable.

— Merci de me le rappeler.

Le sourire de Sophia lui apprit qu'elle prenait un malin plaisir à l'agacer.

— Quoi qu'il en soit, le portable et les vêtements peuvent se remplacer. Je suis prêt à me rendre au refuge.

— Eh bien, allons-y.

Il était sur le point de lui dire qu'il avait prévu de la déposer à sa voiture, qu'il n'était pas utile qu'elle l'accompagne et se mette encore une fois en danger, quand un homme aux cheveux blond cendré s'approcha, les yeux rivés sur Sophia.

— Hé, ça fait longtemps !

Même dans l'ambiance tamisée du bar, Rod pouvait voir que sa peau était d'une blancheur presque maladive, ce qui signifiait qu'il ne s'agissait pas d'un agriculteur.

— Dick ! s'exclama Sophia, avec un peu de nervosité dans la voix.

Rod comprit que c'était le pasteur avec qui elle avait eu une liaison, celui qui avait engrossé une mineure. Il devait être aux toilettes quand ils étaient entrés, car ils ne l'avaient pas vu.

Tout sourires, le pasteur la prit par le coude, et donna une intonation charmeuse à sa voix.

— Comment vas-tu ?

Il était évident que Sophia n'avait pas envie qu'il la touche. Elle essaya de rompre le contact et se cogna contre Rod.

— Bien. Et toi ?

— Bof, je fais aller… J'ai essayé de t'appeler deux ou trois fois, mais je ne sais pas si tu as eu mes messages. Tu ne m'as jamais refait signe.

— J'étais occupée, répliqua-t-elle avec désinvolture. Tu voulais me dire quelque chose en particulier ?

Il se rapprocha.

— Non. Mais ça fait longtemps que je ne t'ai pas vue au temple.

— C'est pour ça que tu appelais ? Pour savoir pourquoi je ne venais plus aux offices ?

— Je voulais m'assurer qu'il n'y avait pas entre nous…

Il jeta un coup d'œil à Rod, et baissa un peu plus la voix.

— … de ressentiment qui t'empêcherait de faire tes dévotions avec moi le dimanche.

— Je n'ai pas envie de faire mes dévotions avec toi, Dick.

Une expression peinée assombrit le regard du pasteur.

— Pourquoi ? Je t'ai présenté mes excuses, Sophia. Je ne vois pas ce que je peux faire de plus.

— Vous pourriez commencer par cesser de l'appeler et la laisser tranquille, intervint Rod.

— Pardon ? demanda Dick.

— Vous avez très bien entendu.

Dick redressa le menton.

— Je ne crois pas que nous nous soyons déjà rencontrés.

— Rod Guerrero.

— Ah, oui… J'ai entendu parler de vous. Bruce Dunlap est votre…

— Mon géniteur, oui. Mais, vous savez ce qu'on dit. On ne choisit pas sa famille.

Ne sachant quoi ajouter, Dick se tourna vers Sophia.

— Et… tu sors avec lui ?

— Non. Je suis même en train de songer à lui retirer mon amitié.

— Ne l'écoutez pas, dit Rod, en passa un bras autour des épaules de Sophia. Elle est follement amoureuse de moi.

— Si seulement j'avais emporté mon Taser, marmonna-t-elle.

Il l'attira contre lui, en un geste complice.

— Les menottes suffiront pour ce soir, mon cœur.

Dick parut de plus en plus désorienté.

— Mais… n'êtes-vous pas arrivé récemment en ville ?

— Il y a deux jours, oui.

— C'est bien ce que je pensais.

— Et il s'en ira dès que nous aurons résolu l'affaire des meurtres des clandestins, précisa Sophia. Ce qui me fait penser… Tu n'aurais pas vu Stuart Dunlap, par hasard ?

— Si, je l'ai vu un peu plus tôt dans la soirée, qui sortait du Mother Lode Motel. Pourquoi ?

Rod laissa retomber le bras qu'il avait passé autour de Sophia.

— Quelle heure était-il ?

— Je dirais vers… 20 h 30.

Peu avant que Rod ne rentre de ses auditions.

— Je le sais, se crut obligé d'expliquer Dick, parce que j'étais en route pour venir ici, et je me disais que je n'avais qu'une heure et demie pour m'amuser avant de rentrer à la maison.

Rod sortit son téléphone portable de sa poche pour vérifier l'heure qui s'affichait sur l'écran.

— Je suis navré de vous informer que vous avez largement dépassé le couvre-feu.

— Je suis rentré, mais la vie conjugale n'est pas toujours… facile, vous comprenez. Surtout que ma femme n'est vraiment pas marrante à vivre. Alors, je suis venu noyer mon chagrin ici…

Il soupira, cherchant le regard de Sophia, comme s'il s'attendait à ce qu'elle lui fasse part de sa sympathie. Mais elle resta de marbre.

— Stuart était seul ? demanda Rod.

— Oui, et il roulait comme s'il avait le feu aux fesses.

Il a failli percuter ma voiture. Et quand j'ai klaxonné, il m'a ignoré. Il n'avait pas l'air de réaliser qu'il aurait pu nous tuer tous les deux...

Parce que c'était le dernier de ses soucis, de toute évidence. Ce qu'il voulait, c'était filer avant le retour de Rod.

17

Ils avaient des empreintes.

L'officier Noyes avait appelé pour prévenir Sophia qu'il en avait relevé plusieurs sur la poignée de la porte, et sur l'ordinateur de Rod.

Il restait à faire analyser ces empreintes pour savoir à qui elles appartenaient, mais Sophia n'était pas très optimiste quant à la possibilité qu'elles incriminent Stuart.

Elle ne l'imaginait pas se livrer à ce saccage sans porter des gants. Sans être supérieurement intelligent, il n'était pas non plus le dernier des idiots. Selon toute vraisemblance, les empreintes étaient celles de Rod, de Leland, ou de la femme de ménage.

Mais il fallait rassembler tous les éléments de preuves possibles, au cas où. Et le témoignage de Dick corroborait leurs soupçons.

Demain matin, elle demanderait à Grant de rechercher d'autres témoins, même si elle ne pouvait pas mobiliser longtemps son équipe sur une simple affaire de vandalisme.

D'autant qu'elle avait d'autres soucis en tête.

Comme, par exemple, le fait que Rod était entré dans la maison depuis un quart d'heure et n'en était toujours pas ressorti.

Après qu'il l'eut déposée à sa voiture, elle avait attendu un peu avant de le suivre, pour ne pas se faire repérer, et elle était arrivée pile au moment où il entrait.

Elle s'attendait à ce qu'il ressorte presque tout de suite, mais les choses ne s'étaient pas passées ainsi.

Et chaque minute qui passait aggravait sa nervosité.

Elle avait tellement baissé le volume de sa radio de bord qu'elle l'entendait à peine.

Elle se trouvait dans un quartier défavorisé, peuplé de vieilles maisons menaçant ruine, de trottoirs défoncés et de jardins remplis de mauvaises herbes. La plupart des gens qui habitaient ici avaient leurs petits secrets à protéger, et il valait mieux qu'ils ne remarquent pas la présence d'une voiture de police dans leur rue.

Rod n'avait pas voulu de renforts. Il avait dit ne pas en avoir l'habitude, car les agents infiltrés comme lui ne travaillaient pas de cette façon. Cela ne signifiait pas pour autant qu'il était à l'épreuve des balles.

Et, d'après elle, il aurait déjà dû ressortir depuis un moment.

Combien de temps devait-elle encore attendre comme ça ?

— Bon sang ! marmonna-t-elle cinq minutes plus tard.

Il fallait vraiment qu'elle aille voir ce qui se passait. Quelque chose avait peut-être mal tourné.

Et s'il s'était fait tirer dessus ? Ou assaillir par un groupe d'hommes ?

Si elle n'allait pas lui porter secours, il ne s'en sortirait peut-être pas…

Espérant que Grant était toujours éveillé, après avoir collecté les empreintes, elle lui téléphona.

— « … lô ? » marmonna-t-il.

Sa voix ensommeillée apprit à Sophia qu'il était déjà couché.

— Grant ?

— Que se passe-t-il, chef ?

— Désolée de te déranger encore. J'enquête sur un refuge pour les sans-papiers, et je voulais que quelqu'un sache où je me trouve.

— Un refuge ?

— Une planque, si tu préfères. Elle appartient peut-être en sous-main à la mafia mexicaine. C'est au 2944 Dugan Drive.

— D'accord.

— Tu as noté ?

— Ah, vous vouliez que je l'écrive ?

Grant était jeune et débutait dans le métier, et il avait besoin qu'on lui explique tout. Sophia s'efforça donc de contenir son irritation.

— Ce serait une bonne idée.

— C'est en rapport avec le vandalisme d'hier ?

Il semblait confus, mais plus alerte, comme s'il s'était assis.

— Non. Je travaille sur les meurtres de clandestins.

— Vous voulez que je vienne en renfort ?

— Inutile.

Grant n'était pas très expérimenté. S'il venait, elle s'inquiéterait aussi pour lui, et elle n'avait pas besoin de ça.

— En fait, j'assure moi-même le renfort d'un consultant. Je voulais que tu connaisses ma position en cas de problème.

— D'accord. Ecoutez, je vous propose un truc. Si je n'ai pas de nouvelles dans quinze minutes, je rapplique.

— Parfait.

Elle raccrocha, chercha à repérer un mouvement ou un signe d'activité dans les autres maisons, et descendit de voiture.

Elle ferma doucement la porte et la verrouilla. Il n'aurait plus manqué qu'elle se fasse voler son fusil !

Il n'y avait aucune lumière derrière les fenêtres du 2944. Mais il y avait trois voitures garées devant l'immeuble, en plus du Hummer de Rod.

Que fabriquaient-ils, là-dedans ?

Ils pouvaient très bien avoir un laboratoire de méthamphétamines dans la cuisine. L'odeur écœurante de produits chimiques qui saturait l'air, semblable à celle d'une pêche en voie de pourrissement, le suggérait, en tout cas. Elle savait combien ces composants étaient instables, et avec quel facilité un labo de méth pouvait exploser.

Cette seule éventualité rendait une approche dangereuse. Et, parfois, les types qui prenaient du crack ne sentaient pas la douleur, ce qui les rendait difficiles à neutraliser. Même par un Navy SEAL largement expérimenté.

Comme elle atteignait le jardin, elle fut tentée de sortir son Glock et de faire le tour de la bâtisse pour vérifier les différents accès.

Mais si les gens qui vivaient là étaient vraiment impliqués dans divers trafics, ils s'étaient probablement équipés d'un système de surveillance pour protéger leurs agissements. Du fait de l'obscurité, elle ne pouvait pas distinguer de caméras, mais elle était prête à parier qu'il y en avait.

Plutôt que de risquer de se faire repérer en train de fouiner en uniforme, son arme à la main, elle décida de se présenter à la porte d'entrée, comme s'il s'agissait d'une visite de routine.

Affichant une expression neutre, pour le cas où on la surveillerait de l'intérieur, elle sonna.

Personne ne répondit.

Après quelques instants, elle se mit à tambouriner à la porte.

La lumière du porche s'alluma.

Un Mexicain vêtu tout en noir apparut sur le seuil. Ses bras et son cou étaient couverts de tatouages. De gros diamants brillaient à ses deux oreilles, et son crâne rasé luisait de sueur.

— Qu'est-ce qu'il y a ? demanda-t-il, peu aimablement.

Au moins, il parlait anglais, et elle allait pouvoir s'expliquer avec lui.

— Je cherche le conducteur du Hummer blanc, qui est garé juste devant.

— Qu'est-ce que vous lui voulez ?

— Il est suspecté d'un crime.

— Je ne sais pas à qui est cette voiture. Ce n'est pas quelqu'un qui vit ici.

Elle recula, prétendant chercher le numéro de la maison.

— C'est bien le 2944 ?

— Oui ?

— C'est l'adresse qu'on m'a donnée. Quelqu'un m'a appelée pour me prévenir que le conducteur du Hummer était entré dans cette maison.

L'homme hésita.

— Mon frère a de la visite. Je vais voir si le Hummer ne serait pas à cette personne.

La porte se referma, et Sophia attendit sur le seuil, se demandant si elle avait fait une erreur, ou si elle venait de sauver la vie de Rod.

Au bout de quelques minutes, n'y tenant plus, elle frappa de nouveau.

Le même homme vint ouvrir, mais il était cette fois accompagné de Rod. Lorsque celui-ci s'avança, la lumière du porche révéla des traces de coups sur son visage.

— Qu'est-ce que vous me voulez ? demanda-t-il, dédaigneux et agressif, jouant les inconnus.

Sortant son arme, elle adopta une posture de défense.

— Vous allez devoir me suivre. Vous êtes en état d'arrestation.

— Qu'est-ce que j'ai fait ?

Il était tellement convaincant qu'il aurait pu être acteur. Sophia espérait tenir aussi bien son rôle.

— Vous avez été vu en train de fuir une scène de cambriolage. Avec une arme.

Elle n'était pas sûre que l'homme aux tatouages les laisserait partir. Mais, lorsqu'elle agita le canon de son arme pour indiquer que Rod devait la précéder, il ne fit rien pour s'interposer.

— Et ma voiture ? demanda discrètement Rod, en s'avançant vers le trottoir.

— J'enverrai le camion de la fourrière demain matin.

Tenant toujours Rod en joue, Sophia le suivit jusqu'à la voiture de patrouille, et le plaqua rudement contre le capot pour lui passer les menottes. Puis elle le fit monter à l'arrière.

Elle n'avait pas osé se retourner, mais elle était persuadée que l'homme n'avait pas quitté le seuil, la surveillant tandis qu'elle chargeait son prisonnier.

Mais, lorsqu'elle se mit au volant et jeta un coup d'œil vers la maison, elle vit que la porte était déjà refermée.

— Ça va ? demanda-t-elle, un peu essoufflée.

— Je survivrai. Mais je suis content de te revoir.

La nuque contre l'appuie-tête, Rod ferma les yeux, et écouta Sophia appeler Grant, l'agent qui avait relevé les empreintes au motel, pour lui dire que tout allait bien, et qu'il pouvait se recoucher.

Il avait mal à la mâchoire, une méchante coupure à l'intérieur de la joue, et on l'avait frappé si rudement à l'estomac qu'il ne pouvait pas inspirer sans éprouver une forte douleur.

Mais si Sophia n'était pas intervenue, il aurait sûrement compté davantage de blessures — l'une d'elles aurait d'ailleurs pu lui être fatale.

— Que s'est-il passé ? demanda Sophia, tandis qu'ils sortaient du quartier.

Il était tellement concentré sur sa douleur qu'il ne répondit pas.

— Rod ?

Ouvrant les yeux, il rencontra son regard inquiet dans le rétroviseur.

— Ces types n'étaient pas ravis de me voir débarquer.

— Quels types ?

— Les six qui m'ont tabassé.

— Que faisaient-ils à ton arrivée ?

— Ils distribuaient de la nourriture à des clandestins qui venaient d'arriver. Le responsable a décidé que j'avais besoin d'un encouragement pour parler.

— Que voulait-il savoir ?

Rod, avant de répondre, explora du bout de la langue la profondeur de sa blessure à la bouche.

— Comment j'étais au courant, pour la planque.

— Tu n'as pas dit que tu tenais l'info de José et Benita Sanchez ?

— J'ai mentionné leur nom, mais ils ne les connaissaient pas. Je n'aurais pas dû débarquer là-bas sans une sérieuse recommandation. J'ai voulu gagner du temps, et c'était une erreur.

— Une erreur ? Tu as failli te faire tuer.

— Ce n'est pas faux, admit-il.

— Et tu prétends être bon dans ton travail ?

Il haussa un sourcil narquois.

— Ça, tu vas me le payer. Mais quand j'aurai moins mal à la tête.

— Imagine que je t'aie écouté, et que je sois restée tranquillement dans la voiture.

— Comme je l'ai dit, j'étais content de te revoir. J'ai une dette envers toi. Si ça te démange de clamer : « Je te l'avais bien dit ! », vas-y, qu'on puisse passer à autre chose…

— Je n'ai pas envie de dire ça.

— Quoi, alors ? Que tu aurais dû y aller à ma place ?

— Non plus. Je ne sais pas… Je suis énervée, et j'ai envie de crier ou de taper sur quelque chose. J'ai eu tellement peur qu'il te soit arrivé quelque chose de grave !

— Je n'en menais pas large non plus. Mais tout va bien, maintenant. Tu peux te détendre.

Elle prit un virage un peu vite, et la voiture tangua, le faisant grimacer tandis qu'il était ballotté sans pouvoir prendre appui quelque part.

— Tu pourrais peut-être t'arrêter et me retirer les menottes ?

— Oh ! c'est vrai…

La voiture ralentit, et les pneus crissèrent sur les gravillons du bas-côté.

Quelques instants après, la portière s'ouvrit, et elle le poussa en avant. Avec sa douleur à l'estomac, ce n'était pas une position confortable, mais il n'avait pas envie de descendre de voiture.

Il réprima un grognement tandis qu'elle le libérait, puis il se cala contre le dossier et se massa les poignets.

— C'est passé près, dit-il.

— Beaucoup trop près.

Elle tourna son visage vers le plafonnier de l'habitacle, et eut un claquement de langue réprobateur.

— Tu devrais voir ta tête.

— J'ai l'air d'un dur-à-cuire ? essaya-t-il de plaisanter.

— On dirait plutôt que tu as été heurté par un bus.

— Tu as suffisamment pitié de moi pour me prendre avec toi ?

— Comment ça ?

— Je n'ai pas d'endroit où dormir, rappelle-toi. Je n'ai même pas de vêtements de rechange.

Il grimaça, afin de paraître encore plus pitoyable.

— Et j'ai vraiment besoin de m'étendre.

Elle se mordilla la lèvre inférieure.

— Nous n'avons pas vérifié l'autre motel. Ils ont peut-être une chambre.

— Tu m'abandonnerais comme ça ?

Il la vit se radoucir un peu.

— Tu as raison. Tu devrais peut-être voir un médecin.

— Je n'ai pas besoin de médecin. Il me faut seulement du repos.

— Mais, je n'ai qu'un seul lit.

— Je prendrai le canapé.

Elle repoussa ses cheveux pour examiner une coupure qu'il avait à la tête.

— J'espère seulement que tu n'as pas une commotion cérébrale.

— Pourquoi ? Je dis des choses incohérentes ?

— Non, mais…

Il renonça à jouer.

— Je vais bien, Sophia. J'ai uniquement besoin de sommeil, je t'assure.

Elle relâcha son souffle et se redressa.

— D'accord, je t'emmène à la maison. Mais c'est uniquement parce que je suis soulagée que tu t'en sois sorti.

— J'aurais dû te dire qu'ils sont magnifiques, murmura-t-il.

— Pardon ?

— Quand tu as soulevé ton débardeur…

Il ferma les paupières.

— Je ne pense plus qu'à ça.

18

Finalement, Sophia n'eut pas le cœur de faire dormir Rod sur le canapé. Il était trop mal en point pour qu'elle lui impose cette nouvelle épreuve.

Elle l'aida à nettoyer le sang sur son visage, à appliquer de l'antiseptique sur ses coupures, puis le guida jusqu'à la chambre, où il ôta tous ses vêtements sauf son boxer, et tomba sur le lit.

Sophia était de garde jusqu'à 4 heures, et elle devait retourner au poste. Puisqu'elle ne serait pas là, elle ne voyait pas la nécessité de faire dormir un blessé sur son inconfortable canapé de cuir. Surtout quelqu'un d'aussi grand que Rod.

Elle verrait où dormir plus tard.

Elle venait d'ouvrir la porte pour sortir de la maison, quand une ombre plana sur elle.

Surprise, elle saisit son arme, avant de s'apercevoir qu'il s'agissait de Starkey.

— Oh ! dit-il en levant les mains. Du calme, cow-boy.

Gênée, Sophia rengaina son arme.

Elle avait l'habitude d'entendre arriver la moto de Starkey, mais il l'avait démolie quelques semaines plus tôt, et il empruntait des véhicules à droite et à gauche. Une vieille Camaro était garée dans la rue, le moteur en marche. Elle eut l'impression qu'il y avait quelqu'un au volant, mais elle ne vit pas le conducteur.

— Désolée, je suis un peu à cran, ce soir.

— C'est à cause de ces meurtres ?

— Entre autres, oui.

Au lieu de l'inviter à entrer, elle sortit de la maison et ferma la porte derrière elle.

Elle préférait qu'il ne sache pas que Rod allait passer la nuit chez elle.

Elle ne savait pas pourquoi. Ou plutôt si, elle le savait. Starkey en serait jaloux, même si ça ne le regardait pas.

Il n'avait pas voulu changer son style de vie, mais répétait qu'il avait fait une bêtise de la laisser partir. Sophia avait le sentiment qu'en prenant de l'âge, il commençait à aspirer à une vie plus stable, et qu'il regrettait de ne pas avoir été davantage présent pour son fils.

— Quoi d'autre ? demanda-t-il, en l'accompagnant à sa voiture, garée dans l'allée.

— La chambre de motel de Roderick Guerrero a été vandalisée cette nuit. Tu n'aurais pas entendu parler de quelque chose ?

— Non. Pourquoi est-ce que je saurais quelque chose ?

Parce que Starkey et sa bande étaient toujours les premiers informés de ce qui se passait à Bordertown. Il gardait généralement la bouche cousue, ne voulant pas saper son image de dur en renseignant les flics, mais elle arrivait parfois à lui soutirer quelques informations utiles.

Elle était arrivée à sa voiture, mais elle s'arrêta pour aller au bout de cette conversation.

— J'espérais que quelqu'un se serait vanté.

— Quelqu'un comme Stuart ?

Elle leva les sourcils.

— Tu n'as pas eu à réfléchir longtemps.

— Demande à vingt personnes différentes, et tu auras la même réponse. Ce n'est pas un secret que Stuart déteste Rod. Ça a toujours été le cas, d'ailleurs.

— D'accord, mais tu sembles bien sûr de toi. Tu as entendu quelque chose, n'est-ce pas ?

— J'entends Stuart raconter des horreurs à travers la ville depuis que Rod est revenu. C'est tout.

— Tu es sûr ?

Il s'approcha, au point qu'elle put sentir l'odeur d'alcool et de cigarette dans son haleine.

— Est-ce que je t'ai déjà menti ?

— Quand ça servait tes intérêts, oui.

Il rit, et ce fut comme un aveu.

— Reviens avec moi, et je ne te mentirai plus jamais, dit-il d'une voix enjôleuse. Je changerai. Je prendrai un vrai travail et je deviendrai respectable.

Peut-être le ferait-il…

S'il ne se faisait pas tuer d'abord.

Il avait peut-être l'intention sincère de changer, mais la rupture n'était pas facile. Son goût pour l'alcool et la drogue le ramenait toujours en arrière.

Elle soupira.

— Qu'est-ce que je dois répondre à ça ?

— Tu pourrais dire oui.

— Ça ne marcherait pas, et tu le sais très bien. Je ne comprends pas que tu veuilles de nouveau vivre avec moi. Ça fait neuf ans que nous sommes séparés. Nous ne sommes plus les mêmes personnes.

— Tout ce que je sais, c'est que je ne peux pas t'oublier.

Elle recula quand il tendit la main pour la toucher.

— Starkey, je t'en prie. J'ai passé une mauvaise soirée.

Il soupira.

— Ouais, bon, d'accord…

— C'est pour ça que tu es venu ? Pour essayer encore une fois de me persuader ?

— Non. Je ne sais même pas pourquoi je suis passé. J'avais envie de te voir, j'imagine.

Il poussa un nouveau soupir.

— Parfois, je te vois, et je mesure à côté de quoi je suis passé…

— Tu peux très bien changer de vie sans moi. Tu le sais, n'est-ce pas ?

— Ouais, peut-être…

Il ne paraissait pas particulièrement convaincu.

— Au fait, j'ai une information sur un type qui vend des silencieux dans son garage.

— Son nom ?

— Jackson Riollo. Il vit à Sierra Vista.

— Il en a vendu un à quelqu'un de Bordertown, dans les six derniers mois ?

— Je ne sais pas encore. J'ai rendez-vous avec lui. Je me suis fait passer pour un client.

— Quand dois-tu le rencontrer ?

— Demain soir.

— Bien. Tu me diras comment ça s'est passé.

Elle monta en voiture, mais Starkey retint sa portière avant qu'elle puisse la fermer.

— J'ai une question.

Il se pencha tandis qu'elle insérait la clé dans le contact.

— Quoi ?

— C'est vrai ?

Elle chercha une indication sur son visage, mais ne comprit pas où il voulait en venir.

— Quoi donc ?

— Ce que j'ai entendu au Firelight ce soir.

La mention du bar la rendit nerveuse. On en parlait beaucoup, dernièrement.

— Qu'as-tu entendu ?

— Que tu avais une liaison avec ton beau-père.

— Quoi ? Mais qui a pu dire ça ? J'étais justement au Firelight, tout à l'heure, et je n'ai rien entendu de tel.

— C'était juste avant la fermeture. Alors, c'est vrai, ou pas ?

Comment pouvait-il le croire ? Il savait ce qu'elle avait vécu, et à quel point elle haïssait Gary.

— Starkey, il n'y a jamais rien eu entre mon beau-père et moi. Même quand j'étais ado, il n'est pas parvenu à ses fins.

— D'accord. C'est bien. Je voulais savoir. Leonard faisait passer une photo à tout le monde, et je me suis posé des questions.

— Quel genre de photo ? Tu l'as vue ?

Il hocha la tête.

— Tu étais nue.

— Quoi ?

Leonard avait prétendu que c'était Gary qui avait la photo. Etait-ce la même ? Si oui, comment s'était-elle retrouvée en sa possession ?

— Tu es sûr que c'était moi ?

— Certain. Il y avait ton tatouage, et tout.

Sophia sentit son estomac se nouer.

— Mais quand a-t-elle été prise, et dans quelles circonstances ?

Elle ne s'était fait tatouer qu'après son départ de la maison, car sa mère ne l'aurait jamais toléré. D'ailleurs, elle détestait son tatouage et ne manquait pas une occasion de le faire remarquer.

— Difficile à dire. Je pense que c'était dans une chambre.

— Ça n'a aucun sens. Comment Leonard se la serait-il procurée ?

— Il a dit que c'était quelqu'un qui travaille chez ton beau-père qui la lui a donnée. Il n'a pas voulu donner le nom du mec pour qu'il n'ait pas d'ennuis.

— Ça me rend malade !

Son esprit fonctionnait à plein régime, mais aucune explication plausible ne lui venait.

— Mais… tu es sûr que c'est moi ?

— Oui.

Il parut hésiter.

— Et il n'y a pas que ça.

— Quoi encore ?

— Liz Torres était au bar, ce soir.

— La conseillère municipale ? Qu'est-ce qu'elle faisait là-bas ? Elle ne boit pas.

— Elle était avec des amis de passage en ville.

— Impossible. Liz n'irait jamais dans un bar. Surtout si tard.

— Et pourtant, si. Elle était là.

— Ne me dis pas qu'elle a entendu.

— Elle a vu la photo. Tout le monde en parlait et la faisait circuler. Elle ne pouvait pas la manquer.

— Je n'ai jamais couché avec Gary ! Je ne me suis jamais déshabillée devant lui.

— J'espère pour toi que c'est vrai. Parce que j'ai le sentiment que la ville est sur le point de lyncher quelqu'un…

Et il n'avait pas à préciser l'identité de la victime.

Au lieu de patrouiller du côté des ranchs comme elle l'avait prévu, Sophia se dirigea vers l'endroit où vivait Leonard.

Elle devait voir à tout prix cette photo. L'idée que toute la ville l'ait vue nue, et croie dur comme fer à cette histoire choquante de liaison avec Gary la rendait littéralement malade.

Et si le conseil la renvoyait sans même une lettre de recommandation ?

Que deviendrait-elle ? Comment retrouverait-elle du travail ?

Et que dirait sa mère ? Sans doute Anne ne croirait-elle pas à une liaison, car elle savait que Sophia avait toujours profondément détesté Gary. Mais les ragots l'embarrasseraient. Ils pourraient briser son mariage. Ou alors Anne blâmerait Sophia et prendrait le parti de Gary, comme elle l'avait déjà fait une fois.

Une fois sur place, Sophia resta aux abords du terrain, observant le mobile home plongé dans l'obscurité.

Elle savait que Rod n'apprécierait pas qu'elle y soit venue seule. Il dirait que c'était trop dangereux. Mais elle avait pris d'autres risques qui s'étaient avérés payants, comme aller à Naco et au refuge pour les sans-papiers.

Et puis, elle n'avait pas vraiment le choix. Elle devait défendre son emploi, sa réputation, et sa fragile relation avec sa mère.

S'armant de courage, elle coupa le moteur et descendit de voiture.

Une brise légère fit courir un frisson sur sa peau tandis qu'elle s'approchait de la porte. Jusqu'à cet instant, elle n'avait pas senti qu'elle transpirait, mais cela n'avait rien d'étonnant. Il avait fait si chaud, ces derniers jours, avec des températures avoisinant les quarante-cinq degrés dans la journée et ne descendant pas au-dessous de trente la nuit…

Les cigales étaient muettes, ce soir. Le désert s'étendait dans toutes les directions, calme et silencieux… jusqu'à ce qu'elle s'approche et que le rottweiler de Leonard commence à aboyer.

Sophia sursauta quand il bondit contre la clôture, mais elle serra les dents et continua à avancer vers le perron.

Elle entendit à peine sa main heurter le bois de la porte. Mais elle ne s'inquiétait pas d'avoir été entendue. Le vacarme que faisait le chien était suffisant pour attirer Leonard de ce côté.

La main posée sur la crosse de son arme, elle recula et se déplaça sur le côté pour attendre.

Il ne se passa rien.

— Leonard ?

Elle tambourina de nouveau.

— C'est Sophia St. Claire. Je dois vous parler. Ouvrez !

Elle vérifia sa montre. Presque 3 heures. Le Firelight fermait à 2 heures. C'est pourquoi elle était venue directement ici, sans aller vérifier au bar.

— Leonard ? appela-t-elle encore une fois.

Puis elle essaya d'actionner la poignée.

La porte n'était pas verrouillée.

Leonard n'en revenait pas de sa chance.

Il l'avait cherchée dans toute la ville, et elle était là. Chez lui. Il pouvait voir sa voiture de patrouille garée à quelques mètres.

Un frisson d'excitation le parcourut, le premier qu'il éprouvait depuis un bout de temps. S'il la surprenait à l'intérieur, il pourrait lui tirer dessus. La légitime défense et le droit de défendre sa propriété s'appliquaient, dans cet Etat. Il dirait qu'elle l'avait tiré d'un sommeil profond, et qu'il avait pensé qu'il s'agissait d'un cambrioleur.

Mais il fallait qu'il se trouve à l'intérieur, et il devait se glisser discrètement dans le mobile home pendant qu'elle était en train de fouiller.

Garant le pick-up de son employeur à distance, pour que le bruit du moteur ne l'alerte pas, il récupéra son arme sous le siège et sortit. Puis, prévoyant de passer par la porte de derrière, il décrivit un grand cercle. Il n'avait pas à craindre d'alerter le chien. Caesar le connaissait et n'aboierait pas.

Elle allait avoir ce qu'elle méritait.

Ce n'était pas tout à fait ce qu'il avait prévu. Au début, il voulait la dépouiller de tout ce à quoi elle tenait, et la voir tomber de son piédestal. Mais il fallait savoir s'adapter aux opportunités qui se présentaient.

Et c'était une opportunité en or.

La lumière était allumée dans sa chambre. Il l'imagina fouillant dans ses affaires, cherchant la photo qu'il avait montrée au bar.

Peut-être même espérait-elle découvrir des preuves le liant aux meurtres des clandestins. Mais la seule chose qu'elle trouverait, c'était la coupure de journal collée à la porte de sa salle d'eau.

Est-ce qu'elle aurait peur en lisant ce qu'il avait écrit sur son visage ? Ou bien cette découverte la mettrait-elle en colère ?

La porte grinça en s'ouvrant.

Il marqua une pause pour guetter des bruits de pas, mais il n'entendit rien l'intérieur, d'autant que Caesar était en train d'aboyer.

Foutu clébard ! Il avait dû le garder, ainsi que le chat, car les animaux n'étaient pas autorisés dans l'immeuble où s'était installée sa femme. Il aurait bien tiré une balle dans la tête du chien, s'il n'avait pas continué à espérer que sa famille reviendrait. Caesar appartenait à Millie, sa fille aînée, et il n'osait pas s'en débarrasser. Ce serait déjà un drame si elle découvrait qu'il le laissait dehors. Il en avait marre des poils, de la bave, de l'odeur, et de l'obligation de le sortir régulièrement.

Son arme à la main, il passa par le petit sas qui faisait office de buanderie, et se glissa dans le couloir.

Sophia ne s'attendrait pas à le voir débarquer. Repérant la voiture de patrouille depuis la route, il avait fait le tour et s'était arrêté suffisamment loin pour qu'elle ne voie pas les phares.

S'accordant quelques instants pour calmer sa nervosité, il réfléchit à ce qu'il allait faire.

S'il tirait sur elle en entrant dans la chambre, il devrait prétendre qu'il s'était endormi dans la chambre d'amis. Sinon, la reconstitution de la scène ne collerait pas. C'était là qu'il stockait ses armes, et cela pouvait paraître cohérent. Il dirait qu'il voulait les nettoyer, et qu'il s'était écroulé comme une masse, épuisé par son travail de forçat chez Dwight.

Il suffirait d'appuyer sur la détente pour régler tous ses problèmes.

Une fois le poste vacant, le conseil le réintégrerait forcément. Il pourrait convaincre sa femme que Sophia avait menti. Que sa présence chez lui était la preuve qu'elle le harcelait depuis le début…

Et il retrouverait sa vie d'avant.

Il avait tellement hâte de quitter ce mobile home immonde, de dire à Dwight d'aller se faire voir, avec son foutu élevage de poulets…

Son pouls s'accéléra tandis qu'il risquait un coup d'œil dans la pièce.

Il ne voyait pas Sophia, mais la lumière était aussi allumée dans la salle d'eau.

« Allez, sors de là, montre-toi », chantonna-t-il dans sa tête.

Le sol craqua sous ses pieds tandis qu'il avançait dans la chambre. Mais il ne se souciait pas du bruit. Il avait vu l'ombre de Sophia dans la salle d'eau.

Elle était coincée.

Mais quand il fut suffisamment près de l'accès à la salle d'eau, il comprit son erreur.

L'ombre n'appartenait pas à Sophia, ni à quelqu'un d'autre. C'était le reflet, dans le miroir, de la serviette de bain bleu marine qu'il avait suspendue à la patère.

Exaspéré à l'idée qu'il ne connaissait même pas la configuration de son propre intérieur, il était sur le point de se retourner vers la chambre, quand Sophia apparut derrière lui, pressant un objet froid et dur sur sa nuque.

— Posez votre arme, ou je vous fais exploser la tête !

19

Leonard s'immobilisa, mais il n'abaissa pas son arme.

Il ne croyait pas que Sophia mettrait sa menace à exécution. Elle n'avait pas assez de cran pour ça.

C'était en partie pour cette raison qu'il avait été si contrarié par la décision du conseil de lui donner le poste qu'il convoitait.

Le maire, les conseillers municipaux… tout ce beau monde prétendait qu'elle avait les épaules pour assumer cette responsabilité, mais elle ne pouvait pas le concurrencer. Etre flic, c'était prendre des risques, mettre les mains dans le cambouis…

Il en avait marre du politiquement correct.

Mais les supporters de Sophia allaient le payer. Il allait leur mettre le nez dans leur erreur.

— Si tu tires, tu vas en prison, dit-il. C'est vraiment ce que tu veux ?

— Je n'irai pas en prison. J'ai appelé mon portable depuis votre téléphone fixe, il y a quinze minutes.

Elle n'avait pas besoin d'expliquer pourquoi. Il savait. Elle dirait qu'il l'avait appelée. A son arrivée, il l'avait attaquée. Et ce ne serait pas difficile à croire. Vu qu'il passait son temps à déblatérer sur elle, tout le monde croirait à la version de cette garce.

— Comment tu as deviné que j'étais là ?

Il s'était pourtant montré prudent.

— Tu m'as entendu dans le couloir ?

— J'ai tout entendu depuis le moment où vous avez ouvert la porte. Je vous guettais. Je savais bien que vous finiriez par rentrer.

Elle lui enfonça le canon de son Glock dans le crâne.

— Et maintenant, jetez votre arme.

Elle allait peut-être tirer, finalement.

Elle le haïssait au point d'avoir détruit son mariage, sa réputation et sa carrière.

En tout cas, la situation devenait trop risquée. Il n'avait qu'à revenir à son plan de départ. Il finirait bien par arriver à ses fins. Il lui suffisait d'être patient.

Il plia lentement les genoux pour poser son arme à terre, et elle l'envoya dans la salle d'eau d'un coup de pied, hors de sa portée.

— Où étiez-vous ce soir, Leonard ?

Si seulement elle savait ce qu'il avait fait durant les vingt-quatre dernières heures !

Dommage que les micros qu'il avait placés dans sa voiture, sa maison et son bureau ne fonctionnent que lorsqu'il était à proximité. Impatient de se rattraper depuis la dernière fois qu'il s'était branché, il avait essayé de la trouver après avoir quitté le bar. Mais il n'y était pas parvenu. Elle avait dévié de sa routine habituelle : maison, poste de police, tours de surveillance.

Et pour cause, vu qu'elle était en train de fouiner chez lui !

— C'est pas tes oignons ! fulmina-t-il.

— Ça va l'être si vous étiez dans le désert en train de tuer des clandestins.

Il ricana.

— Désolé, ma jolie. Ce n'est pas moi qui descends les *wetbacks*. Mais, si tu veux mon avis, je trouve que le mec qui fait ça mérite une médaille.

— Vous êtes vraiment tordu ! Mais, allez savoir pourquoi, ça ne me surprend pas.

— Tu es tellement sûre que c'est moi que tu passes à côté de l'évidence.

— C'est-à-dire ?

— Ah non, alors !

Il secoua la tête.

— Tu vas devoir trouver ça toute seule. Ne compte pas sur moi pour t'aider.

Elle abaissa son arme, de façon à ne plus le viser directement, mais elle ne la rengaina pas.

— Je n'ai pas besoin de votre aide, Leonard. Ce n'est pas pour ça que je suis venue.

Il s'assit sur le rebord du lit, jambes écartées.

— Non ?

— C'est la photo qui m'intéresse.

Il eut un sourire narquois.

— Bien sûr…

— Où est-elle ?

Impatient de voir sa réaction, il bascula sur une fesse pour sortir la photo de sa poche arrière. Puis il la tourna vers elle, mais en la tenant à distance pour qu'elle ne puisse pas s'en emparer.

Demain matin, toute la ville saurait qu'elle avait une liaison avec son beau-père. La photo avait atteint son but, mais il ne fallait pas y regarder de trop près.

Il avait passé un temps fou sur Photoshop pour qu'elle ait l'air authentique. Mais si elle pouvait tromper son monde dans la lumière tamisée d'un bar, ou même ici, dans la chambre, elle ne supporterait pas une inspection approfondie. Surtout par celle qui en était le sujet.

A sa grande satisfaction, il vit Sophia blêmir.

— Où avez-vous eu ça ?

— A ton avis ?

— Pas par Gary, en tout cas. Elle est trop récente pour qu'il puisse l'avoir prise.

N'ayant pas trouvé de photos de Sophia, en dehors de celles prises à Lake Powell, durant un week-end de détente organisé par l'ancien chef de la police, Leonard avait dû ajuster son histoire. Mais des ragots concernant une liaison en cours seraient encore plus préjudiciables à Sophia.

La conseillère Torres n'avait pas du tout aimé ce qu'elle avait vu. Et elle était pourtant un des plus fervents soutiens de Sophia.

— Je suppose que j'ai mal compris, dit-il. Je pensais que Gus parlait d'une vieille histoire. Mais quand il a apporté cette photo au bar, hier soir, j'ai réalisé qu'elle avait été prise récemment.

— Gus n'a pas pu l'apporter au bar. Il n'est pas en ville en ce moment. Il se trouve à Flagstaff.

Leonard l'ignorait quand il avait décidé de se servir du nom de Gus. Il le croisait de temps en temps au Firelight, mais il n'avait pas vraiment de contacts avec lui.

Il haussa les épaules.

— Alors, c'est quelqu'un d'autre qui a dû me la donner.

— Ou alors, c'est un photomontage. Si ça se trouve, vous avez trafiqué une photo de moi en maillot de bain, prise à Lake Powell.

Elle avait vite compris, même s'il s'était donné un mal de chien pour changer l'environnement de la photo.

Mais ça n'avait pas d'importance. Le mal était fait, à présent.

Trop de gens avaient vu la photo et, même si elle leur expliquait qu'il s'agissait d'un faux, certains penseraient qu'il n'y avait pas de fumée sans feu. D'autant qu'il y avait déjà eu des rumeurs à propos de Gary et elle, au moment où elle avait quitté le lycée, juste avant l'obtention de son diplôme de fin d'études.

— Tu ne le sauras jamais !

Avec un rire sarcastique, il sortit son briquet de sa poche.

Les seins qu'il avait superposés sur son haut de bikini étaient superbes. Sans doute plus que les vrais. Il avait pris soin de choisir un modèle approchant la forme et la taille des siens.

Mais, si satisfait qu'il pût être de son travail, il fallait maintenant le détruire.

Comprenant ce qu'il allait faire, elle leva de nouveau son arme.

— Oh non ! Surtout pas !

— Vas-y. Tire, lui lança-t-il d'un ton de défi.

Et il enflamma le bord de la photo.

Sophia posa son arme à la hâte et plongea sur lui pour l'empêcher de continuer. Il la bloqua d'un bras, mais il était assis sur le lit, ce qui le désavantageait.

Il dut lâcher la photo, mais, par chance, elle continua à brûler au sol. Il suffisait qu'il retienne Sophia jusqu'à ce qu'il soit trop tard.

— Et voilà, il n'y a plus de preuve, murmura-t-il à son oreille. Tu as de la chance que je t'aie fait paraître bien foutue. J'aurais pu utiliser une photo d'une chirurgie esthétique ratée. Ça aurait sacrément déçu les gars qui rêvent de te sauter.

Si elle avait pu atteindre son arme, elle lui aurait peut-être tiré dessus. Il ne l'avait jamais vue se battre avec autant de virulence et de colère.

Mais elle n'était pas de taille face à lui.

Il ne restait plus rien de la photo quand il la libéra et se leva, pour éteindre le feu qui commençait à s'attaquer à la descente de lit.

Sophia avait l'air totalement dépité, et ça le rendait plus heureux qu'il ne l'avait été depuis des mois.

La victoire. Enfin !

Il avait hâte qu'elle voie ce qu'il avait en magasin pour la suite.

Lorsque Sophia arriva chez elle, elle se sentait totalement vidée, physiquement et émotionnellement.

Elle savait maintenant, sans qu'aucun doute ne subsiste, que Leonard s'était fixé pour mission de la détruire. Il en avait fait une affaire personnelle.

Mais le fait qu'elle soit au courant ne changeait rien. Sa vie était en train de s'effondrer comme un château de cartes. Elle continuait à chercher un moyen d'arrêter sa chute, mais elle n'avait rien pour se rattraper.

Une part d'elle-même regrettait de ne pas l'avoir abattu. Il avait tout fait pour la pousser à bout. Mais elle était flic, et ça signifiait quelque chose à ses yeux. Ça voulait dire qu'elle ne pouvait pas abuser de son droit de porter une arme, qu'elle ne pouvait pas abuser de son pouvoir de quelque façon que ce soit. Sans quoi elle se transformerait en un être aussi méprisable que Leonard.

Elle essaya de se raisonner. Ce qu'il avait fait n'était pas la fin du monde, après tout. Cette photo était un faux grossier, comme aurait pu en fabriquer un adolescent stupide. Elle allait nier énergiquement, faire tout ce qu'elle pouvait pour étouffer les rumeurs, et tenter d'oublier son humiliation.

Quel autre choix avait-elle, de toute façon ?

Mais rien ne serait facile. Les gens qu'elle rencontrerait se demanderaient si c'était bien vrai. Sa mère allait piquer une crise et lui faire d'amers reproches. Peut-être même ne voudrait-elle plus lui parler…

Et cette histoire pourrait avoir des répercussions sur son travail. Liz Torres avait vu la photo, ce qui donnerait plus de poids à la rumeur que les vantardises de quelques types avinés.

Traînant les pieds, elle s'avança dans son allée, en ayant l'impression de porter le poids du monde sur ses épaules.

Elle devait s'accorder un peu de temps pour rassembler ses pensées. Mais une question la taraudait : Comment Leonard avait-il pu être au courant, au sujet de Gary ?

Elle doutait que sa mère lui en ait parlé, comme il

l'avait prétendu. Gary avait dû se confier à quelqu'un récemment, laissant entendre qu'elle avait été réceptive à ses avances. Et Leonard avait dû l'entendre au Firelight, d'où partaient presque toutes les rumeurs de Bordertown. C'était la seule explication logique…

Elle entra dans sa chambre, avant de se rappeler qu'elle avait proposé à Rod d'y passer la nuit. Jusqu'à cet instant, elle avait été trop perturbée pour y penser. Elle comprit alors qu'elle n'avait pas de lit dans lequel se laisser tomber d'épuisement.

Tandis qu'elle se tenait au milieu de la pièce, essayant de décider si elle devait demander à Rod d'aller dormir sur le canapé, ou si elle allait y coucher elle-même, il se redressa sur un coude.

— Salut, murmura-t-il d'une voix endormie. Il était temps que tu rentres. Tu viens te coucher ?

Apparemment, il ne voyait pas pourquoi ils ne pouvaient pas partager le même lit. Et soudain, Sophia ne vit rien non plus qui s'y opposait.

Même si les blessures de Rod étaient plus apparentes que les siennes, elle souffrait aussi. Quel mal y avait-il à se blottir l'un contre l'autre ?

— Pourquoi pas ? répondit-elle.

Et elle emporta un short en maille et un T-shirt dans la salle de bains pour se changer.

Après avoir soigneusement suspendu son uniforme sur un cintre, elle traversa la chambre et se glissa à la place qu'il lui avait libérée.

La chaleur résiduelle de son corps offrait un contraste agréable avec l'air frais qui soufflait dans la pièce grâce au climatiseur, réglé au maximum.

Il ne bougea pas, ne chercha pas à la toucher.

Elle était si sûre qu'il s'était rendormi qu'elle se rapprocha de lui, cherchant le réconfort qu'elle avait l'impression de ne pouvoir trouver ailleurs. Le simple fait de l'écouter respirer avait déjà sur elle un effet apaisant.

Il dut sentir son geste, comprendre qu'elle voulait se blottir contre lui, car il se retourna pour l'attirer dans ses bras, comme s'ils avaient toujours dormi ensemble.

Constatant qu'il était partiellement réveillé, elle songea qu'il chercherait peut-être à l'embrasser.

Elle ne s'y opposerait pas. Elle avait même fait en sorte de lui faire comprendre qu'elle était consentante en passant une jambe au-dessus des siennes.

Mais il ne bougea pas.

— Ça va ? demanda-t-il.

— Oui, mentit-elle. Et toi ?

— Mieux, maintenant.

Et il s'endormit.

C'était bon d'être dans les bras d'un homme. Tellement bon que Sophia ne voulait pas s'endormir, malgré la fatigue qui pesait sur elle.

Elle lutta longtemps pour rester consciente, savourant le contact de son épaule sous sa tête, de son torse sous son bras.

Puis elle commença à avoir envie de quelque chose de moins platonique.

Rod sentit la main de Sophia voyager sur son torse, alors qu'il dormait encore à moitié.

Il se dit d'abord qu'elle était simplement en train de bouger pour trouver une position plus confortable. Ou alors, elle était endormie, et ne se rendait pas compte que ses gestes étaient à ce point sensuels…

Mais, l'instant d'après, il sentit qu'elle posait les lèvres dans le creux de son épaule, et comprit qu'elle agissait délibérément.

Devait-il accepter son invitation ?

Sans doute pas.

Assurément pas.

Il s'était promis qu'il n'y aurait rien entre eux. Mais il avait tellement fantasmé à son sujet, quand il était plus jeune, qu'il aurait fallu un homme plus vertueux que lui pour refuser. Il était déjà dur comme un roc. Il pensait déjà au moment où elle s'ouvrirait pour l'accueillir.

Décidé à prendre son temps et à savourer chaque instant, il fit remonter sa main le long du T-shirt de Sophia, et commença à lui masser le dos.

— Je croyais que ton offre était caduque, murmura-t-elle.

Il sourit.

— Et je croyais que tu devais protéger ta réputation.

— Il semblerait que je n'aie plus grand-chose à perdre, répondit-elle avec un soupir.

— Il s'est passé quelque chose, ce soir ? demanda-t-il, vaguement inquiet.

— Rien dont j'aie envie de parler.

Devait-il insister ?

Pas maintenant. Il tenait dans ses bras la femme dont il avait toujours rêvé, et elle était enfin réceptive.

Ils auraient bien le temps de discuter plus tard.

Pour le moment, il préférait communiquer avec les mains.

Elle laissa échapper un petit gémissement quand il emprisonna un sein dans sa main.

— Tu es sûre que tu n'es pas en manque de sexe ? demanda-t-il. Parce que c'est l'impression que tu me donnes.

— Si je ne l'étais pas avant, je le suis maintenant.

L'honnêteté de sa réponse le fit sourire.

Sa peau était incroyablement douce et souple sous ses doigts, et il éprouvait une exaltation proche de l'ivresse à l'idée qu'elle serait bientôt toute à lui.

Mais, avant d'aller plus loin, il tenait à lui dire qu'elle pouvait lui faire confiance.

— Je n'en parlerai à personne, Sophia. C'est entre toi et moi.

— D'accord.

— Tu me crois ?

— Oui.

— Ça, c'est ma petite chérie ! dit-il en guise d'approbation.

Puis il se demanda ce qui lui avait pris de dire une chose pareille. Ces mots étaient un peu trop possessifs. Mais ils lui avaient échappé, et il décida de ne pas y prêter davantage attention.

Soulevant son T-shirt, il s'écarta pour la regarder.

Il faisait un peu trop sombre, dans la pièce, pour qu'il puisse admirer ce qu'elle lui avait si audacieusement montré plus tôt. Mais c'était sans importance.

Il y avait quelque chose d'incroyablement érotique à devoir se fier à ses autres sens. Il pouvait se perdre en lui faisant l'amour, sans se soucier de ce que son expression pourrait révéler. Il pouvait baisser la garde, sans que cela ait de conséquences.

Cette liberté lui semblait vitale avec Sophia, alors qu'il n'y avait jamais pensé avec une autre femme. C'était peut-être à cause de ce qu'elle était, de ce qu'elle représentait vis-à-vis de son passé.

S'agenouillant au-dessus d'elle, il s'inclina pour faire courir les lèvres sur son ventre. Il sentait l'odeur fruitée de son lait hydratant, et la sensation lui plaisait infiniment.

Lorsqu'elle enfonça les doigts dans ses cheveux, il lui prit les poignets et maintint ses bras relevés au-dessus de sa tête, tandis qu'il remontait de son ventre à ses seins, traçant avec sa langue un chemin humide sur sa peau.

Lorsqu'il posa sa bouche sur la sienne, elle frissonna, et il se laissa emporter. Tout ce qui comptait, soudain, c'était le goût de ses lèvres, et le fait qu'elle avait envie de lui.

La fille qui lui avait posé un lapin au bal de fin d'année du lycée, celle qui avait regardé de haut le sang-mêlé qu'il était… Cette fille-là était en train de trembler sous ses caresses.

20

Le mouvement rythmique des lèvres de Rod répandait une douce chaleur dans le ventre de Sophia.

Elle aimait ses caresses, mais elle était surprise de la façon dont il traitait son corps. Il n'agissait pas à la va-vite, comme si c'était une étape obligée pour arriver à ses fins.

Il lui donnait l'impression d'être à l'écoute de ses réactions, à l'affût des points sensibles, des frémissements incontrôlés, des murmures fiévreux par lesquels elle exprimait son plaisir.

Tous les problèmes qui menaçaient de la submerger s'étaient envolés. Ou alors c'était elle qui partait en voyage vers un monde de sensations enivrantes…

Elle retint son souffle quand les doigts de Rod glissèrent sous la ceinture élastique du short.

Ce n'était pas un homme qui pourrait lui apporter ce qu'elle souhaitait sur le long terme. Elle le savait depuis le début.

Mais, pour le moment, il lui apportait exactement ce dont elle avait besoin.

Elle souleva les hanches pour lui permettre de faire glisser le short le long de ses cuisses.

— Tu es parfaite, dit-il.

Elle sursauta quand il effleura le point sensible entre ses cuisses.

— Regarde un peu ce que j'ai trouvé ! s'exclama-t-il, en riant doucement.

— Mais est-ce que tu sais au moins quoi en faire ? plaisanta-t-elle.

— Je vais essayer de deviner.

Sous ses caresses habiles, des aiguillons de plaisir la transpercèrent, et elle s'arqua contre sa main.

— On dirait que ça marche, reprit-il. J'ai l'impression que ça te plaît.

Il introduisit deux doigts en elle et commença à la caresser.

— Tu es si chaude. Si… humide.

Elle perçut, au son de sa voix, la tension qui montait en lui, et ses efforts pour se contrôler.

Il avait commencé lentement, comme s'il avait prévu d'y consacrer des heures, mais elle devinait qu'il éprouvait maintenant le besoin d'atteindre la plénitude.

— Viens, murmura-t-elle. Prends-moi. Fort et vite.

Elle n'eut pas besoin de l'encourager davantage.

La pénétrant avec rudesse, profondément, comme elle le lui avait demandé, il ne tarda pas à lui imposer un rythme rapide et puissant.

— C'est ça… ah, c'est ça…, balbutia-t-elle, cherchant son souffle.

Elle se trouvait à bord d'un train filant à toute allure dans la nuit, et jamais elle n'avait connu de voyage plus exaltant.

Son micro était trop loin pour tout entendre.

Mais Leonard n'avait pas besoin de percevoir distinctement chaque gémissement pour savoir ce qui se passait dans la maison.

Etouffés ou non, les sons étaient assez évidents.

Le chef de la police était en galante compagnie, et il ne fallait guère d'efforts pour deviner de qui il s'agissait.

Avec un sourire, il fit démarrer son pick-up.
Ils lui rendaient la tâche presque trop facile.

C'était le matin. Quand Rod souleva la tête, le soleil filtrait à travers les stores. Mais Sophia dormait encore.

Il bougea doucement pour ne pas la réveiller, étudia son visage endormi, ses seins magnifiques, et soupira d'aise.

L'expérience avait été délicieuse, épanouissante… plus intense que tout ce qu'il avait pu imaginer.

Elle faisait l'amour aussi librement, passionnément et avec autant de hardiesse qu'elle faisait tout le reste : conduire sa Harley, le poursuivre à travers la ville avec sirène et gyrophare, défoncer sa porte et le menotter…

— Qu'est-ce qui te fait sourire ? murmura-t-elle d'une voix endormie.

Mais elle rabattit tout de même sur ses seins le bras qu'elle avait levé au-dessus de sa tête, comme si elle avait conscience de l'examen dont elle était l'objet.

— Je ne souris pas, répondit-il. C'est une grimace de fureur parce que tu m'as empêché de dormir toute la nuit.

Elle écarquilla les yeux.

— Parce que c'est moi qui ai voulu faire l'amour trois fois, peut-être ?

Laissant courir un doigt le long de son tatouage, il sourit. Il ne l'avait pas du tout apprécié, la première fois qu'il l'avait vu. A présent, il trouvait que ce motif lui correspondait.

— Oh ! pardon, tu n'étais pas là ? Excuse-moi, comme il faisait noir dans la chambre, j'ai dû confondre.

Elle leva les yeux au ciel

— Tu sais très bien que c'était moi. Tu t'es sans doute imaginé que nous étions revenus au temps du lycée, et que nous le faisions dans la cabine d'un pick-up, après le bal. Peut-être même que Stuart nous a surpris.

Elle n'était pas si loin de la vérité. Il n'avait pas eu

besoin de prétendre qu'ils étaient au lycée, mais il avait éprouvé une vive satisfaction à obtenir enfin ce qu'il avait toujours désiré, et cette pensée le fit rire.

Se hissant sur un coude, il lui caressa le cou de ses lèvres.

— Et si tu mettais ta vieille tenue de *cheerleader* ?

Elle afficha une mine sévère.

— Je me demandais quand nous en arriverions là.

— Avec la petite culotte, ajouta-t-il.

— Tu fantasmes sur les culottes des *pom-pom girls* ?

— Uniquement la tienne. Moi, de mon côté, je pourrais mettre un chapeau de cow-boy et jouer les riches fermiers, faire comme si j'étais quelqu'un d'assez bien pour toi.

Elle sursauta comme s'il l'avait giflée, et il regretta aussitôt cette remarque mesquine. Il ne savait même pas pourquoi il avait dit une chose pareille.

— Il faut que je me lève, marmonna-t-elle.

Et elle s'écarta de lui en emportant le drap.

— Je ne le pensais pas, dit-il.

— Mais si, tu le pensais. Tu m'en veux toujours. Tu veux toujours me punir pour la façon dont je t'ai traité autrefois. Pour toi, je ne suis pas différente de Bruce, ou Stuart, ou n'importe quel Dunlap.

— Sophia…

— Ne t'en fais pas pour ça. Tu me voulais, et je t'ai repoussé. Aujourd'hui, tu as pris ta revanche. Il ne te reste plus qu'à aller narguer Stuart, en lui disant que tu as obtenu ce que lui n'aura jamais.

— Je t'ai dit que je n'en parlerai à personne, et j'ai bien l'intention de tenir parole.

— Mais vas-y, ne te gêne pas. Je n'ai plus grand-chose à perdre, de toute façon.

— De quoi parles-tu ?

La sonnette les interrompit avant qu'il ait eu sa réponse.

Sophia tourna les yeux vers la pendulette sur la table de chevet.

— 7 h 10. C'est trop tôt pour une visite de courtoisie, dit-elle, avant de laisser tomber le drap pour enfiler à la hâte des vêtements.

Elle n'eut pas besoin d'en dire plus. Rod savait ce qu'elle pensait : encore un meurtre.

Bruce Dunlap se tenait sur le seuil de Sophia.

Comme à son habitude, il était vêtu d'un jean, d'un polo et de bottes de cow-boy. Il affichait également une expression soucieuse.

C'était la dernière personne qu'elle s'attendait à voir chez elle. Jamais il ne lui avait rendu visite. Elle imaginait plutôt se trouver face à l'officier Fitzer, venu lui délivrer en personne une nouvelle trop horrible pour être annoncée au téléphone.

De quoi s'agissait-il ? Qu'est-ce que Bruce Dunlap pouvait bien lui vouloir ?

Lissant ses cheveux, elle jeta un coup d'œil vers la porte de la chambre, qu'elle avait fermée derrière elle.

Rod se trouvait de l'autre côté. Elle n'aurait pas dû lui proposer de passer la nuit chez elle.

Et, surtout, elle n'aurait pas dû faire l'amour avec lui.

Elle savait très bien qu'il était revenu à Bordertown pour prouver qu'il était meilleur que tous ceux qui l'avaient autrefois rejeté ou méprisé. Et il la mettait dans le même sac.

Mais elle n'allait pas le laisser se réjouir de lui avoir brisé le cœur. Parce que son cœur n'avait rien à voir là-dedans. Elle avait pris ce qu'il avait à offrir, durant la nuit, voilà tout.

Elle n'allait pas se torturer avec des regrets, ni prêter à cette aventure éphémère plus d'importance qu'elle n'en avait.

Se demandant ce que Bruce Dunlap pouvait lui vouloir,

elle ouvrit la porte, mais resta dans l'encadrement pour le dissuader d'entrer.

— Bruce, que puis-je faire pour vous ?

— Désolé de vous déranger, Sophia, mais je suis passé au poste, et l'officier Fitzer m'a suggéré de vous parler.

Joe n'avait sûrement pas voulu dire qu'il devait la tirer du lit, mais elle passa outre.

— A propos de quoi ?

— Il m'a dit que vous étiez en équipe de nuit, hier soir.

— Oui…

Il prit une profonde inspiration, tout en se massant le cou.

— Vous n'auriez pas croisé Stuart, par hasard ?

Elle pensa à la chambre de motel vandalisée, et se demanda si Bruce en avait entendu parler. Mais elle n'y fit pas allusion, voulant voir où cette conversation allait les mener.

— Non.

Et pourtant, ce n'était pas faute de l'avoir activement cherché.

— Pourquoi ? ajouta-t-elle.

— Il n'est pas venu travailler ce matin. Nous préparons les sols pour les futures plantations. Il devait conduire le tracteur.

— A quelle heure ?

— 6 heures. Nous devions nous retrouver dans le champ, mais il n'était pas là. C'est la première fois qu'il fait ça.

— Vous avez vérifié chez lui, je suppose ?

— Bien sûr. Apparemment, il n'est pas rentré, la nuit dernière.

— C'est inhabituel ?

— Très.

— Il avait peut-être trop bu, et il est en train de cuver dans un coin.

— Où ? J'ai fait le tour de la ville, en espérant au moins repérer sa voiture, mais on dirait qu'il a disparu.

— Il ne pourrait pas être avec une femme ?

— Vous êtes la seule dont il parle.

— Je ne pensais pas forcément à quelqu'un avec qui il voudrait s'engager.

— Vous voulez dire… une prostituée ?

— Peut-être quelqu'un à Douglas, ou à Sierra Vista. Ou même Trudy.

Sophia savait que Stuart lui rendait parfois visite.

— En admettant que ce soit le cas, ce serait la première fois qu'il agirait comme ça. Il ne répond même pas au téléphone.

— Il est encore tôt.

— Ecoutez, Patrick m'a dit quelque chose qui nous inquiète un peu, sa mère et moi.

— De quoi s'agit-il ?

— Roderick est passé chez lui, hier soir. Il cherchait Stuart, mais il n'a pas voulu dire pourquoi. Il avait l'air en colère et perturbé.

— Vous suggérez que Rod a quelque chose à voir dans la disparition de Stuart ?

Bruce garda quelques secondes le silence, en fixant le sol.

— Non, je ne peux pas le croire… Je n'aurais pas demandé à Rod de revenir, si j'avais cru que quelque chose de ce genre pouvait se produire. Mais je sais qu'ils se détestent. Et Edna…

Il soupira.

— Edna ? insista Sophia.

Il se passa la main sur le visage.

— Elle est persuadée que Rod est le diable incarné. Elle refuse de lui accorder une chance. Elle ne l'a jamais voulu. Je pensais qu'en le faisant revenir, nous pourrions… je ne sais pas… réparer nos torts. Il n'a jamais vraiment eu de famille. Je me sens coupable de ça…

Il fit un geste de la main, comme pour balayer ce qu'il venait de dire.

— Mais j'étais peut-être stupide de penser que notre relation pourrait être différente maintenant que le temps a passé. Edna est plus amère que jamais. Ce qui s'est produit il y a trente ans est comme une épine dans son pied, qui la fait encore boiter.

C'était une confession d'importance pour Bruce, et Sophia devinait qu'il ne l'aurait pas faite s'il n'avait été aussi perturbé. Et, même s'il s'était retenu de dire qu'Edna était devenue impossible à vivre, elle avait l'impression qu'ils s'étaient disputés.

Visiblement, Bruce était tiraillé entre ses obligations envers sa famille légitime et le regret d'avoir négligé Rod.

— Si ça peut vous aider, je sais pourquoi Rod cherchait Stuart, dit-elle.

Bruce jouait nerveusement avec la petite monnaie dans sa poche, mais cette information le fit s'arrêter net.

— C'est vrai ?

— Quelqu'un a vandalisé sa chambre de motel, hier soir. Il voulait interroger Stuart à ce sujet.

— Pourquoi Stuart aurait-il fait ça ?

Le téléphone portable de Sophia vibra à cet instant. Elle pouvait l'entendre tressauter sur le comptoir de la cuisine, où elle l'avait déposé pour le recharger. Mais elle n'esquissa pas un geste pour prendre l'appel. Elle tenait absolument à terminer sa conversation avec Bruce.

— Je crois que vous le savez.

— Mais vous êtes sûre que ce n'était pas une tentative de cambriolage ?

— Rien n'a été volé, Bruce. Quelqu'un a tailladé les vêtements de Rod, écrit des obscénités sur les murs, et cassé son ordinateur.

— Je suis désolé de l'apprendre. Je voulais qu'il se sente le bienvenu. Il est toujours au Mother Lode ?

— Non. Sa chambre devait être nettoyée, et la serrure de la porte changée.

— La porte semblait en parfait état quand je suis

passé devant le motel, il y a cinq minutes. Son Hummer n'était pas sur le parking, mais j'ai quand même frappé pour m'assurer qu'il n'était pas là.

Leland avait fait incroyablement vite pour réparer la porte. Il devait savoir depuis le début que ce n'était pas grand-chose à faire. Mais il avait préféré se débarrasser de Rod pour louer la chambre à quelqu'un qui n'attirerait pas les ennuis. Sans compter qu'il pouvait maintenant demander un prix plus élevé, compte tenu de la pénurie d'hébergements.

— En tout cas, la serrure était fracturée quand j'y suis passée hier à 22 heures.

— Vous ne sauriez pas où est Rod ?

Plutôt que de mentir, Sophia esquiva la question.

— Vous avez essayé son portable ?

— Au moins dix fois. Il ne répond pas.

— En tout cas, je suis sûre qu'il n'a pas rencontré Stuart, si c'est ce que vous voulez lui demander. Nous sommes allés ensemble contrôler un refuge pour sans-papiers, qui pourrait avoir un lien avec les meurtres de clandestins, et nous y sommes restés jusque tard dans la nuit.

— Mais quelqu'un doit bien savoir où se trouve Stuart...

Le téléphone fixe de Sophia était en train de sonner, et elle tourna la tête. Cette interruption était plus difficile à ignorer que la précédente, car elle n'était pas la seule à l'entendre.

— Excusez-moi un instant, dit-elle, avant d'aller répondre.

Comme elle avait laissé la porte ouverte, Bruce s'avança dans le salon. Elle eut un instant de panique en songeant que Rod était tout à côté.

— Allô ?

— Chef ?

Elle eut un mauvais pressentiment. C'était Joe, et son intonation était inquiète.

— Oui ?

— Nous avons un autre meurtre sur les bras.

— Un seul ?

— Oui.

— Un clandestin ?

— Pas cette fois.

Tournant la tête, elle croisa le regard de Bruce, qui la fixait avec un mélange de curiosité et d'anxiété.

— Qui, alors ? demanda-t-elle à Joe.

— Stuart Dunlap. On lui a tiré une balle dans la tête.

21

Rod ne savait comment réagir. Toujours ceint du drap qu'il avait enroulé autour de sa taille pour aller écouter à la porte, il se laissa tomber sur le lit.

Il avait encore du mal à assimiler ce que Sophia venait d'apprendre à Bruce. Le long cri de bête blessé que Bruce avait poussé quand il avait appris que son plus jeune fils était mort l'avait fait grincer des dents.

Tout au long de son enfance, Rod n'avait cessé de se répéter qu'il haïssait les Dunlap. Parfois, il était tellement submergé par l'amertume qu'il souhaitait leur mort.

Mais aujourd'hui, il n'éprouvait aucune satisfaction à apprendre que Stuart avait été assassiné. Au contraire, il se sentait coupable.

Mais de quoi ? D'avoir toujours haï Stuart ? Par moments, sa haine était si violente qu'il aurait été capable de n'importe quoi.

Fermant les yeux, il laissa la vérité l'envahir — cette vérité qu'il avait toujours niée. Il n'éprouvait pas vraiment de haine envers Stuart. Ses sentiments à son égard étaient virulents, mais ils avaient plus à voir avec la jalousie qu'avec la haine.

Sophia entra et s'approcha du lit. Arraché à ses pensées, il sursauta.

— Tu as entendu ? murmura-t-elle.

— Oui.

Il devait sortir de là. Il ne voulait pas qu'elle voie à quel point il était affecté. Il jouait les durs quand il s'agissait des Dunlap, et il se sentait tout à coup vulnérable, exposé émotionnellement…

— Hé, ça va ?

Elle posa la main sur son dos nu. Ses doigts étaient frais, délicats. Il se rappela qu'elle les avait entrelacés aux siens pendant qu'il faisait l'amour. Il s'était dit alors que Stuart aurait donné n'importe quoi pour être à sa place.

C'était pour cette raison qu'il avait passé la nuit avec elle ? Pour punir son demi-frère ? Si c'était le cas, il était complètement tordu.

— Je dois y aller.

— Où ?

Il n'en savait rien. Il avait soudain envie de quitter la ville, et de faire comme s'il n'y était jamais revenu, comme si la mort de Stuart n'avait pas eu lieu.

— Il faut que j'aille acheter une brosse à dents et des vêtements. Ensuite, j'étudierai les meurtres de clandestins. C'est peut-être lié.

Les bras croisés, Sophia s'appuya contre le mur et le regarda s'habiller.

— Evidemment, tu sais qu'il pense que c'est toi, Rod.

Elle n'eut pas besoin de préciser qui était ce « il ».

— Pour lui, Stuart n'a pas d'autre ennemi. Tu reviens en ville. Ta chambre de motel est saccagée. Tu pètes les plombs, tu pars à la recherche du seul coupable possible à tes yeux, et cette personne est retrouvée morte. Que dirais-tu d'aller sur la scène de crime et de chercher des preuves susceptibles de te disculper ?

Il secoua la tête en signe de dénégation.

Il n'avait pas envie de voir le cadavre de Stuart. Pas plus qu'il ne voulait être le témoin de la détresse de Bruce.

— Quelqu'un essaie peut-être de te piéger, poursuivit Sophia. Est-ce que tu t'en rends compte ?

Il n'y avait pas pensé jusqu'à maintenant, à vrai dire. Il était trop occupé à se dépêtrer de sa panique.

— Je n'aurais jamais dû revenir ici…, marmonna-t-il.

— Mais tu l'as fait. C'est arrivé. Et tu dois t'assurer que le vrai coupable soit puni.

Rod ne savait pas comment décrire ce qu'il ressentait à l'idée que Bruce puisse le soupçonner.

Pendant toutes ces années, il s'était dit qu'il se moquait que son père soit ou non fier de lui. Que Bruce perdait son temps à espérer son pardon. Et, aujourd'hui, il découvrait que c'était faux. Sans doute avait-il rejeté les tentatives de réconciliation de son père parce qu'il avait peur de lui accorder sa confiance.

Plus que tout, il voulait éviter de se voir comme il se voyait lorsqu'il était enfant : inutile, délaissé, tellement moins bien que ses demi-frères blancs.

— Si je vais là-bas, ça pourrait mal tourner. Bruce et Patrick pourraient ressentir ma présence comme une provocation.

— Ils ne savent pas encore où est le corps. Et s'ils l'apprenaient et débarquaient, il faudra que tu fasses un effort pour te contrôler. Si tu prenais la fuite, ils auraient encore plus de raisons de penser que c'est toi qui l'as fait.

Elle marquait un point. Maintenant qu'il était passé du stade de la réaction à la réflexion, il savait qu'il devait y aller.

Il *voulait* y aller. Et il ne comprenait pas pourquoi il avait d'abord pensé le contraire.

Il ne se souciait pas des Dunlap. Comment avait-il pu l'oublier ?

L'indifférence était la seule façon de survivre.

— Très bien. Allons-y.

Le silence régnait dans la voiture que conduisait Sophia.

Rod avait pris place du côté du passager. Il serait sans voiture tant que la fourrière n'aurait pas remorqué le Hummer, mais ce n'était pas le moment de s'en préoccuper.

Sophia faisait tout pour ne pas penser au fait que Stuart Dunlap, un homme qu'elle avait connu toute sa vie, était mort. C'était déjà assez difficile d'aborder une scène de crime qui concernait un complet inconnu. Elle ne savait pas si elle allait tenir le coup en découvrant le corps de Stuart.

Malgré l'heure matinale, il faisait déjà trente degrés. Elle défit un deuxième bouton à la chemise de son uniforme, et augmenta la climatisation. Puis elle jeta un coup d'œil à Rod. Il était raide comme un piquet, et regardait fixement devant lui. Un hématome violacé s'épanouissait sur sa joue gauche, et il avait au front une coupure toujours un peu enflée.

Mais elle savait que c'était le cadet de ses soucis. Il se débattait avec quelque chose de plus profond, qu'il n'avait pas envie de partager. Il s'était complètement retiré en lui-même.

Sophie comprenait, mais il était difficile pour elle de ne pas essayer de le réconforter.

— Ça va ? demanda-t-elle.

Il se contenta de tourner vers elle un regard vide.

— D'accord, marmonna-t-elle. C'est bon à savoir.

Un kilomètre passa avant qu'il ne se décide à parler.

— Je me demande qui a pu faire ça. Tu lui connaissais des ennemis ?

— A priori non. Il était populaire auprès des hommes, parce qu'il fréquentait assidûment le Firelight et payait de nombreuses tournées. Il avait une Harley et se mêlait occasionnellement aux Hells Angels. En fait, il était admis dans à peu près tous les groupes. Naturellement, les femmes célibataires rêvaient de lui mettre le grappin dessus car c'était un beau parti. Même les couples et les familles l'aimaient bien, grâce à la respectabilité de sa famille. En conclusion, il ne dérangeait personne.

A part elle-même. Il l'appelait sans cesse pour l'inviter à dîner, et elle ne savait plus comment lui faire comprendre qu'il ne l'intéressait pas.

Mais, décidément, elle ne voyait pas qui aurait pu vouloir sa mort.

— Il ne s'agit peut-être pas d'un ennemi, suggéra-t-elle. Il a peut-être été tué parce qu'il a vu quelque chose qu'il n'aurait pas dû voir.

— Tu penses qu'il a surpris le tueur de clandestins ?

— Pourquoi pas ? Il est mort de la même façon que les sans-papiers, en pleine nuit, et son corps a été trouvé sur le ranch des Simpson, dans le désert.

— Un appel radio l'interrompit.

— Ici l'officier Fitzer.

Elle décrocha le micro et pressa le bouton.

— Qu'avez-vous pour moi, Joe ?

— Je voulais vous prévenir que le rapport balistique que vous attendiez est arrivé.

— Qu'est-ce que ça dit ?

— Les douilles que vous avez trouvées sur la scène Sanchez correspondent à la balle logée dans la colonne vertébrale de la victime numéro trois, l'homme non identifié.

C'était une bonne chose. Ça liait les meurtres entre eux, ce qui pèserait lourd en cas de procès.

Mais cela ne lui donnait pas pour autant le nom du suspect.

— Une idée sur le type d'arme ?

— Oui, c'est assez précis. Attendez.

Elle entendit un bruit de pages qu'on tournait.

— Ah, voilà ! « Ce type de déformation, commença-t-il à lire, se produit fréquemment avec des Glock.45 utilisés avec des munitions de piètre qualité. »

— Bien. Et l'autopsie des Sanchez ? Ça avance ?

— Rien pour le moment. Vonnegut a la grippe. Enfin, c'est ce que ma mère m'a dit. Elle est amie avec sa femme.

— La grippe en cette saison ? Ça m'a tout l'air d'une maladie diplomatique. Essayez de le relancer.

— D'accord.

— Merci, Joe.

Elle était sur le point de couper la transmission, quand il ajouta :

— Encore une chose, chef.

— Oui ?

— Lindstrom est passée, il y a quelques minutes.

— Vous l'avez prévenue, pour Stuart Dunlap ?

— Non. Je ne savais pas si vous vouliez qu'elle le sache.

Au moins, son équipe était loyale. A ce stade, ils semblaient les seuls à être de son côté.

— Merci. Je vais l'appeler.

— Elle a dit quelque chose qui m'a paru bizarre.

— Quoi ?

— Elle ne s'adressait pas à moi. Elle a reçu un appel sur son portable pendant que je lui faisais une copie du rapport balistique. Je ne sais pas à qui elle parlait, mais elle a dit qu'elle devait prendre le petit déjeuner avec Stuart chez Bailey, et qu'elle tiendrait son interlocuteur au courant. Comme je venais de recevoir l'appel concernant la mort de Stuart Dunlap, le prénom m'a frappé. Je me suis demandé si c'était la même personne.

— Elle a dit autre chose ?

— Non. Elle a commencé à murmurer, comme si elle avait peur que je l'entende, puis elle a dit qu'elle devait y aller. C'est tout. Ce n'est peut-être rien, mais ça m'a laissé une drôle d'impression.

Sophia comprenait pourquoi. A sa connaissance, Stuart et Lindstrom ne se connaissaient pas. Lindstrom ayant au moins six ans de plus que lui, ils n'avaient pu aller au lycée ensemble.

Que pouvaient-ils avoir à faire l'un avec l'autre ? Comment leurs chemins s'étaient-ils croisés ?

— C'était quand, Joe ?

— Elle vient de sortir, il y a moins de cinq minutes.

Ils avaient dépassé Bailey depuis un kilomètre. Sophia avait hâte de rejoindre la scène de crime, mais sa curiosité avait été suffisamment piquée pour qu'elle fasse demi-tour. Ça pouvait être lié à la mort de Stuart, ou leur apporter une information qui les aiderait dans leur enquête.

Lindstrom était bien chez Bailey. Sophia repéra aussitôt sa voiture sur le parking. Et lorsqu'elle entra, accompagnée de Rod, elle trouva l'inspectrice assise au fond de la salle, vêtue d'une robe fourreau grise, ses cheveux roux tirés en un strict chignon, comme à son habitude. Elle était seule et consultait un menu.

— Vous attendez quelqu'un ? demanda Sophia, dès que Lindstrom la repéra.

Elle les toisa sévèrement.

— Je dois déjeuner avec un ami. En quoi est-ce que ça vous concerne ?

— En rien, répondit Rod. Sauf si c'est ami s'appelle Stuart Dunlap.

Le regard de l'inspectrice s'étrécit.

— Ça ne vous regarde pas.

— Vous ne voulez pas nous en parler ? demanda Sophia.

— Non.

— Alors, vous pouvez continuer à attendre.

Avec un haussement d'épaules, elle se tourna vers Rod, et ils commencèrent à se diriger vers la sortie.

— Et si j'avais rendez-vous avec Stuart ? lança Lindstrom dans leur dos. Que diriez-vous ?

Sophia pivota lentement, revint vers la table, et baissa la voix pour que tout le restaurant n'apprenne pas la nouvelle.

— Je dirais que vous pourriez commencer sans lui. Stuart Dunlap est mort.

22

Kevin Simpson, l'homme qui avait découvert le corps de Stuart, les attendait sur place.

Le terrain étant impraticable par d'autres moyens, ils avaient rejoint la scène de crime en quad. Sophia se trouvait derrière James, qui ouvrait la marche. Lindstrom était montée avec Rod.

Bien que Fitzer eût confirmé que Vonnegut avait été prévenu, et qu'il était totalement remis de sa grippe, le légiste n'était pas encore arrivé, et il n'y avait qu'eux cinq sur les lieux.

Pour éviter la présence de Bruce et Edna, Sophia avait refusé de leur dire où était mort leur fils, et qui avait découvert son corps. Elle avait besoin de temps pour examiner la scène et collecter d'éventuelles pièces à conviction.

Mais, pour le moment, elle ne savait pas grand-chose. D'après ce que leur avait dit James, lorsqu'il les avait accueillis au ranch, Kevin s'était levé de bonne heure pour faire le tour de la propriété, et avait découvert le pick-up de Stuart dans un petit ravin.

Un pneu était crevé, suggérant qu'il avait rencontré un obstacle sur le terrain particulièrement accidenté. Mais peut-être avait-on tiré dedans pour immobiliser sa voiture…

— C'est exactement comme ça que vous l'avez trouvé ? demanda Lindstrom, en descendant du quad.

Pour Sophia, il était évident que le corps n'avait pas été manipulé, mais elle ne dit rien. Une querelle avec Lindstrom était la dernière chose dont elle avait envie.

Kevin cracha sur le sol.

— J'ai ouvert la portière, mais c'est tout.

Sophia sentit ses jambes flageoler quand elle découvrit Stuart. James poussa un juron. C'était apparemment une découverte pour lui aussi. Rod ne dit rien, ne manifesta aucun signe apparent de détresse, mais elle eut l'impression de sentir les émotions qui le traversaient.

Stuart était affalé sur le volant. Du sang coulait le long de la portière, et de la matière cérébrale avait éclaboussé la vitre. Avec la vague de chaleur, qui ne cédait pas un pouce de terrain, même la nuit, le cadavre dégageait une odeur effroyable qui retourna l'estomac de Sophia. Des mouches bleues couraient sur le corps, attirées par les zones humides des yeux, de la bouche et du nez, où elles aimaient déposer leurs œufs. Sophia avait peur d'y regarder de trop près, redoutant d'y trouver déjà des vers.

— Donc, vous ne l'avez pas touché, même pour vérifier s'il était encore en vie ? demanda Lindstrom.

Elle faisait de son mieux pour paraître professionnelle, mais sa voix tremblait.

— Pas la peine, répondit Kevin. Ça se voyait qu'il était mort.

— Celui qui a fait ça l'a pris par surprise, fit remarquer Rod.

— Il ne l'a pas vu venir, il n'a pas essayé de sortir, confirma Sophia. Mais pourquoi est-il venu jusqu'ici ?

— Il avait peut-être rendez-vous, suggéra James.

Lindstrom secoua la tête.

— Il n'y a pas de traces d'un autre véhicule.

— C'est dur, de voir des traces sur ce genre de sol, objecta James.

— Mais il y a de la végétation écrasée, fit remarquer Sophia.

— Avec les clandestins qui piétinent tout, ce n'est pas étonnant, dit Kevin. Je n'arrête pas de dire qu'ils saccagent ma propriété, mais tout le monde s'en moque.

— On dirait une exécution, commenta Rod. Il participait peut-être à un trafic de drogue, et ses complices l'ont éliminé. Ou alors, il a surpris quelque chose qu'il n'aurait pas dû voir.

— A moins que ce ne soit lui, le meurtrier que nous recherchons, suggéra Sophia. Dans ce cas, ce serait une vengeance des Mexicains…

— Je n'y crois pas, protesta Lindstrom. Il m'a appelée hier soir vers 23 heures. Il voulait me rencontrer pour me donner des informations sur les meurtres. S'il avait été coupable, je ne pense pas qu'il l'aurait fait.

Sophia se demanda pourquoi il ne l'avait pas appelée, elle. Parce qu'il lui en voulait ? Ou parce qu'il n'avait pas réussi à la joindre ? Cela correspondait plus ou moins au moment où elle était entrée dans la planque pour secourir Rod. Mais elle avait son téléphone sur elle, et n'avait pas remarqué d'appel manqué.

— Il vous a donné une indication sur la nature de cette information ?

— Non. Il semblait un peu parano. Il ne voulait pas en parler au téléphone.

Lindstrom se tourna vers Kevin.

— Est-ce que le moteur tournait, quand vous avez découvert la voiture ?

— Non. Et il n'y avait pas d'autre voiture dans les parages.

— Comment l'avez-vous découverte ? demanda Rod.

— J'ai vu quelque chose de rouge depuis la colline, là-haut, alors que le soleil se levait.

Il pointa le doigt vers sa gauche.

— J'ai utilisé mes jumelles, pour ne pas prendre de risques. C'est peut-être ma propriété, mais je me méfie des gens qu'on peut rencontrer dans le coin. Quand j'ai vu ça, j'ai utilisé mon talkie-walkie, vu qu'il n'y a pas de relais pour le téléphone portable, ici, et j'ai prévenu ma femme qu'on avait un problème.

Un problème… Si seulement Sophia n'en avait eu qu'un seul.

— J'espère que les fédéraux vont prendre le relais, murmura-t-elle, à l'attention de Rod.

Puis, se demandant où Vonnegut était passé, elle se tourna vers James. Le légiste ne voyait peut-être aucune urgence à se déplacer quand il s'agissait d'un clandestin, mais ils étaient confrontés, cette fois, au meurtre d'un citoyen de premier plan.

— Vous avez eu des nouvelles du Dr Vonnegut ?

James consulta sa montre.

— Dès que mon père nous a prévenus, je l'ai signalé à la police. L'officier Fitzer nous a rappelés peu après pour nous informer qu'il vous avait prévenus, ainsi que le Dr Vonnegut. Il ne devrait plus tarder. Ma mère me préviendra par talkie-walkie dès qu'il sera arrivé au ranch, et j'irai le chercher avec le quad.

— Comment allons-nous transporter le corps ? demanda Lindstrom.

— Ce n'est pas aussi compliqué que vous le pensez, répondit Kevin. Il suffit d'accrocher une remorque au quad. C'est comme ça que nous apportons la nourriture pour le bétail.

Sophia sortit de l'étui l'appareil photo numérique suspendu à son cou. Maintenant qu'elle avait eu quelques minutes pour se remettre du choc, elle devait s'activer.

Et, cette fois, elle ne passerait pas à côté d'un mégot de cigarette. Ou de quoi que ce soit d'autre.

Elle venait à peine de prendre sa première photo que Rod la héla.

— C'est quoi, ça ?

Elle tourna la tête.

— Quoi donc ?

Il se tenait derrière elle, restant en dehors de son chemin pour qu'elle puisse faire son travail.

— Ce truc dans le vide-poches, dit-il.

Comment avait-il pu voir ça ?

Prenant garde à ne rien déranger, elle se pencha dans l'habitacle.

— C'est un pense-bête adhésif.

— Tu peux lire le logo ?

— Ça ressemble à… « Department 6 ».

Comprenant ce que cela signifiait, elle tourna vers lui un regard médusé.

— Avec mon ordinateur en pièces par terre, je n'ai pas pensé à vérifier mes notes. Mais en quoi est-ce que ça pouvait l'intéresser ? Que croyait-il trouver dans mes dossiers de travail ?

— Je ne sais pas. Ça a pu être mis là par le tueur. Ou alors, il espérait trouver des informations plus personnelles sur toi. Ce qui prouverait qu'il était aussi curieux que contrarié de ta présence.

Cet après-midi-là, Rod était assis sur une banquette en alcôve du drive-in Rockin'Rooster.

Le sac contenant les articles de toilette et les vêtements qu'il venait d'acheter était posé à côté de lui. Et il pouvait voir son Hummer garé en face de la vitrine. En revanche, il n'avait pas encore de chambre. Le Sundowner était complet et, avec ce nouveau rebondissement que constituait la mort de Stuart, les journalistes n'étaient pas près de lever le camp.

Il prit une profonde inspiration, repoussa le plateau qui avait contenu son double cheeseburger, et étendit ses jambes.

Quelques journalistes avaient débarqué chez les Simpson, pendant que les employés de la morgue chargeaient le cadavre de Stuart. Heureusement, le ranch était vaste, la scène de crime était éloignée et difficilement accessible, et ils n'avaient pas réussi à établir sa situation exacte, même s'ils s'étaient branchés sur la fréquence de la police pour essayer d'obtenir des informations.

En tout cas, Rod n'était pas mécontent d'avoir pu échapper à une confrontation avec Bruce. Il avait entendu Sophia discuter au téléphone avec lui, tandis qu'ils se rendaient à la fourrière pour récupérer le Hummer.

Bruce était furieux qu'elle ne lui ait pas donné de nouvelles plus tôt. Il semblait croire qu'il avait le droit d'être informé en temps réel de tout ce qui se passait. Mais Sophia lui avait fermement répliqué qu'il devait la laisser se concentrer et faire son travail, s'il voulait qu'elle puisse arrêter le meurtrier de son fils.

Rod finit de boire son milkshake. Il n'était pas pressé de partir. A cette heure-ci, il n'y avait plus grand monde dans la salle, et l'occasion était propice pour réfléchir aux derniers événements et à leur signification.

Les deux jeunes femmes qui travaillaient au comptoir gloussèrent, détournant momentanément son attention, mais elles discutaient simplement entre elles, et il se replongea dans ses pensées.

Stuart avait deux blessures par balle à la tête. L'une était entrée par la tempe et ressortie de l'autre côté, où elle avait frappé la vitre sans la faire exploser, ce qui était pour le moins étrange, avant de tomber au sol. L'autre avait pénétré par la mâchoire et il ne semblait pas y avoir de plaie de sortie, pour celle-là.

Les deux entrées étaient rondes, sans trace de résidus qui auraient indiqué que les tirs avaient eu lieu à bout touchant.

Le tueur devait se trouver à quelques pas, ce qui incitait Rod à penser qu'il n'était pas assis dans la voiture, comme l'inspectrice Lindstrom l'avait initialement suggéré.

Si le tueur était venu avec Stuart, il était sorti et s'était retourné pour se débarrasser de lui.

Et il avait récupéré ses douilles, comme le tueur de clandestins l'avait fait lors de ses premiers meurtres... Heureusement, il y avait la balle tombée sur le plancher de la voiture, et celle qui était restée fichée dans le corps de Stuart, et que le Dr Vonnegut devrait extraire.

La porte s'ouvrit soudain, et Rod releva machinalement la tête, avant de se figer.

Edna et Patrick venaient d'entrer, et ils n'avaient pas l'air d'avoir envie de commander un hamburger.

23

— Est-ce que c'est toi qui as fait ça ?

Les yeux d'Edna, gonflés et injectés de sang, étaient rivés sur Rod. Elle paraissait dix ans de plus que lorsqu'il l'avait vue au supermarché.

Elle semblait terriblement amoindrie et vulnérable, comme si elle ne pouvait pas s'en sortir sans l'aide de son fils aîné.

Un bras passé sous celui d'Edna, Patrick soutenait sa mère, en évitant de regarder Rod. Lui aussi semblait l'ombre de l'homme qu'il était. Le choc causé par la mort de son frère l'avait apparemment vidé de toute envie de se battre.

Rod se redressa sur son siège.

— Que me demandez-vous ?

— Tu le sais très bien !

Médusés par la scène, les employés du drive-in s'étaient tus. Tout le monde connaissait Edna. En temps normal, elle était vêtue élégamment, souriant et agitant la main, comme une sorte de reine de la parade faisant le tour de la ville sur son char. Ce soir, elle ressemblait à un épouvantail.

— Je n'en ai pas la moindre idée, rétorqua Rod.

— Est-ce que tu l'as tué ? Est-ce que tu as tué mon fils ?

Un muscle joua dans la mâchoire de Rod. Il savait très bien que les choses se passeraient ainsi, s'il restait à Bordertown. Mais il n'avait pas le choix. Il devait affronter ces accusations, sans quoi elles le suivraient éternellement.

— Bien sûr que non. La douleur vous fait dire n'importe quoi.

— Tu étais jaloux de lui.

Le venin dans la voix d'Edna le mit mal à l'aise, mais il ne pouvait réfuter l'accusation. Il avait été jaloux de Stuart et de Patrick depuis le début. Ils possédaient tout, et ils avaient pris un malin plaisir à le lui agiter sous le nez.

— Rentrez retrouver votre mari, Edna, et laissez la police faire son travail.

— La police ? Tu veux dire *Sophia* ?

— C'est elle qui dirige l'enquête.

— Comme si elle risquait de te considérer comme un suspect !

Rod n'aimait pas beaucoup le sous-entendu. Glissant hors de la banquette, il se leva.

— Calmez-vous. Ce n'est pas la peine d'impliquer d'autres personnes dans cette conversation.

— Me calmer ? cria-t-elle. Mon fils est mort ! Et je sais que c'est toi qui l'as tué. Et je n'obtiendrai jamais justice, vu que tu couches avec la chef de la police !

Rod éprouva un choc. Comment savait-elle qu'il était devenu intime avec Sophia ? Ils avaient souvent été vus ensemble, depuis son arrivée, mais ils n'avaient jamais rien laissé paraître.

— Ce que je fais de ma vie privée ne vous regarde pas.

— Au contraire ! C'est Stuart qui me l'a dit. Il avait compris que tu voulais lui prendre la fille qui l'intéressait, dans le seul but de le faire souffrir.

Etait-ce ce qu'il avait fait ? Il espérait bien que non. Mais dans l'état où il se trouvait aujourd'hui, complètement désorienté et indifférent à tout, il n'en savait plus rien.

— Je ne suis de retour que depuis quelques jours, dit-il, plutôt que de nier franchement. Sophia et moi venons à peine de refaire connaissance.

— Ça ne change rien.

— Peu importe ! En tout cas, je n'ai pas tué Stuart.

— C'est ce que tu prétends. Mais je prouverai le contraire !

Edna tira sur le bras de Patrick.

— Dis-lui… Dis-lui ce que tu m'as raconté.

Patrick passa sa main libre dans ses cheveux, faisant rebiquer les pointes, ce qui ajouta à son air ahuri. Si sa mère avait vieilli depuis qu'elle avait appris la nouvelle, il semblait être redevenu un petit garçon.

— Je lui ai dit que tu cherchais Stuart, hier soir.

— Et alors ? Il n'était pas là, et je suis reparti. Tu lui as dit ça aussi ?

Edna ne laissa pas son fils répondre.

— Qu'est-ce que tu lui voulais ?

— Quelqu'un avait mis à sac ma chambre d'hôtel, tailladé mes vêtements, écrit des obscénités sur les murs, détruit mon ordinateur. Je voulais savoir si c'était lui.

Elle eut une petite moue pincée, tandis qu'elle secouait la tête.

— Il n'aurait jamais fait une chose pareille. C'était un bon garçon, un citoyen respectable… Il n'aurait pas perdu son temps avec des bêtises pareilles.

— Dick Callahan, le pasteur, l'a vu quitter le Mother Lode peu avant mon arrivée. C'est pour ça que je voulais discuter avec lui. Connaîtriez-vous une autre raison qui l'aurait conduit à se rendre au motel ?

— Où es-tu allé après être parti de chez Patrick ? demanda-t-elle, sans répondre.

— Au Firelight. Mais Stuart n'y était pas non plus. Je ne l'ai jamais trouvé.

— Et tu imagines que je vais te croire ? Tu l'as poursuivi dans le désert, et tu l'as tué !

— Non.

— Alors, où es-tu allé après avoir quitté le Firelight ? Où as-tu passé la nuit ?

Il se trouvait avec Sophia. Elle était son alibi. Mais il ne pouvait pas en parler, sans quoi elle pourrait bien perdre son poste.

— Ecoutez, vous vous trompez. Ce n'est pas moi.

Elle s'avança, comme si elle voulait le frapper, mais Patrick la tira en arrière.

— Viens maman, allons-nous-en.

— Laissez la police s'en charger, dit Rod. Il y aura une enquête. Je serai interrogé…

— Tu te crois malin ! gronda-t-elle.

Comme il ne répondait pas, elle détailla les bleus et les coupures sur son visage.

— Où t'es-tu fait ça ?

— Je me suis cogné dans une porte.

— Dis plutôt que tu as agressé mon fils.

Il refusa de baisser les yeux tandis qu'elle le toisait.

— *Je te hais*, proféra-t-elle entre ses dents.

Ce n'étaient que des mots, mais leur malveillance l'enveloppa comme un brouillard épais et oppressant. Il avait perçu l'animosité d'Edna depuis le début, l'avait souvent sentie dans sa manière d'agir avec Carolina et lui. Mais, jusqu'à aujourd'hui, elle ne l'avait jamais exprimée. Pas en face de lui, en tout cas.

— Je le sais, dit-il. Vous m'avez toujours détesté.

Patrick commença à l'entraîner vers la sortie.

— Viens, maman… Il faut partir. S'il a tué Stuart, nous engagerons quelqu'un pour trouver les preuves. Mais nous n'allons pas résoudre ça maintenant.

— Je veux qu'il sache, riposta-t-elle, je veux qu'il sache que je n'aurai pas de répit tant qu'il ne sera pas six pieds sous terre comme mon fils.

Patrick tira sur sa chemise, visiblement mal à l'aise.

— Ne parle pas comme ça.

Cette fois, Edna accepta de quitter les lieux.

Pestant entre ses dents pour s'être laissé convaincre

de revenir à Bordertown, Rod empila les reliefs de son repas sur le plateau.

Mais, avant qu'il ait pu atteindre la poubelle, la porte se rouvrit.

Cette fois, c'était Sophia. Elle n'était pas en uniforme, et portait un joli chemisier, une jupe et des sandales. Mais elle avait les yeux cernés, le visage blême et crispé.

— Que se passe-t-il ? demanda-t-il, pris d'une soudaine inquiétude.

L'entraînant à l'extérieur, où ils ne pourraient être entendus, elle lui montra le morceau de papier qu'elle tenait à la main.

— C'est toi qui as écrit ça ?

Le front plissé, il le prit et lut ce qui y était inscrit.

— Oui. La nuit dernière. Je ne voulais pas l'oublier.

Puis il la regarda avec étonnement, ne comprenant pas où était le problème.

— Pourquoi ? demanda-t-il.

— Qu'est-ce que tu trafiques avec mon beau-père ?

— Quoi ?

— Pourquoi as-tu son numéro ?

— Mais, je ne… Attends une seconde… Tu me dis que ce numéro est celui de ton beau-père ? Je ne vois pas comment c'est possible.

— Pourquoi ? Ce n'est pas lui qui te l'a donné ?

— Non. Je ne l'ai même jamais rencontré.

— Mais alors, comment…

— Je l'ai vu sur le frigo, à la planque, sur un morceau de papier maintenu par un aimant. Il n'y avait pas de nom, mais je me suis dit que ça pourrait nous servir, et je l'ai mémorisé.

Sophia se creusait désespérément la tête pour établir un lien. Son beau-père connaissait-il les hommes qui avaient tabassé Rod ? Etait-il impliqué dans une filière d'immigration clandestine ?

C'était la dernière personne qu'elle aurait vue dans ce rôle. Il devait y avoir une autre explication. Mais, pour le moment, elle n'en voyait pas.

— Mon beau-père n'avait jamais exprimé d'opinion sur les problèmes d'immigration, fit-elle remarquer.

— Les gens qui font passer des clandestins ne le font pas pour des raisons politiques. C'est uniquement une question d'argent, et tu le sais.

Bien sûr, mais… Où son beau-père aurait-il trouvé des contacts ? Pourquoi prendrait-il un tel risque ?

Elle pensa à la belle et grande maison où vivait sa mère. Gary gagnait-il aussi bien sa vie en vendant des aliments pour le bétail et en louant des tracteurs ? Ou bien menait-il en toute discrétion une activité beaucoup plus lucrative ?

— Je vais essayer de soutirer des informations à ma mère, avant qu'il se doute que nous sommes sur sa piste.

Elle savait d'instinct qu'Anne protégerait Gary, refusant de croire qu'il se livrait au trafic d'êtres humains — comme elle avait refusé de croire que son mari entrait la nuit dans la chambre de sa fille.

— Je n'en parlerai à personne, promit Rod.

Reprenant le papier, elle s'apprêta à regagner sa voiture, mais Rod la prit par le coude.

— Je n'ai pas d'endroit où dormir, cette nuit…

— Et tu crois que je vais de nouveau t'inviter chez moi ?

Ne lui avait-il pas clairement fait comprendre que ce qui s'était passé entre eux ne signifiait pas grand-chose, à ses yeux ?

Pourquoi, dans ces conditions, serait-elle assez sotte pour accepter de renouveler l'expérience ?

Rod baissa les yeux vers le trottoir, avant de la regarder de nouveau. Elle sentait qu'il avait envie de comprendre ce qui se passait dans sa propre tête, mais qu'il ne parvenait pas à faire le tri dans ses sentiments.

— Tu vas répondre ?

— Je suis désolé.

— Ça ne change rien.

Il hocha lentement la tête.

— Je n'aurais pas dû te le demander. Mais je pensais qu'une seule fois serait suffisante, tu comprends ?

— Suffisante pour quoi ?

— Pour me débarrasser de mon obsession pour toi, répondit-il, avant de tourner les talons.

La maison d'Anne était semblable à un mausolée. Chère. Stérile. Remplie de tableaux et de sculptures. La seule chose qui bougeait, à part les ventilateurs dans l'extension vitrée donnant sur le jardin, c'était Dolly, le caniche nain.

Remuant fébrilement la queue, Dolly s'assit sur son fessier parfaitement toiletté, et mendia un morceau de la nourriture de Sophia.

— Tu as déjà eu ta part, mon bébé, susurra Anne, en se penchant pour prendre le petit chien sur ses genoux. Laisse Sophia déguster son dîner. C'est si rare qu'elle me rende visite…

Sophia perçut le reproche dans la voix de sa mère. Elle savait qu'Anne aurait voulu la voir plus souvent. Elle avait toujours un nouveau bibelot, ou un tableau, ou un meuble ancien à montrer. Et le court de tennis était terminé, avait-elle fièrement précisé tandis qu'elle lui réchauffait un plat. Il y avait toujours tellement de choses à faire, à la Casa Nueva, disait-elle.

Sophia trouvait un peu arrogant qu'elle ait donné un nom à sa maison, mais ce n'était certainement pas ce que sa mère avait fait de plus prétentieux.

— Le jardin n'est-il pas magnifique ? demanda Anne,

avant que Sophia ait pu souligner, une fois de plus, qu'elle était très occupée par son travail.

— Ravissant, répondit-elle. Comme toujours.

— J'ai une nouvelle variété de dahlia.

Anne souriait fièrement, tout en caressant Dolly.

— Importé du Danemark, précisa-t-elle. Il faudra que je te le montre quand tu auras fini de dîner.

— Avec plaisir.

Ajustant ses lunettes de soleil Dolce & Gabbana, Anne se cala contre le dossier de sa chaise, détendue et à l'aise dans son pantalon de lin blanc, sa blouse de soie pêche et ses sandales en cuir tressé fauve et turquoise. Un large bandeau blanc retenait en arrière ses cheveux blond platine coupés aux épaules.

Sophia suspectait qu'elle s'était fait faire un lifting l'année précédente, mais Anne ne l'aurait jamais avoué. Elle voulait que tout le monde s'imagine qu'elle combattait les années sans aucune aide. A part ça, elle était très élégante, avec ses ongles des pieds et des mains vernis dans le même ton pêche que sa blouse, et toujours très séduisante à cinquante-cinq ans.

— Comment va ton travail ? demanda-t-elle.

— Bien.

Sophia n'avait aucune envie de se laisser entraîner dans une discussion sur les meurtres de clandestins. Cela risquait de prendre du temps, et elle savait que son beau-père devait rentrer dans quarante-cinq minutes — à supposer qu'il respecte la routine habituelle.

— Gary m'a appelée tout à l'heure pour me parler de ce qui était arrivé à Stuart Dunlap, murmura Anne, avec un petit frisson. Je suis désolée. Je sais que c'était un de tes amis.

Pas un ami aussi proche que sa mère l'aurait voulu…

— Je suis triste pour sa famille, déclara sobrement Sophia.

— Moi aussi. Je ne sais pas comment Edna va pouvoir surmonter ça.

— Ce ne sera pas facile.

— Tu as une idée du coupable ?

— Pas encore, mais je cherche.

— Et les autres meurtres ?

— J'y travaille.

— Est-ce que tu penses à prendre un peu de temps pour toi, au moins ?

A l'évidence, Anne n'avait pas la moindre idée de ce qu'impliquait une enquête criminelle.

— J'essaie.

— Et ta vie amoureuse ?

Anne adressa à Sophia un sourire de conspirateur.

— Il paraît qu'il y a un nouvel homme en ville, et qu'il est splendide.

Sophia leva les yeux au ciel.

— Ne rêve pas, maman.

— J'ai pourtant entendu dire que vous passiez beaucoup de temps ensemble.

— Peut-être, mais je ne l'intéresse pas.

— C'est de ta faute, aussi. Je t'ai répété cent fois que les hommes n'aimaient pas les femmes qui ont des armes et des tatouages, et qui conduisent des motos. C'est trop intimidant pour eux. Ils préfèrent les femmes douces et fragiles qui leur donnent l'impression de détenir du pouvoir.

Anne correspondait parfaitement au stéréotype qu'elle venait de décrire.

— Je ne vais pas prétendre être fragile pour flatter l'ego d'un homme. Surtout pas celui-là. Il est déjà assez imbu de lui-même comme ça.

— Tu sais qu'il a eu une enfance difficile, Sophia.

— Oui, et alors ? Ce n'est pas une raison.

— Et il paraît qu'il a de l'argent, maintenant.

Ah, c'était donc cela... Elle comprenait mieux, à

présent, l'intérêt de sa mère pour l'enfant illégitime de Bruce Dunlap.

— Je n'en sais rien, et ça ne m'intéresse pas. De toute façon, je n'ai pas envie de parler de Rod Guerrero.

Elle avait déjà assez de mal à le sortir de son esprit. Il lui avait demandé de passer la nuit chez elle, et elle était terriblement tentée de l'appeler pour lui dire qu'elle avait changé d'avis, et qu'il pouvait venir.

— Tu vois quelqu'un d'autre ?

— Pas en ce moment.

En ayant terminé avec la nourriture, qu'elle avait avalée uniquement pour qu'Anne se sente une bonne mère, elle repoussa son assiette.

— Dis-moi, reprit-elle, j'ai vu un article dans le journal à propos de Gary, et de la façon dont il avait développé son commerce. C'était plutôt élogieux.

Sa mère parut surprise qu'elle aborde le sujet, mais en fut suffisamment ravie pour ne pas se poser de questions.

— Très élogieux.

— Donc, ses affaires marchent bien ?

— Mieux que jamais.

— Qui aurait pu penser qu'il y avait autant à gagner dans l'alimentation animale ?

— Il y a aussi la location de matériel agricole.

— Pourtant, l'ancien propriétaire avait du mal à s'en sortir.

— Il n'était pas aussi intelligent que Gary.

— C'est vrai.

Sophia prit le temps de boire une gorgée de thé glacé, afin de ne pas éveiller les soupçons de sa mère en se montrant trop curieuse.

— Il doit consacrer de longues heures à son travail, j'imagine…

— Trop.

— Mais au moins, il passe ses soirées avec toi.

— Pas toujours. Et même quand il est à la maison, il reste debout jusqu'à des heures impossibles.

— Ah bon ? Mais qu'est-ce qu'il fait ?

— Je n'en sais rien. Il est toujours sur son ordinateur. Il a commencé à boursicoter, il y a quelques années, et il s'est vraiment pris au jeu. C'est sûrement ça qui l'occupe aussi tard.

Ella agita la main avec nonchalance.

— Tu sais, je ne m'occupe pas de toutes ces questions d'argent.

— Pourtant, je me souviens qu'autrefois tu pointais les relevés bancaires, les factures de téléphone…

— Quand j'étais avec ton père. Mais Gary est tellement plus doué pour gérer tout ça… Je n'ai pas vu un relevé bancaire ou une facture depuis des siècles. Tout arrive directement au magasin.

Anne semblait enchantée de n'avoir à s'occuper de rien, mais Sophia avait plutôt l'impression que Gary s'était organisé pour lui dissimuler tout un pan de sa vie.

— Mais alors, comment fais-tu, pour l'argent ? Si tu veux t'acheter quelque chose, par exemple ?

— Il me verse une allocation.

Anne se rengorgea.

— Une allocation *très* généreuse.

Sophia lui adressa un sourire entendu, comme si, pour elle aussi, il était important d'avoir un riche mari. Puis elle regarda sa montre. 18 h 30. Le magasin fermait à 18 heures. A quelle heure Gary rentrait-il à la maison ? Cela faisait trop longtemps qu'elle ne vivait plus avec eux pour en être sûre.

— Tu m'excuses une minute ? demanda-t-elle. Je dois aller aux toilettes.

— Bien sûr.

Anne se leva pour prendre son assiette, et l'emporta dans la cuisine.

Sophia se dirigea vers la salle de bains d'invités,

s'arrêta pour s'assurer que sa mère était bien occupée à laver son assiette, puis se faufila dans le hall dallé de marbre, longeant l'escalier pour gagner le bureau de son beau-père.

Une double porte moulurée ouvrait sur une pièce avec des lambris de chêne clair, une moquette ivoire et de grandes baies vitrées, donnant sur une pelouse si verte et si bien tondue qu'on aurait dit celle d'un golf. A la Casa Nueva, rien ne rappelait la chaleur extérieure : pas de paysage désertique, pas de décoration ethnique, aucune trace du stucco beige qui était si courant à proximité de la frontière. Sa mère considérait tout cela comme « ordinaire », et « sans classe ».

L'épaisse moquette étouffait le bruit de ses pas tandis qu'elle se déplaçait à travers la pièce. Elle déplaça la souris sur le bureau pour sortir l'ordinateur de veille, espérant accéder à l'historique Internet de Gary, mais la page qui s'afficha à l'écran réclamait un mot de passe. Elle commença alors à fouiller ses tiroirs.

Dans le premier, elle trouva de l'argent, et s'étonna qu'il ne l'ait pas mis dans un coffre, d'autant qu'il y avait presque cinq mille dollars. C'était une grosse somme à garder en espèces, mais ce n'était pas incriminant en soi.

Le tiroir suivant contenait des fournitures de bureau. Dans un autre, il y avait des talons de chéquiers, quelques photos — pas d'elle, Dieu merci — et autres bricoles. Le dernier contenait du papier pour l'imprimante.

Elle s'attaqua ensuite à l'armoire contenant les dossiers… et y trouva une arme.

Il s'agissait d'un Glock. Mais était-il du même calibre que celui qu'on avait utilisé dans les meurtres de clandestins ?

Elle venait juste de le prendre sur l'étagère, quand un bruit à la porte la fit se retourner.

Gary se tenait sur le seuil.

24

— Qu'est-ce que tu fais ?

Sophia réfléchit à toute allure pour trouver une excuse plausible.

— Qu'est-ce que tu cherches ? insista Gary, en s'avançant dans la pièce.

Même si elle avait été prise la main dans le sac, Sophia ne pouvait révéler la vérité.

Après avoir reposé le Glock sur l'étagère, elle plaça un doigt sur ses lèvres, et désigna le couloir d'un signe du menton, pour indiquer à son beau-père qu'il ferait mieux de baisser la voix.

— Qu'est-ce que je cherche, à ton avis ? demanda-t-elle.

Au grand soulagement de Sophia, son expression suspicieuse se transforma en irritation.

— Ne me dis pas que tu espères trouver cette photo que tu m'accuses de posséder.

— Quoi d'autre ?

— Mais tu es folle, Sophia ! Je t'ai permis de fouiller dans mon portefeuille, au magasin. Mais là, tu vas trop loin. Qu'est-ce qui t'en donne le droit ?

— Les ragots que Leonard répand partout, pour commencer ! répondit-elle en haussant le ton.

Ce fut au tour de Gary de paraître s'inquiéter qu'Anne puisse entendre.

— Ne parle pas si fort.

— Il est en train de détruire ma réputation.

— Mais je n'ai pas cette photo !

— Alors, comment sait-il qu'il s'est passé quelque chose d'inapproprié entre nous, quand j'avais seize ans ? Et pourquoi prétend-il que j'ai une liaison avec toi aujourd'hui ?

La dureté dans le regard de Gary lui fit comprendre qu'il n'appréciait pas son insistance à lui rappeler ses torts.

— Je n'en sais rien. Il te déteste, c'est tout.

Sophia eut l'impression que c'était aussi le cas de Gary. Elle savait qu'il le nierait, si elle l'en accusait. Anne espérait toujours qu'ils finiraient par former une famille unie mais, tant que Sophia persisterait à vouloir faire assumer ses responsabilités à son beau-père, les choses ne changeraient pas.

— Leonard essaie peut-être de faire tout ce qu'il peut pour te rendre la vie impossible, dit-il. Mais il ment à propos de moi. Et je ne comprends pas que tu ne veuilles pas me croire. Bon sang, je ne suis même pas attiré par toi…

Ce commentaire apprit à Sophia qu'il n'avait pas changé. Il ressemblait à un adolescent qui essayait maladroitement de se disculper, pas à un beau-père.

— Pourtant, tu l'étais, autrefois.

— Tu te trompes. Tu n'as pas compris mes intentions. Tu n'as rien compris du tout.

Lassée d'entendre toujours les mêmes excuses, elle revint à la raison pour laquelle elle était venue rendre visite à sa mère.

— Depuis quand possèdes-tu une arme ? demanda-t-elle.

Il tourna les yeux vers l'armoire qu'elle venait de refermer.

— Pourquoi ?

— Tu n'en as jamais parlé.

— Je n'ai jamais parlé de grand-chose avec toi.

— Où l'as-tu achetée ?

Il se renfrogna.

— Ça ne te regarde pas.

— Gary ? appela Anne depuis le couloir. Tu es rentré ?

— Je ne veux plus parler de cette vieille affaire, se dépêcha de dire Gary. *Jamais.* C'est mon dernier avertissement.

Avertissement ?

Sophia se rapprocha.

— Ou sinon… quoi ?

L'arrivée d'Anne la priva de sa réponse.

— Ah, tu es là, chéri…

S'apercevant que Sophia se trouvait également dans le bureau, et non dans la salle de bains, elle les regarda tour à tour, l'air surpris.

— Que se passe-t-il, ici ?

Le masque que Gary portait toujours en présence d'Anne reprit sa place, et Sophia frissonna de le voir endosser si facilement son personnage de mari attentionné.

— Rien, dit-il en souriant. Je montrais discrètement à Sophia ton cadeau d'anniversaire.

Anne rougit de plaisir.

— Oh ! Qu'est-ce que c'est ?

Il passa un bras autour de sa taille.

— Je ne dirai rien.

Anne lança un regard à Sophia.

— Toi, tu me le diras, n'est-ce pas ?

— Sûrement pas. Tu devras attendre.

— N'est-ce pas un mari extraordinaire ? demanda-t-elle, émerveillée.

— Le meilleur, marmonna Sophia, en refrénant une envie de vomir.

Gary embrassa Anne, un peu trop passionnément pour une démonstration publique. Apparemment, il avait encore du mal, aujourd'hui, à distinguer ce qui était approprié et ce qui ne l'était pas. Mais il avait réussi à distraire Anne, ce qui était probablement son intention.

— C'est affreux, ce qui est arrivé à Stuart, dit-il.

— Horrible, renchérit Anne.

Sophia jouait avec un presse-papiers sur le bureau, taraudée par l'envie de le lancer.

— Tu ne vois personne qui aurait pu souhaiter sa mort ? demanda-t-elle.

Gary ne réfléchit pas longtemps.

— Il y a deux possibilités : soit les Mexicains, soit Roderick Guerrero.

Elle secoua la tête.

— Non.

— C'est ce que dit le shérif, pourtant, remarqua Gary.

Sophia prit aussitôt la mouche.

— Que vient faire le shérif là-dedans ? C'est une enquête de police.

— Le shérif Cooper est le cousin d'Edna, expliqua Anne.

Ici, tout le monde semblait être parent ou avoir des liens quelconques. Et, dans le cadre d'une enquête criminelle, ce n'était pas une bonne chose.

— Et alors ? demanda Sophia.

— Roderick a toujours détesté Stuart. Et, comme par hasard, on le retrouve mort moins d'une semaine après le retour en ville de Roderick.

— On ne poursuit pas les gens pour de simples coïncidences, dit-elle. Heureusement.

L'inspectrice Lindstrom était venue chercher Rod pour l'interroger au gîte rural où il avait trouvé refuge. Comme les chambres faisaient partie d'un coûteux package incluant un séjour d'une semaine, des randonnées à cheval, un marquage de bétail, un dîner dans un campement, avec un chariot-cantine et une nuit à la belle étoile, et que peu de gens avaient envie de passer toute la journée à cheval par quarante-cinq degrés, ils avaient fermé pour réaliser quelques travaux. Mais le responsable avait eu la gentillesse de louer néanmoins une chambre à Rod.

Bien qu'il fût assis dans la salle d'interrogatoire depuis quinze minutes, essayant de faire comprendre au shérif Cooper et à l'inspectrice Lindstrom qu'il n'avait rien à voir avec le meurtre de Stuart, ils ne l'écoutaient pas.

Comme ils s'apprêtaient à le passer vraiment au gril, un adjoint aux cheveux encore plus roux que Lindstrom glissa la tête dans l'entrebâillement de la porte.

— Shérif, j'ai un appel pour vous.

— Prenez le message.

Concentré sur sa tâche, Cooper rapprocha sa chaise de celle de Rod.

— Ce serait plus facile pour tout le monde si tu nous disais la vérité, mon petit gars.

Le côté débonnaire et rustique était sûrement calculé pour donner à Cooper une allure de brave type en qui on pouvait avoir confiance.

— Je ne suis pas votre « petit gars », répondit-il. Et je n'ai rien à dire. Soit vous m'inculpez pour meurtre, soit je m'en vais.

— N'allez pas souhaiter plus d'ennuis que vous en avez déjà. A votre place…

— Shérif ?

L'irritation creusa de profonds sillons dans le visage tanné de Cooper, quand il s'aperçut que son adjoint était toujours là.

— Quoi encore, Phil ?

— C'est cet appel téléphonique, monsieur.

— Eh bien ?

— Mme St. Claire dit qu'elle doit vous parler tout de suite. Ça concerne le meurtre de Stuart Dunlap.

— Elle a dit de quoi il s'agissait ?

— Non, monsieur.

Marmonnant que ça avait intérêt à être important, le shérif souleva sa masse imposante et sortit de la pièce.

Croisant les bras et les jambes, Lindstrom reprit où ils en étaient restés.

— Le procureur serait plus conciliant avec vous si vous disiez la vérité.

Penché en avant, les avant-bras posés sur les cuisses, Rod fixa obstinément le sol, et elle comprit qu'il ne dirait rien.

Quelques minutes plus tard, la porte se rouvrit, et le shérif entra, l'air aussi déçu qu'un gamin venant de se faire voler son panier de bonbons de Halloween.

— C'est fini, annonça-t-il. Vous pouvez y aller.

— Pardon ? dit Rod.

— Vous avez entendu. Lindstrom va vous ramener à votre hébergement.

— Mais, pour quelle raison ? demanda l'inspectrice. Qu'est-ce qui a changé ?

— D'après le coroner, Stuart a été tué à 4 h 30.

— Et ?

— Rod a un alibi.

— Où était-il ?

— Dans le lit de Sophia St. Claire.

L'appel était arrivé bien plus vite que Sophia l'avait imaginé. Elle regrettait maintenant de ne pas l'avoir ignoré, laissant le répondeur se déclencher. Elle se serait épargné l'humiliation d'affronter le maire, Wayne Schilling, et les autres membres du conseil, alors qu'elle croulait déjà sous les problèmes. Mais elle n'aurait probablement pas été plus en état le lendemain ou les jours suivants.

Quoi qu'il en soit, elle avait décroché le téléphone et elle s'était rendue à la convocation, persuadée qu'elle essuierait un sermon en règle.

— Madame St. Claire, commença Wayne Schilling, merci d'être venue. Je vous en prie, venez nous rejoindre.

Prenant une profonde inspiration, elle obligea ses

jambes à la porter jusqu'à la table de conférence, où elle s'assit parmi les nombreux fauteuils vides.

Malgré la politesse dont faisait preuve le maire, il y avait dans ses manières quelque chose de glacial qu'elle n'avait jamais vu. Si on ajoutait à cela le fait que personne ne la regardait dans les yeux, l'affaire ne paraissait pas très bien engagée.

Elle allait vraisemblablement prendre un bon savon. Ils lui diraient que ses agissements, en tant que fonctionnaire, étaient constamment décortiqués, et qu'ils attendaient qu'elle se comporte en toutes circonstances comme une vraie professionnelle.

Puis ils exigeraient, une fois de plus, une résolution rapide de l'affaire de meurtres. Et elle leur expliquerait tout ce qu'elle avait fait, tous les efforts déployés, espérant les convaincre qu'elle remplissait bien les critères du poste.

La conseillère Torres agita les papiers devant elle, puis les assembla en une pile bien nette.

— Madame St. Claire, dit-elle d'un ton pincé. C'est avec le plus grand regret que je dois vous dire à quel point vous nous avez déçus. C'était la première fois qu'une femme était nommée à ce poste, et j'en étais personnellement ravie. Je pensais que vous feriez du bon travail, que vous vous montreriez honnête…

— Mais c'est le cas ! l'interrompit Sophia.

— Quoi qu'il en soit, nous avons eu la preuve d'un comportement incompatible avec une fonction officielle comme la vôtre.

Sophia bondit sur ses pieds.

— Si vous parlez de la photo qu'on vous a montrée au…

La conseillère Torres leva la main.

— Laissez-moi terminer.

Ravalant les protestations qui lui obstruaient la gorge, Sophia se rassit.

— Nous avons longuement délibéré sur la décision à prendre face à votre comportement. Tout l'après-midi, en fait. Et c'est avec une grande tristesse que je dois vous informer d'un changement nécessaire.

Cela ne ressemblait pas du tout aux autres avertissements. Personne n'intervenait pour réorienter la conversation, exprimer son désaccord, ajouter un détail…

Tout le monde, à part Torres — que Sophia identifiait à présent comme son « exécutrice » —, restait assis sans broncher.

— De quoi s'agit-il ? demanda Sophia. Je suis renvoyée ?

— Nous vous donnons un préavis de trente jours. Nous allons recevoir très rapidement d'autres candidats pour le poste.

Le cœur battant à tout rompre, Sophia redressa les épaules. Elle avait tellement à dire… Et, cependant, une question semblait plus importante que les autres.

— Est-ce que Leonard Taylor fait partie de ces candidats ?

— Si M. Taylor souhaite postuler, nous traiterons sa candidature comme toutes les autres.

— Il a violé une femme !

— Une grave accusation, c'est certain, mais qui n'a jamais été prouvée. Rien ne nous dit que son accusatrice n'a pas menti. Ou vous-même…

— C'est une plaisanterie ?

— Je ne veux pas y croire, mais nous ne pouvons ignorer que vous aviez une sérieuse motivation.

— C'est n'importe quoi !

— C'est tout pour aujourd'hui. Nous vous adresserons formellement nos griefs par lettre.

— Et pourquoi pas maintenant ?

Le regard de Sophia fit le tour de la table.

— Pourquoi ne pas me le dire en face ?

Richard Lantus toussa dans sa main. Il savait, ainsi que d'autres conseillers, qu'ils se servaient des ragots qui couraient sur elle comme d'un motif pour la renvoyer. Sa jeunesse, et le fait qu'elle soit une femme, étaient les véritables raisons de son renvoi. De la même façon que ces éléments avaient fait débat lors de son embauche. Passe encore qu'elle mette des amendes et s'occupe des ivrognes… Mais quand il était question d'enquêter sur un meurtre, même Paul Fedorko lui retirait son soutien. Et, même si Liz se vantait de défendre les droits des femmes, elle se souciait davantage de punir Sophia pour le péché de fornication que d'œuvrer pour le féminisme. Elle était récemment devenue une ardente fidèle de son église, et semblait déterminée à en imposer les préceptes à tout le monde.

— Bien, dit-elle. Si vous tenez à le savoir, nous avons recueilli le témoignage de l'inspectrice Lindstrom…

— Qui est une amie fidèle de Leonard Taylor ! l'interrompit Sophia.

— Elle n'est pas la seule à se plaindre de vous. Le Dr Vonnegut aussi. *Tout le monde* a des problèmes avec vous. Et aujourd'hui, l'un des nôtres est mort, paix à son âme.

— Vous me reprochez ça aussi ?

— Bien sûr que non. Mais, nous ne pouvons pas nous empêcher de penser que si nous avions quelqu'un qui prenait son travail plus au sérieux…

La virulence avec laquelle Sophia repoussa la chaise vide à côté d'elle fit taire Liz.

— Plus au sérieux que de travailler jour et nuit ? s'écria-t-elle.

— Je ne pense pas que vous étiez en train de travailler la nuit dernière, remarqua Neil Munoz, d'un ton doucereux.

Il soutenait Leonard Taylor depuis le début, et son

sourire narquois apprit à Sophia qu'il attendait ce moment depuis longtemps.

— J'ai eu une relation sexuelle consentie avec un homme de mon âge, dans l'intimité de mon domicile, répliqua-t-elle. Je ne vois pas en quoi cela affecte mon travail.

Liz revint à la charge.

— Ça ne fait pas très bon genre, pour un chef de la police. Vous devriez avoir un peu plus de tenue. Il y a d'abord eu cette photo de vous nue qui a circulé en ville, puis des rumeurs de liaison avec votre beau-père…

— Tout cela est faux ! La photo est un montage grossier pour me piéger. Et il n'y a jamais rien eu entre mon beau-père et moi. Je n'ai couché qu'avec Rod.

Liz pinça les lèvres.

— Tout de même !

— Tout de même, quoi ? Personne n'est parfait, madame Torres. N'avez-vous pas été chassée de votre église quand vous vous êtes retrouvée enceinte sans être mariée ?

Les yeux de Liz faillirent lui sortir de la tête.

— Comment osez-vous ?

— Et vous, comment osez-vous ?

— Ça veut dire que vous démissionnez ? demanda Neil d'un ton plein d'espoir.

Sophia se dit alors qu'en laissant sa colère prendre le dessus, elle détruirait toute chance de faire carrière dans la police.

Avec autant de dignité et de calme qu'elle pouvait en rassembler, elle se tourna vers Neil.

— Non, je ne démissionne pas. Je dois aux habitants de cette ville de les protéger le mieux possible durant la transition à venir. Vous avez peut-être oublié ce qui se passe ici, mais pas moi. Nous avons au moins un tueur dans la nature. Et, à mon humble avis, il pourrait bien s'agir de Leonard Taylor. Vous ferez bien d'y penser quand vous le recevrez pour le poste de chef de la police, parce qu'il se joue de vous. Il se joue de nous tous.

Pivotant sur ses talons, elle traversa la pièce à grandes enjambées, et sortit en claquant la porte.

25

En rentrant chez elle, Sophia découvrit que Rod l'attendait. Assis dans son Hummer, dont il avait reculé le siège au maximum pour pouvoir relever les jambes sur le tableau de bord, il lisait le journal.

Il était relativement tard — 20 h 15, d'après la pendule du tableau de bord —, mais le soleil ne s'était pas encore couché.

Elle ne savait pas combien de temps Rod était resté garé là, mais c'était la dernière personne qu'elle avait envie de voir.

Tournant le rétroviseur vers elle, elle vérifia rapidement son apparence.

Verrait-il qu'elle avait pleuré ? Oui, évidemment… Des yeux rouges et un visage bouffi lui faisaient face. Même son nez était écarlate, tant elle l'avait mouché depuis son départ de la mairie.

Il ouvrit sa portière tandis qu'elle rassemblait son sac et d'autres effets.

— Je suis passé au poste, dit-il, mais tout était fermé. Que se passe-t-il ?

Brièvement protégée par le rideau de ses cheveux, tandis qu'elle penchait la tête, elle glissa la clé de sa voiture dans son sac.

— Le bureau du shérif prend le relais ce soir.

— Pourquoi ?

Elle saisit ses lunettes de soleil et les chaussa avant de relever la tête.

— Nous avons un accord avec eux pour assurer les patrouilles quand nous avons besoin d'aide. De toute façon, tous les appels d'urgence passent déjà par eux.

— Donc, tu es libre ce soir.

— Si on veut.

— Mais… tu vas bien ? Tu as l'air bizarre.

— Non, ça va.

— Tu ne répondais pas au téléphone.

— Je l'avais éteint.

— Et s'il y avait un nouvel élément dans l'enquête ?

— Quelle enquête ?

— N'importe laquelle.

— Il aurait fallu de la chance, et je n'en ai pas beaucoup en ce moment.

Elle essaya un petit rire, mais il ne parut pas très convaincant.

— Ce n'est pas encore terminé, objecta Rod. Nous allons finir par trouver le ou les coupables. Il faut que tu sois patiente. Ça prend du temps.

C'était un luxe qu'elle ne pouvait plus s'offrir, à présent. Dans quatre semaines, quelqu'un prendrait la relève. Que ferait-elle ensuite ? Où irait-elle ? Avant que ces pauvres victimes dans le désert ne l'aient forcée à remettre en question ses capacités, elle était persuadée d'avoir trouvé sa voie.

— Nous verrons.

Elle voulut le contourner pour gagner la maison, mais il lui bloqua le passage et lui prit le menton pour lever son visage vers lui.

— Que s'est-il passé ?

— Rien.

Délicatement, il lui enleva ses lunettes.

— Sophia…

Elle lui arracha les lunettes des doigts et s'écarta.

— Qu'est-ce que ça peut te faire ? Que tu résolves ou non cette affaire de meurtres, tu t'en iras et tu retrouveras ta vie d'avant. Bordertown cessera d'exister pour toi. Tu continueras à aller de l'avant sans te soucier de ce qui se passe ici, et tu n'auras pas à subir les conséquences.

Comme elle s'éloignait d'un pas décidé, il la rattrapa.

— Tu crois que je vais pouvoir oublier que Stuart a été assassiné ? Et que mon père me soupçonne d'être le coupable ?

— Je croyais que tu te moquais de ce que pensait ton père, lança-t-elle par-dessus son épaule.

— Je ne suis peut-être pas aussi indifférent que je voudrais le croire. Tu y as déjà pensé ?

— Non.

Il était plus sécurisant pour elle ne pas y penser. Sinon, elle pourrait commencer à se dire que, malgré les apparences, il tenait peut-être à elle.

Il la suivit dans la maison, et referma la porte derrière lui d'un coup de pied.

— Qu'est-ce qui s'est passé, aujourd'hui ?

— Ils m'ont renvoyée, d'accord ? J'ai trente jours. Le temps qu'ils auditionnent des remplaçants possibles.

Il faillit trébucher.

— C'est une plaisanterie ?

— Ce n'est pas l'idée que je me fais d'une bonne blague. Remarque, ça pourrait être drôle, si c'est Leonard Taylor qui me remplace…

— Ils ne sont quand même pas stupides à ce point.

— Tu veux parier ? Il raconte partout qu'il aurait pu résoudre cette affaire de meurtres depuis des semaines, que Stuart ne serait pas mort s'il avait occupé le poste…

— C'est facile à dire, quand on n'a pas à le prouver.

— Peu importe que ce ne soient que des paroles en l'air, si c'est ce qu'ils ont envie d'entendre. Le conseil est tellement désespéré qu'il se cherche un sauveur, et c'est exactement comme ça qu'il se présente.

— Ce qui donne l'opportunité à ses supporters de reprendre le pouvoir.

— Exactement. Mais c'est bien pour toi, non ?

Il plissa les yeux.

— Que veux-tu dire ?

— Ta vengeance est complète. Non seulement tu as mis dans ton lit la fille qui t'avais rejeté au lycée, mais tu assistes maintenant à la ruine de sa carrière.

Il se rembrunit.

— Ce n'est pas ce que je voulais. Et puis, je n'ai rien dit à personne. C'est toi qui en as parlé.

Elle se laissa tomber sur une chaise.

— Je sais, dit-elle d'un ton misérable.

— Pourquoi as-tu fait ça ?

— Ce n'est pas évident ? Je ne pouvais pas continuer à les laisser enquêter sur toi, alors que je savais que tu étais innocent.

— Mais si, tu aurais pu. Ils n'auraient pas réussi à me coller le meurtre de Stuart sur le dos.

Se pinçant l'arête du nez entre le pouce et l'index, elle secoua la tête.

— Les prisons sont pleines d'innocents, Rod. Pourquoi prendre le risque ?

L'expression impassible qu'il affichait presque en permanence se fissura, laissant apparaître l'homme plus accessible, peut-être plus vulnérable, avec qui elle avait fait l'amour la nuit précédente.

— Parce que, contrairement à ce que tu penses, je ne voulais pas être responsable de ce qui est en train d'arriver.

Elle abaissa sa main pour pouvoir le regarder, et admit que, même maintenant, après l'effondrement de son petit monde, elle avait envie de le toucher.

Et elle le désirait plus encore que la veille au soir.

— Quelle ironie…, murmura-t-elle.

Les sourcils de Rod se rejoignirent en une expression perplexe.

— Quoi donc ?

— Rien.

En vérité, c'était un ensemble de choses diverses. Pendant des années, elle n'avait pas éprouvé beaucoup de passion pour les hommes avec qui elle sortait. Elle n'avait pas compris que c'était justement la passion qui manquait à sa vie.

Avant que Rod ne revienne dans son existence, elle n'avait jamais ressenti aussi fort ce besoin d'être avec quelqu'un.

Elle était finalement tentée d'aimer la seule personne qui pouvait la faire souffrir le plus.

— Qu'est-ce que tu fais ici ? demanda-t-elle. Qu'est-ce que tu me veux ?

Il s'avança jusqu'à l'endroit où elle était assise, et s'accroupit devant.

— Me faire pardonner.

Levant la main, elle caressa son visage, éprouvant sous ses doigts le contact ferme de sa mâchoire, la rugosité de sa barbe, et enfin la douceur de sa bouche.

Il avait fermé les yeux tandis qu'elle le touchait.

— Tu es tellement beau…, murmura-t-elle.

Entrouvrant les lèvres, il passa la langue contre son pouce, et il n'en fallut pas davantage pour que le désir la submerge.

— Et tu es dangereux, ajouta-t-elle.

Il glissa les mains derrière son cou, et attira sa bouche vers la sienne, lui donnant le plus délicat et le plus doux des baisers.

— Je suis sans défense, dit-il.

Puis sa langue caressa celle de Sophia et, cinq minutes plus tard, elle se retrouvait entièrement nue sur le sol du salon.

Rod ne voulait pas penser à ce qu'il faisait, ni réfléchir aux conséquences.

Il savait qu'il n'aurait pas dû nouer de liens avec Bordertown. Son but, depuis le début, était de s'en libérer. Il n'était revenu que par devoir envers le peuple de sa mère, et aussi pour célébrer le fait de s'en être aussi bien sorti.

Au lieu de quoi, il s'abandonnait dans les bras de la fille qui l'avait toujours fait fantasmer. Pourquoi était-il incapable de lui résister ?

Ce n'était pas, comme il l'avait pensé au début, parce qu'il avait quelque chose à prouver à Stuart. D'ailleurs, Stuart n'était plus là. La compétition entre eux n'avait plus lieu d'être.

Il ne pouvait pas non plus prétendre qu'il cherchait à accomplir un vieux rêve longtemps hors de portée. Il avait obtenu la veille au soir ce qu'il désirait depuis toujours.

Alors, à quoi diable jouait-il ?

Sophia appartenait à son passé et, pourtant, quand il lui faisait l'amour, il oubliait toutes les raisons pour lesquelles il ne devait pas s'attacher à elle.

Dehors, le soleil se couchait, mais la lumière était encore suffisante pour qu'ils puissent se voir, et il en était ravi. La nuit précédente, il avait accueilli avec soulagement l'obscurité parce qu'elle lui permettait de cacher ce qu'il ressentait. Cette fois, il n'éprouvait pas le même besoin.

Il ne savait pas ce que Sophia représentait pour lui, mais, indéniablement, elle représentait quelque chose. Et il n'avait pas peur qu'elle le sache.

Même si l'aventure ne devait pas durer, il voulait se montrer honnête.

— Tu me fais oublier…, murmura-t-il dans son cou.

Elle rejeta la tête en arrière pour le regarder.

— Oublier quoi ?

— Tout.

Elle esquissa un sourire.

— Et toi, tu me fais me rappeler.

— Quoi ?

— Tout.

Il ne savait pas trop ce qu'il devait en penser, mais il ne lui demanda pas de s'expliquer.

Ce qui palpitait entre eux était trop récent pour se laisser définir. Ils le ressentaient tous les deux, et c'était suffisant.

— Bien. J'espère que tu te rappelleras ça aussi.

Et il prit de nouveau ses lèvres avec fièvre.

Il faisait nuit, dehors, mais Sophia était toujours étendue sur le sol du salon, dans les bras de Rod. Elle était trop épuisée pour bouger, même jusqu'à sa chambre.

Elle avait toujours eu conscience de subir une forte pression, mais il avait fallu qu'elle perde son travail pour mesurer à quel point il était un poids pour elle.

Les meurtres de clandestins deviendraient bientôt le problème de quelqu'un d'autre. Elle n'avait plus à se battre contre des moulins à vent.

Peut-être irait-elle vivre ailleurs. Elle pouvait tout vendre et partir sur sa Harley, en suivant la route au hasard…

— A quoi penses-tu ? murmura Rod.

Il s'était assoupi une demi-heure plus tôt, tandis qu'elle lui caressait paresseusement les cheveux, en regardant les ombres que la lune dessinait sur les murs.

— Au Montana, répondit-elle.

Il redressa la tête.

— Au *Montana* ?

— Je me demandais si j'aimerais y vivre.

— Tu envisages de déménager ?

— Après ce qui s'est passé, je ne sais pas si j'ai envie de rester ici.

Son cœur se serra quand elle pensa à Rafe. Il aurait sans doute envie de la revoir, au retour de son excursion avec son ami Chase. Et qu'aurait-elle à lui annoncer ? Qu'il ne lui restait plus que quelques semaines à passer en ville ?

Non, davantage que quelques semaines, corrigea-t-elle. Il fallait qu'elle mette sa maison en vente. Elle ne pouvait pas déménager tout de suite. Mais elle allait devoir prendre rapidement une décision. Elle n'avait pas assez d'économies pour tenir très longtemps…

S'efforçant de penser à autre chose, elle ferma les yeux.

Il ne servait à rien d'esquiver la vérité. Elle ne pourrait quitter Bordertown sans avoir le sentiment d'abandonner Rafe, alors qu'elle s'était fait la promesse de ne jamais le faire.

Et pourtant, elle ne pourrait plus jamais être heureuse parmi ces gens qui l'avaient traitée aussi mal, brisant une carrière en laquelle elle avait placé tous ses espoirs.

— Il fait beaucoup plus froid, dans le Montana, fit remarquer Rod.

— Justement. Ce serait peut-être plus agréable à vivre que ces températures infernales.

— Ça ne te ferait rien de quitter ta mère ?

— Notre relation est… compliquée. Un peu comme celle que tu as avec Bruce.

— Nous n'avons pas de relation.

— Mais tu n'as pas dit que tu n'étais pas aussi indifférent que tu en donnais l'impression ?

— Je ne faisais pas référence à lui.

Ce qu'impliquaient ces mots la fit sourire, tandis qu'elle continuait à passer les doigts dans ses épais cheveux.

— En tout cas, s'il y en a un qui ne me manquera pas, c'est mon beau-père.

— Tu as trouvé pourquoi son numéro se trouvait dans cette planque ?

— Non. Mais j'ai prévu de fouiller son bureau, au magasin.

Elle lui parla de sa visite à sa mère, de l'échec de ses recherches, et termina en disant :

— Tous ses relevés bancaires et ses documents administratifs se trouvent au magasin. Si quelque chose peut permettre d'établir un lien avec la planque, je suppose que ce sera là-bas.

— Et l'arme que tu as trouvée ?

— Eh bien ?

— On devrait l'examiner.

— Tu penses que Gary pourrait être le tueur qu'on recherche ?

— Après tout ce que tu m'as raconté sur lui, je n'en serais pas étonné.

— Les détraqués sexuels ne se transforment pas automatiquement en meurtriers.

— Mais ça prouve un manque d'intégrité. Et nous avons trouvé son numéro à la planque. En plus, l'arme du crime est du même modèle que la sienne. Un expert balistique devrait y jeter un coup d'œil.

— Il n'est pas raciste.

— Qu'est-ce que tu en sais ?

— Il aime le Mexique, les gens, la culture. Il a appris l'espagnol tout seul, et il ne veut aller en vacances que là-bas. Il parle déjà d'un séjour à Rocky Point pour Noël.

— Il n'empêche qu'il faudrait regarder son arme de plus près.

Elle y réfléchit, en faisant une petite moue.

— On pourrait lui demander de nous la remettre volontairement, mais ça m'étonnerait qu'il accepte. Il s'en servirait pour montrer à ma mère que je le harcèle, et que je suis prête à tout pour lui nuire.

— On pourrait obtenir un mandat.

— Il n'est pas illégal de détenir un Glock. Il suffit d'avoir un permis de port d'arme, et je suis sûre qu'il en a un. Et puis, on ne peut pas dire que le juge soit sensible à notre cause.

— Si l'agent spécial Van Dormer en faisait la demande,

ça deviendrait une affaire fédérale, et il ne pourrait plus s'y opposer.

En proie à une nouvelle vague de frustration, Sophia ne répondit pas.

Au moment où elle pensait renoncer et s'abandonner à son destin, filant à moto vers l'inconnu, elle s'apercevait tout à coup qu'elle ne voulait pas voir ses jours à Bordertown se terminer de façon si négative.

Elle avait une nature de battante. Et puis, elle ne pouvait vraiment pas abandonner Rafe. Ce qui lui était arrivé, avec le décès brutal de son père, avait laissé des traces trop profondes pour qu'elle fasse subir la même chose à l'adolescent.

Rod se hissa sur un coude.

— Tu es toujours avec moi, Soso ? demanda-t-il.

— « Soso » ?

Seuls sa mère et Rafe l'appelaient ainsi.

— C'est un terme affectueux. Tu n'aimes pas ?

— Ça ne me dérange pas, si ça ne te dérange pas, *Roro*.

Il rit et lui lança un coussin. Puis il bloqua les coups de poing qu'elle voulut lui donner dans les côtes.

— Eh bien, quelle hostilité !

— Tu le mérites ! Tu m'as fait perdre mon job.

Elle savait que ce n'était pas entièrement vrai. La nouvelle de sa relation avec Rod n'avait été que la fameuse « goutte d'eau », mais cela lui faisait du bien de pouvoir imputer la faute à quelqu'un.

Il lui effleura un sein, provoquant un frisson au passage.

— Non, répliqua-t-il, c'est le fait que tu ne puisses pas me résister qui t'a coûté ton travail.

— De quoi parles-tu ? Je suis parfaitement capable de te résister.

— Si je me souviens bien, c'est toi qui as fait le premier pas.

— Une fois que tu avais stratégiquement pris place dans mon lit.

— « Stratégiquement » ?

Il fit mine d'être choqué.

— J'étais blessé.

Elle leva les yeux au ciel.

— Dis la vérité. Tu n'étais pas si mal en point que ça. Tu espérais coucher avec moi.

— Exact. Mais je n'imaginais pas que ce plan fonctionnerait aussi bien, ajouta-t-il en riant. En tout cas, ne t'inquiète pas, je vais t'aider à récupérer ton job.

— Et tu comptes t'y prendre comment ?

— Nous allons résoudre l'affaire avant la fin de ton préavis de trente jours. Ensuite, même s'ils refusent de revenir sur leur décision, tu te sentiras fière de ce que tu auras accompli. Qu'en penses-tu ?

Elle repoussa la main qu'il avait posée sur son sein. Il l'exaspérait, mais il la rendait heureuse, aussi. Ce qui était étrange, car elle aurait dû se sentir au fond du trou, après la perte de son emploi. Mais quand elle était avec Rod, elle ne pensait qu'à ce qu'il lui faisait éprouver, et à quel point elle appréciait sa compagnie.

— Je crois que tu rêves, rétorqua-t-elle.

— Pas forcément.

— Pas forcément ? Mais, qu'avons-nous, jusqu'ici ? Des éleveurs en colère qui ne supportent plus le saccage de leur propriété ? Des agents du CBP qui n'en peuvent plus d'expulser des clandestins qu'ils voient revenir quelques jours plus tard ? Des racistes constitués en milice privée ? Des ennemis politiques prêts à tout pour me discréditer ?

Elle soupira.

— Je ne sais même pas par où commencer.

— Je crois au contraire que tu le sais.

— Leonard devrait déjà être en prison. Au lieu de quoi, il affûte son CV dans l'espoir de récupérer mon poste.

— Il n'a pas encore ton poste. Alors, reste concentrée. Nous savons que le tueur est libre de se déplacer la nuit, qu'il vit en ville ou tout à côté. C'est peut-être un fumeur, il déteste les Mexicains, et il utilise un.45 avec un silencieux.

— Ça pourrait être la moitié de la ville.

L'allusion de Rod à un silencieux rappela à Sophia que Starkey avait une piste à propos d'un homme qui vendait des silencieux dans son garage.

Elle le mentionna, et ajouta :

— Il doit le rencontrer ce soir.

— Et ensuite il t'appellera ?

— Je pense.

— Il a l'air d'un ami loyal.

Elle se demanda s'il essayait de lui faire expliquer sa situation avec Starkey, ou s'il faisait simplement un constat.

— Ce n'est pas un mauvais bougre… pour un Hell's Angel, dit-elle simplement.

Rod roula sur le dos.

— Van Dormer m'a laissé un message. A toi aussi, probablement. Mais puisque tu as éteint ton téléphone, tu ne l'as peut-être pas eu.

— Pas encore.

— Les autopsies sont prévues pour demain.

Maintenant que Rod ne la touchait plus, elle avait l'impression que toute la chaleur et le soulagement qu'elle avait éprouvés s'étaient envolés.

— Les Sanchez, ou…, commença-t-elle.

— Stuart aussi. Tu n'es pas la seule à subir de la pression. Vonnegut s'est fait remonter les bretelles pour avoir autant traîné.

— Stuart a été le dernier tué, mais je suis sûr qu'il sera le premier à être autopsié.

— Evidemment. Bruce est un ami de Schilling.

— En tout cas, je ne vois pas comment le tueur de clandestins pourrait être responsable de la mort de Stuart. Il n'a pas le profil des victimes. Et ça ne ressemble pas à des représailles. Si encore il avait été un éleveur… Mais là, ça ressemble plutôt à un guet-apens.

— Et pourtant, j'ai le sentiment que tout est lié.

Sophia approuva.

— Oui, mais comment ? Nous n'avons que quelques pièces éparses qui refusent de s'assembler.

— Patience. Il y a forcément une réponse. Il y en a toujours une.

— Mais est-ce que nous la trouverons avant que je perde mon job et déménage pour le Montana ?

— Tu ne te plairas pas, là-bas.

Elle avait déjà compris qu'elle ne pouvait quitter Bordertown tant que Rafe n'était pas sorti de l'adolescence. Mais il était réconfortant de penser qu'elle pourrait larguer les amarres si elle en avait envie.

— Tu n'en sais rien.

— Peut-être pas. Mais je sais que tu auras plus de chance de garder ton job si nous nous remettons au travail.

Il se leva souplement et lui tendit la main.

— Viens. Habillons-nous et allons faire une visite au magasin de ton beau-père.

— Maintenant ?

— Pourquoi pas ? Il fait nuit, et il se trouve que la police locale n'est pas en service. C'est le moment idéal pour une effraction.

— Ce ne sera pas nécessaire de fracturer la serrure.

— Ah bon ?

— Non.

Après avoir fermé les rideaux et allumé une lampe, elle alla récupérer son sac et en sortit la clé qu'elle avait glissée dans son porte-monnaie, un peu plus tôt.

— J'ai ça.

— C'est la clé du magasin ?

— Si on en croit l'étiquette plastifiée accrochée dessus, c'est bien ça. Heureusement, mon beau-père est très maniaque. Ses clés de secours sont parfaitement rangées dans un petit coffret fixé au mur de la cuisine, exactement comme quand je vivais à la maison. Je l'ai récupérée quand ma mère avait le dos tourné, et elle ne s'est rendu compte de rien.

Rod lui donna une petite tape sur les fesses.

— Bien joué, championne ! Tu vois, ce n'est pas encore terminé.

26

La main de Leonard tremblait d'impatience et d'anxiété tandis qu'il composait le numéro de Gary O'Conner depuis sa voiture.

Il savait que Gary ne serait pas très bien disposé à son égard. Dans sa détermination à détruire Sophia, il en avait peut-être fait un peu trop, égratignant au passage la réputation de Gary.

Mais ce qu'il avait à lui dire ne manquerait pas d'améliorer leurs rapports.

Le portable sonna plusieurs fois avant de basculer sur la messagerie. Gary était-il déjà endormi ? Il se levait tous les matins à 5 heures pour ouvrir le magasin à 6 heures et accueillir les éleveurs de bétail, dont la journée commençait très tôt, et qui composaient l'essentiel de sa clientèle.

Raccrochant sans laisser de message, Leonard vérifia l'heure au tableau de bord.

22 h 30. Pouvait-il se risquer à appeler sur le téléphone de la maison ?

Il devait absolument lui dire que Sophia avait l'intention de se rendre au magasin.

Il essaya de nouveau le portable de Gary, tomba encore sur la messagerie, et se résigna à appeler la maison.

Espérant qu'Anne ne décrocherait pas — il savait combien Gary prenait soin d'éviter tout ce qui pourrait éveiller sa curiosité —, il laissa s'égrener trois sonneries.

Il allait renoncer, quand il entendit enfin une voix d'homme.

— Allô ?

— Gary ?

— Ouais ?

— C'est Leonard.

— Ah, salut Mac… Attends une seconde, tu veux ?

Mac était le frère de Gary et vivait quelque part au Texas. Leonard ne le connaissait pas, mais il en avait entendu parler, et il comprit que Gary inventait une excuse pour Anne.

Il y eut un peu de bruit, et une discussion en fond sonore, puis Gary reprit l'appareil.

— Qu'est-ce que tu veux ? demanda-t-il d'un ton contrarié. Pourquoi est-ce que tu m'appelles ici ?

Leonard coupa l'appareil qui lui avait permis d'entendre la conversation de Sophia et Rod — ainsi que les gémissements et les cris passionnés qui l'avaient précédée. Qui aurait cru que cette fille, que tout le monde à Bordertown trouvait froide et coincée, pouvait être aussi dévergondée ? Pour un peu, il aurait été jaloux de Rod.

— J'ai essayé ton portable. Tu n'as pas décroché.

— Parce qu'il est presque 23 heures. Nous sommes couchés. Ça ne t'est pas venu à l'idée ?

— Désolé, mais ça ne pouvait pas attendre.

— Je suis sûr que si. D'autant que je n'ai aucune envie de discuter avec toi. Qu'est-ce qui t'a pris de montrer partout cette photo de Sophia, en disant que c'était moi qui l'avais prise ? Depuis, elle me tourne autour comme une volée de mouches autour d'une bouse de vache. Et si la rumeur arrive aux oreilles de ma femme, je te prie de croire…

— Il fallait que je le fasse ! l'interrompit Leonard. Il fallait que je ternisse la réputation de Sophia.

— Sa réputation ? Et la mienne, espèce d'idiot ?

— Calme-toi. Les mecs en ville te considèrent comme un sacré veinard. Ils rêvent tous de la sauter.

— Et ma femme ?

— Tu n'as rien à craindre. Anne ne croira jamais ces rumeurs. Elle t'aime. Elle a confiance en toi. Et puis, ça a marché. Neil m'a appelé tout à l'heure. Ils l'ont virée.

— C'est pas vrai ?

— Comme je te le dis, mon vieux. Et, si tu m'aides à récupérer son job, je te promets que ta vie sera plus facile.

Leonard savait que Gary serait trop tenté par l'argent qu'il pourrait se faire, une fois que Sophia ne ferait plus partie du paysage.

— C'est une sacrée nouvelle, marmonna-t-il.

— Exactement ce que nous espérions, mon pote.

— Et ? C'est pour ça que tu m'as appelé ?

— Non. Ça aurait pu attendre demain.

— Et alors, que se passe-t-il ?

— Sophia est partie au magasin. Rod s'est rendu à la planque, et il a trouvé ton numéro de téléphone. Ils essaient de comprendre ce qu'il faisait là-bas.

— Merde ! C'est ça qu'elle cherchait.

— Quand ?

— Tout à l'heure. Je l'ai surprise dans mon bureau. Ici, à la maison.

— Oui, je l'ai entendue en parler. Elle a aussi trouvé ton flingue. Tu ferais peut-être bien de t'en débarrasser.

— Je sais qu'elle l'a trouvé. Mais comment es-tu au courant ? Comment est-ce que tu l'as « entendue » ?

— Peu importe. Je fais ce pour quoi tu me paies. C'est tout ce que tu as besoin de savoir.

— Et maintenant, tu me dis qu'elle se rend au magasin ?

— Exact. Elle essaie de comprendre ce qui te relie à la planque. Le bâtard de Bruce est avec elle.

— Merde ! On fait quoi, maintenant ?

— Comment ça, « on fait quoi » ? C'est pourtant clair. Tu dois l'arrêter.

— Comment ?

— En l'empêchant de trouver les preuves qu'elle recherche.

— Elle ne renoncera jamais. Je la connais.

— Dans ce cas, il faudrait peut-être envisager quelque chose de plus… permanent.

— Tu me prends pour qui ?

— Quelqu'un qui passera le reste de sa vie en prison s'il n'agit pas très vite.

Quelques secondes d'un silence tendu passèrent.

— Je la hais, grinça Gary entre ses dents. Elle me pourrit l'existence depuis des années.

— Dans ce cas, aie le courage de régler le problème ! Débarrasse-toi d'elle.

— Ça t'arrangerait bien, hein ? Tu la détestes encore plus que moi.

— Au moins, moi, j'aurais les tripes de faire ce qu'il faut faire.

— Tu crois vraiment que tu serais capable de lui mettre une balle dans la tête ?

Depuis des mois, Leonard ne rêvait que de ça.

— Sans la moindre hésitation. Par contre, si tu veux que je m'en occupe, il faudra allonger le fric. Et ça va te coûter un max, parce qu'il faudra aussi que je règle son compte à Rod.

— Tu es tellement trivial, remarqua Gary avec amertume. Est-ce que c'est toi qui as tué Stuart ? Tu lui as tiré une balle dans la tête, comme tu parles de le faire pour Sophia ?

Leonard crispa les doigts autour de son téléphone portable.

— Non. Pourquoi tu parles de ça ?

— Parce que je crois que tu l'as tué. Et c'était ton ami.

— Je te dis que ce n'est pas moi. Mais on ne parle pas d'amitié, ici. On parle de business.

Il y eut un autre silence, révélateur du dilemme que vivait Gary.

— Nous n'avons pas toute la journée, lui rappela Leonard.

— On parle de ma belle-fille. Ça demande réflexion.

— C'est elle ou toi. Réfléchis plutôt à ça.

— Tu es sûr que tu peux le faire sans te faire prendre ? Si ma femme découvre…

— Détends-toi. Je serai bientôt chef de la police. Ça me sera facile de couvrir tout ce que je veux.

— Mais si tu transformes le magasin en scène de crime, la police va tout passer au peigne fin. Je ne peux pas prendre ce risque.

— Qu'est-ce qu'il y a là-bas ?

— Tous mes dossiers.

— Ce n'est rien. Je t'appellerai quand j'aurai terminé, et tu passeras prendre ce dont tu as besoin. Je suis obligé de le faire là-bas. Je n'aurai peut-être pas d'autre opportunité.

— Tu veux que j'aille au magasin, et que j'enjambe deux cadavres pour récupérer mes dossiers ?

— Tu as une meilleure idée ?

Gary eut un lourd soupir.

— Tu ne peux pas les emmener dans le désert et les tuer là-bas ?

— Ils sont deux. Et il y en a un qui est un ancien SEAL. Il faut que j'agisse par surprise.

— Je ne veux pas d'un carnage.

— Il vaut mieux un carnage qu'une condamnation à perpétuité.

Gary resta muet.

— Allez, mon vieux, décide-toi. Elle t'a relié à la planque. Ça menace toute l'opération.

— Très bien. Fais-le.

*
**

— Tu t'en sors ?

Rod se tenait penché au-dessus de Sophia, à la porte de service du magasin.

Ils étaient venus avec le Hummer, mais Rod l'avait garé à proximité du Firelight, pour éviter qu'on le remarque sur le parking du magasin de Gary.

— Mouais…

La clé s'insérait sans problème. Une seconde après, la porte s'ouvrit, mais un bip les prévint qu'ils avaient à peu près soixante secondes pour déconnecter l'alarme.

— Tu savais qu'il avait un système de sécurité ? demanda Rod.

— Non.

— Aide-moi à trouver le panneau avec le clavier pour saisir le code. Je peux peut-être l'arrêter.

Ils promenèrent en tous sens le faisceau lumineux de leur torche.

— Comment vas-tu faire ?

— Je connais certains modèles…

— Là ! s'exclama Sophia, en désignant le pan de mur derrière le comptoir.

Rod coupa les fils quelques secondes après le déclenchement de l'alarme. Puis ils guettèrent une réaction venue de l'extérieur.

Rien ne se passa, et Sophia relâcha son souffle.

— Tu crois que tu as réussi à couper l'alarme avant que le signal soit envoyé à la société de télésurveillance ?

— J'en doute. J'ai arrêté la sirène pour éviter d'attirer l'attention dans la rue. Mais…

Il examina le système.

— C'est un modèle récent et cher. Beaucoup plus haut de gamme que ce qu'on pourrait s'attendre à trouver à Bordertown.

— C'est d'autant plus bizarre qu'il n'y a rien de vraiment intéressant à voler ici, fit remarquer Sophia.

Au même moment, le téléphone sonna.

— Allons-nous-en, dit Rod, en lui prenant la main.

— Non, attends ! protesta Sophia en se libérant. Il doit bien y avoir une raison pour qu'il installe un tel système. Il faut fouiller partout.

— Nous n'avons pas le temps. Ils vont signaler l'effraction au shérif.

Le téléphone avait déjà sonné trois fois.

Sophia se rua vers l'appareil et décrocha.

— Allô ?… Non, ce n'est rien… Sophia St. Claire. Je dirige la police de Bordertown. J'ai reçu un appel me signalant un rôdeur avec une lampe-torche. C'est le magasin de mon beau-père, et j'ai la clé… Tout a l'air normal… Je ne connais pas le code, mais ce n'est pas la peine de le réveiller. Je vais vous donner mon numéro d'insigne pour que vous puissiez vérifier mon identité auprès du régulateur du comté.

Elle donna son numéro, et ajouta :

— Heureusement que j'étais dans le coin… Oui, c'est ça… Mmm… Merci.

— Alors ? demanda Rod, dès qu'elle eut raccroché. Ils ont mordu à l'hameçon ?

— Je crois. La fille n'a pas trouvé bizarre que je lui propose de prendre mon numéro. Si ça se trouve, elle ne vérifiera même pas.

Le faisceau de sa torche la précéda tandis qu'elle se dirigeait vers le bureau, situé entre la partie commerciale et la zone de stockage.

— Et si elle le fait ?

— Tout ira bien. Ils diront que le numéro est bien le mien.

— Et si elle appelle quand même Gary ? Après tout, il est leur client.

Sophia ferma la porte, avant d'allumer le plafonnier.

— Je m'en tiendrai à mon histoire.

— Tu n'es même pas de service, ce soir.

— Et alors ? Je reste un officier de police. Mon devoir est de protéger Bordertown jour et nuit.

Tandis que Rod se dirigeait vers les classeurs métalliques contenant les dossiers, Sophia s'assit au bureau et commença à fouiller les tiroirs.

Leonard éteignit ses phares, avant de s'avancer lentement dans la ruelle qui desservait, entre autres, la zone de livraison du magasin d'aliments pour bétail.

Il gara son pick-up derrière le salon de coiffure de Trudy Dilspeth, au-dessus duquel se trouvait son appartement. Mère célibataire, avec quatre enfants de pères différents, dont aucun ne s'était attardé dans les parages, Trudy faisait ce qu'elle pouvait pour survivre. Avec toute cette marmaille, elle devait être couchée, à cette heure-ci, et les rideaux tirés sur ses fenêtres semblaient le confirmer.

Même si elle ne dormait pas, c'était quelqu'un en qui il pouvait avoir confiance. Il lui rendait visite depuis des années, à raison d'une fois par mois. Il passait dans le salon pour se faire couper les cheveux, puis elle l'entraînait dans l'arrière-boutique où se pratiquaient certains massages…

Il lui avait envoyé quelques clients, et elle lui était trop redevable pour se mêler d'une situation qui ne la concernait pas.

En outre, elle détestait Sophia. Dès son installation en ville, elle avait en effet jeté son dévolu sur Stuart, et n'appréciait pas du tout qu'il tourne autour de celle qu'elle surnommait « la sainte-nitouche ». Un jour, elle avait même laissé entendre qu'elle était enceinte de lui. Mais il n'y avait jamais eu d'enfant. Stuart avait probablement insisté pour qu'elle se fasse avorter. Un type de son milieu ne pouvait pas avoir un enfant avec la prostituée de la ville.

La radio country qu'il écoutait se tut quand il coupa

le moteur. Il resta assis dans le silence durant quelques minutes, prenant un moment pour apprécier la paix nocturne. Il aimait les nuits d'été. Elles lui rappelaient l'époque où il prenait un verre sur la terrasse avec sa femme, appréciant le retour au calme une fois les filles couchées — elles avaient semé le chaos dans la maison en hurlant comme des sauvages.

Il attendait tant de la vie… Tellement plus que ce qu'il avait reçu.

Mais il n'était pas trop tard. Le licenciement de Sophia annonçait le retour de la chance. Il avait déjà deux conseillers municipaux dans sa poche. Avec Gary et quelques éleveurs derrière lui, il réussirait son grand retour.

Sortant son fusil de sous le siège, où il avait caché plusieurs armes, il enfonça son chapeau de cow-boy sur sa tête, et alluma une cigarette.

Il fumait rarement. Seulement quand il voulait jouer un personnage à la Clint Eastwood. Et seulement quand il avait besoin des effets calmants de la nicotine.

Après quelques bouffées, il laissa la cigarette pendre entre ses lèvres, et se dirigea vers l'entrée de service du magasin.

Il allait attendre sur le parking, dissimulé entre les tracteurs et les moissonneuses, et surprendre Sophia et Rod quand ils sortiraient. Ils n'étaient pas stupides au point de sortir par la porte principale, où on pourrait les voir depuis la rue.

Deux cadavres sur un parking, ce serait mieux que deux cadavres dans un magasin. Ce serait plus facile pour nettoyer, et Gary serait content. Plus tard, quand il occuperait le poste tant convoité de chef de la police, il arrangerait ça à son idée.

Quant à l'enquête sur les meurtres de clandestins, heureusement que le FBI avait pris les choses en main. Il avait fait trop de promesses qu'il ne pourrait pas tenir, quand il avait affirmé pouvoir trouver le coupable. Il bluffait, provoquant Sophia et tous ceux qui s'opposaient à lui, en prétendant qu'il serait plus efficace.

Mais il n'était pas trop inquiet. Le FBI trouverait ce salaud. Et si ça n'allait pas assez vite, il pourrait toujours prétendre que les fédéraux lui mettaient des bâtons dans les roues.

Il sourit en songeant à ce que lui réservaient les semaines à venir.

Sophia serait punie pour tout ce qu'elle lui avait fait. Sa femme et ses filles reviendraient. Il se rapprocherait de la ville et achèterait une belle et grande maison. Il pourrait même fréquenter les Dunlap, et les Fedorko. Ils l'avaient toujours regardé de haut, mais ils lui mangeraient dans la main quand il aurait gagné le respect de la communauté. A ce stade, même le maire deviendrait son ami.

C'était pour bientôt.

Quand Sophia serait morte, et qu'il aurait la charge de faire régner l'ordre dans Bordertown, plus personne ne se mettrait en travers de son chemin.

Les affaires seraient florissantes, pour lui et pour tous ceux qui le soutenaient.

27

Sophia trouva ce qu'elle cherchait dans un classeur métallique qu'elle avait réussi à ouvrir, car elle connaissait les habitudes de son beau-père.

Maniaque de l'organisation, Gary devait identifier clairement chaque clé qu'il possédait, à la maison comme dans son entreprise.

Elle avait fouillé tous les tiroirs, jusqu'à ce qu'elle trouve la boîte en plastique contenant toutes les clés des différents engins agricoles, et en avait sorti la seule qui n'avait pas d'étiquette.

Remarquant qu'elle avait cessé de fureter, Rod releva la tête.

— Tu as trouvé quelque chose ?

Elle se laissa tomber dans le fauteuil de son beau-père sans répondre.

— Sophia ?

— Il n'y a pas de doute, dit-elle d'une voix blanche. Il a quelque chose à voir avec la planque.

— C'est-à-dire ?

— Ce n'est pas la mafia mexicaine qui en est propriétaire.

Elle lui tendit les documents qui apportaient la preuve du lien qu'ils cherchaient à établir.

— Ça alors ! Gary O'Connor est l'actionnaire majoritaire de l'entreprise dont la maison est le siège social.

— Ça veut dire que c'est lui qui dirige les opérations, non ?

— Probablement.

— Pourquoi a-t-il pris le risque de rassembler autant de gens ?

— Pour une question de capital. Ça coûte cher de faire tourner une entreprise. Il a sûrement vu grand, et il n'avait pas l'argent pour démarrer.

— Je me demande si ses associés savent qu'ils ont investi dans une entreprise qui enfreint la loi.

Rod feuilleta les documents, jusqu'à ce qu'il trouve une liste des actionnaires.

— Neil Munoz est impliqué aussi.

— Tu plaisantes ? Il est conseiller municipal.

— Et Charlie Stumper.

— Dans ce cas, les actionnaires ne sont pas au courant. Charlie déteste les clandestins. Il ne participerait pas à une filière qui facilite leur entrée sur le territoire.

— Ou alors, il est fatigué de lutter contre ce problème et il a décidé d'en tirer parti.

Sophia ne pouvait l'imaginer.

De tous les éleveurs, Charlie était celui qui se plaignait le plus de l'immigration clandestine. Elle avait prévu d'aller faire un tour chez lui, ce soir. Même s'il était tard, et qu'il n'était pas à son domicile, elle devait y jeter un coup d'œil. Elle avait laissé un message à sa fille, mais celle-ci n'avait pas rappelé. Où pouvait-il bien être passé ?

— Qui y a-t-il d'autre sur la liste ? demanda-t-elle, en regardant par-dessus son épaule.

— Joel Lawson, Newt Woods et…

Comme il s'était interrompu, elle lut le nom elle-même.

— Carmelita Dunlap.

— Ne me dis pas que c'est la femme de Patrick.

— Si. Elle possède…

— L'institut de beauté, je sais.

— Joel et Newt sont aussi des commerçants. Joel est propriétaire du fast-food à la sortie nord de la ville. Newt a un magasin de pneus.

Rod se massa le menton, essayant de comprendre quelque chose à cette information.

— Leurs affaires sont-elles aussi florissantes que celles de ton beau-père ?

— Je ne sais pas. Mais ils ne s'en sortent pas trop mal, malgré la crise économique.

— C'est peut-être ça l'explication. C'est peut-être la crise qui les incite à enfreindre la loi.

C'était une possibilité que Sophia ne pouvait négliger.

— Je comprends mieux, maintenant, le train de vie de Gary et de ma mère.

— A mon avis, le magasin n'est qu'une façade et l'a toujours été. Il doit gagner au moins cinq fois plus avec ses activités illégales.

Rod chercha la date sur l'acte de propriété.

— Il possède la maison de Dugan Drive depuis un peu plus de trois ans. Ça ne veut pas dire qu'il ne trafiquait pas déjà auparavant, mais cette activité-là est plus récente.

— Mais, que font-ils au juste ? Le nom de la société, Cochise Partners, est plutôt obscur…

Tout en parlant, Sophia fouillait dans d'autres documents.

— Regarde ça ! Ils sont supposés faire du commerce équitable et importer du café du Mexique…

— Alors, ses associés ignorent peut-être la vérité.

— Tu veux dire que ce serait un arnaqueur, en plus du reste ?

— On le dirait bien.

— Ma mère va être tellement humiliée…

On entendit des froissements de papiers tandis que Rod fourrageait dans la pile de documents.

— Tu ne veux pas plutôt dire qu'elle aura le cœur brisé ?

— Ç'a déjà été embarrassant pour elle, quand mon père a fait faillite, et que son mariage s'est soldé par un divorce. Mais voir son second mari jeté en prison…

Les lèvres pincées, Sophia secoua la tête.

— Son amour-propre risque d'avoir du mal à s'en

remettre. Son image a toujours compté beaucoup plus que tout le reste. Moi y compris.

Rod posa la main sur son épaule, comme s'il comprenait ce qu'elle ressentait face à l'égoïsme de sa mère. Et, compte tenu de ce qu'il avait vécu, c'était sans doute le cas.

Mais, conscient du temps qui passait, il ne fit pas de commentaire.

— Tu peux faire une copie de tout ça pendant que je remets tout en ordre ? demanda-t-elle.

Son beau-père était si tatillon qu'il remarquerait que quelqu'un était entré dans son bureau, si tout n'était pas absolument à sa place. Elle devait tout replacer comme elle l'avait trouvé.

Ce faisant, elle ne put s'empêcher de se demander comment elle allait révéler à Anne ce qu'ils avaient découvert.

Que dirait-elle ?

Rien, songea-t-elle aussitôt. Le fait de posséder la maison et un agrément l'autorisant à importer du café ne faisait pas de Gary un coupable. Elle devait garder le silence jusqu'à ce qu'ils aient pu placer sous surveillance la maison de Dugan Drive et noter ce qui s'y passait. Il faudrait obtenir des témoignages des clandestins qui payaient sans doute le prix fort pour être logés là, interroger les voisins pour savoir qui étaient les hommes qui avaient tabassé Rod…

Alors, Anne admettrait peut-être que Gary trempait dans des trafics peu reluisants.

Ou pas. Tant qu'il resterait un espoir, elle s'y accrocherait, et affirmerait que sa fille cherchait à faire accuser Gary depuis le début.

— Quelle sale histoire ! dit-elle. Je voulais partir sur un coup d'éclat, mais faire emprisonner mon beau-père n'était pas exactement ce que j'avais en tête.

Rod avait fini de photocopier les documents, et il essayait de voir à l'extérieur, à travers le store de l'unique fenêtre.

— Ce qui m'ennuie, c'est que nous soyons tombés sur ça alors que nous enquêtions sur des meurtres de clandestins, dit-il.

— Pourquoi ?

— Je ne crois pas beaucoup aux coïncidences. Mais nous en parlerons plus tard.

Il glissa les photocopies dans une grande enveloppe en papier brun, afin de les transporter plus facilement, et tendit les originaux à Sophia.

— Il va falloir y aller sans tarder.

Sophia remit la chemise dans le caisson accueillant les dossiers suspendus. Elle s'apprêtait à le refermer quand elle remarqua un petit carnet brun, posé à plat sous l'accordéon que formait la série de chemises cartonnées suspendues sur les tringles.

— Je crois que j'ai trouvé autre chose, dit-elle.

Tournant les pages, elle vit qu'il s'agissait d'une sorte de carnet de comptes.

— Rod ?

Il était toujours posté devant la fenêtre, à surveiller l'extérieur.

— Quoi ?

— Viens voir.

Comme il ne bougeait pas, elle regarda de nouveau dans sa direction, et remarqua qu'il était sur le qui-vive.

— Quelque chose ne va pas ?

— Je ne suis pas sûr.

Il changea d'angle de vision.

— Qu'est-ce que ton beau-père conduit, comme voiture ?

— Un 4x4 Cadillac.

— Quel modèle ?

— Un Escalade gris perle. Pourquoi ?

— Un véhicule correspondant à cette description est passé deux fois au ralenti.

Sophia sentit son pouls s'accélérer.

— Ce n'est pas bon signe. Il est tard, et ce n'est pas

un oiseau de nuit. De toute façon, tout est fermé à cette heure-ci, à part le bar. Qu'est-ce qu'il fait, à ton avis ?

— J'ai l'impression qu'il se doute de quelque chose.

— Pourquoi n'entre-t-il pas vérifier ?

— C'est ce que je ne comprends pas. On dirait qu'il attend quelqu'un.

— Peut-être le shérif ?

Plaqué contre le mur, Rod surveillait toujours.

— Non. Il a beaucoup trop de choses à cacher. Il n'appellerait pas le shérif.

— Qui, alors ?

Le regard que Rod lui lança effraya Sophia.

— Pourquoi pas un tueur à gages ? suggéra-t-il. Un des types qui m'a si bien accueilli à la planque.

— Gary ne nous ferait pas exécuter, voyons.

— Tu en es sûre ? Il sait ce que nous sommes venus chercher, et combien il a à perdre.

Un frisson courut dans le dos de Sophia. Elle n'avait jamais aimé son beau-père, ne l'avait jamais respecté, mais… était-il capable de la faire éliminer ?

— Tu vois sa voiture ? demanda-t-elle.

— Non.

— Comment allons-nous sortir de là ?

— Très prudemment, répondit-il, en sortant son arme de sa ceinture.

— Je dois faire une copie de ça, avant.

— Qu'est-ce que c'est ?

— Une sorte de carnet de comptes.

— Laisse tomber. Ça ne vaut pas que tu risques ta vie.

— Mais il contient sûrement des réponses, des preuves. Je n'en ai pas pour longtemps.

Elle pensait qu'il allait argumenter, mais il n'en fit rien. Tandis que le copieur ronronnait, il se glissa hors de la pièce.

Elle crut l'entendre aller vers la réserve. Pourquoi ?

Elle n'en avait aucune idée. L'endroit était réservé au stockage, et il n'y avait pas de vue sur l'extérieur.

Lorsqu'elle eut fini, elle glissa les copies dans l'enveloppe avec les autres et remit le carnet à sa place. Puis elle éteignit les lampes et rejoignit Rod, en se dirigeant grâce à sa lampe-torche.

Il entrebâilla la porte de service, et se tint aux aguets.

— J'ai tout, chuchota-t-elle.

Il leva la main pour la faire taire.

— Qu'est-ce que qu'il y a ? La voiture de Gary est sur le parking ?

— Non.

Fermant les yeux, il inspira.

— Tu ne sens pas ?

— Quoi ?

— La fumée de cigarette.

Au moment où il le dit, elle perçut elle aussi l'odeur. Il ne lui en fallut pas plus pour lui rappeler le mégot de cigarette trouvé sur le lieu où José et Benita Sanchez avaient été assassinés.

Ses jambes se mirent alors à flageoler.

Refermant très doucement la porte, Rod la prit par le bras et la poussa vers l'avant du magasin.

— Qu'allons-nous faire ?

— Sortir par la porte principale.

— Mais elle ouvre sur la rue, et Gary est déjà passé deux fois. Il pourrait nous voir.

— Je préfère l'affronter, plutôt que celui qui se trouve dans la ruelle.

A cause de cette odeur de cigarette, Sophia ne pouvait qu'approuver.

Lorsqu'ils atteignirent la partie commerciale, Rod voulut se placer devant elle pour inspecter l'une des deux vitrines. Mais elle était officier de police, pas une civile effrayée. Elle le contourna pour aller se poster de l'autre côté, en se plaquant contre le mur.

— Tout à l'air normal, dit-elle. On peut y aller.

— Je n'aurais pas dû accepter que tu m'accompagnes, dit-il.

— Arrête. On va s'en sortir. Et…

Elle inspecta de nouveau la rue et ne vit personne.

— C'est le moment.

Il hocha la tête et tourna le verrou.

— Surtout, reste derrière moi. Dès que nous serons dehors, traverse immédiatement la rue, et dirige-toi vers la voiture.

— Ça va, je sais comment faire.

— Et s'il m'arrive quelque chose, surtout ne te retourne pas et continue à courir.

Une scène au ralenti se déroula soudain dans son esprit, montrant Rod qui se faisait abattre dans la rue et s'effondrait sur la chaussée.

Sans réfléchir, elle jeta les bras autour de lui et le serra de toutes ses forces, se moquant de ce qu'il pensait, ou de ce qu'elle révélait de ses véritables sentiments.

— Tu n'as pas intérêt à ce qu'il t'arrive quelque chose. Mais sache que je m'arrêterai. Je ne m'en irai pas sans toi.

L'expression de Rod se radoucit tandis qu'il lui caressait la joue.

— Je n'aurais vraiment pas dû t'amener ici, répéta-t-il.

— Tu n'avais pas le choix.

28

Ils ne tombèrent pas sous une pluie de balles, comme Rod s'y attendait à moitié. Personne ne les poursuivit, ne tira un coup de feu ou leur ordonna de s'arrêter. Ils ne virent même pas le 4x4 de Gary.

Ils marchèrent d'un pas vif, longeant les boutiques et profitant de leur auvent qui faisait écran à la lumière des réverbères, jusqu'à ce qu'ils atteignent le parking du Firelight.

Alors que Rod actionnait la télécommande du Hummer, Bruce sortit d'un véhicule garé non loin de là et s'approcha.

— Te voilà enfin, dit-il.

— Qu'est-ce que vous faites là ? demanda Rod, étonné.

— Comme je ne t'ai pas trouvé à l'intérieur, et que je ne savais pas où chercher, je me suis dit que tu finirais bien par revenir à ta voiture.

— Que voulez-vous ?

Le regard de Bruce dériva vers Sophia, méfiant.

— Je peux te parler ?

— Je n'ai pas tué Stuart.

— Je sais. Et je ne suis pas là pour ça. Enfin, si, mais de façon indirecte… En fait, j'ai découvert quelque chose que je voudrais que tu voies.

Rod fut surpris. Il ne comprenait rien à la démarche de son père. Et il avait du mal à reconnaître le riche propriétaire terrien respecté de tous, dans ce vieil homme aux épaules voûtées et à l'air pitoyable.

— De quoi s'agit-il ?

Bruce regarda autour d'eux, et s'exprima à voix basse.

— Je ne veux pas en parler ici.

Son regard se posa sur Sophia, qui s'était installée dans la voiture. Lui tournant le dos, il baissa encore la voix.

— Je ne peux le dire qu'à une personne de confiance.

Rod ne se serait jamais imaginé que son père lui faisait confiance. Bruce n'était-il pas toujours du même avis que sa femme ?

— Et c'est moi, cette personne ?

— Oui, c'est toi. Malgré tout ce qui a pu se passer, tu es mon fils. Mon sang. Je sais que je n'ai aucun droit de te demander ça, mais… j'ai besoin de toi. J'ai besoin que tu…

Sa voix se brisa.

— … que tu m'aides à traverser cette épreuve.

Son visage était ravagé par la souffrance et, en dépit de tous ses griefs envers cet homme, Rod ne put s'empêcher d'éprouver de la compassion ?

— Que voulez que je fasse ?

— Voudrais-tu m'accompagner ?

— Maintenant ?

— S'il te plaît.

Rod avait toujours souhaité l'amour de son père, même une fraction de ce qu'il donnait à ses demi-frères, mais Bruce n'en avait jamais été capable. Dès lors, il ne lui devait rien.

Mais, si Bruce était sincère, peut-être quelque chose de positif pourrait-il émerger de la tragédie que constituait la mort de Stuart.

Peut-être pourraient-ils faire la paix avec le passé, et établir au moins une relation cordiale.

— D'accord. Donnez-moi une seconde pour parler à Sophia.

Rod regarda Bruce retourner à sa voiture, d'une

démarche traînante, puis il ouvrit la portière du Hummer, et se pencha dans l'habitacle.

— Que se passe-t-il ?

Sous la lumière du plafonnier, les yeux de Sophia brillaient de curiosité.

— Ça ne t'ennuie pas de rester seule un moment ?

Puisque personne ne les avait accostés tandis qu'ils sortaient du magasin, Rod avait tendance à penser qu'il avait réagi avec exagération en voyant cet Escalade gris perle.

Gary et Anne s'étaient peut-être disputés, et Gary était sorti rouler un peu pour se détendre. Ou alors, ce n'était pas sa voiture. Avec le branle-bas de combat médiatique engendré par les meurtres, il y avait beaucoup plus de monde en ville que d'habitude.

— Pas du tout, répondit-elle. Pourquoi ? Où vas-tu ?

— Bruce a quelque chose à me montrer.

— Quoi ?

— Il ne veut pas le dire. Mais je t'appelle dès que je sais de quoi il s'agit.

Elle hocha la tête, puis lui prit brièvement la main.

— Sois prudent.

— Toi aussi.

Il lui donna la clé de contact et commença à se diriger vers la voiture de Bruce, avant de se raviser.

Il la rejoignit alors qu'elle faisait le tour de la voiture pour changer de place.

— Un problème ? demanda-t-elle.

— Pas vraiment.

Il hésitait seulement à la quitter. Elle était flic, elle avait une arme, et elle avait réussi à se débrouiller toute seule pendant des années. Mais ce qu'ils avaient découvert au magasin était dangereux. Et avec tous ces meurtres…

— Je me demandais si tu me ferais une faveur.

Elle le scruta quelques secondes.

— Quel genre de faveur ?

— Est-ce que tu accepterais de rester au Boot and Spur, en attendant mon retour ?

— Le gîte rural ?

— C'est ça. J'y ai loué une chambre, mais personne ne le sait. Je ne pense pas qu'on viendra te chercher dans un endroit aussi reculé. D'autant que le gîte est fermé pour travaux, et que je ne dois qu'à la gentillesse du responsable de pouvoir y séjourner.

— Tu penses que c'est trop dangereux pour moi de rentrer à la maison ?

— Ça pourrait être dangereux d'aller partout où tu as l'habitude d'aller.

Elle hocha la tête, comprenant la logique de sa pensée.

— Quel est ton numéro de chambre ? demanda-t-elle.

Il sortit la clé de sa poche et la lui tendit.

— Quinze.

— Très bien. Je vais d'abord passer chez Charlie Stumper, et on se retrouve là-bas après.

Il aurait préféré qu'elle aille directement au gîte. Mais, comme Charlie était absent, personne ne s'attendrait non plus à ce qu'elle aille chez lui. Et, de toute façon, elle n'y resterait pas longtemps, surtout à cette heure de la nuit.

— D'accord, dit-il.

Posant les mains sur ses épaules, il lui donna un baiser furtif.

Elle cilla, comme si son élan l'avait surprise. Et il comprenait pourquoi. Lui aussi était surpris. D'habitude, il n'aimait pas les démonstrations publiques d'affection. Mais ce baiser avait été spontané et il ne le regrettait pas.

— A tout à l'heure, dit-il.

Et il l'entendit démarrer tandis qu'il tournait les talons.

— Où es-tu ? demanda Gary.

— Sur le parking, derrière le magasin.

Leonard avait calé son portable entre l'épaule et

l'oreille, tandis qu'il écrasait sa cinquième cigarette dans la poussière.

— Alors, tu l'as fait ?

— Non.

Il y eut un silence.

— Tu plaisantes ?

Rejetant la tête en arrière, Leonard soupira tout en regardant le ciel étoilé.

— Non.

— Mais… que s'est-il passé ?

Leonard se massa les tempes pour apaiser un mal de tête naissant.

Il était trop obsédé par le désir de retrouver son ancienne vie pour ralentir la cadence et dormir, et son corps n'appréciait pas la situation. Il n'allait pas pouvoir continuer longtemps à ce rythme : travailler toute la journée dans une chaleur infernale, et surveiller Sophia la nuit. Mais il était tellement sûr que tout serait bientôt terminé…

— J'ai attendu, mais ils ne sont jamais sortis.

— Alors, s'ils sont toujours là, il n'est pas trop tard pour agir.

— Non, il n'y a personne. J'ai vérifié.

La bordée de jurons qui s'échappa de la bouche de Gary surprit Leonard. Gary ne l'avait pas habitué à un langage ordurier. Mais il est vrai que les enjeux étaient importants.

— Tu as dit que tu pouvais régler le problème ! Que je pouvais compter sur toi !

Leonard se mit à faire les cent pas.

— Ce n'est pas de ma faute. Comment est-ce que je pouvais savoir qu'ils allaient sortir par l'entrée principale, au vu et au su de tout le monde ?

— Je suis fichu ! Elle va m'avoir, cette fois. Il n'y a pas moyen de l'éviter. Tu sais ce qu'il y a dans mon bureau ?

Absolument tout. Et si je tombe, tu tombes avec moi, je peux te l'assurer !

— Ce n'est pas encore fini. Si ça se trouve, ils ne sont pas venus.

— Bien sûr que si. J'ai appelé la société de télésurveillance qui gère mon alarme. Ils m'ont dit que le système avait été déclenché à 23 h 14 par ma belle-fille.

— Comment peuvent-ils savoir que c'était ta belle-fille ?

— Parce qu'ils ont appelé le magasin pour vérifier si c'était une fausse alerte. Elle a décroché, et s'est identifiée comme ma belle-fille *et* comme le chef de la police. Tu imagines un peu ?

— Il faut reconnaître qu'elle a du cran.

— J'ai essayé de te prévenir, mais tu ne décrochais pas ton fichu téléphone.

Leonard n'apprécia pas le reproche dans la voix de Gary.

— J'ai été obligé de l'éteindre, gros malin ! Je ne voulais pas qu'il sonne pendant que j'essayais de les surprendre.

— Ne parle pas si fort.

Il n'y avait pas âme qui vive aux alentours, mais Gary avait raison. Il réagissait avec excès.

Il fallait qu'il contienne ses émotions, qu'il trouve le moyen de sortir de cette situation avant qu'elle ne tourne vraiment au cauchemar.

— Ecoute, ils ont peut-être trouvé des preuves pour étayer leurs soupçons, mais ils ne pourront pas s'en servir contre toi.

— Comment ça ?

— Ils n'avaient pas de mandat. Ce ne sera pas recevable.

— Mais ils peuvent en parler, attirer l'attention d'autres gens.

— Ils ne le feront pas, car ils ne voudront pas éveiller tes soupçons. Et le temps qu'ils réussissent à te piéger, nous aurons trouvé une solution.

— Tu ne sais pas ce qu'ils feront. Il faut les neutraliser tout de suite. Ce soir.

Leonard était d'accord. Ils pouvaient encore régler le problème, s'ils agissaient vite. Mais que devait-il faire ? Il se sentait à court d'idées.

Il avait placé des micros dans la maison de Sophia, au poste de police et dans sa voiture, mais il n'avait pas eu accès au Hummer de Rod. Et c'était ce véhicule qu'ils avaient emprunté pour se rendre au magasin.

— Ils sont peut-être retournés chez elle, suggéra-t-il. Je vais vérifier, et je te tiens au courant.

— Je serai au magasin. J'y suis passé deux fois, mais je n'ai rien vu. On ne peut pas distinguer la lumière dans mon bureau, depuis la rue, et je n'ai pas osé trop m'approcher.

— Tu n'es pas chez toi ? Et Anne ?

— Je lui ai dit que l'alarme s'était déclenchée au magasin, que c'étaient probablement des vandales, mais que je devais aller voir si tout allait bien.

Leonard était en train de regagner sa voiture.

— Très bien. Attends-moi au magasin. Je t'appelle dès que j'ai réglé le problème. Occupe-toi de faire disparaître tes dossiers, en attendant.

— Tu es sûr que tu peux t'en occuper ?

Leonard n'était plus sûr de rien.

Maintenant que Sophia était avec Rod, elle n'était plus aussi vulnérable, et ses agissements étaient beaucoup moins prévisibles. Mais ils ne pouvaient pas être loin. Par chance, la ville de Bordertown n'était pas si grande que ça.

— Je contrôle la situation, affirma-t-il.

— Tu as intérêt.

— Et qu'est-ce qui est arrivé à ta conscience ? demanda Leonard d'un ton narquois.

— Je veux simplement que tout ça soit terminé. Pour de bon.

Tandis qu'elle quittait le parking du Firelight, Sophia ne pensait pas aux meurtres. Elle souriait béatement, comme une adolescente amoureuse pour la première fois. Le baiser de Rod était dénué de toute intention sexuelle, mais c'était précisément cela qui la rendait heureuse.

La façon légèrement possessive dont il avait saisi ses épaules, et son inquiétude pour sa sécurité, l'incitaient à penser qu'il tenait à elle, comme elle-même commençait à tenir à lui.

N'était-ce pas de la folie de prendre un tel risque avec lui ? Elle avait toujours réussi à se remettre de ses chagrins d'amour, mais elle savait que les plus grands sommets entraînaient les plus grandes chutes. Et puis, il fallait considérer l'aspect pratique. Même si Rod parvenait à la dissocier des douleurs de son passé, elle ne voyait pas comment ils pourraient rester ensemble.

Quoi qu'il arrive, il quitterait Bordertown. Il détestait cet endroit. Sa vie, son travail, se trouvaient à Los Angeles. Et elle ne pouvait pas quitter l'Arizona tant que Rafe aurait besoin d'elle.

Son sourire commença à fléchir, et elle décida de ne plus penser à ces dures réalités. Elle aurait tout le temps de s'en occuper plus tard. Serait-il si terrible d'oublier sa prudence, pour changer, et d'accepter ce qui se présentait ?

Elle ne s'aperçut que le feu était passé au vert qu'en entendant klaxonner derrière elle. Embarrassée, elle accéléra et prit la direction du ranch de Charlie.

Il était tard, et elle se sentait fatiguée. Sa seule envie était d'aller tout droit au Boot and Spur, et d'y attendre Rod. Elle avait eu son content de révélations déstabilisantes pour ce soir. Elle aurait préféré s'accrocher le plus longtemps possible à cette euphorie qu'on éprouve quand on tombe amoureux.

Mais, pendant encore trente jours, elle était en charge de la police de cette ville, et elle ne laisserait pas Gary s'en tirer comme ça. Son arrestation serait son cadeau de départ à Bordertown.

Elle allait tourner dans Roadrunner Way, quand son portable vibra dans sa poche. Elle l'avait mis sur silencieux avant d'entrer dans le magasin de son beau-père.

Pensant qu'il s'agissait de Rod, elle répondit sans consulter l'écran.

— Allô ?

— Sophia ?

Elle reconnut aussitôt la voix de Rafe.

— Quoi de neuf, champion ? Tu es rentré de ton excursion ?

— Ouais. Je suis rentré ce matin.

— Quelque chose ne va pas ? Tu as une drôle de voix…

Elle regarda l'heure sur le tableau de bord, et maudit silencieusement Starkey de laisser son fils veiller aussi tard. Il était plus de 1 heure du matin.

— Non, tout va bien. T'es où ? Je suis passé au poste, mais c'était fermé. Et il n'y a personne chez toi.

Elle ralentit et s'arrêta sur le bas-côté.

— Comment le sais-tu ? Où es-tu ?

— Dans ton salon.

Elle lui avait montré où elle cachait sa clé de secours, lui expliquant qu'il pouvait l'utiliser en cas de besoin. Elle voulait qu'il sache qu'il aurait toujours un endroit sûr où se réfugier.

— Où est ton père ?

— A une de ses fichues soirées.

— Il sait que tu es chez moi ?

— Non.

— Tu ne l'as pas prévenu ?

— Il s'en fiche, de toute façon. Je suis parti pendant une semaine, et il ne peut même pas rester un soir à la maison. Tout ce qui l'intéresse, c'est de boire, et de se droguer, et de faire des conneries.

Sophia aurait pu le réprimander de parler aussi mal de son père, mais Starkey méritait l'accusation.

— Et il t'a laissé seul pour aller faire la fête ?

— Comme d'habitude. Mais c'est pas ça, le problème.

— C'est quoi ?

Il n'y eut pas de réponse.

— Rafe ?

— Il ne m'aime pas.

L'amertume et la tristesse dans la voix de l'adolescent brisèrent le cœur de Sophia.

— C'est faux, voyons. Je sais qu'il tient beaucoup à toi.

— Mais non. Et il ne t'aime pas non plus. Il prétend que si, il dit qu'il aimerait bien qu'on forme une famille, mais…

Sa voix s'était brisée, et Sophia soupçonna qu'il luttait contre les larmes.

Elle prit alors une profonde inspiration. Au cours des dernières années, elle avait envisagé de s'occuper de Rafe à plein temps. Mais était-ce le bon moment ? Elle allait perdre son travail dans quelque temps…

Mais peu importait, au fond. Elle en avait assez. Soudain, elle se sentait prête à prendre des risques qu'elle avait soigneusement évités par le passé.

— Tu crois que ton père accepterait que tu viennes vivre chez moi ?

— Tu voudrais bien ?

L'excitation qui vibrait dans sa voix lui fit regretter de ne pas l'avoir proposé plus tôt.

— J'en serais ravie.

— Alors, il a intérêt à accepter. Sinon, je vais voir une assistante sociale, je déballe tout, et je demande à aller dans un foyer.

— Mais tu veux vraiment rompre complètement les ponts avec ton père ?

Sa question ne rencontra que le silence. Comme elle le

pensait, Rafe était perturbé, mais il ne voulait pas cesser toute relation avec son père.

— Je tiens à lui, mais je ne sais vraiment pas quoi faire… S'il n'arrête pas, il va finir en prison, un de ces jours. Ou mort.

— Qu'est-ce qu'il fait ?

— Je ne peux pas te le dire. Mais c'est dangereux et illégal.

Sophia avait assez de soucis pour ce soir, et n'avait pas besoin que Rafe lui fasse la liste des lois que Starkey avait enfreintes récemment.

— Je vais lui parler. On va trouver une solution.

— En tout cas, je ne veux pas retourner chez lui.

C'était une décision importante. Rafe n'en était jamais arrivé à ce point, auparavant.

— Qu'est-ce qui a changé ?

— Je veux une autre vie. Je veux être normal. Comme Chase.

Apparemment, Chase LaBreque n'avait pas une aussi mauvaise influence qu'elle l'avait craint.

— On va en parler avec ton père, promit-elle.

— T'es où ?

Elle enclencha la boîte automatique sur la position « Drive », et fit demi-tour.

— Attends-moi. J'arrive.

— Tu me rapportes quelque chose à manger ? Je n'ai pas dîné. Il n'achète jamais rien à manger. Il ne pense qu'à prendre de la bière.

— Il n'y a plus rien d'ouvert, à cette heure-ci, mais il y a ce qu'il faut dans le frigo. Fais-toi un sandwich. Je suis là dans quelques minutes.

— Je ne t'empêche pas de travailler, au moins ? Ou de voir quelqu'un ? Sinon, je peux attendre.

Sophia jeta un coup d'œil à l'enveloppe sur le siège passager. Elle avait du travail, mais elle ne pouvait pas laisser Rafe seul chez elle. Avec ce qui s'était passé récemment, elle n'était pas sûre que tout danger soit exclu.

— J'ai deux trois choses à régler, mais je passe d'abord te chercher.

— Je peux dormir sur le canapé, et on se voit demain. C'est pas un problème, tu sais… J'ai l'habitude d'être seul. Je veux pas que tu penses que je suis un chieur.

Sophia ne prit pas la peine de corriger son langage. Si Starkey autorisait Rafe à s'installer chez elle, elle aurait le temps de régler ce problème avec lui, de veiller à ce qu'il aille tous les jours à l'école, qu'il fasse ses devoirs, et qu'il ne sorte pas le soir avec n'importe qui.

— Non, j'ai envie de te voir. Tu m'as manqué. Et nous n'allons pas rester à la maison, ce soir.

— Ah bon ? On va où ?

— Au Boot and Spur.

— C'est quoi, ce truc-là ?

— Un gîte rural.

— Y aura des chevaux ?

— Oui, mais je ne pense pas que nous pourrons les monter. Normalement, le gîte est fermé pour travaux.

Rafe semblait calmé, à présent. Plus tard, avec un peu de chance, elle pourrait peut-être lui faire dire ce qui l'avait perturbé au point de l'appeler à la rescousse.

— Ferme bien la porte, en attendant que j'arrive.

— T'es flic. Qui serait assez stupide pour cambrioler ta maison ?

— Tu as entendu parler des meurtres, quand même ?

— Ouais, mais je ne suis pas un clandestin.

Apparemment, il n'était pas au courant, pour Stuart Dunlap, et elle n'avait pas envie d'en parler maintenant.

— Il peut y avoir des fusillades n'importe où. Fais ce que je te dis. Ferme tout, et n'ouvre à personne.

— Ouais, ouais.

Rafe avait l'air de trouver cette recommandation bizarre.

Il traînait à sa guise dans les rues sans s'inquiéter de sa sécurité, et son père ne fermait jamais sa maison.

— S'il te plaît, Rafe.

— D'accord. Je le fais tout de suite.

— Très bien. Je ne vais pas tarder.

Sophia déposa son téléphone sur le siège passager, et dut s'arrêter à deux feux de signalisation, avant d'arriver dans son quartier.

Elle allait droit où Rod lui avait dit de ne pas aller. Mais elle ne pouvait laisser Rafe tout seul à la maison.

En imaginant que celui qui avait tué Stuart soit impliqué dans les trafics de son beau-père… S'il pensait qu'elle était sur sa trace, ou ne tarderait pas à l'être, il pourrait avoir envie de régler le problème.

Et il y avait fort à parier qu'il tirerait avant de savoir que ce n'était pas elle qui se faisait un sandwich dans la cuisine.

29

Leonard osait à peine croire à sa chance.

Au moment où il s'engageait dans le quartier de Sophia, il avait repéré Rafe Robinson qui roulait à vélo quelques mètres devant lui, et deviné qu'ils se rendaient au même endroit.

Il l'avait suivi jusqu'à la maison, s'était arrêté le long du trottoir pour le saluer, et avait même insisté pour qu'il se dépêche de rentrer car « ce n'était pas prudent de traîner seul dans les rues aussi tard ».

Puis il avait fait le tour du pâté de maisons et s'était garé à un endroit où il pouvait capter ce qui se disait à l'intérieur.

Peu après, il avait entendu Rafe parler au téléphone avec Sophia, et avait eu la confirmation que celle-ci allait venir chercher l'adolescent. Puisqu'ils utilisaient le Hummer de Rod, il en avait déduit que ce dernier l'accompagnerait.

Boosté par l'adrénaline, il avait envoyé un texto à Gary, et il avait vérifié ses armes. Puis son excitation était retombée, et il avait compris qu'il ne serait pas facile de se débarrasser d'eux ici.

Et puis, le gamin constituait un obstacle imprévu.

Que faire ? Devait-il attendre qu'ils soient couchés pour les surprendre ? Non. Il était apparemment question qu'ils dorment ailleurs, dans un gîte situé à l'ouest de la ville. Ils ne resteraient sans doute pas longtemps à la maison. Mais ça risquait d'être un peu compliqué de se retrouver confronté à trois personnes…

Il était préférable d'entrer maintenant, de se débarrasser du gosse, et d'attendre Sophia et Rod. Ils ne s'attendraient certainement pas à tomber dans une embuscade, et la surprise jouerait en sa faveur.

D'après l'heure affichée par le téléphone de Rod, cela faisait maintenant quinze minutes que Bruce s'était garé devant le ranch Dunlap et lui avait demandé d'attendre dans la voiture.

N'ayant pas d'autre véhicule pour retourner en ville, Rod était sur le point d'entrer dans la maison, pour voir ce que diable il pouvait bien fabriquer, quand son père en sortit enfin, l'air encore plus épuisé et inquiet que lorsqu'il y était entré.

— Désolé d'avoir autant tardé, marmonna-t-il, en se mettant au volant.

— Est-ce que ça va ?

Bruce eut un signe de dénégation.

— C'est Edna. Elle… eh bien… elle est fidèle à elle-même. Je ne voulais pas qu'elle sache que tu étais là, c'est pour ça que je ne t'ai pas fait entrer. Ce serait trop pour elle, après…

Il ne termina pas sa phrase.

— Bref, il a fallu que je la calme. Elle s'est mise dans un de ces états…

Il eut un lourd soupir.

— Elle le vit très mal, évidemment.

Bruce aussi, mais il s'efforçait de ne pas le laisser paraître. Mais Rod voyait combien il était fragilisé, rien qu'à sa façon prudente et un peu mécanique de se déplacer et de parler, comme s'il risquait, faute de se contrôler, de voler en éclats.

Rod savait qu'il serait plus sain pour lui d'évacuer

sa colère et son chagrin. Et cependant, il comprenait pourquoi son père ne pouvait pas se le permettre. Edna était littéralement en morceaux. Il fallait qu'il soit fort pour deux.

— Désolé, dit de nouveau Bruce.

Puis il prit la direction des champs, où le matériel agricole attendait que le soleil se lève sur une journée différente de toutes celles qui l'avaient précédée, car il n'y aurait plus, désormais, que deux hommes de la famille à se réveiller à la ferme.

— Ne vous inquiétez pas pour ça, dit Rod.

— J'ai finalement réussi à lui faire prendre un sédatif. Je pense que ça l'aidera à passer la nuit.

Il en parlait comme s'il s'agissait d'une victoire majeure, ou, à défaut, une information qui intéressait Rod. Mais on voyait bien qu'il n'attendait pas de réponse. C'était plutôt de l'auto-persuasion, comme les petites phrases qu'il avait scandées jusqu'ici. « Nous allons tenir le coup. » « Nous allons nous en sortir. » « Nous ne sommes pas la seule famille à connaître un deuil. »

— Pourquoi est-ce qu'on s'est arrêtés au ranch ? demanda Rod.

— J'avais besoin des clés.

— Quelles clés ?

— Celles de la maison de Stuart.

Ils se rendaient donc chez son défunt frère ?

— Où est Patrick ?

— Chez lui, avec sa femme. Enfin, je suppose. Je ne lui ai pas parlé ces deux dernières heures. J'espère qu'ils sont tous au lit. Ils ont besoin de sommeil.

— Est-ce que Patrick sait ce que vous voulez me montrer ?

— Non. Je ne lui en ai pas parlé. Et je ne crois pas que je le ferai.

— Pourquoi pas ?

— Tu verras.

Rod avait presque peur de découvrir de quoi il s'agissait. Bruce semblait tellement désenchanté que son attitude ne présageait rien de bon.

— C'est en rapport avec ce que Patrick et Edna m'ont dit pendant que j'étais au Rockin'Rooster ?

Ils avaient dépassé les champs et roulaient dans la direction opposée aux bungalows du personnel.

— Non. Je suis désolé pour ça aussi. A première vue, tu semblais le coupable idéal, je suppose. Et Edna se cherchait une cible. C'est plus facile d'être en colère que de céder au chagrin.

— Et Patrick ? Il est en colère, lui aussi ?

— Il défend sa mère. En tant qu'aîné, il essaie de la protéger. Il pense que ce serait déloyal de sympathiser avec toi.

Les lèvres pincées, Bruce secoua la tête.

— Le plus fou, c'est que tout est de ma faute, et pourtant c'est toi qu'ils ont toujours blâmé. Pourquoi ne m'ont-ils jamais fait de reproches ?

— Ils vous aimaient.

L'ombre d'un sourire flotta sur les lèvres de Bruce.

— Je suppose. Edna m'aimait aussi, autrefois. Aujourd'hui, je pense que nous nous détruisons mutuellement.

Il avait essayé d'énoncer cette phrase comme un simple constat, mais Rod se rendait compte que la faillite de son mariage l'affectait presque autant que la perte de son fils.

Il avait toujours cru qu'il serait heureux de voir s'effondrer le monde « parfait » des Dunlap, mais il ne ressentait rien de tel.

En quatorze ans, sa rancune avait peut-être fini par s'estomper sans qu'il s'en rende compte… Ces gens étaient aussi humains et faillibles que lui. Ils avaient eu peur de lui, peur de ce qu'il pourrait devenir pour Bruce, et ils avaient réagi avec virulence pour protéger ce qui leur appartenait.

— Vous avez envisagé de rencontrer un conseiller conjugal ? demanda-t-il.

— Non. Tu crois que ça pourrait aider ?

— Ça ne coûte rien d'essayer, vous ne croyez pas ?

Rod n'aurait jamais imaginé faire un jour une telle suggestion à son père. Et pourtant, il le pensait. Quel bien cela lui ferait-il, de voir Bruce et Edna divorcer ? Surtout après si longtemps…

Soudain, il eut envie que les Dunlap redeviennent tels qu'il les avait toujours connus. Que Stuart soit en vie, qu'Edna retrouve ses grands airs supérieurs, et que Bruce fasse de son mieux pour qu'ils soient heureux, même s'il devait pour cela négliger le bâtard qu'il avait accidentellement conçu.

Parce que lui, il était capable de le supporter. Son passé l'avait rendu fort. Il ne pouvait pas en dire autant des Dunlap, et doutait de leur capacité à surmonter le changement.

— Il y a quelque chose que tu dois savoir, déclara-t-il soudain.

Sans l'avoir prémédité, il venait d'abandonner le vouvoiement distant qu'il avait toujours employé pour s'adresser à son père. Mais le temps était révolu où il lui disait « Monsieur Dunlap », et n'employait que son prénom pour l'évoquer.

Aujourd'hui, ce vieil homme pour qui il n'éprouvait plus ni haine ni mépris était tout simplement son père. Et le moment était venu de le lui dire. Ils n'auraient peut-être plus l'occasion de se retrouver seuls. L'opportunité ne se représenterait peut-être pas.

Bruce donna un coup de volant pour éviter un nid-de-poule qu'il avait dû contourner mille fois, et ajusta la climatisation.

— Quoi donc ?

— Je te pardonne. Et je le fais sans arrière-pensée. Ça ne te coûtera rien. Ni le sacrifice de ton mariage, ni la relation que tu as avec Patrick, ni un arpent de ta ferme. C'est gratuit.

Bruce arrêta brusquement la voiture.

— Ecoute, tu auras ta part de l'héritage. Je l'ai déjà décidé, et rien de ce que pourra dire Edna ne me fera changer d'avis.

— Je sais que tu es sincère, et que tu as envie de le faire pour moi, répliqua Rod.

Et c'était vrai. Il croyait aux remords de son père.

— Mais tu dois aussi tenir compte de ce que je souhaite, poursuivit-il. Et justement, je ne veux rien. Je suis très bien comme ça. Il n'y a qu'une seule chose qui me ferait plaisir…

— Quoi donc ?

— Je voudrais que tu te pardonnes à toi-même.

Des larmes se mirent à couler sur les joues du vieil homme. Embarrassé, il tourna la tête et essaya de les essuyer du bout des doigts. Mais, à présent que le vernis avait craqué, il ne parvenait plus à contrôler ses émotions.

— Ah, je suis une vraie loque…, marmonna-t-il dans sa main.

— Tu viens de perdre un fils. Je crois que tu en as le droit.

— Tu es un bon garçon, dit Bruce en lui pressant l'épaule.

Pour la première fois de sa vie, Rod venait de recevoir un geste d'affection de son père.

Comme Sophia était pressée, elle ne descendit pas du Hummer, et appela son téléphone fixe pour dire à Rafe de sortir.

Après quatre sonneries, le répondeur se déclencha. Elle ne perdit pas de temps à laisser un message. La lumière était allumée dans le salon. Et elle avait parlé à Rafe cinq minutes plus tôt. Pourquoi ne répondait-il pas ? Où était-il passé ?

Il était peut-être aux toilettes… Elle attendit deux minutes et rappela.

Toujours pas de réponse. Peut-être pensait-il que c'était son père qui l'appelait. Essayait-il d'éviter une confrontation avec Starkey ?

Elle coupa le moteur, sortit de la voiture, et la verrouilla pour protéger les preuves qu'elle avait récupérées dans le bureau de son beau-père.

Elle était à mi-chemin de la maison quand elle décida de ne pas laisser l'enveloppe traîner dans le Hummer, et fit demi-tour pour la prendre. En revanche, elle ne savait pas trop où la cacher. Quiconque la chercherait penserait inévitablement à sa maison. Mais elle serait plus en sécurité avec elle que sans surveillance dans une voiture. Même pour quelques minutes.

Elle s'apprêtait à ouvrir la portière du côté passager quand une voiture apparut au coin de la rue. Dans la lumière des phares, elle distingua une vieille Ford Ranchero datant des années soixante-dix. Elle ne savait pas à qui elle appartenait, et les vitres teintées empêchaient de voir le conducteur.

Redoutant qu'il ne s'agisse d'un tueur à gages, elle s'accroupit à côté du Hummer, s'en servant comme d'un bouclier. Elle n'avait pas envie de courir vers la maison et de se faire abattre en traversant le jardin.

La Ford Ranchero s'arrêta de l'autre côté de la rue. La portière du conducteur s'ouvrit et se referma, et de lourds pas masculins s'approchèrent.

Sophia sortit son arme et se tint prête, tandis qu'elle risquait un coup d'œil vers l'avant du Hummer.

Elle relâcha alors son souffle.

Ce n'était pas un tueur à gages. C'était Starkey. Elle aurait reconnu sa silhouette n'importe où. Où avait-il été dénicher cette vieille voiture ? Elle n'en avait pas la moindre idée. Mais, depuis que sa moto avait été accidentée, il semblait ne jamais utiliser deux fois le même véhicule.

Il ne l'avait pas remarquée, et se dirigeait tout droit vers la maison, avec la détermination d'une personne en colère, et qui se sentait le droit de l'être.

Pas vraiment pressée de se disputer avec lui, Sophia replaça son arme dans son holster. Elle avait toujours à régler le problème des pièces à conviction dans sa voiture. Autant qu'elle s'en occupe tout de suite, en les cachant dans le garage. Après quoi elle irait apporter son soutien à Rafe.

On entendit alors deux coups de feu à l'intérieur de la maison.

Starkey se précipita et ouvrit la porte. Sophia eut à peine le temps de se demander pourquoi elle était ouverte qu'un troisième coup de feu retentit.

Pendant un instant, elle eut l'impression de voir la scène de très loin. Sans doute parce qu'elle savait qu'elle n'arriverait pas assez vite jusqu'à Starkey. C'était comme un de ces rêves où on court, court, court encore, sans jamais avancer. Elle ne savait même pas si elle avait crié son nom. Le cri avait peut-être retenti dans sa tête.

Tout sembla s'arrêter le temps de trois ou quatre battements de cœur, juste assez pour qu'elle comprenne ce qui s'était passé. Puis les choses allèrent très vite, comme dans un film qu'on ferait défiler en accéléré.

Starkey avait été touché. Elle l'avait entendu pousser un cri de douleur, avant de tomber en arrière.

S'accroupissant de nouveau derrière le Hummer, elle essaya de rassembler ses pensées.

Starkey était-il mort ? Et Rafe ? Il y avait eu deux coups de feu avant celui qui avait touché Starkey.

S'exhortant à ne pas céder à la panique, elle composa le 911 sur son portable, demanda au régulateur du comté de lui envoyer des renforts et une ambulance. Puis elle se mit au volant et fit avancer le Hummer dans le passage entre le garage et la clôture de la maison voisine. Là, il serait impossible de la voir depuis la maison, quand elle sortirait de la voiture.

Après avoir caché sous le siège les photocopies, elle ferma la voiture et se rua vers la porte latérale du garage.

Elle n'avait aucune idée de ce qu'elle trouverait à l'intérieur mais, que le tireur se trouve encore ou non dans la maison, elle devait entrer. Si Rafe était en train de se vider de son sang, elle pouvait peut-être le sauver avant qu'il ne soit trop tard…

Entrebâillant la porte, elle tendit l'oreille. Aucun bruit ne lui parvint. Elle se glissa à l'intérieur, contournant les cartons de décorations de Noël et les vêtements à trier qu'elle avait stockés là en se promettant de les ranger plus tard.

Pour le moment, elle était seule. Mais elle n'était pas encore entrée dans la maison.

La porte de communication avec la cuisine était fermée, mais, heureusement, elle avait ses clés dans sa poche.

Elle l'ouvrit prudemment, attentive au moindre son, au moindre mouvement, puis se glissa dans la cuisine.

De pâles rayons de lune filtraient par la fenêtre au-dessus de l'évier, et elle vit que tout était resté dans l'état où elle l'avait laissé. Rafe n'avait pas eu le temps de se faire un sandwich.

Au-delà du comptoir de séparation avec le salon, elle pouvait voir le canapé, le téléviseur, et son tableau favori accroché au mur d'en face.

Et elle savait déjà ce qu'elle découvrirait si elle s'avançait suffisamment pour faire face à la porte d'entrée : Starkey.

Le tireur était-il toujours là, tapi quelque part ?

Le tintement d'un carillon à vent la fit sursauter. Analysant la situation, elle comprit que la porte-fenêtre de la terrasse était ouverte. Le tireur était-il sorti par là, ou bien voulait-il le lui faire croire pour la piéger ?

Elle s'avança prudemment, se dissimulant derrière son antique secrétaire, puis le long de sa bibliothèque…

Jetant un coup d'œil vers la porte, elle vit que Starkey tenait bon. Les mains pressées sur son torse pour contenir l'hémorragie, il se concentrait sur sa survie. Elle aurait voulu l'aider, ou au moins lui dire quelques mots de réconfort, mais elle ne voulait pas signaler sa présence. D'abord, elle devait trouver Rafe.

Que faisait donc cette fichue ambulance ? Pourquoi ne l'entendait-elle pas ?

Après s'être assurée que la voie était libre, elle se dirigea vers la chambre, qu'elle trouva tout aussi vide que les autres pièces.

Il ne restait plus que la salle de bains à vérifier. La porte avait deux impacts de balles et la serrure était verrouillée.

— Rafe ? appela-t-elle. Tu es là ?

— Sophia ?

Elle crut presque qu'elle avait rêvé quand elle entendit sa réponse.

— Oui, c'est moi. Tu peux sortir, maintenant. Tout va bien.

Tandis qu'elle rengainait son arme, la clé tourna dans la serrure et la porte s'ouvrit lentement. Ce ne fut qu'en la découvrant que Rafe oublia toute prudence et se jeta dans ses bras.

— Qu'est-ce que je suis content de te voir ! dit-il.

— Ça va ? Tu n'as rien ?

Elle le repoussa à bout de bras pour l'examiner d'un regard anxieux.

— Quelqu'un a essayé d'entrer, expliqua-t-il.

— Qui était-ce ? Tu l'as vu ?

— Leonard Taylor.

— Tu es sûr ?

Rafe hocha la tête.

— Il m'a parlé, un peu avant ça. Quand je suis arrivé à la maison. Il était derrière moi en voiture, et il s'est arrêté pour discuter avec moi. Il était tout sympa, comme si c'était un ami de mon père. Et ensuite, il est revenu. Il trifouillait dans la serrure. Il avait dû me voir remettre la clé sous la grenouille en céramique. La serrure coinçait, et il a dû la secouer et taper dessus.

— Et tu l'as entendu.

— Ouais… Je me suis enfermé dans la salle de bains, mais il a commencé à frapper à la porte, en me disant que tu avais eu un accident, et que je devais venir avec lui. Mais si c'était vrai, il aurait déjà pu le dire quand il était à la porte d'entrée. Et puis, il aurait pu sonner, avant d'utiliser la clé. J'ai eu un doute. Du coup, il s'est énervé. Il a d'abord donné des coups de pied dans la porte. Et ensuite, il a tiré.

Sophia entendit enfin les sirènes et soupira de soulagement.

— Comment se fait-il que tu n'aies pas été blessé ?

— Je me suis couché dans la baignoire.

— Bien joué. Tu es vraiment malin.

Sa débrouillardise n'avait rien d'étonnant, chez un adolescent livré à lui-même. Mais devait-elle le laisser voir son père ?

Starkey risquait de mourir. Ce serait violent pour un garçon de quatorze ans d'assister à ce genre de drame. Mais il avait aussi le droit de lui dire au revoir…

Sophia venait juste de se décider à lui apprendre la mauvaise nouvelle, quand elle entendit le parquet grincer, et aperçut une ombre dans le miroir.

Repoussant Rafe dans la salle de bains, elle se retourna et découvrit Leonard dans le couloir. Il avait dû se cacher dans le jardin, entendre qu'elle avait réussi à convaincre Rafe de sortir de sa cachette, et il était revenu pour finir le travail.

— Leonard, écoutez… Ne soyez pas stupide. Vous entendez les sirènes ? Un adjoint du shérif va arriver d'une minute à l'autre. Si vous nous tuez, vous risquez la peine de mort

Sans un mot, il leva son arme et visa.

Sophia s'attendait à être frappée par une balle d'une seconde à l'autre, mais il y eut une détonation juste derrière Leonard. Touché à l'épaule, il se tourna et fit feu une deuxième fois sur Starkey, qui avait réussi à se traîner jusque-là et à tirer.

Cette diversion laissa le temps à Sophia de sortir son arme de service et de tirer.

A trois reprises.

Il n'était pas question que Leonard se relève et s'en prenne une nouvelle fois à eux, se dit-elle avec une froide détermination.

Et il ne se releva pas.

30

L'intérieur de la maison de Stuart semblait tout droit sorti d'un épisode de la série télé *Bonanza*, avec ses boiseries sombres, ses papiers peints aux motifs chargés et sa moquette bordeaux. Les tableaux encadrés de lourdes moulures sculptées représentaient tous des chevaux ou des scènes de la vie au ranch. Disposées ici et là sur des consoles, des sculptures en bronze représentaient des taureaux de rodéo, des chevaux cabrés…

Ce n'était pas du goût de Rod, mais il était évident que Stuart avait dû dépenser beaucoup d'argent pour sa décoration, et qu'il en était fier. Et, malgré leurs relations tendues, il ne put s'empêcher de sentir un pincement au cœur en songeant que son frère ne reviendrait plus jamais dans sa maison.

Bruce surgit de l'arrière de la maison. Après avoir fait entrer Rod dans le salon, il était parti chercher ce qu'il tenait tant à lui montrer, et il revenait avec une grande boîte de rangement en carton.

— Qu'est-ce que c'est ? demanda Rod.

— Je l'ai trouvée dans un placard, dans le bureau de Stuart.

— Quand ?

— Il y a quelques heures.

— Que faisais-tu dans son bureau ? J'ai entendu Sophia te dire de ne pas y aller avant que les experts du FBI l'aient inspecté.

Bruce posa le carton sur la table basse du salon.

— J'avais peur, admit-il.

— De quoi ?

— De ce qu'ils pourraient trouver.

Rod haussa un sourcil.

— Comme quoi ?

— Il avait un comportement bizarre, ces derniers temps. Il était très secret, et il restait dehors tard, bien après la fermeture du bar. Au début, j'ai pensé qu'il avait une petite amie, ou qu'il allait voir une prostituée. J'ai essayé de me dire que ça ne me regardait pas, que c'était un grand garçon. Mais il détestait tellement les Mexicains…

Bruce avait marqué une hésitation sur la fin de la phrase, comme s'il comprenait tout à coup à qui il parlait. Ce n'était pas une surprise pour Rod. Stuart avait pris en grippe les Mexicains à cause de lui et de sa mère, et de ce que signifiait leur présence dans sa vie. Par ailleurs, le mépris des migrants était assez répandu chez les éleveurs.

— Tu as pensé qu'il aurait pu être le tueur de clandestins ?

Bruce soupira.

— C'est un crève-cœur pour moi de l'admettre, mais j'avais des soupçons. Et, quand j'ai entendu où son corps avait été découvert, je me suis dit qu'il était peut-être parti en chasse dans le désert. Il n'y avait pas d'arme dans sa voiture, mais elle a peut-être été volée. J'ai voulu voir si toutes ses armes étaient bien ici. Et surtout, je ne voulais pas que sa mère souffre encore plus en apprenant que son fils avait tué douze personnes. Comme il ne pouvait plus faire de mal à qui que ce soit, j'ai décidé de me débarrasser des preuves.

— Et tu es venu fouiller ici.

— Exact. Ses armes sont toutes là, mais j'ai trouvé ce carton. Et maintenant, je ne crois plus du tout à sa culpabilité. Je crois qu'il avait découvert qui était le vrai tueur, et c'est pour ça qu'il est mort.

Bruce désigna les morceaux de papier, les enveloppes et les photos dans la boîte.

— Regarde.

Rod s'assit sur le canapé et prit une enveloppe remplie de photos.

— Tu vois cette Ford blanche ? demanda Bruce.

Rod hocha la tête.

— Elle appartient à Charlie Stumper

— Comment le sais-tu ? Cette photo a été prise de trop loin.

— C'est écrit derrière.

Rod retourna le cliché et vit qu'on avait écrit : « Charlie Stumper, 1 h 23 du matin. »

— C'est l'écriture de Stuart ?

— Absolument. Et il y a un agrandissement de la voiture. Cherche plus loin.

Les autres photos montraient la maison de Charlie sous différents angles.

— Où est passée cette photo ? marmonna Bruce, en fouillant dans le carton jusqu'à ce qu'il la retrouve. La voilà ! Tu vois ? On aperçoit une partie de la plaque d'immatriculation. CFF432. C'est bien la voiture de Charlie.

— Mais qu'est-ce que prouve cette photo ? Que Charlie se baladait dans le désert le…

Rod regarda le marquage horaire sur le cliché

— … le 21 juin ?

— Ça prouve que sa voiture n'était pas chez lui la nuit où le couple Sanchez a été tué.

— Ça ne veut pas dire que c'est Charlie qui les a tués.

— Oui, mais il aurait pu. Regarde les autres photos.

Rod s'exécuta, mais ne vit rien de probant.

— Oui, et alors ? Ce sont des clichés de sa maison et de sa voiture.

— Stuart surveillait le ranch de Charlie et suivait ses déplacements.

Une étincelle se fit dans l'esprit de Rod.

— Tu crois qu'il suivait Charlie ?

— Oui. Et je pense que Charlie s'en est rendu compte et l'a tué.

Rod eut une moue dubitative.

— Je n'en suis pas si sûr. Charlie est parti en voyage depuis quelques jours, et nous n'arrivons pas à le joindre.

— Pas d'après ça.

Bruce sélectionna une autre photo de la voiture de Charlie. On le voyait bifurquer au bout de son allée. La surprise venait de la date. Le cliché avait été pris deux jours plus tôt, alors que Charlie était censé être parti.

— Intéressant, murmura Rod. Je vais y jeter un coup d'œil. Mais il est préférable que ça reste entre nous, pour le moment.

— Bien sûr.

Bruce chercha son regard.

— Tout ce que je te demande, c'est d'arrêter le salaud qui a tué Stuart.

— C'est promis.

Son père le dévisagea longuement.

— J'aurais aimé que les choses soient différentes entre toi et moi.

— N'en parlons plus. Dis-moi plutôt comment je vais rentrer. Tu me reconduis ?

— Non. Edna a besoin de moi ce soir. Je vais te ramener au ranch et te donner la clé d'un de nos véhicules. J'enverrai deux employés le récupérer demain matin. Où loges-tu ?

— Au Boot and Spur.

Rod commença à se diriger vers la porte, puis quelque chose lui revint à l'esprit.

— Au fait, est-ce que Charlie fume ?

— Comme une cheminée.

— Tu crois qu'il va s'en sortir ? demanda Rafe, le visage pâle et crispé.

Sophia ne savait pas quoi lui dire. La situation ne semblait pas encourageante, et les médecins restaient réservés sur les chances de survie de Starkey, même s'ils faisaient leur possible pour le sauver.

Il avait en effet reçu deux balles. L'une avait manqué son cœur de justesse, l'autre lui avait perforé un rein. Aucune des deux blessures ne s'était avérée immédiatement fatale, mais il avait perdu beaucoup de sang.

— Je l'espère, répondit-elle.

Il leur avait sauvé la vie à tous les deux.

Où avait-il donc trouvé la force d'intervenir ? Elle ne le savait pas. Il semblait si faible, quand elle l'avait vu étendu sur le seuil… Il avait dû l'entendre appeler Rafe et constater que son fils était toujours en vie, mais qu'il mourrait s'il ne faisait pas quelque chose.

— Il est fort, dit-elle. Il l'a toujours été.

Assise à l'écart, le visage ravagé par l'inquiétude, la mère de Starkey ne participait pas à la conversation. Elle ne leur avait quasiment pas adressé la parole depuis son arrivée, mais Sophia ne s'attendait pas à ce qu'elle se montre amicale. Selon elle, son fils aurait eu une existence beaucoup plus saine et respectable si Sophia l'avait épousé, et elle lui en voulait beaucoup de l'avoir quitté.

— Le type qui a tiré sur lui est mort, n'est-ce pas ? demanda Rafe.

Sophia hocha la tête. Elle l'avait tué. Le département du shérif avait débarqué pendant que les secouristes chargeaient Starkey dans l'ambulance, et l'enquête était désormais entre leurs mains. Il était probable que le FBI s'en mêlerait, ainsi que l'inspection générale des services. En tout cas, elle aurait bien aimé savoir quelles conclusions ils allaient tirer des premières constatations.

L'usage du téléphone portable n'étant pas autorisé dans l'enceinte de l'hôpital, elle se leva, prévoyant d'appeler Rod pour lui expliquer ce qui s'était passé, mais Rafe lui prit le bras.

— Où tu vas ? demanda-t-il d'un ton anxieux. Tu ne pars pas, hein ?

Il n'aimait pas beaucoup sa grand-mère, qui paraissait quatre-vingts ans alors qu'elle en avait soixante-cinq, et marmonnait souvent dans son coin. Lisant la panique sur son visage, elle n'eut pas le cœur de l'abandonner, même quelques minutes.

— Viens avec moi, si tu veux.

Il secoua la tête.

— Non. Et si une infirmière venait ?

Comprenant qu'il ne bougerait pas, Sophia décida finalement d'attendre qu'ils aient des nouvelles de Starkey. Cependant, elle était ennuyée de ne pas avoir pu joindre Rod. Elle avait essayé une fois dans l'ambulance, était tombée sur son répondeur, et n'avait pas laissé de message parce qu'elle prévoyait de le rappeler très vite. Mais elle avait été prise dans un tourbillon, et n'avait pas eu une minute, jusqu'à maintenant.

Elle regarda la pendule au mur. Il était presque 3 heures du matin. Rod avait probablement commencé à la chercher. Il avait dû passer chez elle, tomber sur le shérif ou sur Van Dormer, et apprendre ce qui s'était passé.

Replaçant son téléphone dans son sac, elle glissa son bras sous celui de Rafe. Elle devait se concentrer sur lui et l'aider à surmonter cette épreuve. Rod l'attendait probablement au Boot and Spur.

Le moteur de la camionnette faisait un vacarme d'enfer tandis que Rod le poussait au maximum sur la route du ranch de Charlie.

Il avait manqué un appel de Sophia, et ne comprenait pas comment il n'avait pas entendu son téléphone sonner. Il avait essayé de la rappeler à plusieurs reprises, mais il tombait immédiatement sur la messagerie, comme si elle l'avait éteint.

Après ce que Bruce lui avait appris, et sachant que Sophia avait prévu de se rendre chez Charlie, il se sentait terriblement inquiet. Sophia ne considérait pas Charlie comme dangereux. Quand elle avait vu son nom sur la liste des actionnaires de son beau-père, elle avait voulu continuer à croire à son innocence. A l'évidence, elle avait de l'affection pour lui. Et Rod redoutait qu'elle ne soit pas aussi prudente qu'elle aurait dû l'être.

Le tueur de clandestins pouvait être n'importe qui.

Le ranch de Charlie apparut alors sur sa droite. Il ralentit et s'engagea dans le chemin de terre battue, puis il baissa la vitre, à l'affût du moindre bruit.

Lorsqu'il émergea de la végétation qui empêchait de voir la maison, il constata que le Hummer n'était pas là. Mais, bizarrement, la Ford blanche de Charlie ne s'y trouvait pas non plus.

Cela n'avait aucun sens. Comment cette voiture avait-elle pu être photographiée deux jours plus tôt, si Charlie l'avait utilisée pour rendre visite à sa fille à Yuma ?

Rod sortit de la camionnette et glissa son arme dans sa ceinture. La lune éclairait la pelouse fraîchement tondue et l'air sentait l'herbe coupée. Quelqu'un s'était également occupé de l'arrosage. Et pourtant, malgré le chant des grillons, il se dégageait des lieux une étrange solitude.

Rod se précipita vers la porte et sonna. Il se moquait de l'heure. Si Charlie était chez lui, il voulait lui parler.

Il essaya la poignée, la trouva verrouillée, et fit le tour. Tout était bouclé. Sauf en cassant un carreau, il était impossible d'entrer. A moins que…

Rod y regarda de plus près. Il y avait une légère coupure sur la moustiquaire. Etait-ce une coïncidence qu'elle se trouve aussi près de la poignée ?

Il ne croyait pas aux coïncidences.

Glissant la main dans la fente, il souleva le crochet et ouvrit le battant. Il découvrit alors que la porte de service était simplement tirée contre le bâti, comme si la dernière personne à être sortie de la maison ne l'avait pas claquée.

La chaleur accumulée à l'intérieur frappa Rod comme celle qui se serait échappée d'un four. C'était une preuve de plus que Charlie était absent depuis plusieurs jours. Personne ne pouvait tolérer de vivre dans une telle fournaise.

Immobile dans le sas d'entrée, qui tenait lieu de vestiaire, il écouta les bruits de la vieille maison. Puis, rassuré sur le fait qu'il était seul, il s'avança vers la cuisine.

Actionnant l'interrupteur le plus proche, il découvrit une pièce propre mais datée. Le mobilier était simple et vieillissant, et il avait dû être choisi par la femme de Charlie, morte une vingtaine d'années plus tôt.

Repérant un calendrier accroché à un simple clou dans le mur, il s'en approcha. La page était celle du mois en cours. Une ligne avait été tirée en travers de la semaine précédente, et s'étendait jusqu'aux trois jours suivants. Au-dessus était inscrit, d'une écriture tremblotante : « Réunion de famille ».

Il comprenait mieux, à présent, pourquoi Charlie n'avait pas répondu aux messages que Sophia avait laissés pour lui, chez sa fille. Cette dernière n'était pas non plus chez elle, car toute la famille avait dû aller camper quelque part, ou naviguer sur le lac Powell.

Rod vérifia son téléphone pour s'assurer qu'il n'avait pas manqué un autre appel de Sophia, vit que ce n'était pas le cas, et se rendit dans le salon. Là aussi, il faisait très sombre.

Il cherchait une lampe à tâtons, quand des phares éclairèrent la baie vitrée.

Espérant qu'il s'agissait de Sophia, il jeta un coup d'œil dehors. Mais ce n'était pas le Hummer.

Quelqu'un conduisait la voiture blanche qu'il avait vue sur les photos.

31

L'ambulance qui hurlait à travers la ville donna de l'espoir à Gary.

Prévoyant de déplacer ses dossiers compromettants dans un endroit plus sûr, il était en train de fourrer à la hâte les documents dans des cartons.

Il s'arrêta en entendant la sirène. C'était bon signe. Sophia et Rod devaient être morts.

Mais pourquoi diable Leonard n'appelait-il pas ?

Maudissant ce dernier de le laisser sur des charbons ardents, il se déplaça à l'avant de son magasin, là où il pouvait voir la rue. Leonard était peut-être dehors, à vérifier que tout s'était passé comme prévu…

N'y tenant plus, il appela son portable. Il sonna plusieurs fois, avant de basculer sur messagerie.

Que se passait-il ? Il détestait ne pas savoir.

De plus en plus agité, il allait réessayer quand Leonard l'appela enfin.

— Ce n'est pas trop tôt, marmonna-t-il, en pressant le bouton. Tu l'as fait ? demanda-t-il plus fort. C'est fini ?

Celui qui répondit n'était pas Leonard. Au début, il ne le reconnut pas. Il parlait trop bas. Puis il comprit que c'était le shérif Cooper.

— Leonard est mort.

— Quoi ?

— Sophia l'a abattu.

— Et Rod ?

— Je ne sais pas où il est.

— Où est-ce que je peux les trouver ?

Il se fichait bien du sort de Leonard. La seule chose qui le tourmentait, c'est que cet imbécile n'avait pas atteint son but. A présent, il allait devoir s'assurer que Sophia et Rod ne risqueraient pas de détruire tout ce qu'il avait eu tant de mal à mettre sur pied.

— Je ne peux pas le dire, répondit son interlocuteur. Je vais vous rendre un service et détruire ce téléphone. Si quelqu'un réclame des relevés téléphoniques, je m'arrangerai pour les truquer. Si vous avez une preuve quelque part des sommes que je vous ai versées, détruisez-la.

Et, sur ces mots, le shérif raccrocha.

Le bras gauche de Gary se mit à le picoter, et la pression qu'il ressentait dans la poitrine s'amplifia, jusqu'à ce qu'il ait l'impression qu'un éléphant était assis dessus.

Redoutant d'être victime d'une crise cardiaque, il s'assit sur le sol et étira ses jambes.

« Calme-toi, s'encouragea-t-il. Ça va aller. Respire profondément. Tout n'est pas fini. Tu vas les retrouver, et tout va rentrer dans l'ordre… »

La douleur commençait à décroître, et il se sentait à présent l'esprit un peu plus clair.

Se rappelant que le shérif Cooper allait détruire le téléphone de Leonard, il songea aux textos que celui-ci lui avait envoyés, et les relut.

Taylor : Pas de problème. Ils reviennent ici.

Gary : Comment tu le sais ?

Taylor : J'ai de grandes oreilles.

Gary : Tu as mis un mouchard chez elle ?

Taylor : Au bureau et dans sa voiture. L'info est sûre. Fais-moi confiance.

Gary : Il nous faut les deux.

Taylor : Je sais. Je m'en occupe. Si je les rate ici, je sais où ils vont passer la nuit.

Gary : Où ?

Taylor : au Boot and Spur.

Gary avait demandé à Leonard s'il parlait bien du gîte situé à cinq kilomètres à l'ouest de la ville, car il lui semblait que celui-ci, en ce moment, était fermé pour travaux. Il n'avait jamais reçu de réponse. Mais peu importait. Il irait jeter un coup d'œil à tout hasard.

James Simpson ne reconnut pas la camionnette garée devant la maison de son voisin.

Il savait, en tout cas, que ça ne pouvait pas être Charlie. Ils s'étaient parlé au téléphone le matin même. James lui avait dit qu'il avait irrigué les champs et tondu la pelouse, et Charlie lui avait confirmé qu'il ne rentrerait pas avant trois jours.

Qui cela pouvait-il être ?

Patrick Dunlap, peut-être. Avant de mourir, Stuart avait dû ouvrir sa grande gueule et lui faire part de ses soupçons. Du coup, Patrick s'était mis en quête du meurtrier de son frère.

C'était pénible, à la fin… Pourquoi les gens ne se mêlaient-ils pas de leurs propres affaires ?

James vérifia le Glock.45 qu'il avait acheté à Phoenix quelques années auparavant. L'arme n'avait pas de numéro de série et ne pouvait donc être tracée. Ce qui était une bonne chose, car il allait une fois de plus devoir s'en servir. Avec le silencieux qu'il avait acheté en même temps.

La portière grinça quand James l'ouvrit, et il sortit à regret de la voiture.

Il n'avait pas envie de tuer Patrick. Pas plus qu'il n'avait eu envie de tuer Stuart, d'ailleurs. Mais il n'avait pas eu le choix. Stuart n'arrêtait pas de fourrer son nez partout. Nuit après nuit, il rôdait autour du ranch. James ne pouvait pas continuer à le laisser faire. Stuart aurait fini par voir ou par entendre quelque chose. Et, si Kevin haïssait les clandestins au moins autant que lui, il ne serait peut-être pas ravi d'apprendre que c'était son fils qui avait pris sur lui d'employer les grands moyens.

Si seulement Charlie ne s'était pas soûlé au Firelight, et n'avait pas dit des choses qui avaient conduit Stuart à le soupçonner de vouloir venger la mort d'un autre éleveur !

C'était de là que tout était parti. Mais le problème n'avait pas pris fin avec la mort de Stuart.

Prenant un couteau sous son siège, il se dirigea vers la camionnette et creva les quatre pneus.

Le visiteur, quel qu'il soit, ne quitterait pas tout de suite le ranch de Charlie. Il faudrait pour cela attendre le lendemain, ou un peu plus tard. Et, quand il s'en irait, ce serait dans une housse mortuaire.

Rod s'était caché dans la penderie de l'entrée. Il ne savait pas si le nouvel arrivant était animé ou non d'intentions hostiles. De la façon dont il s'était garé, il n'avait pas pu le voir quand il était descendu de voiture. En tout cas, s'il utilisait la voiture de Charlie pour sortir la nuit, c'est qu'il ne tenait pas à se faire repérer dans son propre véhicule.

Ce qui incitait Rod à croire que ce type ne fabriquait rien de très honnête.

Etait-il sur le point d'être confronté au tueur de clandestins ?

En entendant des bruits de pas dans la cuisine, il entrebâilla la porte du placard. Il avait choisi cette cachette sachant que l'intrus allait devoir passer devant lui. Il pourrait alors l'attaquer par-derrière et le désarmer.

La chaleur gênait sa respiration. Cillant pour chasser

la sueur dans ses yeux, il essaya d'apercevoir un filet de lumière, mais c'était impossible. Il avait éteint quand la voiture était arrivée et, avec les volets fermés, il ne voyait même pas sa propre main devant son visage.

Il s'était attendu à ce que le visiteur allume, mais celui-ci semblait parfaitement à l'aise dans l'obscurité.

De qui pouvait-il s'agir ? De quelqu'un qui connaissait assez bien Charlie, en tout état de cause, pour connaître ses projets et son emploi du temps.

Les bruits de pas cessèrent à l'entrée du hall.

« Allez, viens…, l'exhorta silencieusement Rod. Viens par ici. Tu ne m'as pas encore trouvé. »

L'individu se remit en marche. Il avançait d'un pas assuré. Rod n'entendait pas sa main frotter contre le mur pour se guider.

On aurait dit qu'il voyait dans le noir. Mais par quel moyen ?

La réponse lui vint presque en même temps que la question. *Des jumelles à vision nocturne*. Evidemment. La patrouille en possédait. Et peut-être aussi les éleveurs.

Encore quatre pas, et l'intrus serait exactement là où Rod voulait qu'il soit.

Il frotta sa main droite sur la jambe de son pantalon pour en essuyer la sueur. Il lui fallait une prise ferme sur la crosse de son arme.

Il était prêt.

Trois pas de plus…

Deux…

Et, soudain, son téléphone sonna.

L'homme jura et se rua sur la porte du placard pour l'ouvrir.

Dès que Sophia s'arrêta sur le parking du gîte, le responsable vint l'accueillir. Il lui demanda si elle était Sophia St. Claire, et la prévint que Rod avait essayé de la contacter. Surprise d'apprendre qu'il n'était pas dans sa chambre, elle essaya de le joindre sur son portable, mais il ne répondit pas.

Elle s'était sentie tellement soulagée en quittant Douglas. Les médecins avaient réussi à stabiliser l'état de Starkey, ce qui relevait du miracle. Elle avait même pu lui parler. Rafe avait décidé de rester avec sa grand-mère dans un motel proche de l'hôpital, afin de pouvoir passer du temps au chevet de son père.

Elle pensait qu'elle en avait fini avec les drames pour la nuit, et qu'elle allait pouvoir se mettre au lit, se blottir contre Rod et prendre un repos bien mérité.

A présent, voilà que l'inquiétude la taraudait de nouveau.

Où était passé Rod ? Etait-il toujours avec Bruce ?

Elle décida d'appeler le ranch.

Ce fut Edna qui répondit.

La femme de Bruce semblait fragile, et mal en point. Ce qui n'avait rien d'étonnant. Elle avait perdu Stuart le jour même. Sophia se sentait terriblement incivile de la déranger dans son deuil, et à une heure aussi tardive, mais elle devait absolument trouver Rod.

Serrant les doigts autour du téléphone, elle surmonta sa répugnance à s'identifier.

— Edna, c'est Sophia St. Claire. Je suis terriblement désolée de vous déranger, mais… pourrais-je parler à Bruce ?

— Vous avez vu l'heure ?

— Oui, je sais. Excusez-moi. Mais c'est important.

— Pas plus important que de laisser mon pauvre mari dormir. Rappelez demain matin.

— C'est une affaire de police. Je dois absolument lui parler. Je suis prête à venir chez vous, s'il le faut.

— Vous avez arrêté le meurtrier de mon fils ?

— Je fais tout mon possible pour le retrouver.

Quelqu'un en arrière-plan interrompit Edna, puis le téléphone changea de mains, et Bruce parla.

— Qui est-ce ?

— Sophia St. Claire. Je n'arrive pas à localiser Rod, et je suis très inquiète. Savez-vous où il est ?

— Non. Il est parti d'ici il y a une heure.

— Comment ? C'est moi qui ai sa voiture.

— Je lui ai prêté un véhicule.

— Il a dit où il allait ?

— Au Boot and Spur, j'imagine. C'est là qu'il loge.

— Je m'y trouve en ce moment. Le responsable m'a dit qu'il ne l'avait pas vu.

— Eh bien, je ne sais pas quoi vous dire… sauf que…

— Quoi ?

— Il pourrait être allé chez Charlie Stumper.

— Merci. Je vais vérifier.

Elle attrapa la clé de la voiture et courut vers la porte. En relevant les yeux, elle s'aperçut qu'elle ne pourrait aller nulle part. L'Escalade de son beau-père bloquait le Hummer de Rod.

Elle fit demi-tour, espérant avoir le temps de retourner s'enfermer dans sa chambre… et tomba nez à nez avec Gary.

Tandis qu'il s'emparait d'elle et essayait de l'entraîner, elle lui donna un coup de tête. Il desserra un peu son étreinte, mais le choc avait été plus douloureux que ce à quoi elle s'attendait, la laissant un peu étourdie.

Le temps qu'elle essaie d'attraper son arme, elle avait quasiment perdu son avantage, d'autant que son Glock était attaché à son mollet, ce qui le rendait difficilement accessible. Elle avait à peine soulevé sa jambe de pantalon qu'il lui saisissait les cheveux.

Elle hurla « A l'aide ! », mais il n'y eut pas de réaction du côté du bureau.

Gary la frappa si violemment au visage que les larmes lui montèrent aux yeux.

Puis il dégaina une arme, et la pointa sur elle.

— Tu vas me suivre à la voiture, tu m'entends ?

Sophia ne pouvait se résoudre à lui obéir. Elle savait ce qu'il avait en tête. Il voulait l'emmener dans le désert pour la tuer. Ainsi, il n'aurait pas besoin de transporter un corps sanglant. Il n'aurait qu'à l'abandonner aux éléments et aux bêtes sauvages.

Comme le meurtrier de clandestins le faisait avec ses victimes.

Et si c'était lui ?

Elle imagina brièvement l'inspectrice Lindstrom débarquant sur les lieux et souriant de satisfaction au moment d'identifier le corps.

Cela suffit à raviver sa détermination. Elle ne serait pas la prochaine victime. Elle ne se laisserait pas tuer. Surtout par son beau-père.

Elle se fit lourde contre lui, traînant les pieds et lui faisant supporter la plus grande partie de son poids.

— Marche, bon sang…

Quand il lui lâcha les cheveux pour prendre son bras, elle pivota et lui assena un coup de genou à l'entrejambe.

Il grogna et se mit à vaciller, ce qui lui laissa juste le temps de lui échapper.

L'écurie était l'endroit le plus proche où se réfugier.

Tout en courant, elle pressa la touche de numérotation abrégée du shérif Cooper.

S'il ne tardait pas trop à répondre, elle avait une chance de survivre.

Rod avait été touché à la cuisse, ce qui lui faisait un mal de chien, mais la blessure ne lui semblait pas très grave.

Ignorant la douleur, il continuait à tenir le panneau fermé. Quand son agresseur essaya de nouveau de l'ouvrir, il fournit assez de résistance pour l'inciter à tirer plus fort. Puis il lâcha tout.

Déséquilibré, l'homme alla heurter le mur opposé. Rod

se rua sur lui, le désarma et, posant un bras en travers de sa gorge, pointa l'arme sur sa tête.

— Qui êtes-vous ? demanda-t-il.

— Je… Vous…, balbutia l'homme, d'un ton effrayé. Il s'agit d'une erreur.

— Quel genre d'erreur ?

— Je suis James Simpson, un ami de Charlie. C'est moi qui m'occupe de son ranch. J'ai cru que vous étiez un cambrioleur, ou le meurtrier de clandestins.

— Bien essayé.

— C'est vrai !

— Pourquoi conduisez-vous la voiture de Charlie ?

— Il a dit que je pouvais. Il me laisse m'en servir comme je veux.

Gardant toujours son arme pointée vers sa tête, Rod le tira par le col pour le relever. Mais il dut faire face à la douleur qui irradiait dans sa jambe.

Pendant un moment, il eut du mal à trouver son équilibre. Il vacilla, eut l'impression qu'il allait s'évanouir, et serra les dents. Puis il tâtonna et trouva enfin un interrupteur.

Les jumelles à vision nocturne de James gisaient par terre. Il n'en avait plus besoin, de toute façon. Son regard passa de l'arme que tenait Rod à sa jambe.

— Il faut faire quelque chose pour cette blessure, dit-il d'un ton affolé. Je suis vraiment désolé. Je vous ai pris pour le tueur. Laissez-moi appeler une ambulance.

Il donnait assez bien le change, mais Rod n'était pas convaincu. Grimaçant pour simuler une forte douleur, il vacilla un peu, cligna des yeux comme s'il avait dû mal à accommoder sa vision, et abaissa légèrement son arme. Il fallait qu'il paraisse faible, vulnérable, pour inciter James à se dévoiler.

— Ça fait un mal de chien…, marmonna-t-il.

— Je suis désolé.

— Allez-y, appelez.

James glissa la main dans la poche de son jean, mais

Rod vit que son attention était ailleurs. L'homme avait repéré l'arme qu'il avait abandonnée en bondissant hors du placard. Elle était presque à portée de main.

James pressa trois touches, et commença à parler.

— Allô ? Je voudrais signaler une blessure par balle. Je m'appelle James Simpson, et je suis au 1184 White Rock Road…

Prétendant lutter contre un malaise, Rod ferma les yeux et s'affala contre le mur.

Lui lançant son téléphone à la tête, James plongea vers le placard. Mais Rod avait dévié la trajectoire du téléphone, et il lui tira dans la fesse.

James hurla et tomba face contre terre.

— Vous m'avez tiré dessus…, gémit-il. Vous m'avez piégé, espèce de salaud !

— Ce n'est pas grave. Vous avez appelé une ambulance, non ?

Se penchant avec précaution pour ne pas faire saigner davantage sa jambe, il ramassa son arme, qui se trouvait encore trop proche de James pour qu'il se sente en sécurité. Puis il récupéra le téléphone, que la chute, étonnamment, n'avait pas endommagé.

— Oh ! non, attendez ! Vous vous êtes trompé de numéro. Ce n'est pas 4-5-6 pour appeler les secours.

Prenant appui contre le mur pour soulager sa jambe, Rod sortit son propre téléphone de sa poche. L'appel arrivé à un moment peu propice émanait bien de Sophia.

Gardant un œil sur James, il la rappela.

Elle répondit à la première sonnerie.

— Rod, aide-moi…, murmura-t-elle. Il est là.

Rod n'avait pas la moindre idée de l'identité de l'homme dont elle parlait. Mais peu importait. Elle avait peur, et elle avait besoin de lui.

— Où ça ?

— Au Boot and Spur.

— J'arrive.

Redoutant de ne pas arriver à temps, il essaya de joindre le responsable du gîte, mais le téléphone sonna et sonna encore, sans que personne ne décroche. Il appela alors son patron en Californie, et lui demanda d'envoyer Van Dormer ou un autre agent fédéral aussi vite que possible au Boot and Spur, ainsi que quelqu'un pour s'occuper de James.

Après avoir noué un torchon à vaisselle autour de sa blessure pour stopper l'hémorragie, il claudiqua jusqu'à la camionnette, et découvrit que les quatre pneus avaient été crevés.

Serrant les dents, il retourna à l'intérieur de la maison pour prendre à James les clés de la voiture de Charlie.

Il savait que ce n'était pas prudent de forcer ainsi. Il perdait trop de sang.

Mais il avait enfin retrouvé la fille dont il avait toujours rêvé. Et leur histoire ne s'arrêterait pas là.

32

Plaquée contre la paroi de la sellerie, Sophia se risqua à jeter un coup d'œil à l'extérieur, pour essayer de repérer son beau-père.

Elle ne savait pas du tout où il avait pu passer. Heureusement, elle avait pu joindre le shérif Cooper, qui était en route. Elle devait simplement échapper à Gary le temps que Cooper ou Rod arrive.

Au cas où elle n'en sortirait pas vivante, elle envoya un texto à l'officier Fitzer.

> Preuves trafic êtres humains par Gary O'Connor dans Hummer de Rod. Les transmettre au FBI.

Soudain, elle entendit du bruit dans l'écurie, et les chevaux se mirent à hennir. Ils paraissaient nerveux. Cela signifiait-il que Gary la cherchait dans les box ?

Elle se demanda si elle avait le temps de sortir de la sellerie avant qu'il la trouve, et décida de tenter sa chance. Entrebâillant la porte, elle constata qu'il n'y avait personne dans le couloir, et courut vers la grande porte métallique coulissante qui donnait vers l'extérieur.

Gary jaillit derrière elle et la poussa au sol.

— C'est terminé, tu comprends ?

Penché au-dessus d'elle, il la retourna brutalement, son arme pointée vers sa tête.

— Tu essaies encore une fois de t'enfuir, et je te tue.

Elle n'en doutait pas, à vrai dire. Il était assez près pour qu'elle puisse lire la détermination sur son visage.

— Calme-toi.

Elle leva une main en signe de reddition, et prit appui sur l'autre pour se mettre en position assise.

— Tu le regretteras si tu me fais quelque chose. Tu passeras le reste de ta vie en prison. C'est ça que tu veux ? Tout perdre ? Et maman ? Tu n'y as pas pensé ?

— Tu as fini par me pousser trop loin. Pourquoi as-tu fait ça ? Tu essaies de me coincer depuis le début…

— Non, tu te trompes. Mais, tu ne t'en sortiras pas si tu me tues. J'ai des preuves, et d'autres personnes sont déjà au courant. Il est trop tard.

— Tu bluffes.

— Non. J'ai fait des copies de ce que j'ai trouvé au magasin. Charlie, la femme de Patrick, le maire… Ils gagnent de l'argent en investissant dans une société qui sert de couverture à tes trafics.

— Ils n'en savent rien. Ils pensent que nous importons du café du Mexique. Et que nous aidons des associations locales. Quant à tes preuves…

Il ricana.

— Le shérif Cooper s'en chargera. Pour le bon prix, évidemment.

Sophia eut l'impression, à ces mots, de recevoir un coup de poing à l'estomac. Elle avait toujours eu confiance en Cooper.

Cela signifiait qu'il n'allait pas venir. Ou alors, pour aider Gary. Elle aurait mieux fait d'appeler Van Dormer. Mais elle n'y avait pas pensé.

— Et tu as qui d'autre, dans ta manche ? Lindstrom ?

— Non, pas elle. Je ne la connais même pas.

— Et Stuart ? Ne me dis pas qu'il travaillait aussi pour toi ?

— Non. Et je n'ai rien à voir avec sa mort. Bon, maintenant, ça suffit. Rentre là-dedans…

Il agita son arme pour désigner la sellerie.

— … et enlève tes vêtements.

Le cœur de Sophia se mit à battre à tout rompre.

— Pourquoi ?

— Au point où j'en suis, autant que j'obtienne ce que j'ai toujours voulu.

— Tu vas me violer ?

— A moins que tu te laisses faire.

— Jamais ! De toute façon, tu vas me tuer quand même.

— C'est vrai. Mais il y a deux façons de mourir. L'une est rapide et peu douloureuse : une balle dans la tête. Et c'est ainsi que ça se passera si tu prétends aimer ça. Si tu me compliques la tâche, tu finiras quand même par me donner ce que je veux, et je t'attacherai nue à un arbre dans le désert, où tu mourras brûlée et déshydratée, ce qui peut prendre plusieurs jours.

Il la scruta attentivement.

— A toi de choisir.

Rod vit l'Escalade gris perle garée derrière le Hummer dès qu'il entra dans le parking, et laissa échapper un soupir de soulagement.

Si les véhicules étaient là, Sophie devait être encore sur les lieux. Il vérifia les deux voitures, les trouva vides, et se rendit jusqu'à la chambre. Il n'y avait personne non plus, et tout semblait exactement dans l'état où il l'avait laissé.

Espérant que le responsable pourrait lui en dire plus, il claudiqua jusqu'au bureau, d'où provenait le son d'un téléviseur réglé assez fort. Il entra, et trouva l'homme inconscient.

Sophia était couchée sur le dos, fixant l'ampoule nue qui pendait au plafond, et que Gary avait allumée quand il l'avait traînée jusqu'à la sellerie. Son chemisier était ouvert, exposant son soutien-gorge.

Elle se raccrochait à la conviction que Rod n'allait pas tarder à arriver. Cela faisait un bon moment, à présent, qu'elle l'avait appelé.

A ce stade, il était son seul espoir. Cooper n'était toujours pas là, et ne viendrait probablement pas. Il laisserait Gary s'occuper d'elle. Et ensuite, ils décideraient de nommer quelqu'un d'autre à son poste, afin que le nouveau chef de la police serve au mieux leurs intérêts.

— Dépêche-toi d'enlever ce pantalon, dit Gary, trouvant qu'elle mettait trop de temps à se déshabiller.

Tandis qu'elle abaissait la fermeture à glissière le plus lentement possible, elle l'imagina rentrant à la maison, une fois son forfait accompli, et retrouvant sa mère. Il prendrait une douche pour laver le sang qui aurait giclé sur lui au moment où il lui aurait tiré une balle dans la tête. Il se glisserait dans le lit conjugal. Sa mère se tournerait pour le prendre dans ses bras… Cette idée lui donna envie de vomir.

— Et maintenant, la culotte, exigea Gary.

Elle ne pouvait pas. C'était au-dessus de ses forces. Elle resta sans bouger, regardant obstinément le plafond. Curieusement, il ne la brutalisa pas. Il était trop occupé à ôter sa ceinture et à baisser son pantalon.

— Je vais te montrer ce que tu as raté pendant toutes ces années, dit-il, en s'exposant fièrement.

Sophia comprit que deux choix s'offraient à elle : laisser sa répulsion prendre le dessus, et alors elle mourrait. Ou retourner le répugnant désir de Gary contre lui.

Déterminée à survivre coûte que coûte, elle parvint à dissocier son esprit de son corps, et commença à le caresser.

— Oh ! bon sang, ce que c'est bon…, murmura-t-il.

Il ne tarda pas à gémir, et la main qui tenait le pistolet à proximité de sa tempe commença à trembler.

Si elle pouvait s'emparer de l'arme et la retourner contre lui, ce serait terminé.

Est-ce qu'elle voulait vraiment prendre ce risque ? Un geste brusque et il risquait d'appuyer sur la détente.

Mais il commençait à essayer de glisser la main dans sa culotte, et elle sut qu'elle n'avait plus le choix.

Rod n'avait jamais rien vécu de pire que d'entendre ce coup de feu, et de découvrir Sophia gisant sur le sol de la sellerie, à moitié dénudée, le visage couvert de sang.

— Rod ?

Il entendit sa voix inquiète, mais ne pouvait détacher les yeux de Gary.

— Lève-toi, dit-il.

Mais l'homme en était incapable. Le pantalon baissé, il roulait d'un côté à l'autre, hurlant de douleur. C'était lui qui était blessé, pas Sophia. La balle l'avait touché à l'épaule, et ce salaud allait s'en sortir.

Fou de rage, Rod dirigea son arme vers lui, prêt à faire feu.

— Je devrais te tuer, espèce de salopard !

— Non, protesta Sophia. Je veux qu'il soit jugé et qu'il aille en prison.

— Est-ce qu'il l'a fait ? Est-ce qu'il a réussi à…

— Non. J'ai tiré avant. Et je vais bien. Tu m'entends ? Je vais bien. Donne-moi cette arme, maintenant.

Le soleil entrait par la fenêtre de la chambre d'hôpital où Rod commençait à se réveiller. On lui avait retiré la balle, logée au-dessus du genou, et il avait reçu une transfusion.

Sophia avait été examinée, ses égratignures avaient été désinfectées, mais on n'avait pas jugé bon de la garder en observation pour la nuit. Elle était restée, cependant, pour veiller sur Rod.

— Hé, qu'est-ce que tu fais là ? marmonna-t-il, en ouvrant paresseusement les yeux.

Elle lui offrit un sourire fatigué.

— Je me fais du souci pour toi.

— Ce n'est pas utile de t'inquiéter. Je suis capable de survivre à tout.

Se déplaçant sur le bord du lit, il tapota la place à côté de lui. Elle s'y installa, et il passa un bras autour d'elle.

— Qu'est-il arrivé à Gary ? demanda-t-il, en jouant avec ses cheveux.

La chaleur de son corps qui l'enveloppait procurait à Sophia un bonheur proche de l'ivresse.

— Tu ne t'en souviens pas ?

— Je sais que je voulais le tuer. Je l'ai fait ?

— Non. J'ai appelé Grant et il s'en est occupé. Gary et James sont à l'hôpital de Tucson, sous surveillance policière. Leonard est mort.

— Ah, c'est lui que j'ai tué, alors ?

— Non, c'est moi qui l'ai fait.

Elle sentit les lèvres de Rod sur sa tempe.

— Alors, je suis sûr qu'il le méritait.

— Je l'ai fait pour sauver la vie de Starkey. Et celle de Rafe.

— Starkey a survécu ?

— Oui, et c'est un miracle. Il est aussi dans cet hôpital.

— Au moins, nous faisons en sorte que ce soit pratique pour toi de nous rendre visite.

— Tu vas sortir ce soir, ou demain matin. Il va rester ici un peu plus longtemps.

L'attirant plus étroitement contre lui, Rod soupira.

— Tu te rends compte que c'est fini ?

— J'avoue que j'ai du mal. Je suis contente, bien sûr, mais je le serais encore plus si tu ne devais pas partir.

Il lui releva le menton pour pouvoir la regarder.

— Et si je t'emmenais avec moi ?

Elle aurait adoré, mais elle ne pouvait abandonner tous ceux qui avaient besoin d'elle.

— J'aimerais pouvoir accepter.

— Mais…

— Les prochains mois ne vont pas être faciles pour ma mère. Et il y a un garçon de quatorze ans qui compte sur moi. En fait, il me fait un peu penser à toi au même âge. Un peu rebelle, et obligé de ne compter que sur lui.

— Tu m'avais caché que tu avais un fils.

— Non, c'est le fils de Starkey. Je m'en suis beaucoup occupée, durant les trois ans que nous avons passés ensemble. Et depuis, je fais ce que je peux pour l'aider. A part son père, je suis pour ainsi dire sa seule famille. Je ne peux pas le laisser tomber.

Les doigts repliés, Rod fit courir ses jointures sur le côté de son visage, et elle eut l'impression qu'il réfléchissait, évaluant les choix possibles.

— Et puis, il y a Bordertown, continua-t-elle. Avec James qui va aller en prison pour les meurtres des clandestins, la mort de Stuart, le shérif qui a été démis de ses fonctions pour corruption, on a besoin de moi, ici.

— Je vois.

— Tu pourrais aussi leur être utile, dit-elle d'un ton plein d'espoir.

— Tu veux que je reste ?

Elle croisa son regard.

— J'ai trente ans, et je viens enfin de tomber amoureuse, répondit-elle.

Il lui embrassa le front, les joues, puis les lèvres.

— Heureusement qu'il ne manque pas de travail dans le coin.

— Tu acceptes de rester ?

— Je crois que je vais réussir à tenir le coup ici jusqu'aux dix-huit ans de Rafe.

Elle prit son visage entre ses mains.

— Ce ne sont pas les sédatifs qui te font réagir comme ça ?

Il ne put s'empêcher de rire.

— Ça n'a rien à voir.

— Comment le sais-tu ?

— Parce que j'ai trente ans, et que je suis amoureux depuis que j'en ai quinze.

Epilogue

La réunion du conseil municipal attirait beaucoup plus de monde que d'habitude. En uniforme, un peu nerveuse, Sophia était assise au premier rang, face à quatre des cinq conseillers qui l'avaient licenciée.

Paul Fedorko souriait d'un air penaud. Liz Torres rougissait chaque fois que leurs regards se croisaient. Richard Lantus avait l'air sévère et préoccupé, comme d'ordinaire. Mais ce n'était pas une réunion ordinaire.

En une semaine, depuis que Gary et James avaient été arrêtés, ils avaient enterré Stuart Dunlap et Leonard Taylor. Elle avait retiré les micros implantés par ce dernier dans son salon, son bureau et sa voiture — ils en avaient découvert l'existence grâce à un texto trouvé dans le téléphone de Gary.

Le shérif du comté et deux membres du conseil, Neil Munoz et le maire, Wayne Schilling, avaient été cités comme suspects dans une affaire de corruption. Si Neil Munoz rasait les murs et s'était fait porter pâle aujourd'hui, le maire présidait la séance comme si de rien n'était, espérant convaincre ses concitoyens que ces accusations étaient fausses.

— Silence, s'il vous plaît, déclara le maire. Nous aimerions commencer.

Des équipes de reportage d'ABC News et CNN se trouvaient dans la salle, et Sophia voyait bien que leur présence dérangeait Schilling. Quant à elle, depuis cette nuit terrifiante au Boot an Spur, elle avait passé beaucoup de temps à donner des interviews, où elle répétait à quel point elle était heureuse que cette histoire ait pris fin.

Le refuge pour les sans-papiers, qui n'était en réalité qu'une vaste arnaque orchestrée par Gary, avait été fermé. Un des hommes qui s'en occupait avait réussi à s'échapper. Etant lui-même un clandestin, il était probablement retourné au Mexique.

Il ne restait plus qu'un point à régler, et non des moindres. C'était aujourd'hui qu'elle serait fixée sur son sort.

Reprenant son souffle, elle se tourna pour voir où était Rod, et le découvrit au fond de la salle, sa jambe blessée étendue dans l'allée. Elle savait qu'il avait encore du mal à la plier, mais il avait insisté pour venir. Bruce était assis à côté de lui. Au cours des derniers jours, ils avaient commencé à forger le début d'une amitié. La veille, Bruce avait emmené Rod à la pêche. Rod avait prétendu qu'il n'y avait pas de quoi en faire un plat, mais elle sentait à quel point il en était secrètement excité.

Malheureusement, Edna et Patrick n'étaient pas dans les mêmes dispositions, mais Sophia espéraient qu'ils finiraient par mettre de l'eau dans leur vin. La femme de Patrick comptait parmi les investisseurs dans la société fantôme de Gary, et ferait l'objet d'une enquête comme tous les autres.

Lorsque Sophia croisa le regard de Rod, il lui fit signe de regarder sur sa gauche. Elle vit alors Rafe, qui était venu avec sa grand-mère. Starkey était toujours à l'hôpital, mais son état s'était grandement amélioré. Il avait affirmé que ce qu'il venait de vivre lui avait ouvert les yeux, et qu'il allait radicalement changer, et devenir enfin un bon père. Sophia attendait de le voir pour y croire.

— Et ce soir, nous tenons à récompenser notre héroïne…

Après une entrée en matière insipide, que Sophia n'avait écoutée que d'une oreille, le maire avait marqué une pause, pour donner à ses paroles un éclat théâtral :

— Madame St. Claire, voulez-vous vous lever, je vous prie ?

Si elle espérait qu'ils reconsidéreraient son licenciement, Sophia ne s'attendait pas à une distinction.

Elle se leva sous un tonnerre d'applaudissements. Paul Fedorko lut son laïus d'un ton monocorde, conclut en la remerciant pour les services qu'elle avait rendus à la ville, et lui remit une plaque. Puis il lui tendit le micro.

— Ça veut dire que je garde mon poste ? demanda-t-elle.

Tout le monde rit, et Paul hocha la tête.

— Bien sûr. Je suis certain que nous dormons tous mieux la nuit, avec un chef de la police aussi capable. N'est-ce pas, les amis ?

Il y eut une nouvelle salve d'applaudissements.

Sophia leva la main pour demander le silence.

— Merci. Je suis très flattée.

Tout en parlant, elle remarqua que l'inspectrice Lindstrom faisait la tête, visiblement agacée de la voir ainsi honorée. Mais, pour tout dire, elle s'en moquait royalement.

— Je peux vous assurer que le pire est derrière nous, conclut-elle à l'issue de son discours improvisé.

Son regard se posa sur Rod, qui souriait avec fierté.

— Et enfin, je voudrais remercier Rod Guerrero, sans qui je n'aurais jamais réussi. C'est à lui qu'aurait dû revenir cet honneur.

La foule applaudit, Bruce étant celui qui faisait le plus de bruit, mais Rod voulut intervenir.

— Tu plaisantes ? cria-t-il. J'ai reçu exactement ce que je voulais.

— Quoi ? cria quelqu'un dans la foule, en entrant dans son jeu.

— J'ai eu la fille, répondit Rod.

Et la foule se déchaîna.

***

Bien plus tard, étendu à côté d'elle dans le lit, Rod entrelaça ses doigts à ceux de Sophia et lui demanda :

— Voudrais-tu m'accompagner quelque part, demain ?

— Où ça ?

— Au cimetière. Il est temps que j'aille présenter mes respects à ma mère.

— Bien sûr.

Il se blottit contre elle.

— Elle t'aurait aimée, tu sais…

Sophia laissa passer un silence, avant de s'inquiéter.

— Tu es vraiment d'accord pour rester à Bordertown ? Tu crois que tu pourras y être heureux ?

— Je crois que ma place est ici.

— Et le Department 6 ? Ça m'ennuie que tu quittes ton travail.

— J'en ai discuté avec Milt. Je ne démissionne pas. Je vais ouvrir une filiale de l'agence ici.

Il lui adressa un clin d'œil.

— Et j'espère bien réussir à convaincre le chef de la police de rejoindre mon équipe.

Le sourire aux lèvres, Sophia ne put s'empêcher de l'embrasser, heureuse de l'avenir radieux qui s'annonçait.

Si vous avez aimé ce roman,
découvrez le précédent tome de la série
« American Danger » :

Le danger invisible, de Brenda Novak

Disponible dès à présent sur www.harlequin.fr